Ullstein Romantik

ÜBER DAS BUCH:

Folter, Verfolgung und Verbrennung bringen Leid und Entsetzen über die Menschen im Schottland des siebzehnten Jahrhunderts, in dem erbarmungslos Jagd auf „Hexen" gemacht wird. Auch Brianna MacCardle ist auf der Flucht. Denn wenn sie nicht – wie schon ihre Tante – auf dem Scheiterhaufen enden will, darf sie unter keinen Umständen Matthew Hopkins in die Hände fallen. In einem Gasthaus, in dem der Kapitän Lord Michael Treveryan wohnt, versucht Brianna sich zu verstecken und ahnt doch, wie dicht ihr die Häscher auf der Spur sind. Verzweifelt – um nichts mehr zu berauben als um ihr Leben – greift Brianna zu einer List. Sie gibt sich als käufliche Dirne aus und gelangt so in das Zimmer des Lords. Für ein paar Goldstücke ist sie dem Mann zu Willen, dem sie schließlich – als Hopkins' Häscher das Haus umstellen – ihre Geschichte preisgibt. Sie weiß, daß sie damit ihr Schicksal in seine Hand legt. Aber sie weiß nicht, ob ein Lord für ein Freudenmädchen kämpfen wird …

Shannon Drake

Geliebte Hexe

Roman

Ullstein

ULLSTEIN ROMANTIK
Ullstein Buch Nr. 23660
im Verlag Ullstein GmbH,
Frankfurt/M – Berlin

Ungekürzte Ausgabe

Umschlagentwurf:
Hansbernd Lindemann
Illustration:
Elaine Duillo/Agentur Thomas Schlück

Taschenbuchausgabe mit freundlicher
Genehmigung der Autorin

Unter dem Originaltitel
»Devil's Mistress« erschienen
bei Dell Publishing Co., Inc., New York

Übersetzung: Rita Langner
Printed in Germany 1995
Druck und Verarbeitung:
Elsnerdruck, Berlin
ISBN 3 548 23660 X

September 1995
Gedruckt auf alterungsbeständigem
Papier mit chlorfrei
gebleichtem Zellstoff

Die Deutsche Bibliothek – CIP-Einheitsaufnahme

Drake, Shannon:
Geliebte Hexe : Roman / Shannon Drake. [Übers.: Rita
Langner]. – Ungekürzte Ausg. – Frankfurt/M ; Berlin : Ullstein,
1995
(Ullstein-Buch ; Nr. 23660 : Ullstein-Romantik)

ISBN 3-548-23660-X
NE: GT

PROLOG

Am späten Nachmittag zog der Nebel heran und legte sich wie eine durchscheinende silberne Decke über das Wasser. Er bewegte sich langsam auf den Kai zu, waberte über Gras und Straße, stieg hoch zu den Küstenfelsen mit dem dort befindlichen ehemaligen Totenacker und schien sich dann geheimnisvoll um die uralten Grabmäler und die wenigen abgestorbenen Bäume zu drehen.

Schon als ich hier eintraf, war der Himmel bedeckt gewesen, und die Brise von der See her, die jetzt den Nebel herantrug, schien den Charter-Street-Friedhof mit einem Bann zu belegen und mir Geschichten von längst vergangenen Freuden und Tragödien zuzuflüstern. Einige der alten Grabsteine standen aufrecht, andere waren umgestürzt und von den Elementen glattgeschliffen, wieder andere waren von knorrigen Baumwurzeln überwachsen. Manche Inschriften ließen sich noch entziffern, andere waren ausgelöscht.

Auf diesem Friedhof in Salem, Massachusetts, wurde die Vergangenheit für mich wieder lebendig. Ich schloß die Augen, fühlte den Seewind, berührte die alten Grabsteine und hatte das Gefühl, die Menschen zu sehen, die hier vor ungefähr vierhundert Jahren begraben worden waren.

Unter diesen Gräbern befand sich auch das von John Hathorne, der zu den ersten Gerichtsbeamten und den eifrigsten Untersuchungsrichtern bei einer der größten Tragödien und Kontroversen unseres Landes gehörte.

Während ich vor seinem verwitterten Grabstein kniete, befiel mich plötzlich das Gefühl, nicht mehr allein zu sein.

Selbstverständlich war ich nicht allein; Dennis wanderte hier ja auch irgendwo herum. Doch das merkwürdige Gefühl kroch mir kalt über den Nacken und den Rücken hinab, und ich spürte, daß sich jemand ganz in meiner Nähe befand.

Erschrocken sprang ich auf und sah eine junge, vielleicht zwanzigjährige Frau vor mir, eine wahre Schönheit mit leuchtend blauen Augen und langem, flammendrotem Haar. Offenbar war mir mein Schreck deutlich anzusehen, denn die Frau lächelte wie zur Entschuldigung für ihr plötzliches Erscheinen und deutete dann auf das Grab.

„Sie studieren wohl die Kunst der Hexerei, was?"

Ich lachte ein wenig verlegen, denn sie hatte mich dabei überrascht, wie ich den alten Grabstein mit geschlossenen Augen berührt hatte. „Nun ja, ein bißchen", antwortete ich. „Eigentlich bin ich nur eine Träumerin."

Sie lächelte wieder und deutete über den Friedhof hinweg zur Straße. „Der untere Teil des ehemaligen Totenackers wurde von einer großen Flutwelle fortgeschwemmt. Man hat ihn wieder mit Erde aufgefüllt und darauf die Derby Street angelegt. Das war irgendwann vor ungefähr hundertfünfzig Jahren. Der älteste hier noch stehende Grabstein stammt aus dem Jahr 1673. Brandstreet liegt hier und noch weitere Mitglieder des Gerichts."

„Des Gerichts?" fragte ich. Während ich mit der Frau sprach, schien sich die Straße in Nebel aufzulösen. Ich konnte die Brandung hören, und Zwielicht schien sich über den grauen Tag zu senken.

„Das Hexengericht", antwortete die Frau ernst und blickte in die Ferne. „Was für Geschichten dieser Boden erzählen könnte! Doch hier war es noch nicht einmal ganz so schlimm. In Europa wurden Hexen zu Tausenden verbrannt oder gehängt, während wir ‚nur' ein paar Dutzend umgebracht haben."

Sie schaute mich wieder an, bat mich dann mit einer Handbewegung, ihr zu folgen, und ging zu einem von Wurzelwerk fast ganz überwachsenen Grabmal, das mich sonst nicht interessiert hätte, denn es war beinahe völlig zerstört und seine Inschrift nicht mehr zu entziffern.

„Sie sind eine Träumerin, ja?“ fragte sie und strich mit schlanken Fingern über den Stein. Jetzt sah ich eine Jahreszahl: 1756. „In diesem Jahr ist sie gestorben. Sie hat alle überlistet. Man sagt zwar, daß hier keine ‚Opfer‘, sondern nur die Wohlhabenden begraben wurden, aber . . . sie wollte hierher kommen.“

Selbstverständlich fragte ich: „Wer? Und woher wissen Sie das alles?“

Die Frau lachte und zeigte auf die Häuserzeile auf der anderen Straßenseite. „Ich bin von hier, und hier sind viele alte Geschichten und Legenden in Umlauf. Aber diese eine mochte ich immer ganz besonders gern. Sie ist genau das Richtige für eine Träumerin.“

Dann schilderte mir die Frau das Europa, die Kolonien und bestimmte Menschen des siebzehnten Jahrhunderts, sie sagte, das Leben bestehe nicht nur aus Zahlen und Daten; man müsse auch die Menschen der verschiedenen Zeiten kennen, denn die menschliche Natur ändere sich nie. In allen Jahrhunderten hätten die Menschen geliebt, gelacht und gelitten, immer und immer wieder.

Fasziniert lauschte ich der Erzählung. Ich berührte den Grabstein und konnte die Menschen beinahe vor mir sehen, die die Frau beschrieb. Ich sah Pferde auf ungepflasterten Straßen, große Schiffe mit weißen Segeln an hohen Masten, und ich hörte Flüstern, Lachen und Weinen.

Ich weiß nicht, wann die Frau ihre Geschichte beendete, doch als ich mich wieder umdrehte, stand mein Mann neben mir, und sie war fort. Etwas verwirrt fragte ich Dennis, ob er sie gesehen hätte. Er schüttelte lächelnd den Kopf und antwortete, er habe niemanden gesehen.

Nun, ich wollte das Thema mit ihm nicht weiter diskutieren, obwohl mich das Verschwinden des Mädchens doch bestürzte.

In den darauffolgenden Tagen besichtigten wir Salem und Danvers, die Stadt, die früher Salem Village hieß und in der die Hexenverfolgungen begonnen hatten. Während der ganzen Zeit fragte ich mich, ob die junge Frau auf dem

Friedhof tatsächlich existiert hatte oder nicht. Immerhin hatte sich Salem ja schon vor langen Zeiten als ein Ort der Illusionen und des Wahns erwiesen.

Wenn Sie also mögen, dann begleiten Sie mich. Denken Sie daran, daß Hexenjäger ganz unterschiedliche Menschen aus unterschiedlichen Jahrhunderten waren. Das dunkle Zeitalter lag noch nicht allzu lange zurück. Die mittelalterliche Welt begann sich zu verändern, und das Feudalsystem näherte sich seinem Ende. Viele Menschen glaubten an die Macht der Hexerei und der Zauberkräfte, an Flüche und an den bösen Blick.

Denken Sie aber auch daran, daß die Realität, genau wie die Fantasie, oft nur ein Geisteszustand, eine Betrachtungsweise ist.

1. TEIL

Der Teufel tritt auf

„Eine Hexe sollst du nicht am Leben lassen."
2. Buch Mose 22, 17

1. KAPITEL

Glasgow, Schottland, August 1688

Der Himmel war unheilvoll grau. Menschen säumten den Stadtplatz und füllten die Straßen, und ihre Gesichter waren so düster wie der Himmel. O ja, hin und wieder gab es auch blutrünstige Blicke, doch die meisten Zuschauer, die auf die Hinrichtung warteten, wirkten sehr nüchtern und ernst.

„Sie kommt! Sie kommt!" Der Ruf ertönte, als sich die Prozession näherte. Angeführt wurde sie von Pater Timothy, dessen Hängebacken heute besonders traurig wirkten und in dessen trüben Augen Tränen standen, denn er war ein gütiger alter Mann, der hier nur seine Pflicht erfüllte. „Die Heiligen mögen uns beistehen!"

Hinter Pater Timothy schritt Matthews, der „Hexenfinder". Er war ein großer, breitschultriger, gutaussehender Mann, der seinen hohen Hut und seinen Umhang mit arrogantem Stolz trug. Sein Haar war so dunkel wie seine Augen, in denen die Entschlossenheit und der Zorn Gottes brannten. Sein Gesicht war jung, doch seine Augen waren so alt wie der Tod. Ihm folgte ein Henker mit Kapuze. Das war der Mann, der das Feuer entzünden würde.

Und dann kam die Hexe.

Die Frau auf dem klapprigen Karren, der auf der schlammbedeckten und unebenen Straße schwankte und rumpelte, war von den Helfern des amtlichen Hexenfinders umgeben. Sie tobte oder wütete nicht, sie starrte die Zuschauer nicht mit flammenden Blicken an. Sie verdammte jene nicht, welche sie so selbstgerecht abgeurteilt hatten, sondern Trauer und Mitleid für diese Menschen erfüllten ihre schönen blauen Augen. Diese Augen waren alles, was von ihrer früheren Schönheit übriggeblieben war.

Folter war zu dieser Zeit ungesetzlich, doch jedermann in der Menge konnte sehen, daß die Frau schwer mißhandelt worden war, denn ihr Kleid war blutbefleckt, ihr Gesicht kalkweiß, und sie konnte sich kaum auf den Beinen halten.

„Gott sei mit Euch, Lady!" rief jemand.

Der Hexenfinder blieb stehen und musterte die Gesichter in der Menge. Sein Schweigen wirkte todverheißend. Niemand sagte mehr ein Wort. Matthews ging weiter.

Der Karren hielt vor dem Scheiterhaufen. Das Holz unter dem Pfahl war frisch, feucht und dick. Den Henkershelfern war ihre Pflicht ein Greuel, und deshalb taten sie auch alles ihnen mögliche, um sicherzustellen, daß sich sehr rasch ein dicker Rauch entwickeln mußte, der die arme Frau erstikken würde, bevor die Flammen sie berühren konnten.

Ein Schluchzen unterbrach die lastende Stille, wurde jedoch sofort unterdrückt. Mitgefühl mit einer wegen Hexerei verurteilten Person zog sofort eine Untersuchung durch den Hexenfinder nach sich, und auf wen dieser einmal mit dem Finger gezeigt hatte, der besaß kaum noch eine Überlebenschance.

Pegeen MacCardle, in deren flammendrotes Haar der Wind fuhr, versuchte aufzustehen. „Helft mir, guter Sir", bat sie ihren Henker mit stiller Würde. An der Körperhaltung des Mannes erkannte man seine Angst. Pegeen lächelte ihm zu. „Wenn man mich verbrennen will, guter Sir, dann muß man mich zunächst an den Pfahl binden."

Der Hexenfinder nickte dem Henker zu. Pegeen MacCardle wurde auf den Scheiterhaufen getragen. Ohne Widerstand ließ sie sich festbinden. Die ihr vorgeworfenen Verbrechen und das Urteil wurden laut verlesen. Danach erhielt sie die Möglichkeit, ihre letzten Worte zu sprechen.

„Betet für mich, mein Freund", sagte sie. Ihre Stimme war leise, durchdrang indessen klar und deutlich die angespannte Stille. „Betet darum, daß ich meinem Schöpfer rasch begegne und daß er mich bei sich aufnimmt. Ich werde dafür beten, daß Gott euch vor den Dämonen bewahrt, die unter dem Befehl eines beklagenswert irregeleiteten Königs auf Erden wandeln. Dennoch bete ich auch jetzt noch für unseren Herrscher, James II., daß er seine Irrungen erkennen und Aufnahme im Hause unseres gnädigen Gottes finden möge."

„Genug!" schrie der Hexenfinder. Er wünschte zu Gott, er hätte alles endlich hinter sich gebracht. Er war nicht immun gegen Versuchungen, und er war Pegeens großer Schönheit zum Opfer gefallen. Sie hatte ihn mit ihrer Zauberkraft behext! Er hätte sie wahrhaftig sogar gerettet, wenn da nicht ihr Stolz gewesen wäre – und selbstverständlich auch ihre Gier nach dem Teufel.

So sehr hatte sie ihn, Matthews, behext, daß er beinahe seine Pflicht vergessen hätte, seine Aufgabe, den Teufel zu bekämpfen. Er hatte Pegeen angefleht, in sein Bett zu kommen. Er hatte sie mit sich nehmen wollen, doch sie hatte ihn abgewiesen. Wenn er sie jetzt anschaute, dann sah er sein eigenes Versagen, die Schwäche seines Fleisches.

Stirb! rief er stumm. Stirb mit deiner fleischlichen Gier nach dem Teufel in deinem Herzen. Stirb und laß mich in Frieden!

Der Hexenfinder nickte dem Henker zu. Der mit der Kapuze maskierte Mann zitterte. Eine Minute lang schloß Pegeen die Augen. „Bei Gott!" sagte sie fest, wenn auch unter Tränen. „Entzündet das Feuer! Bringt es zu Ende!"

Das Feuer wurde entzündet.

„Die Hexe soll brennen! Brennen!"

Die Flammen schossen am äußeren Rand des Scheiterhaufens zum Himmel hinauf, ohne jedoch Pegeen zu berühren. Zwischen dem blutroten, orangefarbenen und hellgelben Flackern konnte man ihr nach oben gewandtes Gesicht erkennen, doch dann wurden der Flammenwall und der Rauch undurchdringlich und entzog sie den Blicken der Umstehenden.

Sie stieß einen einzigen, hohen Schrei aus, der die Zuschauer wie ein Messer durchfuhr und auch die lauten Eiferer zum Schweigen brachte.

Pegeen war tot, noch bevor die Flammen den Saum ihres Rocks berührten. Der dicke, schwarz emporquellende Rauch hatte sie erstickt. Ihr blieb es erspart, zu fühlen, wie die Flammen ihr Fleisch verzehrten. Den Zuschauern hingegen blieb es nicht erspart. Der entsetzliche, beißende Geruch lähmte die Menschen, brannte in ihren Augen und Lungen, durchdrang ihre Sinne und ihre Seele. In vielen regte sich das Gewissen, und sie wollten aufschreien gegen den schrecklichen Tod. Doch dazu war es jetzt zu spät.

Die Menge schwieg. Pegeen MacCardle, die Hexe, die gute Frau, die Heilerin, war nicht mehr. Man konnte nicht mehr für sie sprechen, nichts mehr für sie tun. Sie war in Gottes Hand, während die anderen noch lebten. Matthews und seine Männer wachten mit scharfen Augen über das Verhalten der Menge.

Plötzlich zerriß ein Aufschrei das Schweigen. Wieder und wieder erhob er sich in Schmerz, Verzweiflung und furchtbarem Entsetzen. Diese Schreie waren dem einen, den Pegeen ausgestoßen hatte, so ähnlich, daß es sogar Matthews eiskalt durchlief. Es schien, als ob die Hexe ihm zum Spott noch lebte und ihn narrte.

Er schüttelte den Schauder ab und ging durch die Menschenmenge dorthin, woher die Schreie gekommen waren, die ihn so entsetzt hatten. Er kam nur mühsam voran, denn die Zuschauer drängten sich bestürzt zusammen und blickten sich ihrerseits um. Der Qualm war sehr dick; die Leute husteten und keuchten, und einige Damen hielten sich

Riechfläschchen unter die Nase in dem vergeblichen Versuch, dem grauenhaften Gestank des Todes zu entkommen.

Endlich sah der Hexenfinder das Mädchen. Wieder lähmte ihn der eiskalte Schauder. So wie ihm die Schreie gespottet hatten, so entgeisterte ihn jetzt auch der Anblick.

Das Haar der jungen Frau leuchtete so rot wie brennende Flammen. In sanften Wellen fiel es über ihre Schultern bis zu ihren Hüften hinab. Ihre Haut war so rein wie Schnee und so glatt wie Marmor.

Im Augenblick war sie zwar aschfahl, trotzdem war ein Gesicht wie Milch und Blut zu erahnen. Ihre jetzt erstarrten bläulichen Lippen waren voll und schön geschwungen. Matthews, der wie gelähmt dastand, konnte sich vorstellen, wie dieser Mund sein würde, wenn die Frau lachte: wie eine Rose, rot und weich, und er würde süß und berauschend wie schwerer Wein schmecken.

Dieses Mädchen hier war die Hexe! O Gott! Das Feuer hatte die Hexe verbrannt, doch sie war zurückgekehrt! Der Teufel hatte ihr beigestanden und sie aus den Flammen befreit. Der Teufel hatte sie zurückgebracht, auf daß sie ihn, Matthews, versuche, verführe, seiner Sinne und seiner Mannbarkeit beraube!

Die Bewohner dieser Gemeinde wußten, wer die junge Frau war. Sie war kein Gespenst, sondern nur Brianna, Pegeens Nichte. Sie hatte bei ihrer Tante im Wald gewohnt und war von ihr großgezogen und unterrichtet worden.

Diejenigen, die gegen die Hinrichtung gewesen waren, und diejenigen, die Zweifel hegten, schwankten jetzt nicht länger. Einen Menschen hatten sie schon in den Flammen umkommen sehen, und das war genug. Jetzt sahen sie Brianna als das, was sie war, ein mit der Schönheit und der Frische der Jugend gesegnetes junges Mädchen.

Brianna war eine der ihren, und sie waren stolz auf soviel Schönheit in ihrer Mitte. Vielleicht fehlte ihnen der Mut, das eigene Leben zu riskieren, doch sie wollten dem Mädchen helfen, wenn es ihnen möglich war.

Matthews starrte sie nur weiter an. Er zitterte innerlich. Sie sah aus wie Pegeen MacCardle, doch sie war viel jünger, ein Kind fast noch, und dennoch so verführerisch wie eine reife Frucht. Sie trug ein schlichtes Kleid aus grobem Wollstoff, trotzdem erschien sie Matthews wie das schönste Geschöpf unter der Sonne, das er jemals gesehen hatte. Etwas rührte sich in ihm und riß ihn aus seiner Starre. Dieses Etwas war das Begehren, und es war ebenso bannend wie die Furcht.

Der Blick, mit dem sie ihn bedachte, drückte unbeschreiblichen Abscheu und unendliches Entsetzen aus. In ihren klaren blauen Augen las Matthews, daß er für diese junge Frau etwas viel Gräßlicheres war als sämtliches Ratten- und Schlangengezücht zusammen.

Seine Furcht verging. Das Begehren blieb. Und der Zorn. Dieses Mädchen war zweifellos Teufelsbrut. Nur der Teufel konnte eine Frau so erschaffen, daß sie einen Mann in eine zitternde, hirnlose, der fleischlichen Lust verfallene Kreatur zu verwandeln vermochte. Nur der Teufel konnte ihr trotziges Kinn so anheben und ihr, dem einfachen Bauernmädchen, eine so aristokratische Ausstrahlung verleihen.

Diese Hexe! Diese Teufelsbrut!

Matthews hob die Hand und wies mit dem ausgestreckten Finger auf die junge Frau. „Ergreift sie!“ rief er. „Im Namen König James II., des Herrschers von England, Schottland und Wales! Ich beschuldige dich . . .“

Brianna hörte die Worte wie durch eine dichte Wand aus grauem Nebel. Das Entsetzen hatte sie gelähmt, der Schrecken hielt sie gepackt. Pegeen war tot. O Gott, sie war wirklich tot, und die Luft stank nach ihrem verbrannten Fleisch!

Und jetzt starrte dieser Hexenfinder sie, Brianna, an. In seinen dunklen Augen spiegelte sich das Feuer des Scheiterhaufens. Matthews nannte sie „Hexe . . .“

Brianna drehte sich um und rannte.

★

An eine Wand in einer schmalen Gasse gedrückt, dachte Brianna daran, daß wohlmeinende Nachbarn sie davor gewarnt hatten, zum Richtplatz zu gehen. Doch seit dem Tag, an dem die Männer in das Waldhaus ihrer Tante gedrungen waren und Pegeen hinausgezerrt hatten, hatte Brianna wie in einem wirren, schrecklichen Alptraum gelebt.

Sie war im Wald gewesen, als die Männer gekommen waren. Hinter den riesigen Eichen verborgen, die das kleine Haus umstanden, hatte sie mit ansehen müssen, wie ihre Tante fortgebracht wurde . . .

Die Stimmen in den Straßen schienen näher zu kommen. Brianna flüchtete in eine andere Gasse und preßte sich gegen die rückwärtige Mauer einer Bäckerei. Ein paar Kornkisten boten ihr Deckung, und so konnte sie sich die Zeit nehmen, wieder zu Atem zu kommen. Sie schloß die Augen und erinnerte sich wieder an das Geschehene.

Als man Pegeen fortführte, war Brianna zuerst wie gelähmt gewesen, doch nachdem ihr ganz bewußt geworden war, was sich hier abgespielt hatte, war sie den Häschern nachgestürmt. Die berittenen Männer waren mit Pegeen als ihre Gefangene schon beinahe bis an die Straße gelangt, als Brianna ihr Waldhaus erreichte und dann nach sekundenlangem Zögern weiterrannte. Auf ihren bloßen Füßen war sie beinahe ebenso schnell wie die Pferde gewesen, doch die rundliche Mistress Willow, ihre Nachbarin im Wald, hatte sie aufgehalten, indem sie sich praktisch auf sie geworfen hatte.

„Brianna! Du darfst nicht hinterherlaufen!“ Mistress Willow hatte Tränen in den Augen. „Es gibt nichts, das du jetzt tun könntest, Mädchen.“

„Sie haben sie mitgenommen! Sie haben Pegeen fortgebracht! Der Hexenfinder hat Pegeen . . .“

Mistress Willow hatte das Mädchen an sich gedrückt. „Pegeen ist jetzt in Gottes Hand, mein Kind. Und du kannst ihr nicht helfen. Du wirst bloß erreichen, daß man dich auch einsperrt. Wir können jetzt nur abwarten und Gott den Herrn bitten, daß er uns helfend beisteht.“

Doch Gott der Herr hatte ihnen nicht helfend beigestanden, obwohl Brianna ihn bis zum letzten Augenblick darum angefleht hatte.

Pegeen MacCardle war der gütigste, sanfteste Mensch auf Erden gewesen. Sie hatte den Wald und alle Geschöpfe geliebt, und sie hatte Brianna geliebt. Ihr ganzes Leben lang hatte sie sich um die Kranken und Verletzten gekümmert, ob es sich um ihre Nachbarn oder um alle anderen großen oder kleinen Lebewesen gehandelt hatte.

Ihr großer Wunsch, zu heilen, hatte sie schließlich auf den Scheiterhaufen gebracht. Die Frau eines Bauern, den Pegeen mittels ihrer Kräutertränke von seiner lebensbedrohenden Kehlkopfentzündung befreit hatte, hatte sie angezeigt und angegeben, Pegeen hätte ihren Mann „behext", weil dieser seine Lebensretterin nun wie eine Heilige verehrte ...

Brianna öffnete die Augen. War sie weit genug fortgelaufen? Nein. Sie konnte die Stimmen näher kommen hören. Sie stieß sich von der Mauer der Bäckerei ab und eilte blindlings weiter durch die Gassen. Wieder fand sie Schutz hinter einem Mauervorsprung und versuchte, zu Atem zu kommen.

Pegeen! Es war doch einfach unmöglich, daß sie auf so brutale, grausame Weise zu Tode gekommen war!

Als Brianna elf Jahre alt gewesen war, hatte eine Seuche ihre Eltern dahingerafft, und sie war zunächst zu Verwandten ihrer Mutter nach England geschickt worden. Die Powells waren gütige Menschen, wenn auch sehr strenge Puritaner gewesen, und das hatte für die Tochter eines gutaussehenden und lebenslustigen Vaters eine große Umstellung bedeutet. Auch waren die Powells sehr arm gewesen, und Brianna hatte sich stets als eine zusätzliche Last für sie empfunden.

Robert, ihr Vetter zweiten Grades und zehn Jahre älter als sie, hatte sich immer wieder – wenn auch vergeblich – bemüht, ihr klarzumachen, daß sie eine zusätzliche Hilfe und keine Bürde war. Er war ein streng religiöser, ernster junger Mann und stets freundlich und sanft zu ihr gewesen.

Dann war Pegeen gekommen und hatte Brianna auf Anhieb gern gehabt. Sowohl die Powells als auch Brianna hatten gewußt, daß sie geliebt und umhegt aufwachsen würde, wenn sie mit Pegeen nach Schottland zurückkehrte.

Während der nächsten acht wunderbaren Jahre war Brianna in dem kleinen Waldhaus ihrer Tante herangewachsen und hatte Pegeen als einen wahrhaft grundguten Menschen kennengelernt. Ihre Religion war der Wald, und ihr Gott war ein Gott der Güte gewesen.

Und dieser Gott hätte ihr helfend beistehen müssen, doch das hatte er nicht getan, und jetzt war Pegeen MacCardle tot, und zwar auf Anordnung von Matthews, dem Hexenfinder.

Briannas Herz stockte. Genau in diesem Moment konnte sie Matthews Stimme hören!

„Findet sie! Findet die Hexe!"

Matthews war sehr nahe. Die Gasse schien voller Flüstern zu sein. Das Geräusch eilender Schritte schien von allen Seiten zu kommen. Brianna lief um eine Ecke und stieß mit einem uralten Mann zusammen. Beinahe hätte sie laut aufgeschrien, doch er legte einen Finger an die Lippen.

„Lauf, Mädchen, lauf!"

Gewiß, aber wohin? Doch wenn sie nicht liefe, würde sie auch zu verkohltem Fleisch und zu Asche im Wind werden. Die schreckliche Angst trieb sie voran.

Der Wald, dachte sie. Sie mußte aus der Stadt hinaus und in den Wald laufen. Dort wußte sie Schutz und Unterschlupf, bis sie eines Tages den Weg zu den Powells zurück finden würde. Ja, die Powells würden ihr jetzt helfen. Robert oder sein Vater wußten ganz bestimmt, was jetzt zu tun war und wo man sie, Brianna, verstecken konnte.

Sie rannte die nächste nach entleertem Nachtgeschirr und verfaultem Abfall stinkende Gasse entlang. Eine Katze, dürr wie ein Gerippe, geriet ihr fauchend in den Weg. Brianna stolperte über das Tier und stürzte in den Schmutz. Hastig raffte sie sich wieder auf.

„Hier entlang!" rief ein Soldat der Krone.

„Diese Gasse hinunter!" rief ein zweiter.

„Eine Hexe sollst du nicht am Leben lassen!" rief eine dritte Stimme. Dieser Bibelvers war zum Wahlspruch der

Hexenverfolgung geworden.

Ohne klar und logisch zu denken, lief Brianna weiter. Als sie um die nächste Ecke bog, schlug ihr der salzige Seewind entgegen, der die Luft von dem schrecklichen Brandgeruch und dem Abfallgestank reinigte.

Sie erreichte die Häuserreihe am Hafen, Stadthäuser, die Kapitänen und Kaufleuten gehörten. Diesen Häusern gegenüber befanden sich die Kaianlagen und die Schiffe. Vom winzigen Fischerboot über massive Handelssegler bis zu Kriegsschiffen ankerten hier alle Arten von Wasserfahrzeugen.

Und hinter den Schiffen befand sich der weite Atlantik, der genauso grau und ungnädig wirkte wie der Himmel darüber.

Brianna blieb einen Moment stehen, holte tief Luft und schaute zu allen Seiten nach einem Versteck aus. Ihr blinder Zickzacklauf durch die Gassen hatte sie anscheinend in eine offene Falle geführt.

In diesem Moment fuhr ein greller Blitz über den Himmel, und der Donnerschlag folgte so schnell, daß Brianna den Eindruck hatte, das Firmament hätte sich gespalten. Im nächsten Augenblick prasselte der Regen in Strömen herunter.

Die dicken Tropfen nahmen Brianna fast die Sicht, trotzdem entdeckte sie jetzt am Ende der Häuserreihe ein Schild, das vom Wind hin- und hergeschlagen wurde. „Haw's Tavern" konnte sie entziffern, und weil sie hier schließlich nicht im Regen stehenbleiben und auf ihre Festnahme warten konnte, rannte sie zu dem Haus und sprang die drei wackligen Stufen zur Eingangstür hoch.

In der Taverne war es beinahe so grau wie draußen, doch die Gerüche, die hier in der Luft lagen, waren durchaus angenehm. Der Duft frischen Brots und gutgewürzten Fleischs erfreute die Sinne und machte Appetit.

Für einen Augenblick blieb Brianna an der Tür stehen. Sie sah grobe Holztische und einen Kamin an der hinteren Wand, der eine heimelige Wärme ausstrahlte. An einigen der Tische saßen Männer, alte Seeleute dem Aussehen nach, doch zu Briannas Erleichterung war sie hier nicht das einzige weibliche Wesen.

Eine Frau mit einem reichlich tief ausgeschnittenen roten Gewand saß bei einem der Seeleute. Außerdem gab es hier noch Schankmädchen, und zwei von ihnen waren damit beschäftigt, Bierkrüge sehr geräuschvoll abzustellen und den Gästen riesige Hammelkeulen aufzutischen. Brianna hoffte inständig, daß die Münzen in ihrem Schuh für einen Krug Bier reichten. Falls sie sich damit dann still in eine dunkle Ecke des Schankraums setzen konnte, gewann sie ein wenig Zeit.

Entschlossen bewegte sie sich an der Wand entlang auf einen Tisch zu, der nicht nur im Dunkeln stand, sondern auch noch von einem dicken hölzernen Stützträger halb verborgen war. Nervös schlüpfte sie an dem Träger vorbei und hoffte, sich dahinter rasch hinsetzen zu können, bevor sie von den anderen Gästen bemerkt wurde. Im nächsten Augenblick hätte sie beinahe laut aufgeschrien.

Der Stuhl hinter dem Stützträger war nicht frei, und Brianna hatte sich keineswegs auf blankes Holz gesetzt. Das, worauf sie saß, war zwar fast so hart wie Holz, dabei jedoch warm und lebendig.

Sie versuchte sofort wieder aufzuspringen, was ihr allerdings nicht gelang, denn zwei starke Arme hatten sich schon um sie gelegt. Sie drehte sich halb herum und blickte in zwei fesselnde grüne Augen, die zu einem markanten, gutaussehenden Gesicht gehörten.

Der Besitzer des Gesichts hob amüsiert eine schwarze Augenbraue und lächelte. „Ich habe schon auf dich gewartet. Willkommen in der Taverne."

„Wie bitte?"

Jetzt betrachtete der Mann sie leicht verärgert. „Du siehst ja fürchterlich aus! Selbstverständlich habe ich nicht die letzte Pariser Mode erwartet, aber doch wenigstens Sauberkeit."

„Ich muß doch sehr bitten!" empörte sie sich, und dann ging Brianna auf, daß der Mann eine Dirne erwartet hatte und nun annahm, sie selbst wäre die Frau, die er bestellt hatte. Jetzt konnte sie nur an Flucht denken.

„Nein ..." begann sie, doch schon kam ein vierschrötiger Mann mit vorgebundener Schürze heran.

„Hinaus aus dieser Taverne, Mädchen!" befahl er. „Wir bedienen hier keine Frauen!" Er wollte Brianna beim Arm fassen und hochziehen.

„Laß Er sie in Ruhe, Liam", sagte der grünäugige Fremde ruhig. „Ich habe diese ... Gefährtin erwartet." Er hatte sehr leise gesprochen, dennoch klangen seine Worte wie ein strenger Befehl. Sofort hielt Liam inne und grinste verlegen.

„Wie Ihr wollt, Kapitän. Ganz wie Ihr wollt."

„Ach ja, und Liam, lasse Er der Dame Wein statt Bier bringen und dazu etwas von dem Hammelgericht und dem frisch gebackenen Brot."

„Gleich, Euer Lordschaft, gleich." Liam eilte fort.

★

Langsam lichteten sich die grauen Nebel der Furcht und der Benommenheit, und Briannas Verstand begann wieder zu arbeiten. Sie blickte zu der Frau in Rot hinüber, die sie beim Betreten der Taverne gesehen hatte. War schon die Farbe des Kleides unverschämt grell, so war der tiefe Ausschnitt über den schwellenden Brüsten geradezu schamlos. Außerdem waren die Wangen der Frau dick gepudert und mit Rouge bemalt. Und dieser Mann hier hatte sie, Brianna, mit dieser Schlampe in Rot auf eine Ebene gestellt!

Der Zorn wallte in ihr auf. Sie versuchte die Finger fortzuziehen, die sie wie eiserne Fesseln festhielten. „Laßt mich los!" befahl sie.

„Loslassen?" Wieder hob der Mann amüsiert eine Augenbraue. „Wie du willst", sagte er spöttisch. Er stand unvermittelt auf, und Brianna fiel von seinem Schoß auf den Boden.

Stumm starrte sie zu ihm hinauf; zum Sprechen war sie fürs erste viel zu wütend. Außerdem wirkte der Mann aus ihrem gegenwärtigen Blickwinkel ungeheuer groß und breit. Eine rehbraune Kniehose lag fest an seinen muskulösen Schenkeln an, und sein meisterhaft geschneiderter marineblauer offener Überrock betonte die Breite seiner Schultern. Darunter waren seine schmalen Hüften zu erkennen. Der Mann trug hohe schwarze Stiefel, die Brianna aus ihrer würdelosen Sitzposition besonders gut sehen konnte und in denen sie kräftige Waden vermutete.

Als ihr bewußt wurde, daß sie ihm praktisch zu Füßen lag und ihn ganz offen musterte, sprang sie rasch auf und stemmte die Hände auf die Hüften. Da sie dem Mann nicht einmal bis ans Kinn reichte, mußte sie den Kopf in den Nacken neigen, um ihm ins Gesicht sehen zu können.

„Bastard", zischte sie.

Er zuckte die Schultern. Seine halbgeschlossenen Augen deuteten Gleichgültigkeit an. „Ich bin nicht in der Stimmung für Spielchen", erklärte er und blickte sie danach aus nun wieder ganz geöffneten Augen an.

Diese Augen verhießen nichts Gutes, doch Brianna war viel zu aufgebracht, um Gefahrensignale zu beachten. Das Benehmen dieses „Lords" war einfach unannehmbar. Sie holte aus und schlug ihm ins Gesicht.

Im nächsten Moment war ihre Hand in stahlhartem Griff gefangen, und Brianna gestand sich ein, daß sie die Warnsignale in den seegrünen Augen doch hätte beachten sollen.

Zu spät erinnerte sie sich daran, weshalb sie eigentlich in die Taverne geflüchtet war. Der Mann hier mochte gefährlich sein, doch Matthews war der wahre Feind, und vor ihm konnte der Fremde sie möglicherweise retten. Zumindest wollte sie versuchen, Zeit zu gewinnen.

„Madam", sagte er rauh, wobei sich die Anrede wie der reine Spott anhörte, „wie ich Ihr sagte, bin ich nicht in der Stimmung für Spielchen. Sie erschien mir hungrig, und ich war bereit, Ihr ein Mahl anzubieten. Wenn jedoch unser Arrangement nicht Ihren Wünschen entspricht, steht es Ihr frei zu gehen. Dort ist die Tür."

Rasch senkte Brianna den Blick. Sie konnte die Taverne nicht verlassen. Das wagte sie nicht. Die wahnsinnigen Häscher des Königs mochten noch immer durch die Straßen streifen und „Hexe!“ schreien.

Wie die eisigen Wasser eines winterlichen Bergbachs durchströmte Brianna die Entschlossenheit – kalt, so kalt, ganz anders als die verzehrenden Flammen des Todes. Ihrer Tante konnte sie nicht mehr helfen. Möglicherweise konnte sie jedoch versuchen, sich selbst zu retten. Gott stehe mir bei, dachte sie. Nachdem sie die Flammen des Todes gesehen hatte, war sie bereit, ihre Seele jedem Teufel zu verkaufen, wenn dieser dafür willens wäre, sie zu retten.

Der Mann hier wollte eine Dirne? Gut, sie mußte ihm diese Rolle vorspielen. Würde sie das tun können? Wirklich? Brianna erschauderte. Sie mußte es tun!

„Vergebt mir“, flüsterte sie bescheiden, ohne den Blick zu heben. Sie setzte sich auf den freien Stuhl dem Mann gegenüber und blickte so lange auf den groben Tisch vor sich, bis sie sich vollends gefaßt hatte. Dann hob sie den Kopf und schaute den Mann mit großen Augen und einem reumütigen Lächeln auf den Lippen an.

„Ich bedaure es wirklich sehr. Das Wetter ist schrecklich, und ich hatte Schwierigkeiten auf meinem Weg hierher. Ich bin gestürzt und habe mich dabei sehr schmutzig gemacht. Ich fürchte, jetzt bin ich sehr nervös.“ Sie ließ ihre Wimpern flattern und senkte sie dann wieder. Hoffentlich wirkte sie glaubwürdig auf den Mann.

Er streckte ein Bein neben dem Tisch aus, legte einen Arm auf die Platte und trommelte mit den Fingern darauf. „Wie heißt du?“ fragte er.

Sie schaute zu ihm auf und schenkte ihm ein strahlendes Lächeln. „Brianna“, antwortete sie leise. Wie lange kann ich hier bei ihm bleiben? fragte sie sich. Kann ich ihn davon überzeugen, daß ich das bin, was er gewollt hatte? Ist er ein treuer Anhänger König James'? Wird er mich deshalb dem Hexenfinder ausliefern?

Briannas Magen krampfte sich zusammen. Die Rolle, die sie sich zugeschrieben hatte, wurde ihr von Minute zu Minute unbehaglicher, doch sie mußte sie durchhalten.

„Ihr seid sehr gütig“, sagte sie und lächelte wieder. „Ich

bin wirklich außerordentlich hungrig, und das angebotene Mahl wird mir guttun."

„Seife und Wasser ebenfalls", setzte er hinzu und musterte sie dabei. Brianna schaute ihn ebenfalls an und stellte fest, daß sie durchaus kühn sein konnte. Die letzten Tage und besonders die letzten Minuten hatten ihr Leben vollkommen verändert. Ihre sorglose Jugend, alle ihre Träume waren dahin.

Sie senkte den Kopf. Noch vor wenigen Tagen war sie sich ihrer Zukunft so sicher gewesen. Sie hatte davon geträumt, daß ein tapferer Ritter in schimmernder Wehr zu ihr kommen, sich in sie verlieben und ihr ewige Ergebenheit schwören würde.

Für die einheimischen Jungen war sie die „Brianna von den Wäldern" gewesen, unberührbar und unerreichbar wie eine Märchenprinzessin. Sie hatte mit ihnen zusammen gelacht und ihre Verehrung akzeptiert, aber sie war so keusch gewesen, so entschlossen, daß niemand sie berühren durfte außer dem Traumritter, der eines Tages in Liebe zu ihr kommen würde.

Das war noch vergangene Woche gewesen. Heute saß die unberührbare Märchenprinzessin bei einem Mann, der sie für eine Dirne hielt. Und dieser Mann war kein Junge. Er wirkte so schroff wie die Berge des schottischen Hochlands und so unerbittlich stark wie die See, die gegen die Küste brandete.

Brianna biß die Zähne zusammen. Dies hier war die Wirklichkeit, und es galt, alles zu tun, um den Mann zufriedenzustellen. Sie wollte alles daransetzen, um nicht auf dem Scheiterhaufen zu enden. Die andere Brianna, die Prinzessin aus den Wäldern, durfte sie daran nicht hindern.

Sie überlegte sich, daß eine Dirne jetzt vielleicht etwas Schmeichelhaftes äußern würde. Also lächelte sie und sagte leise: „Es ist ein großes Vergnügen, einen Mann von Eurer Stärke zu sehen."

„So?" fragte der Fremde.

Sie lächelte weiter, obwohl sie ihm am liebsten ins Gesicht geschlagen und ihm deutlich gesagt hätte, daß er unglaublich anmaßend war. Was würde jetzt eine echte Dirne entgegnen? Überhaupt – was würde geschehen, falls jetzt die echte Dirne auftauchte?

„O ja, in der Tat", antwortete Brianna. „Eine so große Freude ist es, daß ich es kaum erwarten kann, mit Euch allein zu sein."

Eines der Schankmädchen kam mit einer Schüssel, in der das Hammelgericht dampfte, einem Zinnbecher Wein und einem Krug Bier für den Kapitän oder Lord oder was immer er auch sein mochte.

Das Mädchen war hübsch und üppig gerundet. Für den Kapitän hatte es ein keckes Lächeln und für Brianna einen skeptischen Blick übrig. Es stellte sich ganz dicht neben den Kapitän. „Braucht Ihr noch etwas, Herr?"

Er lächelte dem Mädchen zu. „Ich glaube nicht, Bessie. Danke."

Bessie deutete einen Schmollmund an. „Wenn Ihr es Euch doch noch anders überlegt, dann laßt es mich nur wissen, Herr." Sie blickte bedeutungsvoll zu Brianna hinüber, an deren Qualitäten als „Gefährtin" sie offensichtlich zweifelte.

„Er wird es sich nicht anders überlegen, Bessie", sagte Brianna freundlich, wenn auch mit warnendem Unterton, worauf Bessie sich umdrehte, ihr ansehnliches Hinterteil schwenkte und davonging.

Brianna war furchtbar hungrig. Deshalb wollte sie eilig etwas essen und dann den Schankraum verlassen. Der Mann musterte sie noch immer und beugte sich über den Tisch zu ihr.

„Eßt Ihr nicht?" fragte sie.

Er schüttelte den Kopf. „Ich habe bereits gegessen."

Sie warf einen Blick zur Tür. Jeden Moment konnten die Soldaten in die Taverne hereinstürmen, „Hexe!" schreien und sie auf die Straße hinauszerren. Sie mußte sich also mit dem Essen beeilen.

Das tat sie, und zwischen den Bissen trank sie in großen Schlucken. Der Wein war stark und wirksam. Er half, den

Schrecken abzumildern, der sie noch immer befiel, wenn sich die Tavernentür öffnete.

Sie erschrak, als der Kapitän, der bis jetzt unablässig mit den Fingern auf die Tischplatte getrommelt hatte, seine Hand plötzlich über ihre legte. Argwöhnisch hob Brianna den Blick und schaute ihn an.

„Bist du fertig?" erkundigte er sich.

Sie nickte unsicher. Die Angst packte sie wieder. Eiskalte Schauder liefen ihr über den Rücken. Sie mußte ihre Rolle weiterspielen, wenn sie aus dem Schankraum entkommen wollte. Ich muß mich in mich selbst zurückziehen und innerlich Abstand gewinnen, dachte sie. Dann kann er mich nicht wirklich berühren.

„Wünschst du noch etwas? Noch mehr Hammeleintopf?"

„Nein", lehnte sie rasch ab. Sie beugte sich über die Tischplatte, streckte die Hand aus und streichelte seine Wange. Ihre Fingerspitzen schienen bei dieser Berührung zu brennen. Der Kapitän war so ... beunruhigend männlich. Am liebsten hätte sie die Hand sofort wieder zurückgezogen. „Ich sagte Euch ja, ich kann es kaum erwarten."

Er griff ihre Hand und drückte sie sich an die Lippen. „Wirklich?" fragte er leise. „Ich kann dich auch kaum erwarten – nachdem du dich gewaschen hast, natürlich."

Mit einem Ruck zog Brianna die Hand zurück, behielt ihr Lächeln aber bei. Der Kapitän winkte dem Schankmädchen, doch ehe es an den Tisch kam, wurde die Eingangstür aufgestoßen. Ein humpelnder Krüppel kam herein.

„Sie durchkämmen die Straßen da draußen", rief er aufgeregt. „Eine Hexenjagd!"

Brianna erstarrte. Kalte Finger schienen sie zu würgen. Rasch senkte sie den Blick und hoffte, daß ihr Schrecken nicht sichtbar wurde.

Der beeindruckende Kapitän beachtete sie überhaupt nicht. Er stieß einen angewiderten Fluch aus. „Abergläubisches Pack", murmelte er dann ärgerlich vor sich hin.

Brianna hörte seine Worte kaum, denn Panik ergriff sie wieder. „Können wir jetzt gehen?" fragte sie leise. Sie stand auf und faßte den Kapitän bei der Hand. Aber gehen? Wenn sie gingen, würde sie das von ihm Beabsichtigte nicht mehr länger hinauszögern können, zumal sie ja selbst gesagt hatte, sie könnte es kaum erwarten. Und dann würde er entdecken, daß sie nicht das war, wofür sie sich ausgab.

Bis es soweit war, würden allerdings noch einige Minuten vergehen, und im Augenblick kam es auf jede einzelne Minute an. Brianna mußte aus dem Schankraum hinausgelangen, ehe die Häscher möglicherweise hereinstürmten.

Der Kapitän hob zum drittenmal seine schwarze Augenbraue, was Brianna an ihre Rolle erinnerte.

„Bitte!" sagte sie sehr lieb und sanft.

Er lächelte ein wenig und neigte den Kopf. „Gewiß." Er stand auf, und wieder mußte sie über seine enorme Körpergröße staunen. Wo mag er sein Quartier haben? überlegte sie. Falls er mit ihr auf die Straße hinaustreten wollte, wäre sie verloren.

Er legte ihr die Hand auf den Arm und geleitete sie von dem abgeschirmten Tisch fort. Der Krüppel erzählte inzwischen, was sich bei der Hexenverbrennung zugetragen hatte. Die Gäste der Taverne lauschten ihm eifrig und beachteten es kaum, als der Kapitän Brianna zur Treppe führte.

Bessie hingegen, die die Nase noch immer ein wenig zu hoch trug, hielt die beiden auf dem Treppenabsatz auf. Sie warf Brianna einen verächtlichen Blick zu und schaute dann den Kapitän keck an. „Euer Zimmer ist frisch und sauber, Lord Treveryan", sagte sie mit einem kleinen Knicks. „Ihr werdet mich doch rufen, wenn . . ."

„Wasser, Bessie, und Seife bitte."

„Sofort, Euer Lordschaft." Wieder knickste das Mädchen. Es rümpfte die Nase in Briannas Richtung, doch Brianna beachtete das nicht, denn sie dachte über das nach, was Bessie eben gesagt hatte.

Lord Treveryan. Der Mensch war also tatsächlich ein Edelmann. Mochte er auch Hexenjagden verabscheuen, so konnte er doch durchaus ein loyaler Anhänger König James' sein.

2. KAPITEL

Viel Zeit blieb Brianna nicht zum Nachdenken, denn schon wurde sie in einen kleinen, spärlich möblierten Raum geschoben. Sie sah ein Bett, eine Kommode und einen einfachen Wandschirm. Kaum hatten sie das Zimmer betreten, als auch schon Bessie mit Waschschüssel und Wasserkanne folgte. Sie trug beides hinter den Wandschirm, wo sich wohl ein Tisch befand, denn Brianna hörte, wie die Steingutkanne auf Holz abgestellt wurde.

Wesentlich interessanter fand sie allerdings das Fenster, das zur Straße hinausgehen mußte. Unsicher trat sie heran und schob die Fensterläden einen Spaltbreit auseinander. Jetzt regnete es nicht mehr, und aus Nachmittag war Abend geworden. Ein Soldat in königlicher Uniform schritt gerade die Straße entlang.

Als sich eine Hand auf ihre Schulter legte, wäre Brianna vor Schreck fast aus dem Fenster gesprungen.

„Was hast du?" fragte Treveryan gereizt. Er drehte sie zu sich herum und schien sie mit den Blicken durchbohren zu wollen.

Sie mahnte sich, daß ihr Leben auf dem Spiel stand. „Nichts", hauchte sie. „Gar nichts."

Erstaunlich sanft ließ er seine Fingerspitzen über ihre Wange zu ihrem Mund gleiten. Sie erschauerte, als er mit dem Daumen über ihre Lippen strich.

„Wenn du hier nicht sein willst, Brianna, dann mußt du jetzt gehen." Seine Stimme klang sehr dunkel und weich.

Gehen! Hinausgehen, wo doch die Männer des Königs durch die Straßen streiften? „Nein", sagte sie rasch und bedachte ihn mit einem verführerischen Lächeln. „Nein. Ich bin genau da, wo ich sein will."

„Dann wollen wir ... zur Sache kommen, ja?" fragte er freundlich, wenn auch ein wenig ungeduldig. Seinen dunkelblauen Überrock hatte er inzwischen abgelegt. Darunter trug er ein Hemd aus feiner weißer Seide.

Brianna erschauderte, jedoch nur kurz, denn gleich erinnerte sie sich wieder an die Rolle, die sie spielen mußte. Falls sie dem Mann nicht gefiel, würde ihr schon eine Erklärung einfallen, doch solange er ihr dieses Versteck, diese Sicherheit hier anbot, wollte sie bei ihm bleiben.

„Der Waschständer befindet sich dort drüben", teilte er ihr sachlich mit.

„Ja, ja, gewiß", sagte sie nervös und trat rasch hinter den Wandschirm. Dort hielt sie einen Moment inne. Falls es ein rettendes Wunder gab, so mußte es jetzt geschehen.

Kein Wunder geschah. Brianna schloß für einen Moment fest die Augen, dann öffnete sie den Schnürverschluß ihres schmutzigen Obergewands und ließ es zu Boden gleiten. Nur noch in ihrem Unterkleid, fröstelte sie ein wenig. Sie griff nach der Seife. Sich von dem Straßenschmutz zu säubern, war durchaus angenehm, doch das Wasser war eiskalt und brachte sie mehr zur Besinnung, als ihr lieb war.

Sie konnte es nicht tun. Sie konnte dieses Maskenspiel nicht bis zum Ende durchhalten!

„Brianna!" Das klang schon sehr ungehalten.

Hinter dem Wandschirm zuckte Brianna zusammen. Aus ihrem Abscheu gegen das, was dieser Mann vorhatte, schöpfte sie Kraft. „Ich komme ja!" rief sie ungnädig und erschrak dann über ihren eigenen Ton. „Ich möchte Euch doch nur gefallen", fügte sie seidenweich hinzu. Dann trat sie hinter dem Wandschirm hervor und eilte zu dem wartenden Mann.

Sie schlang die Arme um ihn, ließ ihre Finger über seinen Nacken streichen und fühlte das Spiel seiner Muskeln unter dieser Berührung. Ihre Brüste preßten sich gegen seinen breiten Oberkörper. Treveryan legte ebenfalls die Arme um sie, und sie spürte seine Kraft und die Wärme, die sich auf sie zu übertragen schien.

Das Spiel muß weitergehen, mahnte sie sich. Doch wenn es zu Ende war? Was geschah, wenn er genug von ihr hatte? Ihr blieb nur die Hoffnung, daß es dann bereits dunkle Nacht war und sich keine Soldaten mehr in den Straßen befanden. Dann wollte sie in den Wald fliehen, sich dort verstecken und sich später irgendwann zu den Powells durchschlagen.

Sie lächelte ihn an und war sich dabei bewußt, daß sie keine Ahnung hatte, was jetzt von ihr erwartet wurde. Vielleicht genügten ja Worte. „Lord Treveryan, glaubt mir, ich wünsche mir tatsächlich, hier und nirgendwo sonst zu sein", versicherte sie leise, und ihre Nervosität machte ihre Stimme dunkel und verführerisch heiser.

„Das freut mich", sagte er ebenso leise. Er wandte sich ab, setzte sich aufs Bett und zog sich die Stiefel aus. Unterdessen schaute er Brianna an, als erstaunte und gefiele ihm, was er sah. Sie hingegen riskierte noch einen raschen Blick aus dem Fenster und sah, daß noch immer Soldaten durch die Straßen streiften.

Furchtsam drehte sie sich wieder zu Treveryan um. Es ließ sich nicht bestreiten, daß er ein ausnehmend stattlicher Mann war, schlank, elastisch und mit so kräftigen Muskeln ausgestattet, daß man ihr Spiel unter den weiten Ärmeln seines Seidenhemds und unter dem enganliegenden Stoff seiner Kniehose verfolgen konnte.

Noch schöner war sein Gesicht mit den seegrünen Augen und den pechschwarzen Brauen. Brianna konnte ihn sich gut als Kapitän eines großen Schiffes vorstellen, wie er fest im Wind stand und wie sich seine befehlende Stimme über jeden Sturm erhob. Zweifellos beeilten sich alle Männer an Bord, seinen Befehlen Folge zu leisten.

Brianna mußte die Hände fest zusammenlegen, damit sie nicht zitterten. Ihr wurde immer klarer, in welch mißlicher Situation sie sich befand. Sie war gezwungen, vor diesem machtbewußten, in gewisser Weise arroganten Mann eine höchst demütigende Rolle zu spielen. Wie gern hätte sie gerade vor solch einem Menschen ihren eigenen Stolz hochgehalten!

Treveryans Stiefel polterten zu Boden.

Briannas Herz hämmerte. Ihre Glieder waren wie erstarrt. Sie fürchtete plötzlich, daß sie ganz einfach zerbrechen würde, falls er sie berührte. Jetzt kam er auf sie zu, und daß sich ein so großer und starker Mann derart geräuschlos bewegen konnte, verängstigte sie noch mehr. In seinen Augen sah sie ein geradezu teuflisches Glimmen, und an seinem kräftigen Hals pulsierte eine bläuliche Ader.

Und wenn ich meine Seele dem Teufel verkaufen müßte, dachte Brianna – und wurde dann sofort wieder von der Furcht eingeholt. Nein, das hier durfte nicht geschehen. Sie mußte Zeit gewinnen. Sie mußte um ein Wunder beten.

Sie trat einen Schritt zurück, um seiner Umarmung zu entgehen. Sofort zog er die Brauen zusammen, und Ärger sprach aus seinem Blick.

„Mädchen! Ich hab dir gesagt, daß ich nicht in der Stimmung für Spielchen bin. Ich muß bald auf mein Schiff zurückkehren, und ich habe keine Zeit für dein merkwürdiges Schauspiel!"

Brianna überlegte schnell. „Vergeßt Ihr nicht etwas?" fragte sie scheinbar keck.

„Was vergesse ich?"

„Die doch wohl übliche Vorauszahlung, Lord Treveryan." Würde er jetzt um den Preis feilschen? Konnte sie damit mehr Zeit herausschinden?

„Verdammt! Natürlich – aber dann laß uns auch endlich zu Rande kommen!" Er warf eine Handvoll Münzen aufs Bett. Brianna errötete vor Scham, doch er sah sie nicht mehr an. Er hatte sich angewidert abgewandt und schaute nun seinerseits aus dem Fenster auf die Straße hinunter.

Brianna starrte die Münzen an und war den Tränen nahe. Gleichzeitig hätte sie sich für ihre Dummheit ohrfeigen mögen. Dieser Mann wollte sie doch nicht beleidigen; er wollte sie nur vorübergehend besitzen. Und wenn sie sich weiterhin so lächerlich verhielt, würde sie sich selbst dem Scheiterhaufen immer näher bringen.

„Verdammt, Mädchen!" fuhr Treveryan sie an, und erst jetzt merkte sie, daß er sie wieder beobachtet hatte. „Ich frage dich noch einmal, bist du mit dem Handel und dem Preis einverstanden? Wenn nicht, dann geh! Ich wünsche keine unwillige Frau, ob Lady oder Hure!"

Wahrscheinlich war Brianna sichtbar zusammengezuckt, denn sofort mäßigte er seine Stimme. „Wenn du das Geld benötigst, Mädchen, dann nimm es. Doch wenn du gehen willst, dann gehe sofort. Ich war so lange auf See, und es gibt Dinge, die ich für eine Weile in den Armen einer sanften und süß duftenden Frau vergessen will. Wer diese Frau ist, interessiert mich nicht, solange sie hübsch und sauber ist und die Bedürfnisse eines Mannes befriedigen kann."

„Ich ..." begann Brianna, konnte jedoch nicht weitersprechen. Der Mann war so freundlich! Er bot ihr Geld für einen Dienst, den sie gar nicht geleistet hatte.

„Nun, entschließe dich endlich!" befahl er. „Vorhin warst du doch noch so eifrig. Hast du jetzt das Interesse verloren? In diesem Fall will ich, daß du verschwindest."

„Nein!" Rasch raffte Brianna die Münzen zusammen und ließ sie in die Tasche ihres Unterkleides gleiten. Sie würde Geld brauchen, um zu den Powells nach England zu gelangen. Mit zitternden Fingern versuchte sie danach, die Häkchen im Rücken ihres Unterkleides zu öffnen.

In diesem Moment klopfte jemand an die Tür. Brianna erstarrte.

„Euer Lordschaft?" Es war eine weiche Frauenstimme, und den Worten folgte ein leises Kichern.

Die Dirne! Das war die Dirne, die er erwartet hatte! In ihrer Verzweiflung schenkte Brianna ihm ein kurzes Lächeln und eilte dann zur Tür. Sie riß sie auf und trat in den Flur hinaus, wobei sie die goldblonde Frau mit dem geschminkten Gesicht fortschob.

„Wer bist du?" fragte die Frau hochmütig.

„Diejenige, die als erste hier war", antwortete Brianna scheinbar gelassen.

„Lord Treveryan hat mich zu sich bestellt!"

„Dann muß es sich um ein Mißverständnis handeln, denn

Lord Treveryan ist schon besetzt."
„Aus dem Weg! Man hat mir gesagt, ich soll zu ..."
„Das hat man mir auch gesagt." Brianna lächelte zuckersüß und dennoch eindeutig bösartig. Sie reichte der Frau eine von Treveryans Münzen. „Hier. Und nun fort, und zwar schnell!"
„Ich will aber nicht fort!" protestierte die Dirne. „Ich denke, ich rede selbst einmal mit Lord Treveryan, Kindchen, und frage ihn, ob er es nicht vorzieht, eine ..."
„Ich bin viel, viel jünger", fiel Brianna ihr ins Wort. Sie konnte es doch nicht zulassen, daß diese liederliche Frau hier ihr Leben bedrohte!
„Du magst deine Jugend haben, aber ich habe meine Erfahrung, und möglicherweise zieht Seine Lordschaft das vor, was ich zu bieten habe." Sie lachte. „Er ist nämlich nicht auf Brautsuche. Er sucht nur eine Stunde Unterhaltung."
„Brianna!" rief Treveryan laut und ärgerlich im Zimmer. Es hörte sich an, als wollte er herauskommen und sehen, was sich auf dem Flur abspielte.
Entschlossen und drohend trat Brianna einen Schritt auf die Frau zu. „Fort jetzt! Der Lord gehört mir, und um ihn zu behalten, würde ich dir notfalls den Hals von einem Ohr zum anderen durchschneiden! Nimm das Geld und verschwinde!"
Die Frau zögerte, doch dann erschien ihr die Goldmünze vorteilhafter als die Aussicht auf einen tätlichen Angriff. Sie drehte sich um und verschwand.
„Brianna!" kam der ungeduldige Ruf zum zweitenmal, und er schien sich wie eine Henkersschlinge um ihren Hals zu legen.
Nun, besser diese Schlinge als der Scheiterhaufen, dachte Brianna und kehrte wieder ins Zimmer zurück, zurück zu Lord Treveryan.

★

Nachdenklich betrachtete Michael Treveryan die ungewöhnliche blauäugige Schönheit, die ihm in den Weg geraten war. Sie verhielt sich höchst eigenartig. Im einen Moment meinte er, die sinnlichste aller Dirnen bei sich zu haben, und im nächsten war es ihm, als stünde er einer überaus arroganten Aristokratin gegenüber.

Brice MacPatrick, den Michael gleich nach dem Eindokken getroffen hatte, war der Ansicht gewesen, Seine Lordschaft benötigte dringend weibliche Gesellschaft. Er hatte versprochen, Michael etwas Besonderes zu besorgen, eine vorübergehende Ablenkung von den Sorgen der persönlichen Tragödie und von den Gefahren, die der wahre Grund von Lord Treveryans Aufenthalt in Glasgow mit sich brachte.

Er lächelte. Die junge Frau konnte durchaus eine Ablenkung für ihn sein und ihn für eine Weile alles andere vergessen lassen.

Manchmal schien sie vor seiner Berührung zu erschaudern. Dennoch hatte sie höchst temperamentvoll dafür gekämpft, ihn für sich allein zu haben. Zwar wirkte sie merkwürdig unschuldig, trotzdem ahnte er, daß sie zu einem Wirbelsturm der Wollust werden konnte. Sie schien die vorübergehende Beziehung zu bedauern, doch als er ihr die Möglichkeit zum Rückzug anbieten wollte, hatte sie sich nachdrücklich geweigert, sie anzunehmen. Sie hatte sogar die andere Frau fortgeschickt. Es war schon eine befremdliche Situation.

Wer war diese Brianna, und was ging hier eigentlich vor? Hatte der alte Brice ihm nur eine oder gleich mehrere Frauen schicken wollen?

Im Augenblick beschäftigte sich Brianna recht umständlich mit den Häkchen und Ösen, als widerstrebe es ihr, sich auszuziehen. Das wirkte allerdings ungeheuer aufreizend. Langsam zog sie ihr Unterkleid hoch und entblößte lange, wohlgeformte Beine, die so glatt waren wie Alabaster. Als der Saum ihre Oberschenkel erreicht hatte, zögerte sie wieder.

Michael wurde bewußt, daß er unwillkürlich den Atem angehalten hatte. Die gespannte Erwartung erhitzte sein Blut. Wieder hob Brianna ihr Unterkleid ein wenig weiter hoch, und jetzt konnte er ihren festen, runden Po sehen, der ebenso hübsch war wie ihre Beine. Ihre Taille war schmal, wodurch die weiblich geschwungenen Hüften besonders zur Geltung kamen. Sie besaß einen schlanken Rücken sowie glatte und gerade Schultern. Als sie ihre lange flammendrote Mähne zurückwarf, konnte Michael sekundenlang die Rundung ihrer Brüste erkennen.

Zu seinem großen Bedauern war es inzwischen sehr dunkel geworden. Gern hätte er eine Kerze angezündet, doch er tat es nicht, denn er spürte, daß diese Frau nur im Schatten zu ihm kommen würde.

Sie schaute ihn nicht an, sondern legte sich eilig aufs Bett. Für einen winzigen Moment konnte er sie dabei von vorn sehen. Seine Erregung stieg, und er atmete heftiger.

Ein lauter Ruf von der Straße her zerriß das Netz der sinnlichen Verzauberung, in dem Michael gefangen war. Er drehte sich um und schaute aus dem Fenster.

Matthews, dieser verdammte Irre! Michael hatte ihn früher schon einmal bei der Hexenjagd im Auftrage des Königs in Liverpool gesehen. Schon wieder brüllte der Mann irgend etwas. Er und seine Leute marschierten die Straße hinunter und verschwanden dann.

Ein leises Rascheln des Kissens veranlaßte Michael, sich wieder umzudrehen und die erstaunliche Frau auf dem Bett zu betrachten. Ihr Haar breitete sich wie ein seidener roter Fächer auf dem weißen Leinen aus. Sie hatte die Augen geschlossen, und ihre dunklen Wimpern lagen auf den Wangen. Ihr Gesicht und der schlanke Hals waren sanft gerötet.

Ich brauche sie nur anzuschauen, dachte Michael, und schon ist mir, als hätte mich ein Fieber befallen. Das Blut rauschte in seinen Ohren und verhinderte das klare Denken. Er wollte, daß endlich sein Begehren gestillt wurde, damit er für kurze Zeit alles vergessen durfte. Das konnte möglich sein.

Brianna schlug die Augen auf, blickte Michael kurz, aber höchst rätselhaft an, und schon senkte sie die Wimpern wieder. Sie lächelte ein wenig.

Ein Zittern durchlief Michael. Er trat ans Bett. Wieder

schlug sie die großen blauen Augen auf und schaute zu ihm hoch. Er konnte die Ader an ihrem Hals heftig pulsieren sehen und fragte sich zum wiederholten Male, wer diese einzigartige Frau wohl sein mochte. Sie war viel zu edel, viel zu schön für ihr Gewerbe.

Er berührte eine seidige Haarsträhne. Briannas Blick war tief und geheimnisvoll. Ihre Hände lagen zu Fäusten geballt auf dem Laken. Michael konnte die Augen nicht von ihren vollen, schönen Brüsten und dem verführerischen Tal dazwischen wenden. Ungeduldig lächelte er ihr zu. War sein Begehren auch beinahe unbezähmbar, so wollte er dennoch seine eigene süße Qual durch ein langes und beglückendes Vorspiel verlängern. Er wollte die Sinne dieser ungewöhnlichen Frau so lange reizen, bis ihre Erregung seiner gleichkam.

Er kniete sich neben sie und nahm sie sanft in die Arme. „Ich brauche dich, Brianna", flüsterte er.

Bildete er es sich nur ein, oder war sie bei seiner Berührung wirklich ein wenig zusammengezuckt? Er streichelte sie, und als seine Finger ihre Brüste berührten, fuhr sie tatsächlich merklich zusammen. Dennoch schob sie seine liebkosenden Hände nicht fort, die sich jetzt von ihren Schultern langsam über die Wirbelsäule zur Taille hinbewegten und dann die beiden Grübchen fanden, die in ihrem weichen Fleisch zu ertasten waren.

Brianna wagte kaum zu atmen. Wie gebannt schaute sie in Michaels Augen. Es hatte ihrer ganzen Willenskraft und ihrer Furcht vor dem Flammentod bedurft, um bei seiner allerersten Berührung stillzuhalten. Jetzt war es mehr als Willenskraft und Todesangst, das sie hielt.

Falls es tatsächlich einen Teufel gab, der die Unschuldigen zu locken und zu verführen vermochte, dann war es dieser Mann. Ihr bewußtes Denken wurde langsam ausgelöscht. Dafür erwachte ihr Körper zu ganz neuem Leben, und irgendwo tief in ihrem Inneren breitete sich eine nie gekannte Hitze aus. Brianna wollte schreien. Sie wollte den Mann fortstoßen. Sie wollte mehr!

„Suchen! Durchsucht alle Straßen gründlich! Eine Hexe sollst du nicht am Leben lassen!"

Der Ruf drang schwach von den Gassen her ins Zimmer. Brianna hörte ihn und zwang sich dazu, nicht darauf zu reagieren. Vielmehr beschenkte sie Treveryan mit dem erotischsten und verführerischsten Lächeln, das sie zustande brachte, und schloß dann die Augen. Dicht schmiegte sie sich an ihn, schlang die Arme um seine Schultern und ließ ihre Fingernägel leicht über seine Haut streifen.

„Wie ich dich begehre!" raunte er ihr ins Ohr.

„Und ich Euch . . ." Brianna merkte, daß ihre Stimme vor lauter Angst eher wie ein Hauchen klang, das man durchaus für „sinnlich" halten konnte.

Unvermittelt ließ Treveryan sie los. Vorsichtig öffnete Brianna die Augen und sah, daß er sich das Hemd auszog. Danach schaute er sie wieder an. Er schwelgte im Anblick ihrer Schönheit. Ihre dunklen Brustspitzen hatten sich unter seinen Liebkosungen hart aufgerichtet, der Schwung ihrer Hüften wirkte jetzt noch verführerischer. Sie hatte ein Bein angezogen und das Knie über das andere gelegt, was den Blick aufreizend auf den Kontrast zwischen weißer Haut und rotem, weichem Haar lenkte.

Er legte sich neben sie und umarmte sie so fest, daß sich ihre Brüste an seinen nackten Oberkörper preßten. Sie bog den Kopf zurück und schien erstaunt darüber zu sein, daß sich ihre Arme wie von selbst um seinen Nacken schlangen. Obwohl das Fieber des Verlangens in Michael brannte, war er noch viel zu fasziniert, um seine eigene erregende Qual rasch zu beenden.

Langsam neigte er den Kopf über ihr Gesicht, und ihm war, als müsse er in ihren blauen Augen untergehen. Er senkte die Wimpern erst, als sein Mund ihren berührte. Ihre Lippen erschienen ihm süßer und berauschender als Wein. Sie machten ihn trunken und führten ihn an den magischen Abgrund, an dem es keine Umkehr mehr gab. Und wenn schon!

Zärtlich berührte er ihre Lippen mit der Zunge, doch dann überwältigte ihn das Fieber, und er drang tief in ihren

Mund ein. Seine Zunge schmeckte, tastete und verlangte nach immer mehr. Brianna stöhnte leise auf, wehrte sich indessen nicht. Im Gegenteil, sie drückte ihre Lippen an seine und schob ihre Finger in sein dichtes Haar.

„Brianna ..." Das Wort war eine einzige Liebkosung. „Meine Süße, meine Schöne ... du bist eine Hexe ..."

Briannas eben noch so weicher Körper erstarrte. Sie riß die Augen auf. „Was?" fragte sie entsetzt.

„Eine Verführerin, eine Zauberin, meine Liebste. Du hast mich mit deiner Schönheit behext."

Sie atmete tief ein und aus, und ihre Glieder entspannten sich wieder. „Oh ..." hauchte sie. Ihre Wangen waren leicht gerötet, und ihr Blick wirkte jetzt verschleiert.

Michael stand auf, um seine Kniehose abzulegen, und als er danach entkleidet vor Brianna stand, wurden ihre Wangen blutrot. Als würde sie sich erst jetzt ihrer eigenen Nacktheit bewußt, schloß sie erschaudernd die Lider und tastete nervös nach dem Bettuch.

„Nein!" rief er unbeabsichtigt heftig, doch ihre Reaktion hatte ihn wirklich bestürzt. Er hatte beinahe den Eindruck, als hätte seine Nacktheit Brianna mehr verängstigt als ihre eigene.

Vorhin hätte er die Frau noch ziehen lassen können, jetzt nicht mehr. Außerdem hatte sie ja selbst auf Fortsetzung der Sache bestanden. Nun allerdings zerrte das ewige Hin und Her, diese scheinbare Unentschlossenheit, an seiner Geduld. Er streckte sich wieder auf dem Bett aus, zog ihr das Leinen aus den Händen und glitt über sie, bevor sie die Kraft zur Gegenwehr sammeln konnte.

Er preßte seinen Mund auf ihren, diesmal nicht so sanft wie zuvor, doch sein Kuß verführte sie nicht weniger als beim erstenmal, sondern riß sie in einen Strudel, gegen den sie machtlos war. Michael senkte den Kopf zu ihren Brüsten. Mit seinen Lippen, Zähnen und der Zunge liebkoste er die rosigen Spitzen.

Wie ein Blitzschlag durchfuhr es Brianna. Sie bebte, klammerte sich an Michaels Schultern und drückte die Fingernägel in sein Fleisch. Sie schluchzte auf und stöhnte, aber ob aus Scham oder aus Sehnsucht nach etwas ihr bisher Unbekanntem, das wußte sie selbst nicht.

Ihr war nicht bewußt, daß sie den Kopf auf dem Kissen hin- und herwarf und daß sie immer wieder leise aufstöhnte. Die Welt existierte für sie nicht mehr. Brianna trieb im unendlichen Ozean der Gefühle, in dem alles andere versank bis auf die Empfindungen, die dieser starke und überwältigende Mann in ihr weckte.

Ein kleiner Aufschrei entrang sich ihr, als er die Hand um ihren Oberschenkel legte und die suchenden Finger höher gleiten ließ. Er drückte den Mund auf ihren flachen, straffen Leib, und seine Lippen schienen ihre Haut zu verbrennen.

Brianna packte ihn bei den Haaren, doch er fing ihre Handgelenke ein, verflocht ihre Finger mit seinen und drückte sie auf das Laken zu ihren beiden Seiten, während er mit den Lippen weiter ihr weiches Fleisch liebkoste. Mit der Zunge malte er feuchte Muster auf ihre Haut, bis er schließlich das krause rote Haar erreichte, das den geheimen Winkel ihrer Unschuld bedeckte.

Diese Intimität hätte Brianna zutiefst schockieren sollen, doch dann hätte ihr Verstand und nicht ihr Körper die Herrschaft haben müssen. Ihre Finger verkrampften sich um Michaels. Sie wand sich hin und her, um den Liebkosungen und der Glut, die sie entfachten, zu entkommen. Er aber hielt ihre Hände fest, und Sekunden später wand sie sich nicht mehr, um ihm zu entkommen, sondern um sich näher an ihn zu drängen.

Wieder drückte er seine Lippen auf ihre. Sein Oberkörper preßte sich auf ihre Brüste, und als sie den deutlichen und harten Beweis seiner Erregung an ihren Schenkeln fühlte, wußte auch sie, daß es nun kein Zurück mehr gab.

★

Michael genoß seine eigene Lust. Sein Verlangen steigerte sich ins Unerträgliche. Noch nie hatte er eine Frau besessen, die ihm so vorbehaltlos ein solches Entzücken bereitete und deren Sinnlichkeit allein ausreichte, einen Mann in einen Wirbelsturm der Empfindungen zu treiben.

Er schob eine Hand zwischen Briannas Beine und spreizte ihre Schenkel. Zitternd gab sie seiner Berührung nach. Die Bereitschaft ihres Körpers raubte ihm vollends die Beherrschung. Er stöhnte laut auf, als er spürte, daß er jetzt seinem eigenen Verlangen ausgeliefert war. Mit einer einzigen heftigen Bewegung drang er stark in Brianna ein. Ihr lauter Aufschrei erschreckte ihn, und was dieser Aufschrei bedeutete, dämmerte ihm sogleich.

Zurückziehen konnte er sich nicht mehr. Es hätte nun ja auch nichts mehr geändert. Fragen hatten Zeit bis später. Jetzt mußte Brianna mit ihm kommen; ihre Unschuld war ohnehin unwiederbringlich verloren. Er konnte nur hoffen, daß es ihm gelang, seinen Ansturm ein wenig zu mäßigen und sie mit sich zu locken, wie er es getan hätte, wenn es ihm vorher bekannt gewesen wäre, daß . . .

„Nein! O nein! Fort!“ flehte sie schluchzend. Dann hob sie die Stimme im Zorn: „Geht fort! Laßt mich!“ Wie eine Wahnsinnige stemmte sie sich plötzlich gegen ihn.

Michael war zuerst bestürzt, dann wütend. Man konnte einen Mann doch nicht bis zu diesem Punkt verführen und dann von ihm erwarten, daß er sich ritterlich zurückzog! Er lächelte grimmig. „Mistress“, sagte er leise, „der Schaden ist bereits angerichtet.“

„Nein!“ Sie schüttelte den Kopf, doch der Zorn verließ ihren Blick, und statt seiner stand jetzt der Schmerz in ihren Augen.

Michael löste seine feste Umarmung ein wenig und streichelte sanft Briannas Haar. „Still“, flüsterte er. „Ich werde behutsam sein.“ Langsam gleitend bewegte er sich über ihr.

Sie legte die Arme um ihn und streifte seine Schulter mit den Zähnen und seinen Rücken mit den Fingernägeln. Michael fühlte, daß sich die Erstarrung ihres Körpers langsam löste, und er flüsterte ihr zu, daß der Schmerz vergehen, die Lust aber zurückkehren würde.

Er behielt recht. Dennoch hatte der Schmerz Brianna mit einem Schlag daran erinnert, wo sie sich befand, was sie getan und was sie verloren hatte.

„Brianna ..." Seine leise, etwas rauhe Stimme berührte sie zärtlich. Behutsam, aber sehr tief drang er in sie ein, und mit jeder neuen starken Bewegung führte er sie auf einen Weg, den sie sich bisher nicht hatte vorstellen können.

Sie umarmte ihn fest, wollte eins mit ihm werden, mit ihm verschmelzen. Sie lernte ihr eigenes flammendes Begehren kennen. Michael nahm sie mit sich, und schließlich trug die höchste Lust sie beide zusammen davon.

Lange, lange hielt dieses ihr neue Gefühl Brianna im Bann, und dann ebbte es langsam ab. Was blieb, war der Gedanke an den Mann, der sie auf diesen Weg geführt hatte.

Sie war allein. Nackt lag sie im Bett – neben einem Fremden. Sie unterdrückte einen schmerzerfüllten, wütenden Aufschrei und entwand sich der Umarmung. So unbeschreiblich elend fühlte sie sich, daß es ihr völlig gleichgültig war, ob der Mann nun böse wurde oder nicht.

Michael beobachtete sie. Er sah, daß ihre schweißfeuchten Schultern bebten, und machte zunächst nicht den Versuch, sie zu berühren. Warum war sie denn überhaupt mit ihm gekommen? Jetzt streckte er doch den Arm nach ihr aus.

„Laßt das!" befahl sie mit leiser, kalter Stimme.

Langsam stieg Ärger in ihm auf. Vollkommen ratlos und irritiert schwang er die Beine über die Bettkante und fuhr sich mit den Fingern durchs Haar.

Von der Straße her war wieder lautes Rufen zu hören. Ungeachtet seiner Nacktheit trat Michael an die Fensterläden.

„Das ist der verdammte Matthews", sagte er mehr zu sich selbst. „Eine Schande, daß der Teufel ihn noch nicht in seinem Höllenfeuer verbrannt hat."

Als er Brianna hinter sich scharf einatmen hörte, drehte er sich zu ihr um. Sie hatte sich aufgesetzt, starrte ihn an, und ihr Gesicht war so weiß wie die Laken, die sie um sich gerafft hatte. „Nun, ich glaube, jetzt ist er fort", meinte er.

Brianna atmete auf und entspannte sich erkennbar.

Michael wurde sehr nachdenklich. Er verschränkte die

Arme vor der Brust und kehrte zum Bett zurück. Brianna beobachtete ihn argwöhnisch, und als sie sein zynisches, wissendes Grinsen sah, packte sie die Angst.

„Du bist eine Hexe", stellte er fest.

„Ich bin keine Hexe!" widersprach sie verzweifelt.

„O doch!" Er lachte. „Aber keine von der Sorte, die Matthews zu verbrennen hofft. Oder?"

Briannas Gesicht wurde womöglich noch weißer.

Michael sprach wieder ernst. „Brianna, bist du die Frau, nach der Matthews da draußen sucht?"

Hoffnungslos ließ sie den Kopf in die Kissen sinken und starrte blicklos zu den Deckenbalken hinauf.

„Weshalb hast du mir das nicht gesagt?" fragte er freundlich. „Du hättest dir die anscheinend unerfreuliche Erfahrung mit mir ersparen können."

Brianna mußte sich die plötzlich ganz trockenen Lippen mit der Zungenspitze befeuchten. „Ich ... habe nicht gewagt, es Euch zu sagen. Ihr hättet mich ..."

„Ausliefern können? Aber Madam! Wie sehe ich denn aus? Wie ein Fanatiker vom Schlage dieses Matthews'?"

Sie biß sich auf die Lippe. „Ihr seid ein Lord. Ihr könntet ein treuer Anhänger des Königs sein."

Er lachte leise. „Ich bin ein walisischer Lord, meine Schöne, einer, der sich nicht zur Treue König James' gegenüber verpflichtet fühlt. Und jemand, der glaubt, der Teufel wohne in unschuldigen Frauen, ist entweder beklagenswert fehlgeleitet oder ein gefährlicher Irrer." Er machte eine kleine Pause. „Matthews ist meiner Meinung nach letzteres."

„Ein Waliser ..." sagte Brianna nachdenklich. „Ich hatte keine Ahnung, wer oder was Ihr wart. Ich wußte nicht, ob ich Euch vertrauen konnte. Bis jetzt kenne ich ja nicht einmal Euren Taufnamen", schloß sie bitter.

„Michael." Er lächelte. „Kapitän Michael Owen Treveryan, Mistress. Vierzehnter Herzog von Loghaire. Das ist ein walisischer Titel, ein von den Engländern nicht immer anerkannter. Wir sind seit über einem Jahrhundert ‚vereidigt', doch die Engländer haben noch immer den Hang, sich walisisches Land anzueignen. Trotzdem war mein Vater ein enger Freund des verstorbenen und vielbeweinten König Charles, und deshalb hat der Besitzstand der Treveryans in der letzten Zeit nicht gerade gelitten."

Obwohl er lächelte, spürte Brianna eine gewisse Bitterkeit in ihm, als er von der englischen Krone sprach. Offenkundig hatte er König Charles II. geliebt, und ebenso offenkundig empfand er nicht dieselbe Liebe für König James. Im Gegenteil, er schien ihn abgrundtief zu verachten.

„Die Frage bleibt: Wer bist du? Gewiß nicht das Mädchen, das mir Brice schicken wollte."

„Brice?" fragte Brianna.

Michael winkte ab. „Gleichgültig. Wer bist du, und weshalb ist Matthews hinter dir her?"

Es ärgerte Brianna, daß ihr die Tränen in die Augen stiegen und ihre Stimme so schwankte. „Die ‚Hexe', die Matthews heute nachmittag hingerichtet hat, war meine Tante. Sie bekam nicht einmal eine ordentliche Gerichtsverhandlung. Ich habe versucht, ihr einen Advokaten zu beschaffen, aber keiner wollte auch nur mit mir sprechen."

Sie senkte den Kopf, und die Tränen tropften auf das Leintuch, das sie sich an die Brust drückte. „Pegeen war niemals eine Hexe. Sie war eine wunderbare, bewunderte und geliebte Frau."

Mit einem Finger strich Michael ihr die Tränen von den Wangen. „Möglicherweise wurde sie zu sehr geliebt. Liebe kann Neid erregen, und ein neidischer Mensch kann zum größten Feind werden."

Michael hatte so sanft und ruhig gesprochen, daß Brianna ihn unwillkürlich wieder anschauen mußte. Ihr wurde bewußt, daß seine Gesichtszüge Charakterstärke, Selbstvertrauen und Überlegenheit verrieten. Und eine gewisse Arroganz.

Ärgerlich wischte sie sich die Tränen fort. Als sie wieder daran denken mußte, was zwischen ihr und diesem Mann geschehen war, rückte sie so weit wie möglich von ihm fort. Er war ein Mensch, den sie hätte bewundern und achten können, einer, von dem sie selbst gern bewundert und geachtet worden wäre. Doch seine Achtung hatte sie verloren – zusammen mit ihrer Unschuld.

Möglicherweise konnte er Gedanken lesen, aber vielleicht ließ die Situation auch gar keine anderen Gedankengänge zu. Er verschränkte die Arme vor der Brust und sagte leise und beinahe feierlich: „Sie darf sich nicht grämen, Mistress Brianna. Ich will dafür sorgen, daß Ihr nichts geschieht."

Natürlich war Brianna dankbar, daß sie noch lebte, doch ihr Stolz lag wie kalte Asche vor ihren Füßen. „Warum solltet Ihr das tun?" fragte sie kalt.

„Weil es mir keine Freude bereitet, Frauen auf dem Scheiterhaufen brennen zu sehen", erklärte er.

„Ich weiß es zu würdigen, daß Ihr Euch meiner annehmen wollt, jedoch ziehe ich es vor, selbst für mich zu sorgen. Ich werde gehen, und zwar allein."

„Gehen? Die Taverne verlassen? Und wohin will Sie gehen?" erkundigte er sich spöttisch. „Matthews wird ganz Glasgow nach Ihr durchsuchen, und das noch tagelang."

„Ich werde nicht in Glasgow bleiben."

„Was will Sie dann tun? Sich eine Kutsche mieten und davonfahren? Das dürfte wenig erfolgversprechend sein. Man wird die Straßen überwachen."

„Ich werde mich im Wald verbergen."

„Wie lange? Ich glaube nicht, daß die Hexenverbrennungen demnächst eingestellt werden. Bis dahin mögen noch Jahrzehnte oder gar Jahrhunderte vergehen."

Brianna sah die Hoffnungslosigkeit ein. Er hatte wahr gesprochen. Der Wald, den sie so liebte, würde ihr keinen Schutz bieten. Falls sie jedoch ihre Verwandten, die Powells, erreichte, würden diese sie schon irgendwie beschützen.

„Ich werde Sie mit mir nehmen", erklärte Michael.

„Ihr wollt mich mitnehmen? Nein! Ich habe Familienangehörige in England. Ich brauche nur zu ihnen zu gelangen, und ..." erwiderte sie.

„Mistress, begreift Sie denn nicht? Ohne mich wird Sie

nirgendwohin gelangen", stellte er gereizt fest. „Sie wird mit mir kommen."

„So, und wann wird das wohl sein?" fragte sie zornig.

„Das weiß ich noch nicht genau. Ich ..." Er sprach nicht weiter, sondern stand regungslos und angespannt da.

„Was ...?"

„Pst!"

Jetzt nahm auch Brianna wahr, was er gehört hatte: Unruhe unten im Schankraum und dann Schritte auf der Treppe.

Jemand hämmerte gegen die Tür. „Im Namen des Königs! Aufmachen! Ich weiß, daß Ihr Euch dort drinnen befindet, Treveryan, und daß Ihr eine Hexe bei Euch habt!"

Entsetzt starrte Brianna Michael an, der jetzt seine Kniehose anlegte. „Keinen Laut!" befahl er leise. „Hinter den Wandschirm!"

Nur einen winzigen Augenblick zögerte Brianna, und dann tat sie, wie ihr geheißen, und sprang hinter den Wandschirm. Vorsichtig spähte sie dahinter hervor. Zu ihrem Schrecken sah sie, daß Michael die Tür öffnete.

3. KAPITEL

„Was zum Teufel wollt Ihr, Matthews?“ Michael Treveryans wütende Stimme hallte in dem kleinen Zimmer wider. Hinter dem Wandschirm versuchte Brianna vergeblich, das Zittern zu unterdrücken. In diesen Sekunden hing ihr Leben an einem seidenen Faden.

Michael Treveryan trug nichts als seine Kniehose, während Matthews selbstverständlich in voller Kleidung vor ihm stand. Dennoch wirkte der Kapitän wesentlich bedrohlicher, und prompt trat Matthews einen Schritt zurück.

„Ihr teilt das Bett mit einer Hexe, Lord Treveryan“, stellte er nunmehr entschieden höflicher fest. „Ich verlange nur die Herausgabe dieser Hure. Zum Besten Eurer unsterblichen Seele ...“

„Laßt meine unsterbliche Seele meine Sorge sein, Matthews“, unterbrach Michael ihn, „und meine Bettgewohnheiten ebenfalls. Verschwindet von meiner Tür!“

„Mylord, ich würde mir notfalls mit Gewalt Eintritt ...“

„Tut das, und Ihr bezahlt das mit dem Leben“, unterbrach ihn Michael zum zweitenmal.

„Ich bin im Auftrage des Königs ...“

„Eines Königs, der auf einem schwankenden Thron sitzt. Eines Königs, der jetzt seine Edelleute beschwichtigen muß, nachdem der Prinz von Oranien seinen Blick auf England richtet.“

„Nehmt Euch in acht, Waliser!“

„Nehmt Ihr Euch in acht, Matthews! Gern würde ich Euch mit meinem Schwert durchbohren. Nur widerwillig lasse ich Euch Euer wertloses Leben. Belästigt mich nicht weiter.

Ich weiß genau, daß König James nicht will, daß seine Adligen – ob walisische, schottische oder englische – erzürnt werden. Es wäre mir ein großes Vergnügen, Eurem König zu berichten, daß Ihr in mein Schlafgemach eingebrochen seid und meinen ganz persönlichen Zeitvertreib höchst ungebührlich gestört habt."

Vor Wut lief Matthews' Gesicht dunkelrot an. „Ihr seid ein Verräter, Lord Treveryan", hörte Brianna ihn sagen, und plötzlich fragte sie sich, ob hier nicht vielleicht mehr vor sich ging, als sie ahnte.

„Nein, kein Verräter am Volk", widersprach Treveryan scharf. „Ihr dagegen, Matthews, seid ein kaltblütiger Mörder."

„Wer mit dem Teufel umgeht, wird selbst zum Teufel!" schrie Matthews und zeigte mit dem Finger auf Michaels Brust. „Der Hexer beherbergt die Hexe! Ich befehle Euch . . ."

„Und ich befehle Euch, Eure abstoßende Erscheinung auf der Stelle von meiner Tür zu entfernen!"

Matthews machte einen weiteren Schritt rückwärts, und mit einmal wich die Farbe aus seinem Gesicht, denn Lord Treveryan hatte ein Entermesser blankgezogen. „Hebt Euch hinfort, Matthews!"

„Laßt ihn in Frieden", flüsterte einer der im Flur stehenden Offiziere Matthews nervös zu. „König James wird Euch noch auf das Schafott bringen, wenn er erfährt, daß Ihr Probleme mit Treveryan verursacht habt."

„Treveryan ist das Problem", erklärte Matthews wütend.

„Gewiß, das bin ich", bestätigte Michael.

Matthews zögerte noch einen Moment. Die auf ihn zielende Klinge irritierte ihn ganz erheblich. „Ich gehe, Treveryan. Genießt nur Euer heidnisches Vergnügen mit diesem Weibsbild. Aber laßt Euch sagen: Ich werde die Frau finden. Sie ist eine Hexe und eine Beleidigung Gottes sowie aller Heiligen. Ich werde dafür sorgen, daß sie brennt. Und ich werde dafür beten, daß Eure arme Seele aus den Klauen des Teufels befreit werden kann."

Michael lachte. „Betet lieber für Eure eigene Seele, Matthews. Ihr sucht das Mädchen ja zur Befriedigung Eurer eigenen Lust. Doch niemals wird ein solcher Abschaum wie Ihr es berühren, das schwöre ich Euch. Und jetzt fort mit Euch!"

„Ich gehe, Treveryan, aber ich werde die Frau fassen."

„So?" spottete Michael. „Und dann? Werdet Ihr Euch an das Gesetz halten, dem Ihr angeblich dient? Wird es eine ordentliche Gerichtsverhandlung geben? Oder wollt Ihr ein Geständnis aus ihr herausfoltern? Folter ist in Schottland und in England ungesetzlich, Matthews."

„Nie habe ich eine angeklagte Person gefoltert!"

„Nein? Wie nennt Ihr es denn, Sir, wenn Ihr auf der Suche nach Euren ‚Hexenmalen' auf die Opfer mit Euren großen Nadeln einstecht, bis die so Gequälten halb wahnsinnig sind, so daß Ihr dann, wenn sie nicht mehr schreien, sagen könnt, Ihr hättet das Teufelsmal gefunden?"

„Das ist eine legale Prozedur."

„Verdammnis über Eure legalen Prozeduren, Matthews! Und Verdammnis über Euch selbst! Ihr macht alle Gesetzlichkeit zum Gespött."

„Ihr wißt nicht, was Gesetzlichkeit ist. Diese Hure des Satans hat Euch behext, und Ihr seid ihr Sklave."

„Gebt acht auf Eure Worte, Matthews. Es könnten Eure letzten sein." Treveryan hatte sehr leise, aber um so drohender gesprochen, und Matthews beherzigte diese Warnung. Er preßte die Lippen zusammen, drehte sich um und ging, gefolgt von seinen Leuten, den Flur entlang und die Treppe hinunter. Michael warf die Tür ins Schloß.

Brianna atmete erleichtert auf, obwohl sie es kaum fassen konnte, daß die unmittelbare Gefahr für ihr Leben gebannt war. Benommen trat sie hinter dem Wandschirm hervor. Sie nahm ein Leinentuch vom Bett und wickelte es um den Körper. Erst danach drehte sie sich zu Lord Treveryan um, der sie schweigend betrachtete.

„Ihr wart . . . unglaublich!" gab sie zu, und mit aller Würde, die sie aufbieten konnte, fügte sie hinzu: „Ich danke Euch sehr, Mylord."

Er verbeugte sich tief. „Es war mir ein Vergnügen, Mistress Brianna." Sein Blick wurde hart, und seine Stimme klang eisig, als er hinzufügte: „Es wäre mir gewiß ein Vergnügen gewesen, den Mann zu durchbohren."

Ich könnte mir selbst auch kein größeres Vergnügen vorstellen, dachte Brianna, der langsam klar wurde, daß sie tatsächlich in Sicherheit war, für den Augenblick zumindest. Als sie Treveryan allerdings ansah, begann sie wieder zu zittern. Treveryan – auch er war ein Mann, vor dem man sich fürchten mußte. Und sie stand in seiner Schuld.

Welchen Preis würde sie zu zahlen haben? Mit ihrer Unschuld hatte sie bereits bezahlt. Diese Kosten reuten sie nicht. Der Schlag gegen ihren Stolz hingegen hatte sie zutiefst getroffen.

Innerhalb weniger als einer Stunde war sie mit dem Mann intimer geworden, als sie es sich jemals hätte vorstellen können. Sie kannte die Tiefe seiner Augen, den Klang seiner Stimme und alle Einzelheiten seines starken Körpers, doch sie wünschte, sie könnte all dies gegen seine Achtung eintauschen. So aber fühlte sie sich gedemütigt und tief getroffen.

Nervös wickelte sie sich fester in das Leintuch. Wenn sie an die Augenblicke der Leidenschaft dachte, durchrieselte es sie heiß. Sie konnte die Berührungen noch fühlen, und selbst bei der Erinnerung reagierte ihr Körper darauf.

Heute hatte sie ihren Stolz und ihre Ehre verloren, und vielleicht hatte sie mit beidem auch ihre Träume von der Liebe, von dem Ritter in schimmernder Rüstung verloren.

Pegeen hatte sie etwas über die körperlichen Verbindungen zwischen Mann und Frau gelehrt, und heute hatte sie, Brianna, die Wirklichkeit erfahren. Doch was sie erlebt hatte, war keine Liebe gewesen, sondern Wollust. Treveryan hatte sich als guter und rücksichtsvoller Liebhaber erwiesen. Er hatte sie sogar verteidigt. All das hatte indessen nichts mit Liebe zu tun. Vermutlich dachte er, daß sie nun, da er sie gerettet hatte, sein Eigentum geworden war.

Ja, ich stehe in seiner Schuld, gestand sie sich ein. Aber bin ich deshalb sein Eigentum? Nie! Sie wollte nichts weiter als einen Zufluchtsort, und den würde sie bei ihren Verwandten finden. Dann wollte sie Treveryan vergessen und mit ihm die schreckliche Angst und Demütigung.

★

Michael senkte sein Entermesser und trat einen Schritt auf Brianna zu.

Sofort wich sie zurück. Ihre Augen sprühten blaues Feuer. „Nein! Kommt mir nicht nahe!"

Verärgert starrte er sie an. „Verdammt, Sie ist . . ." Er sprach nicht weiter, sondern griff nach seinem Hemd und streifte es sich über.

„Falls Ihr das Leben lieb ist, Mistress Brianna, empfehle ich, daß Sie sich ebenfalls bekleidet, und zwar schnell. Ich habe keine Männer bei mir, die ich zur Hilfe rufen könnte. Matthews wird mit einer ganzen Streitmacht zurückkehren, denn sein unbestrittenes Ziel wird es sein, mich und erst recht Sie aus dem Leben zu befördern. Selbstverständlich wird Sie nicht so schnell sterben wie ich, und wenn Sie sich schon von mir mißbraucht fühlt, dann stelle Sie sich einmal vor, wie es ist, bei Matthews zu liegen!"

Mehr brauchte er nicht zu sagen. Kalkweiße Blässe überzog ihre Wangen. Sie ließ das Leintuch fallen und raffte eilig ihre Kleidung zusammen.

Michael beobachtete sie. Sie war tatsächlich eine schöne Frau, jung und schlank, doch an den richtigen Stellen verführerisch gerundet. Sie war frisch und lieblich wie der neue Morgen und dennoch wie eine reife Frucht, die gepflückt werden wollte. Er schaute ihr zu, wie sie Strümpfe, Unter- und Obergewand anlegte, und schon regte sich trotz aller Widrigkeiten in ihm wieder das Verlangen.

Rasch unterdrückte er sein Begehren, stieg in seine Stiefel, zog sich den Überrock an und steckte das Entermesser in die an seinem Waffengürtel hängende Scheide zurück. „Gehen wir!" drängte er.

Brianna knüpfte eilig ihre Schuhbänder und sprang dann auf. „Wohin?" fragte sie.

„Auf mein Schiff natürlich."
„Nein! Ich werde nicht auf Euer Schiff gehen. Laßt mich ..."
„Sie wird sehr wohl auf mein Schiff gehen! Versteht Sie denn nicht ..."
„Hört Ihr mir eigentlich nie zu? Ich habe Verwandte in England. Jetzt brauche ich nur in den Wald zu gelangen, und von dort ..."
„Von dort wird Sie nirgendwohin gelangen. Matthews wird Sie bis Mitternacht gefunden haben."
„Mit Euch gehe ich nicht."
„Und ich gehe nicht durch mein künftiges Leben mit einem Tod auf meinem Gewissen."
„Treveryan, hier trennen sich unsere Wege", erklärte Brianna entschlossen. „Ihr habt den Gegenwert Eures Geldes erhalten, und ich habe mein Leben."
Er lachte spöttisch. „Was den Gegenwert meines Geldes betrifft, so bin ich mir da nicht so sicher, und Ihr Leben wird wertlos sein, wenn Sie nicht auf mich hört. Ach, was soll es ... Wir haben keine Zeit zum Streiten." Er machte einen Schritt auf sie zu.
Brianna wich schnell zurück und blickte ihm argwöhnisch entgegen. „Nicht, Treveryan!" warnte sie ihn. Es nützte nur nichts. Er packte sie bei der Hand, bückte sich tief und warf sie sich über die Schulter.
Sie schalt und schimpfte auf ihn ein und schlug wild gegen seinen Rücken. „Laßt mich herunter! Ich verachte Euch! Ich will nicht mit Euch gehen ..."
„Sie hört jetzt auf, mich zu schlagen, und hält den Mund! Wenn nicht, schlage ich Ihren Kopf gegen die Wand!" sagte er warnend.
„Das tut Ihr nicht!"
„Und ob!"
„Laßt mich los!" schrie sie wieder und hieb mit der Faust auf seine Schulter. Im nächsten Moment sauste seine Hand so heftig auf ihre Sitzfläche nieder, daß es schmerzte. Tränen der Wut traten in Briannas Augen. „Ihr ..."
„Ruhe!" Er drehte sich mit ihr so schwungvoll herum, daß

sie hart gegen ihn prallte und vorübergehend keine Luft mehr bekam.

Michael riß die Tür auf und eilte mit Brianna als Schulterlast die Treppe hinunter.

Unten stand Liam. „Ich habe für Euch das Pferd draußen stehen, Kapitän. Gute Reise, Herr."

Michael nickte ihm dankend zu. „Gebe Er gut auf sich acht, Liam." Er trug Brianna durch die Taverne und hinaus in die kühle Nacht, wobei er ihr gedämpftes Schelten einfach nicht beachtete.

Ein junger Tavernenknecht hielt die Zügel eines schönen rotbraunen Wallachs. Recht grob wurde Brianna mit dem Bauch nach unten über den Sattel geworfen, woraufhin ihr zum zweitenmal der Atem ausging, so daß sie nicht mehr schelten konnte. Michael sprang hinter ihr auf, warf dem Jungen einige Münzen zu und gab dann dem Wallach einen kräftigen Schlag auf das Hinterteil. Das Tier nahm sofort einen schnellen Galopp auf.

Brianna blieb nichts übrig, als sich irgendwie an dem Pferd festzuhalten, dessen Hufschlag auf den Pflastersteinen ihr wie ein Echo ihres eigenen Herzschlags erschien. Die wenigen Läden, an denen sie vorbeikamen, und die wenigen noch auf der Straße befindlichen Menschen sah sie kaum. Sie nahm nur die starken Muskelbewegungen des Pferdes unter sich und die kalte Seebrise wahr, die ihr das Haar ins Gesicht peitschte.

Sie erreichten die Kais und ritten weiter zu den nördlichen Anlegeplätzen. Dunkelheit hatte sich über die Stadt gesenkt. Das Mondlicht und die Öllampen der großen Schiffe im Hafen beleuchteten ihren Weg. Vor einem dieser Segler endete der wilde Ritt durch die Nacht. Michael zügelte den Wallach, sprang aus dem Sattel und zog Brianna unsanft herunter.

Sobald er sie losgelassen hatte, drehte sie sich um und lief davon.

„Zurück!" befahl er wütend. „So wahr mir Gott helfe, Sie ist die starrsinnigste Kreatur, die mir je begegnet ist!"

Brianna schrie auf, als er sie bei den Haaren packte und sie grob an seine Brust zog. Sekundenlang sah sie den Zorn in seinen Augen lodern, und dann blieb ihr zum drittenmal der Atem weg, denn Michael hatte sie sich wieder über die Schulter geworfen und trug sie wüst fluchend davon.

„Paddy!" rief er laut, als er eine breite Laufplanke erreicht hatte, über die er Brianna nun trug.

„Wer da? Käpt'n? Seid Ihr das?"

„Ich bin's, Paddy. Wecke die Mannschaft, und lasse das Schiff segelklar machen."

„Was denn, jetzt? Käpt'n, wir sind doch noch gar nicht zum Absegeln fällig."

„Jetzt, Paddy. Ich habe so ein Gefühl, daß es uns sehr leid tun würde, wenn wir diesen Hafen nicht in aller Eile verlassen."

Als Michael an Bord sprang und sich umdrehte, bekam Brianna auch den Mann zu sehen, mit dem er gesprochen hatte. Er war groß und schlank, und eine Kappe saß auf seinem schneeweißen Haarschopf. Wind und Wetter hatten sein Gesicht gegerbt, aber seine Augen wirkten jung und lebhaft.

„Habt Ihr Euch etwa in Schwierigkeiten gebracht, Lord Treveryan?"

„Ja, und diese ‚Schwierigkeiten' habe ich bei mir", antwortete Michael gereizt. Wütend verpaßte Brianna ihm einen kräftigen Fausthieb auf den Rücken, womit sie sich prompt einen scharfen Schlag auf die Sitzfläche einhandelte. „Sie macht mehr Ärger, als sie wert ist", erklärte Michael ärgerlich, als Paddy auch noch lachte.

„Sie scheint eine richtige Frau zu sein", bemerkte Paddy.

„Nett, daß du das merkst. Und jetzt hör auf zu schwatzen, Paddy, und rufe die Mannschaft zusammen. Ich werde an Deck kommen, sobald ich Brianna sicher verstaut habe."

„Verstaut!" empörte sie sich und versuchte angestrengt, sich aus Michaels Griff zu befreien. „Sir!" rief sie in Paddys Richtung. „Dieser Mensch hier entführt mich! Ich wünsche nicht, an Bord dieses Schiffes zu kommen! Sir, ich habe Verwandte. Ich brauche Hilfe. Ich . . ."

„Ziemlich geschwätzig ist sie, nicht wahr?“ knurrte Michael.

Paddy lachte, und Brianna wurde klar, daß ihr von Michael Treveryans Leuten wohl kaum Hilfe zuteil werden würde.

Paddy rief laut, und Leben kam in das bisher stille Schiff. Während Michael sie das Deck entlangtrug, sah Brianna Schattengestalten vorbeihuschen, denen er kurz zunickte und die ihn ehrerbietig grüßten. So sehr sie sich auch drehte und wand, es gelang ihr nicht, mehr von dem großen Segelschiff zu erkennen.

Im Achterschiff blieb Michael vor einer Tür stehen und stieß sie mit dem Fuß auf. Unsanft stellte er Brianna drinnen auf den Boden. Als sie schwankte, hielt er sie gerade nur so lange fest, bis sie das Gleichgewicht erlangt hatte.

Nachdem sie wieder fest auf den Füßen stand, stürzte sie sich beinahe wie eine Wahnsinnige auf ihn und schlug mit den Fäusten auf ihn ein. „Überheblicher, unverschämter, arroganter . . . Schuft! Ich will nicht auf diesem Schiff sein! Ich muß zu meinen Angehörigen! So hört doch!“

„Schluß jetzt!“ befahl er mit scharfer Stimme, packte ihre Handgelenke und stieß Brianna von sich fort. „Mistress, ich versuche, Ihr Leben zu retten!“

Brianna rang um Atem und blickte Michael kopfschüttelnd an. Der Mann verstand sie einfach nicht, und gegen seine Kräfte war sie machtlos.

Er betrachtete sie eine Weile in ihrem Kampf um Atemluft und Haltung und verbeugte sich dann spöttisch. „Ich wünsche Ihr einen guten Schlaf, Mistress.“

„Ich werde nicht Eure Gefangene sein, Lord Treveryan“, fauchte sie und stampfte in ohnmächtiger Wut mit dem Fuß auf.

„Nein?“ Amüsiert zog er die Augenbrauen hoch, schaute Brianna erheitert an, trat einen Schritt auf sie zu und hob ihr Kinn mit einem Finger. „Das wäre aber gegenwärtig wesentlich empfehlenswerter, als eine ‚Hexe‘ zu sein.“ Er senkte die Stimme; diesen sanften und dennoch gefährlichen Ton kannte Brianna schon. „Im übrigen ist es meiner

Meinung nach auch entschieden erfreulicher, meine Gefangene zu sein als eine Straßendirne."

Brianna schlug seine Hand zur Seite. Oh, wie sie den Menschen jetzt haßte! Gewiß, er hatte sie vor dem Flammentod gerettet, doch nun vereitelte er, daß sie zu ihren Angehörigen gelangte. Wütend hob sie die Hand zu einem neuen Schlag.

Sie kam nicht dazu, ihn auszuführen. Michael verbeugte sich noch einmal, ging hinaus und warf die Tür hinter sich ins Schloß. Brianna hörte ihn draußen lachen.

„Meine Liebe, Sie sollte die Zeit nutzen, um in Ruhe über Ihr aufbrausendes Temperament und Ihr Benehmen mir gegenüber nachzudenken."

Wild schlug Brianna gegen die geschlossene Tür und schrie: „Treveryan, Ihr habt den Verstand und das Benehmen eines Esels! Hört Ihr? Öffnet diese Tür!"

„Ich habe jetzt keine Zeit, wiewohl es mir schmeichelt, wie sehr Sie darauf bedacht ist, mich wiederzusehen. Ich werde keine Minute länger als nötig fortbleiben." An seinen Schritten war zu hören, daß er sich entfernte.

Brianna zerrte am Türknauf – vergeblich. „Treveryan!" kreischte sie außer sich vor Wut und trommelte wieder gegen das Holz. „Treveryan!"

Plötzlich schwankte das große Schiff, und sie fiel auf die Knie. Sofort raffte sie sich wieder hoch. Da sie jedoch noch nie zuvor gesegelt war, geriet sie schon bei der kleinsten Bewegung des Schiffs wieder aus dem Gleichgewicht. Schließlich fand sie heraus, daß sie besser stehen konnte, wenn sie sich an der Tür festhielt und den Bewegungen des Schiffs folgte. Nach einer Weile lag der Segler wieder ruhig im Wasser, und sie konnte ihre Umgebung besehen.

Dies hier war offensichtlich das Quartier des Kapitäns. Eine breite Koje befand sich in der hinteren linken Ecke. Eine Kleiderkammer war auf der rechten Seite eingebaut. Dazwischen stand ein großer Schreibtisch.

Die Kajüte war nicht übermäßig geräumig, enthielt indessen alle Annehmlichkeiten. Ein dicker Orientteppich bedeckte den Boden. Die wenigen Möbelstücke waren meisterlich aus edlem Holz gefügt. Ein großer Vogel im Flug fand sich als Emblem auf dem Fußbrett der Koje und am Schreibtisch. Brianna sah ihn sich genau an und erkannte, daß es sich um einen Seefalken handelte.

Plötzlich schlingerte das Schiff wieder heftig. Erschrokken hielt sie sich am Schreibtisch fest. Offenkundig waren tatsächlich die Segel gesetzt worden. Rasch lief sie zur Koje, über der sich das große Fenster befand. Sie hockte sich auf die ordentlich zusammengefaltete Bettdecke, wischte die beschlagene Glasscheibe klar und schaute hinaus.

Die Küstenlinie war nur noch an dem schwachen Licht der dort brennenden Öllampen zu erkennen, das durch den Dunst rötlich schimmerte und Brianna an das Feuer erinnerte, das ihr Pegeen genommen hatte. Der Schmerz kehrte mit aller Schärfe zurück.

Würde sie Schottland, ihre Heimat, jemals wiedersehen, die heidebedeckten Hügel, die Berge und die Täler ihrer Kindheit und ihrer Träume? Tränen traten ihr in die Augen, doch sie hielt sie zurück. Sie schwor sich, daß sie Treveryan entkommen und zu den Powells gelangen würde. Und dieses sich selbst gegebene Versprechen war das einzige, was sie ab jetzt aufrechterhalten sollte.

Schottland war für sie verloren, aber möglicherweise nicht auf ewig. Doch Pegeen war tot.

Brianna schluchzte auf, und nun rannen ihr die Tränen über die Wangen. Sie kämpfte nicht dagegen an. Vielleicht konnten die Tränen ihre Seele reinigen und die fürchterliche Schärfe des Schmerzes fortwaschen. Heute nacht werde ich weinen, versprach sie sich, und dann nie wieder.

Sie erkannte, daß sie keine Angst mehr hatte, weder vor der See noch vor dem Feuer – vor gar nichts. Sie war nur müde und erschöpft. Ohne es zu merken, sank sie in den Schlaf der völligen Erschöpfung.

★

Als Michael sich seiner Kajüte näherte, verlangsamte er seinen Schritt. Er zögerte einen Moment, schloß dann die

Tür auf und öffnete sie leise. Ohne ein Geräusch zu machen, trat er an die Koje heran.

Im Mondlicht sah er Brianna, die zusammengekauert und ohne Kissen am Fußende lag und schlief. Er mußte daran denken, wie er sie zum erstenmal in der Taverne auf dem Bett liegen gesehen hatte. Er war fasziniert von ihr gewesen, und das war er noch immer.

Er beugte sich näher zu ihr hinunter und bemerkte nun die Tränenspuren auf ihren Wangen. Ein für ihn ungewohntes Gefühl der Zärtlichkeit befiel ihn. Wie schrecklich mußte es für sie gewesen sein, mit anzusehen, wie ein geliebter Mensch umgebracht wurde, und wie entsetzlich zu wissen, daß sie dasselbe Schicksal erwartete.

Michael richtete sich wieder auf. Es war vorbei. Sie befand sich jetzt in seiner Obhut, und da würde sie bleiben müssen, gleichgültig wie sehr sie sich dagegen auch sträuben mochte. Sie erkannte nicht die ihr andernfalls bevorstehende Gefahr. Er konnte sie nicht zu ihren Angehörigen bringen, denn dort würde Matthews sie finden, und sie würde ohne Prozeß verurteilt sein.

Michael seufzte, setzte sich an den Schreibtisch und legte die Beine über eine Ecke der Tischplatte. Aus einer Schublade holte er eine Karaffe dunklen karibischen Rum und nahm daraus einen großen Schluck. Das hochprozentige Getränk brannte in seiner Kehle.

Er rieb sich die Schläfe und dachte über seine eigene Zukunft sowie über die Umstände nach, die ihn nach Glasgow geführt hatten. Dem äußeren Anschein nach hatte er hier Tabak verkauft. In Wirklichkeit war er von einer Londoner Delegation hierher gesandt worden, um das politische Klima dieser Stadt zu erforschen.

Dieselben englischen Lords, von denen er nach Schottland geschickt worden war, hatten vor kurzem Botschafter nach Holland entsandt, um Wilhelm von Oranien aufzufordern, England zu besetzen und König James II. zur Abdankung zu zwingen.

Am zwanzigsten Juni hatte James' Gattin dem König einen Sohn geboren. Das Volk von England hatte den katholischen Monarchen so lange toleriert, wie es annehmen konnte, daß seine Thronfolgerin seine älteste Tochter Maria sein würde, eine strenggläubige Protestantin und Gemahlin Wilhelms von Oranien. Daß der König den Thron nun möglicherweise einem katholischen Sohn überlassen würde, duldeten sie nicht.

Es würde ernsthafte Schwierigkeiten geben, dessen war sich Michael bewußt. Er kannte James. Dieser würde seine Macht so einsetzen, daß er damit sowohl seine Barone als auch das englische Volk gegen sich aufbrachte. Michael kannte auch Wilhelm von Oranien und wußte, daß dieser außerordentlich ehrgeizig und zielstrebig war.

Michael seufzte leise. Es hatte einmal eine Zeit gegeben, in der er James durchaus schätzte. Damals war der König ein kühner und tapferer Mann gewesen, ein besonnener Denker und ein kluger Admiral. Diese Zeit war vorbei. James war älter, fanatisch und starrsinnig geworden. Und manchmal grausam. Er hatte seinen eigenen Neffen hinrichten lassen, und das im Namen der Krone.

James, der Herzog von Monmouth – „Jemmy" für seine Freunde – war der außereheliche Sohn Charles' II. gewesen. Er hatte den sprichwörtlichen Charme des Hauses Stuart besessen, war verwegen, wagemutig und abenteuerlustig gewesen. Michael hatte er noch viel mehr bedeutet.

Als Michael zehn Jahre alt gewesen war, war sein Vater gestorben. Michael wurde in die Obhut Jemmys gegeben. In seinen jungen Jahren war Jemmy sein Held gewesen, und als er älter wurde, erkannte Michael Jemmys positive Seiten wie auch seinen Mangel an Vernunft, was die Sache der Krone betraf. Jemmys Unbekümmertheit hatte jedoch über die Jahre hinweg Michaels Gefühle ihm gegenüber nicht geändert, und als Michael erfuhr, daß Jemmy nach dessen erfolgloser Rebellion zur Erlangung des Throns geköpft worden war, war er zutiefst betroffen und zornig gewesen. Jemmy hatte um sein Leben gefleht, doch James hatte ihn zurückgewiesen und hingerichtet.

Michael trank noch einen tiefen Schluck aus seinem Rumkrug. Was er heute in der Taverne gehört hatte, war interessant. Wilhelm von Oranien hatte angenommen, die Schotten wären geschlossen gegen ihn. Auf einige von ihnen traf das ganz gewiß zu, doch keineswegs auf alle. Falls es Wilhelm und Maria von Oranien gelang, ihre Position in England zu sichern, ließ sich absehen, daß das Land im Norden sie ebenfalls akzeptieren würde.

Michael lehnte den Kopf zurück und dachte weiter über die Politik nach. Als er plötzlich ein Rascheln von der Koje her hörte, fuhr er zusammen. Die junge Schottin in seinem Bett hatte er über seinen düsteren Gedanken ganz vergessen.

Er lächelte, zog sich die Stiefel aus, stellte sie unter den Schreibtisch und legte seine Kleidung ab, die er ordentlich über die Sessellehne hängte. Danach trat er an die Koje und überlegte, ob er die Frau in eine bequemere Lage bringen sollte oder nicht.

Es überraschte ihn nicht, daß man sie eine Hexe nannte, denn sie war unglaublich schön. Selbst die hübschesten Damen hatten gewöhnlich irgendwelche Schönheitsfehler, doch dieses Mädchen war nichts anderes als makellos zu nennen. Da konnte man sich leicht vorstellen, daß eine weniger Glückliche aus Mißgunst zu der Überzeugung gelangte, nur ein Pakt mit dem Teufel konnte soviel Schönheit hervorbringen.

Das war jetzt unwichtig. Er würde Brianna beschützen. Wenn er nur an sie dachte, erbebte er schon innerlich. Er wollte wieder mit ihr schlafen, wieder und immer wieder. Sie sollte ihn berühren und ihre „Hexenkünste" an ihm ausüben. Er wollte sich nur zu gern in ihrem flammendroten Haar verfangen und im Zauber ihrer samtweichen Haut untergehen.

Seine Gedankengänge hätten ihn beunruhigen sollen. Noch nie war er von einer Frau so angetan gewesen, daß er sogar an eine gemeinsame Zukunft dachte. Jetzt tat er es.

Als Adliger hohen Ranges besaß er selbstverständlich auch das entsprechende Standesbewußtsein. Er war der Vierzehnte Herzog von Loghaire, und eine schottische Landjungfer sollte sich als seine heimliche Mätresse doch

getadelt. Ihm war, als hätte er etwas verloren. Daß Brianna ihm immer nur Vorwürfe machte, ärgerte ihn. Zum ersten Mal war er vollkommen ratlos, wie er sich einer Frau gegenüber verhalten sollte. Diese Unsicherheit entzündete seinen Zorn, und es fiel ihm schwer, sich zu beherrschen.

Er setzte den Fuß auf die am Boden liegenden Kleider. Als Brianna dennoch an ihnen zog, lächelte er spöttisch. „Meine Mannschaft besteht aus fünfzig Leuten, Mistress, alles gute, beherzte Männer. Die langen Tage auf See erwecken indessen in jedem Mann den Wunsch nach Wärme und Gesellschaft. Diese Wünsche werden vom Körper diktiert und nicht vom Geist. Wenn meine Leute plötzlich eine so bezaubernde Erscheinung vor sich sehen . . . nun, ich glaube, Ihr werden die Folgen nicht behagen."

Noch kräftiger zog Brianna an ihrem Unterkleid. „Ich werde keine Unruhe stiften", versprach sie, konnte jedoch trotzdem ihr Kleidungsstück nicht unter Michaels Fuß hervorziehen. „Sir! Was könnte ich erleiden, das ich nicht schon erlitten habe?" fragte sie gekränkt.

Michael packte ihr Handgelenk und zog sie dicht zu sich heran. „Kann Sie Schlimmeres erleiden? O ja, Mistress, ich denke schon. Jeder einzelne Mann wird darauf bestehen, daß er an die Reihe kommt. Jeder wird seinen Anteil an der Beute haben wollen. Ritterlichkeit dürfte kaum geübt werden. Die Wahl liegt jedoch ganz bei Ihr. Ich kann Sie nicht an Land bringen, denn wir befinden uns auf See. Wenn Ihr allerdings mein Schutz so zuwider ist, steht es Ihr vollkommen frei, hinauszugehen. Meine Burschen werden es nur begrüßen."

„Laßt mich gehen!" schrie sie.

Michael lächelte bitter. Was hatte er ihr getan? Nichts. Er hatte nur ihr lächerliches Leben gerettet. Verdammt, eigentlich sollte er sie dafür hassen. Es hatte beinahe den Anschein, als wäre sie tatsächlich eine Hexe, denn je mehr sie ihn schmähte, desto entschlossener wurde er, diese Frau für sich zu gewinnen.

„Nein, ich kann es nicht zulassen, daß Sie hier hinausgeht", erklärte er und zuckte gleich im nächsten Moment zusammen, denn sie hatte ihm kräftig in die Hand gebissen, mit der er sie festhielt. Er ließ ihr Handgelenk los und hielt sie statt dessen nun am Kinn fest. Vor Schmerz stöhnte sie leise auf, und er lockerte seinen Griff, sobald er davon überzeugt war, daß sie ihn nicht noch einmal beißen würde.

Sie holte tief Luft und setzte dann zu ihrer Rede an. „Denkt nicht, ich sei Euch nicht aus vollem Herzen dankbar. Besäße ich Reichtümer, würde ich sie Euch geben, doch ich habe keine. Aber versteht Ihr nicht? Wenn Ihr mein Leben gerettet habt, gehört es dann nicht wieder mir?" Sie blickte ihn an und glaubte, Mitgefühl in seinen Augen zu erkennen. „Treveryan, ich bin so sehr beraubt worden . . ."

„Beraubt?" rief er so laut, daß man meinen konnte, die Schiffsplanken müßten beben. „Ihrer Unschuld beraubt, meint Sie wohl, ja?" Er riß Brianna in die Arme und schleuderte sie auf die Matratze zurück, wo er sie dann bei den Schultern festhielt. Dicht beugte er sich über sie, und seine grünen Augen sprühten Zornesblitze.

„Ich bin genau da, wo ich sein will", wiederholte er Briannas Worte und imitierte ihre Stimme. Dann schob er die Finger in ihr Haar, wie sie es vor Stunden bei ihm getan hatte. Das war eine sanfte, liebkosende Berührung, doch sie hielt Brianna fest wie mit magischen Fesseln.

Sie hätte sich ohnehin nicht wehren können. Zu breit waren Michaels Schultern, die sie über sich sah, und zu muskulös sein Bein, das er über ihre gelegt hatte.

So blickte sie nur zu ihm hoch und fragte sich, weshalb das Schicksal ausgerechnet diesen Mann zu ihrem Retter bestimmt hatte. Und ihn hatte sie heute nachmittag verführt!

„Wie ich Euch begehre . . ." Er ahmte ganz genau ihre Tonlage und ihren Tonfall nach, und das war keineswegs spaßig gemeint.

„Ich hatte meine Gründe!" verteidigte sie sich. „Spottet nicht. Mir blieb keine andere Wahl. Das wißt Ihr genau."

Michael wandte keinen Moment den Blick von Briannas Augen. Jetzt streichelte er ihr Haar und ihre Schläfen, eine

Berührung, die sowohl beruhigend als auch erregend wirkte. Die Intimität zwischen ihnen bestand noch immer. Brianna fühlte ihn so deutlich über sich, sein muskulöses, rauhbehaartes Bein, das gegen ihre Haut rieb, seinen harten Oberkörper, gegen den sich ihre Brustspitzen rieben.

„Ich ..." Sie mußte neu ansetzen. „Ich bitte Euch, mein Haar nicht zu berühren."

Er hob eine Braue, und das teuflische Glimmen in seinen Augen wurde noch spöttischer. Gehorsam zog er die Finger aus ihrem Haar – um sie anschließend unter ihre Brust zu legen. Zu ihrem eigenen Entsetzen stöhnte Brianna auf, als wäre ihr Körper in Lust entbrannt.

„Laßt das!"

„Ah, ich verstehe. Meine Berührung ist äußerst widerlich. Das habe ich ja bereits heute nachmittag erfahren."

Dieser Hohn fuhr Brianna wie ein Messer ins Herz. Sie versuchte, sich innerlich vor diesem Mann zu verschließen.

Langsam bewegte er die Hand höher, bis er sie schließlich um Briannas volle Brüste legte. Sein Blick verließ ihre Augen und wanderte zu dem festen weichen Hügel hinunter, als wollte sich Michael davon überzeugen, was er mit seinem Daumen anrichtete, mit dem er über die rosa Knospe strich.

Brianna schloß die Augen. Ihr war bewußt, daß ihr Körper sie verriet, denn Michael Treveryan sah sehr wohl, daß sich ihre Brustspitze unter seiner Berührung gehorsam und hart aufrichtete.

Sie öffnete die Augen wieder. „Lord Treveryan, ich wünsche nicht von Euch ... benutzt zu werden."

„Selbstverständlich, ich erkenne, wie abstoßend Sie mich empfindet."

„Ihr ignoriert meine Worte!"

„Weil sie keinen Sinn ergeben. Wenn ich Sie berühre ..."

„Körperlich kann ich mich nicht gegen Euch wehren", gab Brianna ärgerlich zu. Sie schloß die Augen und lag dann ganz still. „Doch Ihr berührt nichts", fügte sie tonlos hinzu.

Unbewußt befeuchtete sie sich die Lippen mit der Zungenspitze. Diese kleine Geste war für Michael eine Aufforderung, der er nicht widerstehen konnte. Er senkte seinen Mund über ihren, berührte ihn aber kaum.

„Was geschehen ist, ist nun einmal geschehen, kleine Hexe. Ich kann Ihr leider nicht zurückgeben, was Sie verloren hat. Ich kann jedoch in meine Obhut nehmen, was ich Ihr fortgenommen habe."

Jetzt preßte er seine Lippen auf ihre. Tief drang er mit der Zunge in ihren Mund ein. Brianna versuchte, sich ihm zu entwinden, aber er ließ es nicht zu. Sie schlug auf ihn ein, doch er hielt ihre Arme fest. Sie bog sich ein wenig in die Höhe, und ihre Brust drückte sich um so fester in Michaels Hand.

Sie kämpfte um ihre eigene Widerstandskraft und wußte doch gleichzeitig, daß sie gegen diesen Mann machtlos war. Allein seine körperliche Anziehungskraft wirkte wie ein Zauber auf sie. Seine unbeschreibliche Männlichkeit forderte ihre Hingabe heraus, als wäre sie, Brianna, für diesen Fremden bestimmt. Sie war klein und schmal, und er war stark, groß und breit. Ihr und sein Körper paßten zueinander, als hätte ein Künstler sie füreinander geschaffen.

Nein! dachte sie plötzlich mit Schrecken. Ich gebe mich ihm ja tatsächlich hin!

Unerwartet wich er zurück. Er lächelte spöttisch und finster. „Vergebung, Mistress Brianna." Er löste ihre Arme von seinem Rücken und bewegte sich so weit von ihr fort, daß ihr Körper seinen nicht mehr berührte.

„Ich muß den Verstand verloren haben", sagte er grimmig. „Da ich jetzt sehe, wie abscheulich meine Berührung für Sie ist, werde ich gegen den Teufel kämpfen, der jedesmal in mich fährt, wenn ich dem Blick Ihrer blauen Augen zum Opfer falle. Sie möge mir verzeihen. In Zukunft werde ich Ihre Worte zu beherzigen wissen."

Brianna fühlte, wie ihr das Blut heiß in die Wangen stieg, und sie war dankbar für die Dunkelheit in der Kajüte. Allerdings schaute Treveryan sie ohnehin nicht mehr an. Er hatte sich noch während des Sprechens abgewandt, als sei diese Angelegenheit nun für ihn erledigt.

„In Zukunft?“ fragte sie hitzig. „Wieso Zukunft? Ihr besitzt kein Recht, mich festzuhalten. Ich habe einen Ort, an den ich gehen kann . . .“

Zornig drehte er sich zu ihr um. „Nirgendwohin kann Sie gehen, Brianna! Nirgends wird Sie sicher sein. Bringe ich Sie an Land, wird Matthews Sie überall finden. Sie kann Ihre verdammte Keuschheit behalten, doch selbst wenn ich heute nacht einen Hafen anliefe, könnte ich Sie nicht von diesem Schiff lassen.“

Brianna erschauderte. Wie lange würde sie dieses hier noch ertragen können? Nichts als ein Spielzeug war sie für ihn, und eben hatte er wieder mit ihr gespielt.

Sie zwang sich dazu, vollkommen regungslos auf der Matratze zu liegen. Keinesfalls durfte sie ihn während der Nacht berühren. So nahe wie möglich rutschte sie an die teakgetäfelte Kojenwand und schleuderte im stillen jeden nur vorstellbaren Fluch gegen diesen Lord Treveryan. Am liebsten hätte sie ihm das Haar büschelweise ausgerissen, doch damit hätte sie ja nur seine Vergeltung herausgefordert.

Ich werde Euch entkommen, Lord Treveryan! schwor sie ihm stumm. Irgendwann mußten sie ja einmal einen Hafen anlaufen, und dann würde sich schon eine Fluchtmöglichkeit ergeben. Seine Goldmünzen befanden sich ja noch in der Tasche ihres Unterkleids, und dieses Geld hatte sie sich zweifellos verdient. Bei Gott, sie würde diesem Mann entkommen, der sie gekauft hatte, wie man einen neuen Mantel kaufte, den man fortwarf, wenn er einem nicht mehr gefiel.

Schlaf! Lieber Gott, laß mich jetzt schlafen, betete sie. Befreie mich von meiner Pein und von den heftigen Stürmen in meiner Seele.

Endlich, endlich schlief sie tatsächlich ein, doch tiefgrüne, teuflisch grüne Augen verfolgten sie in ihren Träumen.

4. KAPITEL

Jemand hatte an die Tür gepocht. Brianna erwachte und fuhr im Bett hoch. Im nächsten Moment war ihr klar, daß Michael Treveryan nicht an seine eigene Kajütentür klopfen würde.

Zwar konnte sie sich in die Bettdecke wickeln, doch es widerstrebte ihr, sich nur dermaßen dürftig verhüllt in der Kapitänskajüte vorfinden zu lassen. Was soll's, dachte sie dann. Ich kann es nicht ändern.

„Ja?" rief sie leise.

„Ich bin es nur, Paddy. Der Kapitän hat mir aufgetragen, Ihr etwas Sauberes zum Anziehen zu bringen."

„Ja. Herein. Und vielen Dank."

Brianna bemühte sich, nicht ihr Erstaunen über die Garderobe zu zeigen, die Paddy hereinbrachte. Feine Musseline und Seiden, einige mit zarter Spitze, andere mit kostbaren Pelzen abgesetzt, wurden vor ihr ausgebreitet. Paddy bemerkte ihre Verblüffung dennoch.

„Eine frühere . . . Bekannte des Kapitäns hat öfter Quartier auf unserem Schiff genommen, Mistress. Ich bezweifle, daß sie diese Kleidungsstücke noch einmal benötigt."

Vor Zorn stieg Brianna die Röte ins Gesicht. Treveryan! Er ließ ihr die abgelegten Kleider einer anderen Frau bringen! Einer Frau, die sich anscheinend frei auf dem Schiff hatte bewegen dürfen – trotz der Mannschaft! Er hatte sie, Brianna, angelogen, was ihre eigene Situation betraf!

Da Paddy daran keine Schuld traf, sagte sie nichts, sondern lächelte ihn freundlich an. „Danke, Paddy."

Sein Leben lang hatte Paddy den Treveryans gedient und

die Weltmeere besegelt. Er war ein alter Seebär und alles andere als ein höflicher Kavalier, doch Brianna erweckte eine gewisse Ritterlichkeit in ihm, und das, obwohl die Dame ja anscheinend wirklich nichts als Schwierigkeiten bedeutete. „Oh, keine Ursache, Mistress", versicherte er.

Von der Tür her war ein leises Geräusch zu hören. Paddy und Brianna drehten sich erschrocken um. Michael stand im Türrahmen. Sofort erwartete Brianna eine weitere Äußerung seines bitteren Spotts.

„Ich sehe, daß Paddy Ihr saubere Garderobe gebracht hat. Ich lasse Ihr Zeit zum Ankleiden und kehre dann mit einem Mahl zurück." Er machte kehrt und ging.

Paddy, dem der Auftritt sichtlich unbehaglich war, zog sich zur Tür zurück. Auf dem Weg dorthin bückte er sich und nahm Briannas verschmutzte Kleidungsstücke auf. „Einen guten Tag . . . Brianna."

„Danke", erwiderte sie leise und schloß die Tür hinter ihm. Nun schaute sie sich die luxuriöse Kleidung genauer an, die auf dem Sessel lag. Die Stücke waren großartiger als alles, das sie bisher besessen hatte. Sie hatten einer anderen Frau gehört, einer Mätresse, und Treveryan hatte die Frau anscheinend ebenso gleichgültig abgelegt und weitergereicht wie jetzt ihre Kleider.

Welches würde Briannas Schicksal sein, wenn ihm eines Tages nichts mehr an ihr lag? Würde er sie ebenso ablegen? Dieser arrogante Kerl! Wütend fegte sie den Kleiderstapel auf den Boden. Nein, sie wollte es gar nicht erst abwarten, bis er sie ablegte! Allein der Gedanke tat schon weh.

Sie seufzte. Sie mußte es lernen, Zorn und Schmerz nicht mehr an sich heranzulassen. Beides nützte ihr nichts. Die Garderobenstücke nützten ihr dagegen durchaus, denn sie zog es vor, ordentlich bekleidet zu sein, wenn sie sich in Treveryans Nähe befand.

Sie wählte das bescheidenste der Gewänder, eines aus dunkelblauem Musselin mit dem dazugehörenden, unter dem Rock sichtbaren Unterkleid aus Samt in einem etwas helleren Blau. Es war ihr ein wenig zu weit und zu kurz, doch es paßte leidlich. Die anderen Stücke wollte sie lieber auch vom Boden aufheben, bevor Michael zurückkehrte.

Plötzlich erschrak sie. Paddy hatte ihre eigene, verschmutzte Kleidung zusammengerafft und mitgenommen! Und in ihrem Unterkleid hatten sich die Goldmünzen befunden, das Geld, das sie für ihre Flucht dringend benötigte. Jetzt war es fort.

Wie hatte sie das nur zulassen können! Wütend auf sich selbst stampfte sie mit dem Fuß auf. Panik und Zorn brachen aufs neue aus. Sie hatte sich dieses Geld verdient! Mit dem Verlust ihrer Unschuld hatte sie es verdient. Sie mußte es zurückhaben, denn sie brauchte es unbedingt, um Michael Treveryan zu entkommen.

„Verdammt!“ schrie sie. Ihr ohnmächtiger Zorn überwältigte sie. Sie wirbelte herum und warf wie wild mit den neuen Kleidungsstücken um sich. So beschäftigt war sie damit, ihre Wut auszutoben, daß sie es nicht hörte, als sich die Tür öffnete. Als ihr Blick zufällig in diese Richtung fiel, sah sie Michael dort stehen. Er hielt ein Tablett in den Händen und beobachtete sie erheitert.

„Was hat Sie nun wieder für Probleme?“ erkundigte sich Michael.

Brianna blieb erstarrt stehen. Sie mahnte sich, die Lage so gelassen wie möglich zu meistern. „Meine . . . meine eigenen Sachen sind fort. Ich wünsche sie zurück“, erklärte sie.

„Wenn sie gewaschen und getrocknet sind, wird Sie sie zurückerhalten.“ Er trat in die Kajüte und schloß die Tür. „Was will Sie eigentlich mit den alten Fetzen?“

„Ich hänge an meinem Eigentum“, antwortete sie kühl.

„Was Sie nicht sagt.“ Er ging an ihr vorbei. Dabei stieg ihr ein köstlicher Duft in die Nase und erinnerte sie daran, daß sie halb verhungert war.

Michael blieb einen Moment stehen und betrachtete die ringsum verstreuten Kleidungsstücke und den kampflustigen Blick dieser bezaubernden blauen Augen. Erfolgreich verbarg er sein Lächeln, setzte seinen Weg zum Schreibtisch fort und stellte das Tablett darauf ab.

„In der Kleiderkammer dort ist Platz für diese Dinge“, bemerkte er gleichmütig. „Vielleicht zieht Sie es jedoch vor, zunächst etwas zu essen.“

Brianna hatte angestrengt darüber nachgedacht, wie sie die Münzen zusammen mit ihrer Kleidung zurückerlangen konnte. Sie schrak aus ihren Gedankengängen auf, als sie so höfliche Worte aus dem Mund des Teufels vernahm, den sie bisher kennengelernt hatte.

„Ah ja. Vielen Dank.“ Rasch senkte sie den Blick. Anscheinend beabsichtigte Treveryan, sich weiterhin höflich zu verhalten. Sie wollte auf ihrer Forderung bestehen, dabei aber selbst höflich und unnahbar bleiben. Vor allem durfte er nicht merken, wie dringend sie die Münzen benötigte.

„Ich fülle Ihr einen Teller. Will Sie sich nicht setzen?“

Nervös setzte sie sich auf die Bettkante. Michael schaute Brianna nicht an, sondern häufte Zwieback und dampfenden Rinderbraten mit viel Sauce auf einen Teller. Diesen reichte er ihr mit großem Anstand und ohne jeden Spott, wobei sein Gesichtsausdruck allerdings nicht recht zu deuten war. Eine Teetasse stellte er noch in ihre Reichweite, und erst dann tat er sich selber auf. Schließlich nahm er an seinem Schreibtisch Platz.

Eine Zeitlang aß er schweigend, und Brianna tat es ihm nach. Dann meinte sie, daß er es seltsam finden mußte, wenn sie so friedfertig war. Im übrigen brauchte sie einige Informationen, wenn sie ihre Flucht planen wollte.

„Wohin segeln wir?“ fragte sie scharf.

„Nach Holland“, antwortete er kurz und knapp.

Brianna war so überrascht, daß ihr beinahe der Teller von den Knien gefallen wäre. „Nach Holland!“ wiederholte sie entsetzt. Wie sollte sie Treveryan in einem ihr vollkommen fremden Land entkommen?

Zwar verstand sie nicht viel von Politik, doch sie wußte, daß es ernste Spannungen zwischen König James II. und Wilhelm von Oranien, seinem Schwiegersohn und Neffen, gab. Diese Reibereien deuteten auf einen bevorstehenden Krieg hin. „Aber ... aber ...“ stammelte Brianna, „dann seid Ihr ja ein Verräter, Lord Treveryan!“

„Ich bin kein Verräter, Mistress. Ich bin ein Protestant und ein Freund des Parlaments, zu dessen Auflösung James sich veranlaßt gefühlt hat. Auch bin ich ein Freund der Prinzessin Maria von Oranien und ihres Gatten Wilhelm."

★

Brianna senkte den Kopf. Sie hatte Mühe, Haltung zu bewahren. Holland! Wie sollte sie von dort jemals zu ihren Angehörigen gelangen? Wenn sie ihr Geld nicht zurückerhielt, konnte sie nicht einmal eine Schiffspassage bezahlen.

Michael lehnte sich in seinem Sessel zurück, verschränkte die Arme vor der Brust und betrachtete Brianna leicht amüsiert. „Selbstverständlich begeben wir uns nicht direkt zum holländischen Hof. Zunächst müssen wir noch einen hiesigen Hafen anlaufen, um Versorgungsgüter zu laden und Reparaturen durchführen zu lassen."

„Aha." Scheinbar uninteressiert aß Brianna einen Bissen. „Und wo wird das sein?"

„In Liverpool."

Liverpool! Wunderbar. Das war eine geschäftige Hafenstadt, in der eine Frau rasch untertauchen konnte, und Liverpool war den südwestlichen Grafenschaften nahe genug, so daß der Weg zu den Powells zu bewältigen wäre.

„Möglicherweise allerdings ..." Michael sprach nicht weiter.

Brianna blickte ihn scharf an. „Möglicherweise – was?"

Er zuckte die Schultern. „Möglicherweise machen wir auch weiter südlich fest. Wer weiß."

„Ja, wer weiß." Brianna hoffte, daß ihrer Stimme der Sarkasmus und der Zorn nicht anzuhören waren.

Das nachfolgende Schweigen war ihr unbehaglich. Treveryan sollte keine Zeit haben, so lange über ihre möglichen Überlegungen nachzudenken. Also sah sie ihn höchst anklagend an. „Ihr verhaltet Euch gesetzeswidrig. König James ist der legale Erbe des englischen Throns."

Michael lachte kurz und bitter auf. „Das dachte Charles

auch, doch ich bezweifle, daß er damit rechnete, daß sein Bruder seinen Sohn ermorden würde.“

„Jemmy Scott? Der Herzog von Monmouth?“ fragte sie bestürzt.

„Jawohl. Er wurde auf James’ Befehl enthauptet.“ Michael schwieg einen Moment, dann schaute er sie wieder an. „Sie schuldet James wenig Loyalität, meine kleine schottische Hexe. In seinem Namen wäre Sie schließlich beinahe verbrannt worden.“

„Wollt Ihr mir weismachen, daß alle diese Verfolgungen unter Wilhelm und Maria ein Ende haben werden?“

Michael wischte sich den Mund mit einer Leinenserviette, die er dann auf den noch nicht leeren Teller warf. Er stand auf und ging in der Kajüte umher.

„Ich will Ihr ‚weismachen‘“, sagte er hitzig, „daß Charles, obwohl manchmal als sittenlos bezeichnet, ein gerechter und toleranter König war. Er kannte sein Volk, und er wußte, wann er ihm nachgeben mußte. Sein Bruder James dagegen hat das Talent bewiesen, sich selbst seine besten Freunde zu Feinden zu machen.“

Michael blieb vor dem Schreibtisch stehen. „Ob die Verfolgungen unter Wilhelm und Maria enden? Sicherlich nicht ganz, denn die Menschen glauben noch immer an Hexerei. Und es gibt tatsächlich Personen, die Hexerei betreiben. Ich bin auch noch nicht davon überzeugt, daß Sie keine Hexe ist“, setzte er mit Nachdruck hinzu. „Der Prinz und die Prinzessin von Oranien sind jedoch leidenschaftliche Vertreter der Toleranz und des Parlaments. Und sie werden vom Volk gewünscht.“

Brianna stellte ihren Teller auf dem Schreibtisch ab. „Verzeiht mir, Lord Treveryan, wenn ich so wenig vom englischen Hof, von den Hoheiten und von politischen Intrigen weiß. Ich habe mein Leben in der Wildnis Schottlands verbracht. Ich bin, wenn Ihr so wollt, eine Hexe vom Lande, edler Herr.“ Mit den Gedanken an ihre Flucht setzte sie hinzu: „Und was, ich bitte Euch, wollt Ihr mit mir in Holland machen?“

Diese Frage verärgerte ihn offensichtlich, denn für ihn

schien die Antwort auf der Hand zu liegen. Doch dann wich sein Ärger der Erheiterung. „Ich beabsichtige, Sie bei Maria zu lassen“, antwortete er lächelnd.

Um so besser. Sollte er ruhig glauben, er könnte sie unbesorgt bei seiner so geschätzten Prinzessin zurücklassen. Zu einer Begegnung mit Maria, sei es als Treveryans Kurtisane oder sonstwie, würde es nie kommen. Für den Lord wollte sie schon Vergangenheit sein, bevor sein Schiff die holländische Küste erreicht hatte.

Michael trat zu Brianna und hob ihr Kinn. „Ist Sie etwa entsetzt?“ Seine Stimme klang verdächtig freundlich. „Das muß Sie nicht sein. Maria ist eine gütige Frau, und Sie wird sich in ihrer Obhut sicher fühlen können.“

Brianna zog ihr Kinn fort und lächelte bitter. „Wie wollt Ihr mich denn Eurer keuschen Prinzessin vorstellen, Treveryan?“

„Fehlt Ihr das Begriffsvermögen, Jungfer? Was spielt das für eine Rolle? Ich kann Sie auf keinen Fall guten Gewissens hier an Land bringen. Bis Matthews Einhalt geboten werden kann, wird Sie nirgends in England oder Schottland sicher sein – nicht einmal in Wales.“

„Das stimmt nicht! Wenn ich zu meinen Angehörigen ...“

„Ihre Angehörigen können nichts gegen Matthews ausrichten“, unterbrach er sie grob. Ungehalten seufzend wandte er sich ab. „Maria ist am Hof ihres Onkels aufgewachsen. James hielt sich ebenso viele Mätressen wie Charles. Maria dürfte also kaum schockiert sein.“

Dieses Argument änderte zwar auch nichts, doch Brianna konnte ihren Spott nicht unterdrücken. „Natürlich nicht“, sagte sie zuckersüß. „Maria wird nur annehmen, daß ich Eurer gegenwärtigen Belustigung diene.“

„Belustigung?“ wiederholte Michael erbost. „Jungfer, bis jetzt war Sie alles andere als belustigend! Ein ständiges Ärgernis war Sie! Und wenn Sie nicht endlich Ihre widerspenstige Zunge hütet, versichere ich Ihr, daß ich Maria über Ihre mißliche Situation unterrichte und ihr sage, daß ich Ihr nur Asyl gewähren will.“

Brianna senkte rasch den Kopf. Sie mußte wirklich lernen, sich zu beherrschen. „Ich werde meine widerspenstige Zunge ab sofort hüten, Mylord, wenn Ihr mir versichert, daß Ihr mir tatsächlich nur Asyl gewähren wollt und nichts dafür verlangt."

Lange starrten sie einander schweigend an. Brianna konnte Michaels Zorn beinahe körperlich fühlen. Die Luft zwischen ihnen schien zu knistern. Brianna wurde immer verzagter, zeigte es jedoch nicht, sondern hielt seinem Blick eisern stand und bewegte sich nicht von der Stelle. Nach einer Weile sprach sie als erste wieder. Es gab schließlich etwas, das sie von ihm haben wollte – zurückhaben wollte.

„Ich weiß, daß Ihr denken müßt, ich sei undankbar. Das bin ich nicht. Ich danke Euch dafür, daß Ihr mein Leben gerettet habt. Allerdings habt Ihr dies aus eigenem Antrieb getan. Ich schulde Euch nichts, und dennoch nehmt Ihr mir ständig etwas fort. Ich . . ."

„So?" fragte er gedehnt in ihre Rede hinein. „Redet Sie von Ihrer Kleidung? Ich versicherte bereits, daß Sie sie zurückerhält."

„Ihr sagtet nicht, wann."

Er trat näher an sie heran und streichelte lächelnd ihre Wange. Brianna erschauerte bei dieser Berührung. Gleichgültig wie wütend sie war, sie konnte die erschreckende Wirkung dieser kleinen Liebkosung nicht leugnen.

„Oh, sehr bald, würde ich meinen", versprach er.

Sie blickte ihn nicht an. „Danke", sagte sie bescheiden.

„Brianna?"

„Ja?" Sie hob den Blick.

Michael lächelte, und für einen kurzen Moment war es ihr, als übte auch sie eine gewisse Anziehungskraft auf ihn aus. Ihre Freude darüber währte nicht lange, denn er sagte: „Das Geld erhält Sie nicht zurück."

Offene Feindseligkeit sprach sofort wieder aus ihren Augen. Wütend trat sie einen Schritt zurück. „Weshalb nicht? Es gehört mir! Ich habe es verdient!" stellte sie mit bitterem Spott fest.

Lachend ging Michael zur Kajütentür. Dort drehte er sich

um und lehnte sich an die Täfelung. „Ich bin nicht so sicher, daß Sie es verdient hat. Ein Mann nimmt sich eine . . . ein Mädchen von der Straße, damit es ihm Vergnügen bereitet. Ich wüßte nicht, daß Sie sich in dieser Beziehung allzu große Mühe gegeben hätte." Er grinste unverschämt.

Diese Schmähung traf sie wie ein Messerstich in die Seele. Ohne nachzudenken, sprang sie Michael an und hob die Fäuste gegen ihn. Sie erreichte, daß er sein Grinsen einstellte, aber das war auch alles. Ehe sie es sich versah, hielt er ihre Handgelenke hinter ihrem Rücken fest und zog sie, Brianna, fest zu sich heran. Mit jedem erregten Atemzug hoben und senkten sich ihre Brüste.

„Närrin! Wann begreift Sie es endlich?" fuhr er sie rauh an. „Mir liegt an Ihr, und ich werde nicht zuschauen, wie Sie sich durch Ihre eigene Dummheit umbringt!"

„Mein Leben gehört mir!" schrie Brianna. „Und ich bin nicht mit Narren verwandt! Ich kann Unterschlupf finden. Ich kann verborgen bleiben."

Beinahe bekümmert schüttelte er den Kopf. „Ich bin nicht für meine Geduld berühmt", erklärte er ruhig. „Sie sollte sie nicht zu sehr strapazieren."

Brianna blickte zu Boden. „Laßt mich los."

Das tat er. Seine Züge entspannten sich nicht, doch als er sprach, bemühte er sich um Beherrschung.

„Brianna, was geschehen ist, läßt sich nicht mehr rückgängig machen. Was ich Ihr genommen habe, kann ich Ihr nicht mehr zurückgeben. Ich habe Ihr nichts mit Gewalt genommen, und das würde ich auch nie tun. Sie muß in dieser Kajüte bleiben, weil Sie ohne mich an Deck nicht sicher ist. Und in diesem Bett muß Sie schlafen, weil es für Sie keinen anderen sicheren Schlafplatz gibt. Ob uns beiden diese Situation nun behagt oder nicht, Sie befindet sich in meiner Obhut, und dabei muß es zunächst auch bleiben."

„Ihr seid ein Lügner, Treveryan!" beschuldigte sie ihn hitzig. „Wie war das mit der Frau, deren Kleider ich trage? Sie hatte ihr eigenes Quartier und durfte sich, wie ich annehme, auch frei auf dem Schiff bewegen."

Eine Ader pulsierte heftig an Michaels Hals, doch er behielt sich in der Gewalt. „Als sie an Bord war, hatte ich eine kleinere Mannschaft. Die Schlafgelegenheiten haben sich inzwischen geändert."

„Ich glaube Euch nicht."

„Mich kümmert nicht, was Sie glaubt und was nicht. Dies ist mein Schiff, ich bin der Kapitän, und Sie wird meinem Befehl folgen. Hat Sie verstanden?"

„Nur zu gut", antwortete sie bitter. Dann hob sie das Kinn. „Wie lange werden wir auf See sein, Lord Treveryan?"

Er zuckte die Schultern. „Je nach Wetter, drei bis vier Wochen."

„Und Ihr empfehlt, daß ich diese Kajüte während der ganzen Zeit nicht verlasse?"

Er seufzte. „Ich werde Sie an jedem Nachmittag zu einem Spaziergang an Deck führen. Während des größten Teils des Tages muß Sie versuchen, sich selbst zu beschäftigen. Die Täfelung hinter der Koje läßt sich öffnen. Dahinter wird Sie eine Anzahl Bücher finden. Sie kann doch lesen?"

Als Brianna daraufhin nickte, sprach er weiter. „Sollte Sie so nützlicher Dinge wie des Nähens kundig sein und die Arbeit nicht zu würdelos finden – in dieser Kleiderkammer habe ich Hemden, die der Nadel bedürfen."

Brianna antwortete nicht. Sie stand aufrecht da, doch Michael ahnte, daß ihre gesenkten Wimpern die Zornesflammen ihrer blauen Augen verbargen.

„Ich wünsche Ihr einen angenehmen Nachmittag", sagte er liebenswürdig. Er vollführte eine artige Verbeugung, erlaubte sich allerdings mittendrin ein unverschämtes Grinsen. Dann verließ er die Kajüte, und als er die Tür geschlossen hatte, war Brianna sehr versucht, ihm etwas hinterherzuwerfen.

★

Die Tage auf der Irischen See wurden sehr lang. Michael kehrte stets erst spät in der Nacht in seine Kajüte zurück, und wenn er kam, stellte sich Brianna schlafend. Unter den Kleidungsstücken, die Paddy ihr gebracht hatte, befand sich auch glücklicherweise ein sehr züchtiges Nachtgewand, und das zog sie sich jeden Abend an.

Michael dagegen legte sich stets nackt neben sie, berührte sie indessen niemals, nicht ein einziges Mal. Sobald er sich ausgestreckt hatte, hörte sie auch schon sein gleichmäßiges Atmen.

Wenn sie morgens aufwachte, war er schon fort, kehrte jedoch am Vormittag zurück, um mit ihr zu frühstücken. Dann redete er mit ihr sehr höflich, als ob die Nächte nicht existierten und als ob er und sie niemals miteinander geschlafen hätten.

Am späten Nachmittag führte er sie oft an Deck und durch das Schiff. Brianna erfuhr sehr viel über die „Seefalke". Er zeigte ihr die Laderäume und die Luken, in denen die Kanonen standen. Sie lernte die Bezeichnungen der vielen verschiedenen Segel kennen, und die Mitglieder der Mannschaft wurden ihr namentlich vorgestellt. Unter den Seeleuten waren alle Altersklassen vertreten. Söhne adliger Familien suchten ihr Glück auf See ebenso wie stramme Burschen aus dem Volk.

Einige waren ungeschliffen und streitsüchtig, andere ruhig und besonnen, doch alle hatten offenbar eines gemeinsam: die unerschütterliche Ergebenheit Lord Michael Treveryan gegenüber. Brianna wußte, daß der Respekt der Leute vor dem Kapitän ihr das Wohlwollen der Mannschaft verschaffte. Trotzdem war es ihr manchmal unbehaglich, wenn sie die Blicke bemerkte, mit denen man ihren Körper taxierte. Die Männer wußten, daß sie in der Kapitänskajüte schlief. Deshalb nahmen sie an, sie sei „die Seine".

Sie hatte erlebt, wie unerbittlich Michael manchmal seine Befehle brüllte. Andererseits hatte sie auch gesehen, daß gute Arbeit und Mut belohnt wurden. Immer wenn die „Seefalke" einen Sturm oder eine gefährliche Untiefe überwunden hatte, gab es eine doppelte Portion Rum für die Männer.

Sie lernte also das Schiff und seine Besatzung kennen, vergaß darüber aber keine Minute lang ihre eigenen Fluchtpläne. Als sie jedoch eines Morgens aufwachte, wurde ihr bewußt, daß sie sich an die Geräusche auf See gewöhnt hatte, an den Wind, der durch die Takelage pfiff, an die Wellen, die gegen den Schiffsrumpf schlugen ... und als sie die Augen wieder schloß, merkte sie zu ihrem Mißfallen, daß sie sich auch an Michael Treveryan gewöhnt hatte.

Zwar wahrte er Abstand von ihr, doch ihr Leben an Bord hatte sich irgendwie eingespielt. Die Langeweile hatte Brianna nach und nach dazu veranlaßt, sich um die makellose Sauberkeit der Kajüte zu bemühen und außerdem sogar Michaels Hemden zu flicken.

Oft nahmen die beiden die Mahlzeiten zusammen ein. Jede Nacht wartete sie auf ihn, wartete darauf, daß er sich neben sie legte und sie seine Körperwärme fühlen konnte. Er duftete immer so sauber nach See und Salzluft, und er strahlte eine solche Männlichkeit aus, daß Brianna sich am liebsten an ihn geschmiegt hätte.

Es fiel ihr immer schwerer, ihn zu verachten und seine Anziehungskraft zu leugnen. Und so lag sie oft unglücklich wach, wünschte sich, daß er sie in die Arme nähme, ihr Haar streichelte, noch näher käme ... und dann betete sie darum, daß dies nicht geschehen möge.

Sie konnte nicht leugnen, daß sie in seinen Bann geraten war. Vielleicht hatte sie sich sogar in ihn verliebt. Manchmal erlaubte sie sich zu träumen, sich auszumalen, daß er sie heiratete, liebte und achtete.

Das waren gefährliche Fantasien. Michael Owen Treveryan war ein Lord und so unabhängig, wie sie es für sich selbst wünschte. Nein, sie mußte ihre Fantasien verdrängen und sich immer daran erinnern, Abstand von ihm zu halten und bei der allerersten Gelegenheit die Flucht zu ergreifen. Ihre Unschuld hatte er ihr bereits geraubt; sie durfte es nicht zulassen, daß er auch ihr Herz raubte.

★

Michaels Gereiztheit nahm von Tag zu Tag zu, und die Beherrschung fiel ihm immer schwerer. Er war höflich und reserviert gewesen, und er hatte Brianna ritterlich umhergeführt. Er hatte angenommen, daß sie sich erweichen lassen und sich ihm schließlich hingeben würde. Sie lebten doch zusammen, verdammt!

Brianna indessen ließ sich nicht erweichen. Sie gab sich nicht hin. Wenn er nachts in die Kajüte kam, wußte er, daß sie wach war. Wenn sie vermutete, er würde schlafen, seufzte sie erleichtert, und dann hätte er sich am liebsten über sie geworfen.

Doch das durfte er nicht tun. Er lag neben ihr, hörte ihre Atemzüge und wußte, daß ihr weicher Körper so nahe war. Dann verkrampften sich seine Muskeln, Schweißperlen traten auf seine Stirn, und er erinnerte sich so lebhaft an ihr bisher einziges Zusammensein, daß er sich die Lippen blutig biß, um nicht laut aufzustöhnen.

Ihre Wortgefechte hatten sich größtenteils gelegt. Brianna zeterte und wetterte nicht mehr auf ihn ein. Sie hielt kühl Abstand, beantwortete seine Fragen, sprach höflich mit ihm, sorgte sogar für Ordnung in der Kajüte und reparierte seine Kleidung. Dennoch war sie jetzt unberührbarer als eine Königin. Immer schien es, als braute sich unter der Oberfläche ein Unwetter zusammen, das jeden Moment losbrechen konnte.

„Verdammte Hexe!" murmelte er und starrte auf die backbord liegende englische Küste. Dover war nicht mehr fern. Morgen, beschloß er, würde er einen Hafen anlaufen, kleinere Reparaturen am Schiff vornehmen lassen und frischen Proviant an Bord bringen.

Die Sonne schien strahlend, und alles um ihn herum war schön, die frische Seeluft, die Wärme, das Rauschen der Wellen. Die Schönheit dieses Tages verbesserte keineswegs seine Stimmung. Er seufzte. Heute morgen war er noch nicht in seine Kajüte und zu Brianna zurückgekehrt.

„Paddy, übernimm das Steuer!" rief er.

„Aye, aye, Käpt'n!" Paddy, der mit der Takelage beschäftigt gewesen war, eilte sofort herbei.

Michael hatte den Eindruck, als betrachte sein Maat ihn irgendwie amüsiert, und das ärgerte ihn. Er ging die Treppe zu seiner Kajüte hinunter und hätte dann beinahe an seine eigene Tür geklopft, was ihn noch mehr ärgerte. Er drehte den Türknauf und trat ein.

Noch in ihrem Nachtgewand lag Brianna in der Koje und las ein Buch. Ihr von der Nacht zerzaustes Haar war über das Kopfkissen gebreitet und umrahmte ihre schönen Gesichtszüge. Ihre Haut, so hell wie Elfenbein, bildete einen bezaubernden Kontrast zu der flammendroten Mähne. Der spitzenbesetzte Kragen ihres Nachtgewands reichte ihr fast bis ans Kinn, doch unter dem Stoff konnte Michael das Heben und Senken ihrer vollen, festen Brüste sehen. Die ihm so wohlbekannte Spannung erfaßte ihn wieder.

Die Frau bemerkt mich nicht einmal, dachte er gereizt. Ihr Buch ist ihr offenbar interessanter! Und in der Kajüte herrschte größte Unordnung. Überall lagen Kleidungsstükke herum, und das Bett war noch nicht gemacht; wie auch – sie lag ja schließlich noch darin.

„Jungfer!“ rief er und zerrte an der Bettdecke. „Es ist fast Mittag und damit höchste Zeit, daß Sie aufsteht!“

Erschrocken und vorwurfsvoll schaute sie ihn mit großen Augen an. Michael wandte sich rasch ab. Sie sollte seinen Zorn nicht bemerken.

„Wenn man als Gefangene in einer Kajüte lebt“, gab sie gelassen zurück, „spielt es doch keine Rolle, wie man den Tag verbringt.“

Michael setzte sich hinter seinen Schreibtisch und schaute sie wieder an. „Sie ist keine Gefangene, Mistress MacCardle, sondern ein umsorgter Gast. Dennoch steht es einem solchen Gast nicht gut an, die Stunden sinn- und zwecklos zu vertrödeln. Frauen, die von solcherlei fett, faul und träge werden, empfindet man als äußerst unattraktiv.“

Er hatte sie erzürnen und herausfordern wollen, doch sie bedachte ihn nur mit einem empörend kalten Blick.

„Lord Treveryan, nichts liegt mir ferner, als mich als träge zu erweisen, also werde ich wohl aufstehen müssen. Vielleicht seid Ihr so gut und verlaßt die Kajüte, so daß ich mich ankleiden kann.“

Er legte ein Bein auf die Schreibtischkante, kreuzte das andere darüber, lehnte sich bequem in seinem Sessel zurück und hob die Augenbrauen. „Nein, Jungfer, ich werde mich nicht aus meiner eigenen Kajüte vertreiben lassen, damit Sie sich ankleiden kann, wenn die Sonne schon am Mittagshimmel steht. Das Ankleiden wird Sie schon in meiner Anwesenheit erledigen müssen."

Er erwartete einen Wutausbruch, doch Brianna zuckte nur die Schultern, als wäre er lediglich ein mittleres Ärgernis und nichts weiter. Sie erhob sich von der Matratze und wandte ihm den Rücken zu. Das helle Sonnenlicht zeigte deutlich jede Kurve ihres Körpers. Sie ging zur Kleiderkammer, wählte ein Gewand und streifte dann mit anmutiger Würde das Nachtkleid von ihren Schultern und Armen. An den Hüften hielt sie es fest und ließ dann das Gewand aus blaßlila Samt über ihren Kopf gleiten.

Das war eine schwierige Vorstellung, doch sie wurde gekonnt durchgeführt und gewährte Michael einen langen Blick auf Briannas nackten Rücken bis hinunter zum Ansatz der festen weichen Rundungen. Er konnte auch ein winziges Stück ihrer Brüste sehen, und das alles zusammen war ein gnadenloser Angriff auf seine Sinne. Was er nicht sehen konnte, war das Lächeln auf ihren Lippen.

Brianna hatte die Langeweile satt, und sie war es leid, die Rolle zu spielen, die sie sich selbst verordnet hatte. Sie mochte auch nicht länger Nacht für Nacht die stummen Qualen erleiden, die sie befielen, wenn Michael sich neben sie legte. Sie hatte gesehen, wie nahe sie der Küste waren, und sie hatte die Matrosen von Port Quinby reden hören.

Von einer Minute zur anderen hatte sie beschlossen, daß es für Michael an der Zeit wäre, selbst zu leiden. Bisher hatte sie sich höflich und unnahbar gegeben. Heute, so kurz vor ihrer Flucht, wollte sie einmal die Rolle wechseln und es darauf anlegen, ihn dermaßen zu quälen, daß er sich danach so elend fühlte, wie sie sich während der ganzen Zeit als seine Gefangene gefühlt hatte.

Plötzlich stellte Michael die Füße geräuschvoll auf den Boden, erhob sich und begann in der kleinen Kajüte auf und ab zu gehen. „Ist Sie nicht endlich mit dem Ankleiden fertig?“ fragte er laut und schroff. „Wenn Sie mit den Haken und Ösen Schwierigkeiten hat, mag Sie zu mir kommen. Ich helfe Ihr.“

„Ich habe keinerlei Schwierigkeiten“, erwiderte Brianna honigsüß, heftete das letzte ihrer Untergewänder zusammen und drehte sich zu Michael um.

„Ich habe heute noch nichts gegessen, Brianna. Wenn Sie ein Mahl wünscht, kann Sie mit mir kommen.“

Die Freiheit, die er ihr anbot, verblüffte sie, und so rauschte sie geschwind an ihm vorbei. Statt wie sonst sehr darauf zu achten, daß sie ihn nicht berührte, tat sie heute das Gegenteil. Im Vorbeigehen streiften ihre Röcke seine Beine, und als sie sich wie zur Entschuldigung rasch zu ihm umdrehte, streifte ihr fliegendes Haar seine Brust und sein Kinn.

„Verzeiht“, bat sie verschämt und setzte dann ihren Weg den schmalen Gang entlang fort. Sie meinte zu hören, daß Michael hinter ihr mit den Zähnen knirschte, und lachte heimlich.

Das Lächeln verging ihr, als er sie rauh beim Ellbogen packte und sie herumriß. Sein grimmiges Gesicht erschreckte sie. Sie wußte, daß sie ein gefährliches Spiel trieb, doch jetzt wollte sie es auch nicht beenden.

„Da dies mein Schiff ist, und da ich von uns beiden derjenige bin, der weiß, wo sich die Kombüse befindet, sollte ich doch wohl vorgehen“, meinte er.

Brianna beschenkte ihn mit einem bezaubernden Lächeln. „Vergebt mir, Kapitän.“ Sie entzog ihm ihren Ellbogen und schob ihren Arm unter seinen. „Die Aussicht, in den hellen Sonnenschein hinausgeführt zu werden, hat mich so berauscht. Bitte, geht voran, Kapitän.“

Angesichts ihrer Liebenswürdigkeit fragte er sich, welcher Spott wohl dahinter stecken mochte. Diese Frage verbesserte seine Verfassung nicht, und Briannas Nähe tat dies ebenfalls nicht. Ihr Haar duftete nach Sommerblumen; wahrscheinlich hatte sie auch Paddy behext, und er hatte ihr die besten der französischen Toilettenartikel gebracht, die sich im Laderaum befanden, und sie täglich mit einem

Zuber warmen Badewassers versorgt.

Als sie das Deck erreichten, trug das wenig zu seiner Erleichterung bei, denn alle Männer stellten ihre Tätigkeit ein, grüßten ihren Kapitän und verbeugten sich mit einem breiten Lächeln vor Brianna. In den Augen seiner Leute erkannte Michael Begierde, Neid und Hunger.

Brianna erwiderte das Lächeln und den Gruß jedes einzelnen Mannes. Michael hätte sie am liebsten geohrfeigt. „Sie ist heute sehr charmant, nicht wahr?“ fragte er argwöhnisch.

„Findet Ihr?“

„Mehr als gewöhnlich.“

„Ach, es ist auch so schwer, charmant zu sein, wenn Ihr immer Eure Kerkermethoden anwendet. Heute, Mylord Teveryan, bemühe ich mich, auch die andere Wange hinzuhalten.“

Michael lachte. „Ich glaube nicht, daß Sie jemals ‚die andere Wange hinhalten‘ wird, Brianna. Nun, wir werden ja sehen, nicht wahr?“

In die Schiffsküche hatte Michael Brianna noch nie zuvor geführt, und jetzt war sie erstaunt über die Eleganz der Mannschaftsmesse in einem Schiff, das für Fracht, Schnelligkeit und Kampf gebaut worden war.

Ol' John, der Koch, schien ebenso verblüfft über Briannas Erscheinen zu sein wie sie selbst. Er bereitete ihr ein vortreffliches Gericht zu: Fisch in Kräutersud mit Zitronenscheiben garniert.

Michael führte sie an einen Tisch und setzte sich ihr gegenüber. Er sprach nicht, doch während sie aß, spürte sie seinen Blick auf sich gerichtet. Also begann sie das Gespräch.

„Wie kommt es, daß Ihr als Waliser mit dem Prinzen und der Prinzessin von Oranien so vertraut seid?“

Michael zögerte einen Moment. Er zuckte die Schultern. „Mein Vater war ein Freund des Königs Charles II. Söhne werden öfter von daheim fortgeschickt, um in anderen Haushalten erzogen zu werden. Ich habe sehr lange bei

Charles II. am englischen Hof gelebt."

„Und dennoch wendet Ihr Euch von seinem Bruder ab."

„Ich habe meine Gründe."

Brianna berührte seine auf dem Tisch liegende Hand. „Ihr sagt das mit einer Leidenschaft, die über das Politische hinauszugehen scheint", bemerkte sie ernst. „Hat James Euch Unrecht zugefügt?"

„Nein ..." Michaels Blick war auf ihre Finger gerichtet, die auf seinem Handrücken lagen. Sie waren sehr lang, sehr zart und sehr weiblich. Er drehte seine Hand um, so daß Briannas und seine Handfläche aneinanderlagen. Dann schloß er seine Finger um ihre Hand und streichelte sie mit dem Daumen. „Nicht mir hat James großes Unrecht zugefügt", sprach er weiter, „sondern Charles nach dessen Tod. Er hat Jemmy enthauptet."

Alles das interessierte Brianna sehr, obwohl ihr Blut bei der Berührung in Wallung geriet. „Kanntet Ihr ihn gut?"

„Sehr gut."

„Oh." Brianna wünschte, sie könnte etwas tun, damit sich seine finstere Miene wieder aufhellte. „Michael", sagte sie leise, „Monmouth war ein Bastard und maßte sich Thronansprüche an. Er kämpfte gegen James und erklärte sich selbst zum König. Das war Verrat."

Michael zog seine Hand zurück und stand unvermittelt auf. „Ich habe keine Zeit für dieses Geschwätz. Ich bringe Sie jetzt in die Kabine zurück."

„Ich habe mein Mahl noch nicht beendet."

„Dann hätte Sie essen sollen, statt die Zeit damit zu vertrödeln, Ansichten über Dinge zu äußern, von denen Sie nichts versteht."

Brianna war gekränkt und zornig, doch sie beherrschte sich. Offenkundig hatte Michael Jemmy Scott sehr geliebt. Darüber reden wollte er anscheinend nicht mit ihr, weil sie ihm nichts bedeutete. Er besaß wirklich ein großes Talent darin, sie zu verletzen! Allerdings standen ihr auch Waffen zu Gebot.

Treveryan, wütete sie im stillen, Ihr werdet noch selbst erfahren, wie es ist, verletzt zu werden! Zunächst einmal wollte sie jedoch überaus liebenswürdig sein, so daß es ihn wie ein Schlag treffen mußte, wenn er sie am nächsten Morgen nicht mehr vorfand.

Sie stand auf, hielt den Blick bescheiden gesenkt, und als Michael zu ihr trat, nahm sie gehorsam seinen Arm. Sie dankte dem Koch, und an Deck sprach sie mit niemandem, schenkte jedoch allen ein strahlendes Lächeln. Jedesmal fühlte sie, wie sich seine Armmuskeln anspannten.

Im Gang ging sie wieder sehr dicht neben ihm her, und es gab ihr ein Gefühl der Macht, zu bemerken, daß das nicht ohne Auswirkung auf ihn blieb. Sein Blick war hart, und die Lippen hatte er fest zusammengepreßt. Ihm war anzusehen, daß er Briannas Gehorsam und ihre Liebenswürdigkeit nicht verstand, doch verbieten konnte er ihr beides natürlich nicht. Er konnte sich ihr auch nicht aufzwingen, denn er hatte ja versichert, daß er das nicht tun würde. Brianna fand die Situation beinahe erheiternd.

In der Kajütentür drehte sie sich zu ihm um. „Ich danke Euch für Eure Zeit und Eure Einladung, Kapitän Treveryan. Beides weiß ich sehr zu schätzen."

Er murmelte nur etwas, zog dann von außen krachend die Tür ins Schloß, und jetzt lachte Brianna. Sie hatte entdeckt, daß sie das Spiel spielen konnte, und ihr Wunsch, es auch zu gewinnen, war stark.

5. KAPITEL

Im Laufe des Tages schlug Briannas heimliche Freude in Bitterkeit um. Der Nachmittag kam und ging, doch Michael erschien nicht. Sie hatte keine Hemden zum Flicken mehr, die Kajüte war tadellos sauber und ordentlich, und der Roman, den sie im Bücherfach hinter der Wandtäfelung gefunden hatte, fesselte sie nicht mehr.

Der Abend kam, und das Tageslicht schwand. Paddy brachte ihr das warme Badewasser. Er bemühte sich, frohgemut mit ihr zu sprechen, doch das hellte ihre Stimmung auch nicht auf.

„Paddy", fragte sie, „wessen Kleider trage ich eigentlich?"

Der alte Seemann druckste ein wenig herum. „Das habe ich Ihr doch schon gesagt. Die einer Dame, welche mit dem Kapitän befreundet war."

„Seine ehemalige Mätresse, meinst du, nicht wahr? Oder vielleicht ist sie noch seine Mätresse."

„Nein, Mistress, er trifft sich nicht mehr mit ihr."

„Hat sie ihn verletzt, Paddy? Befanden sich deshalb ihre Kleider nicht in seiner Kajüte?"

Paddy lachte leise. „Nein, Mistress. Der Kapitän hat die Beziehung abgebrochen. Und die Kleider befanden sich nicht in seiner Kajüte, weil die Frau niemals hier Quartier hatte. Und jetzt muß ich an meine Arbeit zurückkehren."

Nachdem Paddy gegangen war, ließ Brianna sich seine Worte noch einmal durch den Kopf gehen und wunderte sich selbst über die große Freude, die sie ihr bereiteten. Bald mahnte sie sich, daß das doch alles vollkommen gleichgültig war. Morgen war sie schließlich wieder frei. Sie würde ihre Angehörigen finden, und dann würde sie wieder erfahren, wie es war, wenn man geliebt wurde. Ihre Verwandten, die Powells, würden sie liebevoll willkommen heißen.

Brianna blieb im Badezuber, bis das Wasser kalt wurde und sie befürchten mußte, daß Paddy jeden Moment zurückkam. Kaum hatte sie sich abgetrocknet und das blaßlila Gewand wieder angelegt, als er auch schon eintrat. Sie dankte ihm aufs liebenswürdigste, und als er wieder fort war, kämmte sie ihr Haar, bis es glänzte, und wartete weiterhin auf Michael.

Er kam nicht. Briannas Wut wuchs ebenso wie ihr Hunger. Der Mann hatte ihr nicht gestattet, ihr Mittagsmahl zu Ende zu essen, und nun war er anscheinend zu beschäftigt, um ihr ein Abendessen anzubieten!

Während einer weiteren halben Stunde ging sie in der Kajüte auf und ab und stieß dabei unablässig leise Flüche aus. Dann gelangte sie zu der Überzeugung, daß Schwäche und Gehorsam nichts einbrachten. Ihr war jetzt bekannt, wo die Schiffsküche zu finden war, und den Koch hatte sie sich zum Freund gemacht. Falls Michael es ihr verübelte, daß sie die Kajüte verlassen hatte, um so besser.

Als der Koch sie kommen sah, runzelte er mißbilligend die Stirn, bereitete ihr jedoch trotzdem ein köstliches Mahl zu. Als sie noch in der Kombüse stand und darauf wartete, kam ein junger Seemann herein, ein Sohn aus adligem Haus, mit dem sie schon einige Male gesprochen hatte.

„Mistress Brianna, Sie sollte nicht hier sein. Der Kapitän würde sehr zornig werden, und das bringt Sie in arge Schwierigkeiten."

Brianna lächelte. „Mir scheint, Kapitän Treveryan ist heute abend sehr beschäftigt. Und ich war sehr hungrig."

„Sie darf sich nicht ohne Begleitung umherbewegen."

„Dann solltet Ihr mich vielleicht eskortieren, Sir."

Der junge Mann errötete heftig vor Freude. Er nahm dem Koch den Teller für sie ab und führte sie in den hintersten Teil der Messe, möglichst weit fort von den Mannschaftsmitgliedern, die beim Abendessen saßen.

„Sagt mir ..." Brianna versuchte angestrengt, sich an den Namen des jungen Mannes zu erinnern. „George. Sagt mir, wo seid Ihr daheim?"

„Im Norden des Landes", antwortete er freundlich. „Ich bin der dritte Sohn von Lord Percy und deshalb ohne große Aussichten auf ein erwähnenswertes Erbe."

Brianna aß erst einen Bissen. Es gab wieder Fisch, doch das störte sie nicht, denn sie war tatsächlich sehr hungrig. Außerdem war es angenehm, sich in der Gesellschaft eines ungefähr Gleichaltrigen zu befinden, der so freundlich und offenkundig angetan von ihr war.

„Wegen des Erbes würde ich mir an Eurer Stelle keine Sorgen machen. Ihr seid ein so fähiger junger Mann, und ich bin sicher, Ihr werdet Euer Glück in der Welt machen."

George strahlte. „Oh, das glaube ich auch, Mistress Brianna. Ein jüngerer Sohn zu sein, bringt auch Vorteile. Mir gewährt es eine gewisse Freiheit. Ich kann arbeiten, wo ich will, und lieben, wen ich will. Mein Bruder muß eine für die Familie vorteilhafte Ehe schließen, während ich ..."

Er errötete tief, stockte einen Moment und redete dann weiter. „Sollte Sie jemals ... allein sein, Brianna, würde es mir eine Ehre sein, Sie zu heiraten."

Brianna war verblüfft und gerührt, doch dann schämte sie sich wegen der Bedeutung dieses Angebots: Falls der Kapitän ihrer einmal überdrüssig werden und sie fortschikken sollte, dann wollte George für sie dasein!

„Vielen Dank", brachte sie mühsam heraus.

Bevor die Unterhaltung fortgesetzt werden konnte, trat jemand zu ihnen heran.

„Seemann, was geht hier vor?"

Der Zahlmeister, ein dunkeläugiger Waliser, stand hinter George. Er war ungefähr vierzig Jahre alt, kräftig und zweifellos voller Selbstvertrauen. Er roch schwach nach Rum. Bei dem Blick, mit dem er Brianna bedachte, wurde es ihr höchst unbehaglich.

„Ich eskortiere die Dame des Kapitäns beim Abendessen", antwortete George rasch.

„Das ist nicht deine Aufgabe, Seemann. Gehe an Deck. Der Wind dreht sich."

„Ich bringe Brianna zuerst in ihre Kabine."

„Das ist nicht nötig. Das tue ich."

„Du hast nicht den Rang."

„Ich habe einen höheren Rang als du!"

„Nun seht euch das an, Leute!" rief jemand. „Die feinen Herren da streiten sich um die Hure des Kapitäns!"

Brianna erbleichte, doch der Schrecken hatte erst begonnen. George stürzte durch den Raum, um den Sprecher ausfindig zu machen. Jetzt brüllten alle durcheinander. Die Messe verwandelte sich im Handumdrehen in ein Schlachtfeld der Schreie, der Flüche und der fliegenden Fäuste.

Brianna sprang auf, und in diesem Moment kam ein Mann quer durch den Raum geflogen und krachte an ihren Tisch. Der Matrose grinste sie sekundenlang schief an und warf sich dann wieder ins Getümmel.

„Ich würde mich auspeitschen lassen, wenn ich ihr dafür einmal an die Seide dürfte! Für eine Minute mit der Hure des Kapitäns!" schrie einer der Männer. Stühle, Teller und Krüge flogen umher.

„Untersteh dich, sie eine Hure zu nennen!" tobte George.

„Laßt mich an sie heran!" brüllte jemand. Diese Worte wurden von lüsternem Lachen begleitet und durch einen hörbaren Schlag und von einem Stöhnen beendet.

Der Versuch, Michael zu quälen, hatte die Katastrophe ausgelöst, und Brianna erkannte, daß es das klügste wäre, wenn sie auf der Stelle verschwand und nicht etwa erst abwartete, wer bei dieser Massenprügelei als Gewinner der „Hure des Kapitäns" hervorging.

Sie wandte sich zur Flucht, kam indessen nicht weit, denn sie stieß gegen den harten Oberkörper eines Mannes. Sie blickte zu seinem Gesicht hoch, gerade als er seine Pistole hob und in die Decke schoß, woraufhin sofort Ruhe in der Messe herrschte.

Michael schaute Brianna nicht an. Aufs äußerste aufgebracht, starrte er auf die sich ihm bietende Szene, auf seine blutiggeprügelten Männer, auf die zertrümmerte Messe. Seine Augen sprühten teuflisches Feuer. Brianna hatte ihn schon zornig gesehen, aber noch nie so sehr wie jetzt. Für einen Moment hatte sie den feigen Wunsch, zu Boden zu sinken und auf den Knien davonzukriechen. Dann sagte sie sich, daß das alles hier doch nicht ihre Schuld war. Sie war hungrig gewesen, und Michael hatte sie so wenig beachtet, daß sie für sich selbst hatte sorgen müssen.

Mit auf die Hüften gestützten Händen stand Michael fest und breitbeinig da. „Leute, ich gestehe euch zu, daß man auf See leicht in Streit gerät. Ich erkenne auch, daß hier eine gewisse Provokation vorlag." Er warf Brianna einen kurzen Blick zu, für den sie ihm hätte ins Gesicht schlagen mögen.

„Ihr habt jedoch alle eine Arbeit zu erledigen", fuhr er fort, „und dafür werdet ihr an Bord der ‚Seefalke' gut bezahlt. Jetzt befinden wir uns auf dem Weg zu Prinzessin Maria. Macht also klar Schiff hier in der Messe, und meldet euch wieder zum Dienst. Falls sich die für diese Schlägerei Verantwortlichen nicht bei mir melden, werdet ihr alle bis zum Erreichen des holländischen Hafens auf halbe Ration gesetzt."

Sofort trat George vor. Würdevoll, wenn auch zitternd, stand er vor Michael. „Ich habe die Schlägerei ausgelöst, Kapitän."

„Ich brauche wohl nicht zu fragen, weshalb", sagte Michael nüchtern. Wieder warf er einen geradezu tödlichen Blick auf Brianna. „Eine Nacht Arrest im Kettenkasten!" Damit war George entlassen.

Michael drehte sich zu Paddy um, der herangetreten war. „Kümmere dich darum, daß sich auch die anderen an diesem Vorfall Beteiligten melden. Die Verantwortlichen werden über ihr Tun ebenfalls im Kettenkasten nachdenken können, bis wir morgen Dover erreicht haben. Danach soll die Angelegenheit vergessen sein."

Brianna erschrak, als er sie plötzlich bei der Schulter packte und zur Tür schob. Eigentlich hatte sie ganz ruhig bleiben, ihm aber deutlich zu verstehen geben wollen, was sie von seiner Behandlung hielt. Es gelang ihr nicht.

„Treveryan, ekelhafter Abschaum der Meere! Ihr tut mir weh! Ich bestehe darauf, daß Ihr mich sofort loslaßt!"

„Ich tue Ihr weh?" stieß er zornig hervor. „Grün und blau sollte ich Sie schlagen! Ich habe Ihr verboten, die Kajüte allein zu verlassen. Sie hat sich meiner Anordnung absichtlich widersetzt, und das Ergebnis ist, daß die Hälfte meiner Mannschaft eine Woche lang hinkend und zähnespeiend an Deck herumlaufen wird!"

★

In der Kajüte angekommen, warf Michael die Tür ins Schloß, ließ Brianna jedoch noch nicht los.

„Ich habe mich Eurer Anordnung widersetzt? Ich schulde Euch keinen Gehorsam!" stellte sie hitzig fest. „Ich hatte großen Hunger, und da Ihr zu beschäftigt wart, um Euch um mich zu kümmern, blieb mir nichts anderes übrig, als mir selbst etwas zum Essen zu beschaffen."

„Hat Sie Vergnügen daran, zuzuschauen, wie sich Männer um Sie schlagen, Jungfer? Hat Sie diesem Jungen einen besonderen Gefallen versprochen, damit er Sie verteidigt?"

Mit einer Kraft, die sie selbst verblüffte, befreite sie sich aus Michaels Griff, wirbelte zu ihm herum und fuhr ihm mit den Fingernägeln durchs Gesicht. „Bastard von einem Lord!" fauchte sie. „Es hätte nicht nötig werden dürfen, daß dieser Junge mich verteidigen mußte! Ihr allein seid schuld daran, daß ich Hure genannt wurde – ‚die Hure des Kapitäns'! Da ich gezwungen werde, in Eurer Kabine zu schlafen, kann man es den Männern nicht verübeln, wenn sie mich so nennen."

„Verdammte Hexe!" flüsterte er auf eine Weise, die ihr angst machte. Langsam hob er die Hand an die roten Kratzspuren in seinem Gesicht. „Wäre Sie nicht bei mir, Mistress – als Hure des Kapitäns – dann hätten die Männer ihren Spaß mit Ihr gehabt. Ich selbst hätte allerdings nicht das Wort ‚Hure' gebraucht. ‚Verkommenes Luder' triff eher auf eine Frau zu, die sich selbst zur Schau stellt und ihr Vergnügen daran hat, Männer aufzureizen."

Er trat dicht an sie heran. „Luder!" wiederholte er leise und drohend.

In ihrer Angst wich Brianna zurück und suchte Schutz hinter dem Schreibtisch. „Diese Beschuldigung ist lachhaft, Mylord. Und nein, Kapitän Treveryan, ich habe George keinen Gefallen versprochen, doch ich würde es tun. Er ist ein Mann, der sich um mich bemüht, ein Gentleman, der da ist, wenn ich ihn brauche, und er ist bereit, mich zu verteidigen. Er ignoriert meine Bedürfnisse nicht."

„Also Ihre Bedürfnisse wurden ignoriert, ja, Mistress?" Er kam auf sie zu. Ihr Herz pochte heftig, denn ihr war, als gingen von Michael Zornesblitze aus, die das Losbrechen eines Unwetters ankündigten.

„War es so, holde Unschuld? Sie hat jeden einzelnen meiner Männer bis zur Kampfbereitschaft gereizt, weil Sie ignoriert worden war? Deshalb das berückende Lächeln, die sanften, bezaubernden Reden? Verführt hat Sie die Männer!"

„Das ist nicht wahr!"

Über den Schreibtisch hinweg starrten sie einander an. Dann kam Michael näher, und Brianna suchte ihr Heil in der Widerrede. „George war einfach nur liebenswürdig zu mir, und ich habe . . ."

„Mit ihm genauso gespielt wie mit mir, ja? Ein leichter Druck mit dem Arm, erzwungene Nähe im engen Gang . . ."

„Nein!"

Michael kam noch näher. In ihrer Verzweiflung riß Brianna das Logbuch vom Schreibtisch und warf es nach ihm. Es traf seine Schulter. Brianna erschauderte, als sie Michaels zusammengepreßte Lippen sah.

„Ich habe nichts getan!" schrie sie.

„Nein? Ich denke, Sie hat sehr viel getan, meine kleine Schottin. Zum Beispiel diese hübsche Vorführung, als Sie sich vor mir mit soviel Keuschheit angekleidet hat."

„Ihr weigertet Euch ja zu gehen."

„Richtig, und damit habe ich Ihr direkt in die Hände

gespielt." Er starrte sie drohend an.
„Kommt nicht näher!" warnte sie. „Ich habe erfahren, Lord Treveryan, daß andere Frauen mit diesem Schiff gereist sind. Sie hatten ihr eigenes Quartier. Ich verlange . . ."
„Sie verlangt?"
„Jawohl."
Er lächelte spöttisch. „Sie verlangt, Mistress MacCardle?" wiederholte er langsam. Mit einer einzigen Bewegung umrundete er den Schreibtisch und packte Brianna, ehe sie wußte, wie ihr geschah.
„Nein!" kreischte sie. Sie stieß, biß und kämpfte wie eine Tigerin, erreichte damit jedoch nur, daß sie sich selbst erschöpfte, denn er hielt sie einfach an den Schultern fest und schüttelte sie so grob, daß ihr Kopf in den Nacken flog und sie gegen ihren Willen in Michaels vor Ingrimm verzerrtes Gesicht blicken mußte.
„O ja, Sie verlangt! Schon die ganze Zeit hat Sie immer nur verlangt, und ich Narr habe nichts begriffen. Doch nun braucht Sie sich nicht länger zu sorgen, meine Liebe, denn ich werde Sie nicht mehr ignorieren."
Er griff in ihr Nackenhaar, zog ihren Kopf zurück und preßte seinen Mund auf ihren. Sie stemmte die Hände gegen seine Brust, doch ebensogut hätte sie sie gegen eine Mauer stemmen können. Außerdem erfüllten der Kuß und die Berührung sie mit einem Feuer, gegen das sie ankämpfen mußte, wenn sie die Schlacht nicht verlieren wollte.
„Nein!" Mit der Kraft der Verzweiflung zog sie schließlich den Kopf fort. Sie schnappte nach Luft und betete um Kraft.
Michael ließ sie nicht los. Er zog ihren Kopf an seine Brust, wo sie das wilde Schlagen seines Herzens hören konnte. Er legte sein Kinn auf ihr Haar und rieb ihren Rücken. „Ich habe es versucht", flüsterte er. „Gott weiß, wie ich es versucht habe. Sie darf nicht mit mir spielen, Brianna", setzte er hinzu.

Brianna erkannte, daß Michael noch immer sein Wort halten wollte. Er wollte ihr keine Gewalt antun. Sie selbst kannte sich mit ihren Empfindungen nicht mehr aus. Einerseits wollte sie sich voller Wut auf ihn stürzen, andererseits bedauerte sie ihr eigenes Verhalten.

Sie wollte ihm zumindest sagen, wie sehr es schmerzte, wenn man Hure geschimpft wurde, und daß ihr ihre törichten Spiele leid taten. Doch als sie ihm in die Augen sah, in denen sie Leidenschaft und Zorn erkannte, fand sie keine Worte. Sie schüttelte nur den Kopf. Ich habe gewonnen, dachte sie bitter. Ich habe das Spiel gewonnen. Er will mich – und wenn er mich auch nur erwürgen will, aber er will mich.

Der Sieg war bitter, und aus einem unerfindlichen Grund drängte es sie, die Spannung zu lösen, die zwischen ihnen jetzt bestand.

Sie stellte sich auf die Zehenspitzen und küßte Michael. Das sollte ohne Hintergedanken die Entschuldigung sein, die sie nicht in Worte fassen konnte. An die Wirkung dieser simplen Geste dachte sie nicht. Sie ahnte auch nicht die Gefahr, als er sie anhob und zum Bett trug. Ihr war nicht klar, daß sie einen Frieden suchte, den es nicht geben konnte. Sie flüsterte nur immer wieder Michaels Namen.

Michael kündigte sein Vorhaben durch nichts an. Plötzlich fühlte sie seine Hände an ihrem Kleid, das kurz darauf unter seiner Ungeduld zerriß. Hatte sie sich eben noch reuig entschuldigen wollen, so entflammte ihre Wut nun aufs neue.

„Nein!" Wild wand sie sich in seinem Griff, doch seine Hände waren fest und stark und sein Blick verächtlich und entschlossen.

„Mädchen, ich mag ein Narr sein, aber kein Heiliger. Du kannst einen Mann nicht wie eine Marionette behandeln, an deren Fäden du nur zu ziehen brauchst!"

Zu ihrem Entsetzen warf er sie aufs Bett, und sie erkannte, daß er glaubte, sie hätte das herausgefordert, um ihre Macht auszuprobieren. Als er sich dann voller Ungeduld und Entschlossenheit entkleidete, merkte sie, daß sie tatsächlich zu weit gegangen war.

Sie versuchte, ihr zerrissenes Kleid zusammenzuraffen. Unterdessen polterten Michaels Stiefel zu Boden, er warf sein Hemd irgendwohin, und noch immer zerrte Brianna an ihrem Gewand. Sie kniete sich auf die Matratze und hielt wenigstens ihr Mieder zusammen. Dann versuchte sie aufzustehen, doch Michael stand vor dem Bett und verhinderte das. Er drückte sie einfach auf die Koje zurück.

„Michael, laßt das! Verdammnis über Euch! Ich wollte doch nicht . . . Wagt es ja nicht . . ."

Mit stahlhartem Griff faßte er ihre Handgelenke und drückte sie auf die Matratze. „Ab jetzt wage ich, was ich will, du Hexe!" flüsterte er dicht vor ihrem Gesicht. „Mir reicht es jetzt. Ich wollte mein Versprechen einhalten, doch du hast mich um so mehr herausgefordert. Der stärkste Mann stößt einmal an seine Grenzen. Du hast meine Grenzen entdeckt."

So sehr sie sich auch wehrte, binnen kurzem drückte Michael sie nackt an sich, und ihre Kraft versiegte angesichts seines unbeugsamen Willens. Sie fühlte seinen Kuß, eine hauchleichte Liebkosung, zuerst auf ihrer Stirn, dann auf den Wangen und schließlich auf ihren Lippen.

Die unerwartete Zärtlichkeit nach dem wilden Kampf hypnotisierte sie. Nach einigen Momenten vertiefte sich der Kuß zwar und wurde heißer, blieb indessen weiterhin eine verführerische Liebkosung. Briannas Handgelenke befanden sich noch immer in Michaels Griff, doch ihre Fäuste öffneten sich jetzt, und als er seinen Kuß unterbrach, drückte er die Lippen in Briannas Handflächen.

Ihre Abwehr schwand dahin, und Brianna konnte nicht leugnen, daß ihr inneres Feuer längst entfacht war. Michael umarmte sie sanft und zärtlich. Er schien diesen Moment des Naheseins, des Friedens zwischen ihnen so lange wie möglich auskosten zu wollen.

Ein unterdrücktes Schluchzen entrang sich Brianna. „Das habe ich nicht gewollt . . ."

Doch sie wollte es. Sie begehrte ihn. Sie liebte ihn.

„Du weist mich stets zu spät zurück, meine Liebe", flüsterte er, und sie spürte seinen Atem an ihrem Haar. „Jetzt muß ich bei dir sein. Laß mich dich lieben. Berühre mich . . . nimm mich . . ."

Sprechen konnte sie nicht. Sie antwortete ihm, indem sie die Arme fest um ihn schlang, ihn in die Halsbeuge küßte und mit den Zähnen sanft seine Haut streifte. Ihre Leidenschaft steigerte sich immer mehr.

Er hob sich über ihren Körper und spreizte ihre Beine. Liebkosend ließ er die Hände über ihre Brüste und dann hinab zu ihren Schenkeln gleiten. Er hob ihre Beine an und legte sie sich um die Hüften. Wieder küßte er sie heiß, drang dabei behutsam in sie ein und erbebte, als sie ihn in sich aufnahm. Seine Bewegungen blieben langsam, vorsichtig, und er flüsterte ihr beruhigende Worte zu, bis sie sich zu ihm hochbog, um ihn tief in sich zu fühlen. Jetzt nahm er sie fest in die Arme und zügelte seine Leidenschaft nicht länger.

Briannas Stöhnen und die lustvollen Bewegungen ihrer Hüften steigerten sein Begehren noch mehr. Er hörte sie aufschreien, fühlte, wie sie unter ihm erbebte, und erreichte nun selbst den Höhepunkt der Lust.

Ein Zittern durchlief wieder und wieder seinen starken Körper, bis er am Ende entspannt über Briannas Brüsten zusammensank.

Er wollte sprechen, konnte es jedoch nicht. Als er schließlich nur ihren Namen sagte, schüttelte sie den Kopf und barg das Gesicht an seiner Brust. Eine Weile hielt er sie umarmt, dann stand er auf, um die Lampe zu löschen. Danach legte er sich wieder zu Brianna.

Ein Zauberbann lag über dieser Nacht, und solange er nicht mit Worten zerrissen wurde, würde er andauern. Von diesem Bann umfangen, konnte Michael Brianna lieben und sie dabei neue Freuden lehren. Dafür zeigte die Hexe dem Teufel, wie es im Himmel sein konnte.

★

Der Morgen kam. Briannas Kopf lag auf Michaels Brust, und Michael fühlte die zarte Wärme ihrer weichen Wange auf seiner Haut. Er hatte den Arm über ihre Schulter gelegt, und seine Hand berührte ihre Hüfte. Sein leichtes Streicheln war nichts weiter als ein Ausdruck liebevoller Zärtlichkeit.

Michael betrachtete Brianna nachdenklich. Er fühlte tiefe Scham. Irgendwie würde er sich verteidigen müssen; auf jeden Fall konnte er ihr nie wieder versprechen, sich von ihr fernzuhalten. Mehr denn je war er davon überzeugt, daß er sie niemals fortgehen lassen konnte. Er mußte seine Gefühle jetzt jedoch verbergen, denn wenn sie erwachte, war der Zauber der Dunkelheit endgültig gebrochen.

Mit einmal merkte er, daß Brianna nicht mehr schlief, sondern ebenfalls ihren Gedanken nachhing. Er erwartete Tränen oder Zorn, doch als er sich über sie hob, um ihr in die Augen schauen zu können, sah er dort etwas viel schwerer Erträgliches als Wut oder Tränen.

Ihr Blick sprach von einer so tiefen, elenden Trauer, daß sich Michaels Herz verkrampfte. Keine Vorwürfe, nur Schmerz und Kummer sah er in ihren blauen Augen. Unwillkürlich wollte er sie in die Arme nehmen und sie trösten, doch sie entwand sich ihm, zog das Bettuch über sich hoch und lächelte unglücklich.

„Ich wollte nicht . . .“ begann er.

„Michael“, unterbrach sie ihn sanft, wenn auch nachdrücklich. „Ich werfe Euch nichts vor. Ich habe keine Unruhe bei Euren Männern stiften wollen. Euch allein wollte ich quälen. Das war ein törichtes Spiel. Eure Stärke sollte man nicht herausfordern, Mylord. Vielleicht . . . wollte ich das, was zwischen uns geschehen ist, sogar. Ich wußte es nicht . . . und ich bin auch nicht froh, daß ich es jetzt weiß. Und deshalb flehe ich Euch an, mich freizugeben. Bitte!“

Michael stützte sich auf einem Ellbogen auf und legte die Hand um ihr Kinn. „Bitte mich nicht darum, dich aufzugeben, denn das kann ich nicht.“ Er schaute ihr in die Augen. „Ich brauche dich. Ich schwöre dir, meine schottische Hexe, ich brauche dich so sehr, wie ich mein Leben lang noch nie eine Frau gebraucht habe.“

Sie erwiderte seinen Blick. „Ich kann nicht Eure Mätresse sein“, sagte sie schmerzerfüllt. „Ich kann es nicht ertragen, wenn mir Eure Männer ‚Hure‘ hinterherrufen – und damit ja auch recht haben.“ Sie stockte einen Moment und sprach dann sehr leise weiter. „Wenn es wahr ist, Mylord, daß Ihr mich so sehr braucht, dann gebt mir die Freiheit, für Euch dazusein. Heiratet mich.“

Sofort wurde sein Blick eiskalt. Seine noch eben zärtlichen Händen erstarrten. Er stand auf und kleidete sich schnell an. Nur ein einziges Mal warf er Brianna noch einen Blick zu, und da wußte sie, den Mann, der sie so leidenschaftlich geliebt hatte, gab es nicht mehr.

„Das kann ich nicht“, erklärte er kurz und kalt, während er sich die Stiefel anzog. „Sie hat keine andere Wahl, als an Bord der ‚Seefalke‘ zu bleiben.“

Ganz befehlsgewohnter und herrischer Kapitän, wandte er sich zur Tür. „Wir laufen morgen zwecks Reparatur und Proviantaufnahme einen Hafen an, Mistress MacCardle. Ich rate Ihr von dem Versuch ab, das Schiff zu verlassen. Paddy bleibt an Bord, und er wird sich um Ihre Bedürfnisse kümmern, bis wir wieder segeln.“ Er machte eine kleine Pause. „Sie braucht nicht zu befürchten, wieder Hure genannt zu werden. Die Männer werden nicht wagen, mich ein zweites Mal zu erzürnen.“

Brianna lachte auf. „Mylord, Ihr könnt sie nicht für das bestrafen, was sie sehen und was der Wahrheit entspricht.“ Es spielt ja auch gar keine Rolle, dachte sie, denn sobald das Schiff festgemacht hatte, wollte sie fliehen. Das war jetzt notwendiger als zuvor.

„Jedenfalls wird Sie das Wort nie wieder hören.“ Michael verließ die Kajüte und schloß die Tür von außen ab.

Brianna war nicht einmal fähig, Tränen zu vergießen. Der Schmerz, auf dem Scheiterhaufen zu verbrennen, konnte nicht so groß sein wie ihre Qual, diesen Mann zu lieben und dabei zu wissen, daß sie ihn verlassen mußte. Wenn er sie nur auch liebte! Wenn er sie nur achtete! Wenn er sie doch heiraten wollte ... Doch er hatte ihr nicht einmal gesagt, daß er sie liebte.

Für einen Moment schloß sie fest die Augen. Dann stand sie auf und kleidete sich ebenfalls rasch an. Zwar war die Kajütentür verschlossen, doch wenn der Hafen erst einmal erreicht war, wollte Brianna schon einen Weg finden, Lord Michael Treveryan zu entkommen.

Das wäre ihre letzte Chance, ihr Herz und ihre Seele vor diesem Teufel von einem Mann zu retten, gegen den sie so töricht den Kampf aufgenommen – und verloren hatte.

★

Hoch oben auf den Klippen stand eine Schar Männer und sah zu, wie die „Seefalke" in Port Quinby einlief. Obwohl drei Viertel ihrer Segel eingeholt waren, wirkte sie majestätisch, als sie die leichten Wellen durchschnitt, bevor ihre Mannschaft sie am Anleger festmachte.

Matthews, wie immer ganz in Schwarz, hatte einen Fuß auf einen großen Steinbrocken gestellt, den Ellbogen aufs Knie gestützt und betrachtete die Szene. Daß die „Seefalke" tatsächlich angelegt hatte, ließ ihn die Unannehmlichkeiten der langen Reise zu dieser schäbigen Hafenstadt vergessen.

Ohnehin hatte er trotz aller Schwierigkeiten nie daran gezweifelt, daß Gott ihn leitete. Noch nie zuvor hatte er eine Hexe mit solcher Besessenheit verfolgt, doch er hatte auch noch nie zuvor eine so erschreckende Hexe kennengelernt. Diese Frau besaß Macht. Sie hatte ihn verfolgt. Nacht für Nacht hatte sie ihn in seinen Träumen gepeinigt.

Matthews wandte sich an Lord Darton, den Kommandeur der Truppe. „Seht Ihr, Darton, der teuflische Verräter sucht tatsächlich Schutz in diesem Hafen, wie ich es vorausgesehen hatte." Seine Augen glänzten so fanatisch und so fiebrig, daß es selbst Darton unbehaglich wurde.

„Das Glück war mit Euch, Matthews."

„Glück? Das war kein Glück", widersprach Matthews hitzig. „Gott der Herr war es, der mir diesen Mann in die Fänge getrieben hat! Gott der Herr, der nicht will, daß diese Hexe am Leben bleibt und daß dieser Bote des Satans noch länger auf Erden wandelt!"

Darton erschrak. Er war ein Soldat und ein Mann des Rechts. Er wußte, daß hin und wieder Dorfvetteln, die sich mit Zaubermitteln und ähnlichem beschäftigten, wegen Hexerei hingerichtet wurden, aber einen Mann wie Treveryan anzuklagen? Das schien doch wenig überzeugend.

„Ihr könnt doch Treveryan nicht auf den Scheiterhaufen bringen wollen, Sir! Ich bezweifle keineswegs die Existenz von Hexerei und Zauberei, aber ich vermag nicht zu glauben, daß Lord Treveryan mit dem Teufel umgeht."

Matthews sah Darton lange an und seufzte. „Hier in dieser Gegend hängt man die Hexen und Hexer, Sir, und ich beabsichtige in der Tat, den Mann an den Galgen zu bringen. Er wurde behext und ist dem Teufel verfallen."

„Ich kenne Treveryan", entgegnete Darton. „Er ist ein einflußreicher Mann mit stählernem Willen und mit genügend Mut, seinen Willen auch durchzusetzen."

„Starke Männer sind ein um so besseres Werkzeug für ihren Herrn, den Teufel. Satan ist klug und geschickt. Er hat seinen Diener mit der Fähigkeit ausgestattet, selbst solche Männer wie Euch irrezuleiten. Ich habe versucht, Treveryan zu retten, doch diese schottische Hexe hat ihn in die Arme des Teufels geführt. Und seht, wie er jetzt zu mir kommt! Gott hat mir die Macht verliehen, Rache zu üben. Es ist sein Wille, daß ich diese Sünder in die Hölle werfe."

„Ich werde nicht zulassen, daß Treveryan ohne eine ordentliche Gerichtsverhandlung zum Galgen geführt wird. Falls wir überhaupt in der Lage sind, ihn vor ein Gericht zu bringen", setzte Darton hinzu. Er blickte Matthews streng an. „Ich nehme doch an, daß Ihr für Treveryan und das Mädchen einen fairen Prozeß vorgesehen habt?"

„Ich werde beweisen, daß sie eine Hexe ist. Laßt Euch nicht von ihrer äußeren Schönheit verführen. Sie ist die Mätresse des Teufels." Davon war Matthews zutiefst überzeugt, und der Bann, mit dem diese Hexe ihn belegt hatte, konnte nur durch ihren Tod gebrochen werden.

Er drehte sich um und schaute nach seinem Pferd. „Kommt. Wir werden dem Bürgermeister von Port Quinby unseren Besuch abstatten und unsere Falle für Kapitän Treveryan aufstellen."

Darton folgte ihm, wenn auch ungern. Treveryan war ein

Mann, den man besser zum Freund als zum Feind hatte, und einer, der ein schrecklicher Feind sein konnte, auch ohne dazu die Hilfe des Teufels zu benötigen.

Eine Viertelstunde später stand Matthews vor der Tür der ansehnlichen Residenz des Bürgermeisters. Die Magd, die ihm auf sein Klopfen öffnete, begrüßte ihn verschüchtert und teilte ihm mit, daß ihr Herr gerade beim Frühstück saß.

Matthews schob das Mädchen zur Seite und durchsuchte das Haus, bis er dessen stattlichen und jovialen Besitzer fand, der zur Zeit gerade mit seiner zweiten Portion Nierenbraten beschäftigt war.

„Was bedeutet diese Störung?" fragte der Bürgermeister irritiert, als der rabenschwarz gekleidete Matthews sowie zehn Soldaten in das sonnige Frühstückszimmer marschiert kamen.

„Im Auftrag des Königs!" sagte Matthews überlaut und warf dem Mann ein Dokument vor die Nase. „Der walisische Verräter und Teufel der Meere legt soeben in diesem Hafen an. Es ist bekannt, daß Ihr, Bürgermeister, Sympathien für den Mann hegt. Er wird heute zu Euch kommen, und wenn Euch Eure Gesundheit etwas wert ist, mein Freund, werdet Ihr ihn empfangen, und zwar zusammen mit meinen Männern."

Der Bürgermeister nickte langsam und legte Messer und Gabel aus der Hand, während zehn Säbel gezogen wurden und sich nun auf seinen Hals richteten. Matthews bemerkte nicht, daß der Mann an ihm vorbei zu der Magd blickte, die an der Tür stand. Auch daß das Nicken diesem Mädchen gegolten hatte, war niemandem aufgefallen.

„Darton", sagte Matthews, „ich übergebe Euch hier das Kommando. Sorgt dafür, daß Treveryan Ketten trägt, sobald er hier eintrifft. Vergeßt nicht, daß er Teufelsbrut ist, ein höchst gefährlicher Mann."

„Ich werde daran denken", antwortete Darton düster. Er wußte sehr gut, daß Treveryan ein Teufel war, zumindest mit dem Entermesser in der Hand, und er, Darton, fürchtete um das Leben seiner eigenen Männer. Ohnehin behagte es ihm durchaus nicht, daß er einen Mann seines Standes festnehmen sollte, besonders deswegen nicht, weil Matthews schon vor jedem Prozeß von Treveryans Schuld überzeugt war.

Wie Darton den ihm zugewiesenen Dienst haßte! Und wie er Matthews haßte! Der Mann hatte ein Glimmen in den Augen, als sei er nicht ganz richtig im Kopf. Andererseits waren nur sehr wenige Männer dazu ausersehen, die Hexerei zu bekämpfen, und der König selbst hatte Matthews den Auftrag dazu erteilt.

Matthews wandte sich zum Gehen. Er befahl einer Einheit von zwanzig Soldaten, ihm zu folgen.

„Wohin geht Ihr?“ verlangte Darton zu wissen. Er war verärgert darüber, daß ihm dieser Fanatiker eine solche Aufgabe zugeteilt hatte, und er wollte nicht an dem Blutvergießen beteiligt sein, das zweifellos die Folge sein würde.

Matthews drehte sich im Hauseingang noch einmal zu Darton um. Seine Augen waren rotgerändert und glänzten noch fiebriger als zuvor. „Jetzt werde ich das Mädchen suchen“, antwortete er mit einem Lächeln, das Lord Darton das Blut in den Adern gefrieren ließ.

★

Nachdem sie festgemacht hatten, ließ Michael Paddy mit nur wenigen Mannschaftsmitgliedern an Bord zurück. Port Quinby war eine friedliche Stadt. Der Handel mit dem Kontinent und Seeleute vieler Nationen hatten ihr eine Weltoffenheit verliehen, die vielen größeren Städten fehlte. In Port Quinby gab es Märkte, Tavernen und Bordelle.

Michael war zu der Ansicht gelangt, daß seine Männer einen Nachmittag in weiblicher Gesellschaft nötig hatten. Gutes starkes Bier wäre sehr angebracht, und ein wenig Krach und Trubel würde die allzu schnell erhitzten Gemüter kühlen. Die an Bord Zurückgelassenen sollen nach Beendigung ihrer Arbeiten ebenfalls ihren Landgang bekommen, so beschloß er.

Michael erwartete zwar keine Unannehmlichkeiten in

Port Quinby, doch er hatte seine Leute aufgefordert, ihr Vergnügen in zwei benachbarten Tavernen zu suchen. Auf seinen vielen Fahrten hatte er gelernt, daß es immer gut war, wenn man sich nicht allzu weit voneinander entfernte und wenn man das Entermesser stets zur Hand hatte.

George lief mit einem Kontobuch hinter ihm her. Michael suchte erst mehrere Händler auf und orderte Geflügel, Rinderdörrfleisch, Gemüse und einige Ausrüstungsgegenstände. Nach einiger Zeit waren alle Bestellungen aufgegeben, die Einkäufe bezahlt und die Waren auf dem Weg zum Schiff. Michael schaute zu dem wolkenlosen Himmel hinauf. Irgendwie hob dieser Anblick seine düstere Stimmung.

„Und jetzt, Kapitän?" erkundigte sich George. Wenn er Michael wegen der einen Nacht Arrest im Kettenkasten noch grollte, so zeigte er das nicht.

„Amüsiere dich, George. Im ‚Wilden Eber' sind die Getränke gut und stark und die Mädchen rund und fröhlich."

George scharrte mit den Füßen. „Und was tut Ihr, Kapitän?"

„Ich sollte den Bürgermeister besuchen ..."

„Wenn ich Euch etwas vorschlagen dürfte, Kapitän Treveryan", unterbrach George ihn ein wenig ängstlich, „dann solltet Ihr mit Euren Leuten zusammen einen Krug trinken."

Der junge Mann errötete, weil Michael ihn wegen dieser kühnen Rede verblüfft ansah. „Es war ein rauhes Segeln in der letzten Zeit, Kapitän", fuhr er fort und versuchte, nicht ins Stottern zu geraten. „Ich wollte nur vorschlagen ... Ich meine, Ihr habt eine loyale Mannschaft, Kapitän, aber wenn die Leute Euch sehen, freuen sie sich, weil sie dann das Gefühl haben, Ihr seid einer von uns ..."

Michael mußte lachen. Freundschaftlich klopfte er George auf die Schulter. „George, mein Junge, wenn du erst einmal dieses Herumgestottere überwunden hast, wird aus dir noch einmal ein erstklassiger Seemann. Komm. Wir trinken selbstverständlich einen oder zwei Krüge miteinander aus."

Oder drei oder vier, setzte er im stillen hinzu. Nur zu gern wollte er sich sternhagelvoll betrinken. Vielleicht kam dann sein Kopf wieder in Ordnung, und er sah ein, daß an dem Mädchen, das sein Herz gefangen hatte, eigentlich nichts so Besonderes war. Brianna war schließlich eine Frau wie jede andere auch. Sie hatte Arme, Beine, Brüste, Hüften. Im Dunkeln sahen alle gleich aus.

Nur hatte keine andere Frau so wunderschöne blaue Augen, und niemand sonst hatte eine Haut so weich wie orientalische Seide, so geschmeidig lange Gliedmaßen, so volle, feste Brüste, eine Stimme, die mit einem leisen Flüstern die Seele berühren konnte . . .

Während er neben George herging, dachte er daran, daß es der Sport aller Seeleute war, mit fremden Mädchen zu schlafen. Jedes bot das gleiche – und doch immer wieder etwas anderes. Joan war seine Mätresse gewesen, doch Treue hatte er ihr nie geschuldet. In jedem Hafen war eine hübsche Jungfer bereit gewesen, die Bedürfnisse eines Kapitäns zu erfüllen. Brianna war auch nur so eine Frau.

Er seufzte, als er und George die lärmende Taverne erreichten. Daß der junge Mann ihn während der ganzen Zeit beobachtet und seine Gedanken zu ergründen versucht hatte, war ihm nicht aufgefallen. Zu sehr war er mit der Frage beschäftigt, was an Brianna nur so Besonderes war, daß es ihn so mit Sehnsucht und Schuldgefühlen erfüllte.

Er hatte ihr ihre Unschuld genommen, doch das war eindeutig nicht sein Fehler gewesen. Er hatte sie nicht in Schottland zurücklassen können, denn dann wäre sie zweifellos zu Tode gekommen. Und jetzt . . . jetzt konnte er den Gedanken nicht mehr ertragen, daß sie einem anderen Mann gehören sollte.

„Kapitän Treveryan!“

Er lächelte, als ihn seine Männer in der Taverne so erfreut begrüßten. Krüge wurden ihm entgegengehoben, und einer davon wurde ihm in die Hand gedrückt. Trinksprüche wurden ihm zu Ehren ausgebracht.

„Auf den edelsten Gauner, der je die Meere besegelt hat – sei er auch ein echter Lord!“

Gelächter brandete auf. Michael hob seinen Krug. „Auf den verkommensten Haufen von Rabauken, der je ein Schiff bemannt hat!“ gab er zurück. „Und den besten!“

Er wandte sich an den Tavernenwirt, den er schon von früheren Fahrten her kannte. „Lawton, die Getränke gehen auf meine Rechnung. Sorge Er nur dafür, daß alle es schaffen, bei Einbruch der Nacht zum Schiff zurückzuwanken!“ Er zog George am Hemdkragen heran. „Und kümmere Er sich darum, daß mein Freund, der junge George Percy, die beste Unterhaltung bekommt, die dieser Laden zu bieten hat.“

Lautes Gelächter und Hochrufe folgten dieser Anweisung. George errötete tief, protestierte indessen nicht, als eine muntere und sehr vollbusige Dirne diesen Wink aufnahm und die Arme um den jungen Seemann schlang.

„Master Percy“, flüsterte sie verführerisch, „die kleine Annie verspricht Euch, sich darum zu kümmern, daß Ihr auch tatsächlich die beste Unterhaltung bekommt.“

Michael lachte, als Annie den verwirrten George sofort die Treppe hinaufzog. Er nahm seinen Krug, setzte sich damit an einen Tisch, streckte die Beine aus und scherzte mit seinen Leuten über die Art der „Unterhaltung“, die George jetzt zuteil wurde.

Das Bier entspannte ihn mit der Zeit und hob seine Stimmung. Er nahm sich vor, so lange zu trinken, bis er Brianna vergessen konnte.

„Bitte! Ich muß mit Lord Treveryan sprechen.“

Michael schaute auf, als ein junges Mädchen verlegen in die Taverne gelaufen kam. An dem Verhalten und der Kleidung der Frau konnte man sehen, daß sie sich gewöhnlich nicht an solchen Orten aufhielt.

Michael stand auf. Er erinnerte sich schwach, das nervöse flachsblonde Mädchen schon einmal gesehen zu haben. Dann wußte er auch, wo. Es war Magd im Hause des Bürgermeisters.

„Hier bin ich, Jungfer. Was will Sie von mir?“

Schweigen herrschte plötzlich in der Taverne. Alle beobachteten, wie sich die Magd händeringend zu Treveryan durchschlängelte. „Lord Treveryan, Ihr seid in großer Gefahr!“ Sie sprach nicht weiter, sondern schaute sich ängstlich um.

„Sie kann frei sprechen“, versicherte Michael ihr. „Das hier sind alles meine Männer.“

Das Mädchen suchte nach Worten. „Ein Mann ist mit Soldaten des Königs gekommen. Sein Name ist Matthews, und er wartet im Haus des Bürgermeisters auf Euch. Er ist ganz in Schwarz, und seine Augen brennen. Er ... er ... will Euch in Ketten legen und hängen lassen!“

„Matthews?“ Wie zum Teufel hatte es der Mann geschafft, so schnell über Land zu reisen? Michael faßte die Magd sanft bei der Schulter. „Kann Sie mir sagen, wie viele Männer er bei sich hat?“

„Ich ... das weiß ich nicht genau. Vielleicht fünfzig. Vielleicht hundert. Sie haben sich geteilt. Einige von ihnen warten im Bürgermeisterhaus. Matthews selbst ist zu Eurem Schiff gegangen. Er will ein Mädchen.“

Michael wurde blaß.

„Auf zum Schiff!“ brüllte einer seiner Männer.

„Nein!“ Michael hob die Hand. „Wir sind in der Minderzahl, Leute, und deshalb müssen wir Matthews überlisten. Robin!“ rief er dem Matrosen zu, der eben gebrüllt hatte. „Du kommst mit mir zum Kornhändler. Wir werden uns Perücken aufsetzen, Umhänge tragen und als Lieferanten zur ‚Seefalke‘ gehen. Dort stellen wir fest, ob Matthews’ Männer schon an Bord sind. Geoff, du übernimmst hier das Kommando, bis ich zurück bin. Haltet euch alle bereit.“

Die junge Magd, die ihr Leben riskiert hatte, um die Warnung zu übermitteln, lächelte er freundlich an und küßte sie leicht auf die Wange. „Und sorge dafür“, sagte er zu Geoff, „daß diese junge Dame hier gut belohnt wird.“

Die Seeleute schienen schlagartig nüchtern geworden zu sein. Jeder von ihnen legte die Hand an seine Waffe und harrte der Dinge, die da kommen mochten. Michael und Robin verließen die Taverne.

Als sie später mit ihren Kornsäcken bei der „Seefalke“

anlangten und an Bord gehen wollten, rief Paddy sie an und mußte gleich darauf herzlich über die Verkleidung lachen.

„Was soll das denn nun wieder, Käpt'n?" fragte er.

„Paddy, ist inzwischen jemand hergekommen? Hat dich jemand belästigt oder befragt? Hast du Soldaten gesehen?"

Paddy rieb sich das Kinn. „Ja, wenn Ihr mich so fragt ... ich habe ein paar Männer in Uniformen des Königs gesehen, die sich im Hafen herumtrieben."

Michael warf seinen Umhang ab. „Gib mir das Glas, Paddy." Eilig stieg er den Großmast hinauf und kletterte in das „Krähennest". Von diesem Ausguck aus suchte er mit Hilfe des Fernrohrs die Kaianlagen und die Werkstätten im Hafen ab. Tatsächlich, überall waren Uniformierte zu entdekken.

Weshalb hatte Matthews das Schiff nicht einfach gestürmt? Wahrscheinlich wollte er es nicht auf ein Gefecht mit den als tapfere Streiter bekannten Mannschaftsmitgliedern ankommen lassen.

Nein, Matthews will nur Brianna – und mich, dachte Michael. Wie aber sollte der Mann Brianna bekommen, wenn er das Schiff nicht betrat?

Ein schrecklicher Gedanke durchfuhr ihn plötzlich. Michael begann zu zittern. Schweißperlen traten ihm auf die Stirn. Im Handumdrehen war er den Mast hinuntergerutscht und stand wieder an Deck.

„Sie sind noch immer in der Nähe", teilte er seinem verblüfften Maat mit. „Paddy, wann hast du zum letztenmal nach Brianna gesehen?"

„Oh, vor nicht länger als einer Stunde. Ich lasse die Jungfer nie länger allein, wenn Ihr nicht an Bord seid."

Michael hastete über das Deck, die kurze Treppe hinunter und den engen Gang zu seiner Kajüte entlang. Er stieß die Kabinentür mit der Schulter auf und blieb dann schrekkensstarr stehen.

Brianna war fort.

6. KAPITEL

In den frühen Morgenstunden hatte Brianna die Rufe und Bewegungen der Mannschaft gehört, die die „Seefalke“ an den Kai manövrierte. Brianna hatte stumm dagesessen und gewartet, und als von Deck her nichts mehr zu hören gewesen war, war sie aufgestanden und hatte das Türschloß untersucht.

In Michaels Schreibtisch fand sie ein Stückchen Pergament, das sie fest zusammenknüllte und in der Hand behielt, bis Paddy mit dem Frühstück erschien. Während er das Tablett auf den Schreibtisch stellte, plauderte sie mit ihm und bewegte sich dabei unauffällig rückwärts gehend zur Tür. Sie stopfte den kleinen Pfropfen in das Schlüsselloch und hoffte inständig, daß er den Schließmechanismus blockieren würde.

Paddy drehte sich zu ihr um und lächelte sie freundlich an. „Ich habe jetzt viel Arbeit, Brianna, aber spätestens mit dem Mittagessen komme ich wieder, und heute nachmittag bringe ich Sie an Deck, damit Sie sich den Hafen anschauen kann. Ist Sie damit einverstanden?“

„O ja, Paddy, sehr sogar“, antwortete Brianna. „Ich lese gerade ein Buch. Das werde ich heute vormittag beenden.“

Paddy nickte zufrieden. „Dann will ich jetzt wieder an meine Arbeit gehen. Und falls Sie mich benötigt, braucht Sie nur laut zu rufen.“

„Das mache ich, Paddy.“

Sie hielt den Atem an, als sie hörte, daß er von außen die Kajütentür abschloß. Erst als sie ihn an Deck einen Befehl rufen hörte, ging sie zur Tür und drehte an dem Knauf. Die

Tür öffnete sich!

Jetzt war es soweit. Sie konnte Michael entkommen. Sie besaß nichts außer ihrem Selbstvertrauen. Trotzdem war sie zur Flucht entschlossen. Irgendwie würde sie sich schon zu den Powells durchschlagen, und wer sollte sie dann in einem kleinen Dorf abseits der Reisestraße finden?

Ja, sie wollte fort, denn sie konnte nicht Michaels leidenschaftlicher Zeitvertreib für eine kurze Spanne sein, nicht angesichts der ihr anerzogenen Moralvorstellungen und nicht angesichts ihrer tiefen Liebe zu ihm. Jetzt, da es Zeit zum Gehen war, erkannte sie traurig, daß er ihr erträumter Ritter in schimmernder Wehr war. Er hatte sie gerettet und sie aus der Gefahr entführt.

„Ich liebe Euch", flüsterte sie. Tränen rollten über ihre Wangen. Ein letztes Mal noch schaute sie sich in der Kajüte um und erinnerte sich an alles, das sich hier zwischen ihnen abgespielt hatte.

Auf dem Schreibtisch lagen ein paar achtlos hingeworfene Gold- und Silbermünzen. Brianna biß sich auf die Lippe. Sie wäre eine Närrin, wenn sie das Geld nicht nehmen würde. Rasch steckte sie die Münzen ein und mußte dabei an das Geld denken, das sie sich „verdient" hatte. Auf diesen kleinen Betrag hier würde es Michael nicht ankommen, das wußte sie.

Sie nahm den Federkiel auf und schrieb eine kurze Mitteilung auf die Löschunterlage. Sie bat Michael, nicht nach ihr zu suchen, falls ihm denn überhaupt etwas daran läge. Dann verließ sie die Kajüte.

Als Brianna das Deck erreichte, zögerte sie. Es war unmöglich, einfach über die Laufplanke von Bord zu spazieren, denn Paddy bewachte die „Seefalke", und an ihm kam niemand vorbei.

Sie zog sich halbwegs wieder auf die Treppe zurück. Die an Bord verbliebene Mannschaft war hauptsächlich mit Reparaturarbeiten beschäftigt. Brianna bemerkte eine Strickleiter, die außenbords angebracht war, um den Männern die Arbeit am Schiffsrumpf zu ermöglichen. Falls es gelingen würde, das Deck zu überqueren ...

Brianna wartete, bis niemand außer Paddy mehr in Sicht war. Er lehnte jetzt am Großmast und genoß die Sonnenwärme. Brianna holte tief Luft, huschte auf Zehenspitzen über das Deck, faßte die Strickleiter und schwang sich über die Bordkante. Erst dann schaute sie hinunter.

Das Schiff lag sehr hoch im Wasser, und das untere Ende der Strickleiter reichte bei weitem nicht bis an seine Oberfläche. Brianna würde sich also tief fallen lassen müssen, und in ihrem Kleid samt den diversen Unterröcken würde sie entsprechend tief versinken.

Das schreckte sie nicht. In den kalten Seen Schottlands hatte sie schwimmen gelernt. Außerdem lag, wenn sie erst einmal aufgetaucht war, kein weiter Weg mehr vor ihr. Zwar würde sie naß und frierend an Land gelangen, doch das war ein Problem, mit dem sie sich befassen wollte, wenn es soweit war.

Sie sprang. Das eisige Wasser zog sie tiefer und tiefer hinab, bis sie glaubte, ihre Lungen müßten bersten. Es brannte in ihren Augen, doch sie hielt sie offen, denn solange sie Licht sah, verlor sie nicht den Mut. Kräftig bewegte sie die Beine und strebte zum Hellen hinauf. Sekunden später erreichte sie die Oberfläche und schnappte nach Luft. Ihre vollgesogenen Röcke wollten sie mit ihrem Gewicht wieder in die Tiefe hinabziehen.

Ohne zu zögern, entfernte sie sich mit kräftigen Schwimmstößen von der „Seefalke" dahin, wo die kleinen Boote festgemacht hatten. Dort wollte sie sich am steinigen Ufer hochziehen und dann den Kai und die Straßen erreichen. Falls Passanten oder Fischer sich darüber wundern sollten, daß sie aus dem Wasser gestiegen kam, wollte sie einfach sagen, sie habe sich zu nahe an die Kaikante gewagt und sei dabei in die Fluten gestürzt.

Dazu kam es gar nicht erst. Sobald sie den Fuß an Land gesetzt hatte, ertönte eine schrecklich bekannte Stimme über ihr.

„Hexe! Hexe! Gute Leute, seht selbst, wie ihr Meister, der Teufel, sie durch das Wasser getragen hat! Ergreift sie! Noch heute soll sie hängen und mit dem Bösen im Höllenfeuer schlafen!"

Das konnte nicht sein! Es durfte nicht sein! Brianna erstarrte. Sie zitterte nicht einmal, als sie tropfend und noch um Luft ringend vor Matthews stand und in seine fanatischen Augen blickte. Sie konnte nicht mehr denken, sondern hatte nur entsetzliche Visionen.

„Ergreift sie!"

„Nein!" schrie sie auf, als sie hinter Matthews eine Einheit Soldaten in Uniform sah. Sie versuchte, ins Meer zurückzuweichen, stolperte dabei über ihren Kleidersaum und fiel mit dem Hinterkopf auf das harte Felsgestein. Sie spürte den Schmerz, doch dann senkte sich Dunkelheit über sie.

★

„Verdammnis über sie!" Michael hatte eben die Mitteilung auf seiner Löschunterlage gelesen. „Verdammnis über diese schottische Hexe!"

Paddy, der ihm gefolgt, jedoch an der Tür stehengeblieben war, ahnte, daß sich der Zorn seines Kapitäns jetzt über ihn ergießen würde. Das machte ihm nichts aus; zu sehr hatte ihn selbst die Panik erfaßt.

„Sie muß noch an Bord sein, Käpt'n. Bei meinem Leben – sie kann das Schiff gar nicht verlassen haben."

In seiner Wut fegte Michael Bücher, Papiere und Federkiele vom Schreibtisch. „Dieses Weibsbild bringt mehr Ärger, als es wert ist! Ich werde die Stadt absuchen müssen und kann nur hoffen, daß ich sie finde, ehe Matthews das tut."

„Kapitän!" Der Ruf kam von Deck, und als Michael an Paddy vorbei die Treppe hochstieg, stieß er mit Robin zusammen.

„Sie haben sie, Kapitän. Sie haben sie!"

„Beruhige dich, Robin. Wer hat sie? Wo?"

„Matthews!"

„Woher weißt du das?"

„Ein Ausrufer kam eben vorbei. Man überprüft eine Hexe und will sie genau zur Mittagsstunde auf dem Stadtplatz hängen."

Der Schmerz, der ihn durchfuhr, war so groß, daß Michael fast zu Boden gestürzt wäre. Dann gewannen Zorn und Wut die Oberhand. Nein! Er durfte Brianna nicht verlieren, und schon gar nicht an Matthews' irren Fanatismus. Nicht jetzt, da er gerade entdeckt hatte, wie sehr er sie . . .

Liebte. Er liebte sie mehr als den unendlichen Ozean, mehr als die „Seefalke", mehr als seine eigene Existenz.

Er richtete sich gerade auf, straffte die Schultern und zwang sich zum klaren Denken.

„Kapitän?"

Er winkte ab. „Folgendes werden wir tun. Robin, gehe zur Taverne zurück. Ich will alle Männer bis auf zehn an Deck haben. Für mich und diese zehn brauche ich Pferde. Pikkens, Beaufort und Gest sollen zu mir kommen; sie treffen mit der Pistole eine Fliege auf hundert Schritt Entfernung. Und . . ."

„Ich komme auch mit Euch, Kapitän", erklärte Robin.

„Meine Knochen sind zwar alt, aber auf einem Pferd sitzen sie noch recht ordentlich", schloß Paddy sich an.

„Nein, Paddy, dich brauche ich hier. Die ‚Seefalke' muß bereit sein, von einer Sekunde auf die nächste zu segeln. Die Kanonen müssen bemannt sein, und die Leute an Bord müssen sich auf ein Gefecht Mann gegen Mann vorbereiten. Gehe jetzt, Robin. Ich komme zur Taverne nach, sobald ich Paddy alle Anweisungen erteilt habe."

Robin nickte. Noch in seiner Verkleidung, konnte er sich unangefochten über den Kai und durch die Straßen bewegen.

Michael wandte sich an Paddy. „Rufe alle Männer zusammen, die an Bord sind. Berichte ihnen, was uns bevorsteht, und sage ihnen, daß jeder, der es will, das Schiff verlassen kann. Ich zwinge niemanden, für mich zu kämpfen, denn ich gelte jetzt als Verbrecher und Verrater. Wer für mich ist, wird Bekanntschaft mit dem Strick machen, falls wir den Kampf verlieren. Die Kanonen müssen unauffällig feuerbereit gemacht werden. Die Segel müssen so gelöst werden, daß sie bei Bedarf sofort gesetzt werden können."

„Aye, aye, Käpt'n, das werde ich für Euch veranlassen. Ich garantiere Euch, kein Mann wird an Land gehen wollen. Doch ich gebe allen Euer Angebot weiter. Nur frage ich mich, wie Ihr es schaffen wollt, mit nicht mehr als zehn Leuten das Mädchen vor dem Galgenstrick zu retten."

„Der Überraschungseffekt wird meine beste Waffe sein, Paddy. Und meine Gebete, daß der Teufel den Henker holen möge", erwiderte Michael.

★

Brianna hatte das Bewußtsein schon beinahe wieder erlangt, als ihr eine harte Stiefelspitze in die Rippen gerammt wurde. Vor Schmerz schrie Brianna auf und schloß fest die Augen. Ihr nasses Haar klebte an ihrem Gesicht wie die salzwassergetränkte Kleidung an ihrem Körper.

„Aufstehen, Hexe!"

Sie war steif und verkrampft, alles tat ihr weh, und sie hatte schreckliche Angst davor, die Augen zu öffnen und dem Entsetzen ins Gesicht zu blicken. Doch ehe sie noch einmal getreten wurde, raffte sie sich lieber doch von dem kalten Steinfußboden hoch. Sofort schienen sich die Wände um sie zu drehen.

Sie war allein mit Matthews in einem kleinen, nur mit einem großen Tisch und einem Stuhl ausgestatteten Raum. Schleifglasfenster gingen auf den Standplatz hinaus, auf dem Arbeiter gerade einen Galgen errichteten.

„Bin ich also schon überprüft und verurteilt, Matthews?" fragte sie herausfordernd. Sie wunderte sich selbst darüber, daß ihre Stimme trotz Angst und Übelkeit so fest klang.

Matthews antwortete nicht. Er winkte zur Tür hin. Dort standen zwei sehr streng aussehende grauhaarige Matronen, deren Gesichter hart und deren Schultern so breit wie die eines Mannes waren. Aus der Entfernung schien es Brianna, als wären die Augen der Frauen, die ausschließlich auf Matthews gerichtet waren, vollkommen farblos.

Matthews stand hoch aufgerichtet neben dem Tisch und nickte den beiden grimmig zu. Briannas Herz hämmerte wild. Sie wich zurück, doch bis zur Wand war es nicht weit. Die Matronen bewegten sich langsam auf sie zu. Sie drehte sich zu Matthews um.

Sein Lächeln war eher ein irres Grinsen. „Wir müssen den Satansbeweis an dir finden", erklärte er.

Jetzt sah Brianna auch das Tablett mit den seltsamen Instrumenten darauf. „Folter ist ungesetzlich!" stieß sie hervor. „Sogar ich weiß das, Matthews. Ich kenne das Gesetz. Folter ist illegal."

„Ich kenne das Gesetz auch." Matthews wandte sich wieder an die beiden Frauen. „Entkleidet sie!" befahl er.

„Nein!" schrie Brianna. Gütiger Gott! Daß dieser Mann sie umbringen wollte, war schon schrecklich genug. Daß man sie vorher jedoch noch demütigen und ihrem Körper und ihrer Seele entsetzliche Schmerzen zufügen wollte, das war gegen alle Vorstellungen von Recht und Menschlichkeit.

Schon waren die Matronen bei ihr. Sie schrie wieder und versuchte auszuweichen, fühlte sich aber bald in eine Ecke gedrängt. Mit aller Kraft schlug sie um sich, dennoch gab keine der beiden Frauen den leisesten Schmerzenslaut von sich. Außerdem waren es immerhin zwei sehr kräftige Gestalten gegen nur eine.

Briannas heftige Gegenwehr kam zu einem raschen Ende, als Matthews hinzutrat und ihr einen harten Schlag in den Nacken versetzte. Schlaff sank sie gegen die Wand. Sie kämpfte gegen die Bewußtlosigkeit an und versuchte dabei, den Stoff ihres Kleides festzuhalten, das ihr so erbarmungslos vom Leib gerissen wurde. Tränen stiegen ihr in die Augen, doch sie wollte nicht weinen. Sie wollte nicht aufgeben, solange ihr Herz noch schlug und sie noch atmete.

So sehr sie sich auch wehrte, am Ende war sie doch nackt und wehrlos. Ihr war elend, und grauer Nebel schien sie zu umwirbeln. Zuerst nahm sie es kaum wahr, als Matthews wieder zu ihr trat und eine lange Stahlnadel von dem Tablett auf dem Tisch in der Hand hielt.

„Wir werden ihr Teufelszeichen finden“, sagte er zu den Frauen, die daraufhin nickten und Brianna an den Armen packten.

Tausend Flüche häufte Brianna auf Matthews’ Haupt, doch das hielt ihn nicht auf. Sie biß die Zähne zusammen und betete um Mut, doch als er ihr in die Schulter stach, schrie sie laut auf. Tränenblind starrte sie in seine gnadenlosen Augen.

„Nicht einmal Gott kann Euch vergeben, Matthews!“ rief sie.

„Gott hat mir diese Aufgabe übertragen“, erwiderte er, und Brianna war davon überzeugt, daß dieser Mann rettungslos wahnsinnig war. Warum bemerkte das niemand?

Die Nadel traf sie wieder, diesmal in den Rücken. Brianna schrie vor Schmerz, doch das Instrument wurde immer und immer wieder in ihren Körper gestoßen, und als es in ihre linke Brust traf, fiel sie schreiend zu Boden. Matthews hielt einen Moment ein.

Brianna hob den Blick zu ihm. Tränen des Hasses und des Schmerzes strömten über ihr Gesicht. „Bei Gottes Gnade, Matthews!“ schrie sie. „Unter Euren Händen würde sich selbst Christus schuldig bekennen!“

Matthews erwiderte nicht mit Worten. Er preßte die Lippen zusammen und ließ sein Knie gegen Briannas Kinn krachen. Die Welt schien sich für sie aufzulösen, und als Brianna wieder die Stahlnadel in ihrem Fleisch fühlte, fehlte ihr der Atem, um ihren Schmerz hinauszuschreien, doch Matthews’ erregte Worte hörte sie wohl.

„Wir haben es gefunden! Da! Seht nur, sie fühlt keinen Schmerz, wenn ich diesen Leberfleck berühre. Das ist ihre Hexenwarze! Daran säugt sie die Höllenbrut!“

Brianna wußte, daß sie sterben mußte. Diesmal gab es für sie keine Rettung. Kein Lord Treveryan, kein Traumritter würde kommen und sie aus Matthews’ Klauen retten. Michael würde ihre Mitteilung finden, eine Weile wütend sein und dann wieder fortsegeln, während ihr der Henker die

Schlinge um den Hals legte.
„Bekenne, Hexe!" befahl Matthews.
Nackt, elend und gegen die Wand gekauert, kämpfte Brianna vergeblich gegen die aufsteigende Hysterie an. Sie lachte hart und bitter, starrte Matthews an und fragte sich, welcher Teufel diesen Mann so unglaublich grausam gemacht hatte. Sie schüttelte den Kopf, weil sie nicht begriff, daß ein Mensch ihr solche Todesqualen zufügen konnte.
„Ihr seid wahnsinnig, Matthews", flüsterte sie.
„Bekenne!"
„Was soll ich bekennen? Ich bin keine Hexe, Matthews. Ich habe niemandem etwas zuleide getan. Und eines Tages, wenn Gott uns beide richtet, dann wird er sehen, daß ich frei von allem Bösen bin."
Matthews kniete sich neben sie und zog ihren Kopf an den Haaren zu sich herum. „Mir sind Anzeigen darüber zugegangen, daß Pegeen MacCardle aus Glasgow eine gewisse Mary Corcoran mit Tränken aus Kräutern und Säuglingsblut ermordet hat . . ."
„Mary Corcoran ist durch ihre eigene Hand gestorben!" widersprach Brianna. „Pegeen hat nur Kräutertränke gegen Fieber und Gicht gebraut. Und nie hätte sie einem Säugling etwas angetan. Ihr habt eine Unschuldige ermordet!"
Sie schrie auf, als Matthews sie erneut an den Haaren riß. „Brianna MacCardle, ich beschuldige dich, dich im Wald wissentlich und willentlich mit dem Teufel in Gestalt verschiedener Tiere eingelassen zu haben. Gestehe es! Rette deine unsterbliche Seele. Rufe jetzt Gott den Herrn an und gestehe deine Schuld, auf daß er Gnade walten läßt und dich in seinem Königreich aufnimmt."
Brianna war dem endgültigen Zusammenbruch nahe und kaum noch in der Lage, ihren hysterischen Lachanfall zu unterdrücken. Die Beschuldigungen waren so unfaßbar!
Sie spie Matthews ins Gesicht.
„Du hältst es also noch immer mit dem Teufel", schrie er und wischte sich das Gesicht mit einem Taschentuch ab. Er stand auf und drehte sich zu den beiden Matronen um.

„Geht jetzt. So wahr mir Gott helfe, ich werde ihr den Teufel austreiben, so daß sie mit ihrem Tod vor Gott treten kann."

Brianna war so benommen, daß sie es kaum wahrnahm, wie die beiden Frauen den Raum verließen. Aller Kampfwille erlosch. Der Raum schien einmal von Licht durchflutet und dann wieder von Schatten erfüllt zu sein.

Matthews kniete sich wieder neben sie. Noch einmal riß er sie so grob an den Haaren, daß ihr die Tränen in die Augen schossen. „Gestehe deine Sünden! Gestehe sie mir jetzt. Berichte uns von deiner Unzucht mit dem Satan, oder du bleibst hier. Die Fesseln um deine Gelenke können so fest angezogen werden, bis dein Fleisch blutet. Du wirst gebunden und wieder ins Wasser geworfen."

„Bindet mich, werft mich. Mir ist es gleichgültig."

Matthews stand auf und ging durch den Raum. Brianna schloß die Augen. In ihrem Kopf drehte sich alles, und sie zitterte vor Kälte. Als sie die Augen wieder aufschlug, stand Matthews mit seinem tödlichen Folterinstrument vor ihr.

„Gestehe!" befahl er, „oder ich suche so lange nach weiteren Teufelsmalen an deinem Körper, bis du dir deine Liebe zu Satan aus dem Leib blutest."

Beim Anblick der großen Stahlnadel zog sich Brianna angstvoll an der Wand hinter sich hoch. „Nein!" schrie sie und streckte abwehrend die Hände aus. Matthews schlug ihr ins Gesicht, worauf sie wieder zu Boden fiel.

Zwar war die Folter in England ungesetzlich, nicht aber das Suchen nach Teufelmalen mittels der Nadel. Oh, das Gesetz! Wie konnte es mißbraucht werden von denen, die es anzuwenden verstanden! Und jetzt würde Matthews innerhalb dieser Grauzone dieses Gesetzes einen Weg finden, ihr, Brianna, ein Geständnis zu entringen.

Sie hatte keine Kraft mehr, sich ihm zu widersetzen. Er würde auf sie einstechen, bis sie blutüberströmt war, und danach würde er sie trotzdem aufhängen lassen. Eine große Gleichgültigkeit legte sich über sie.

„Wenn Ihr unbedingt wollt, daß ich eine Hexe bin, dann bin ich eben eine Hexe. Ich treibe Unzucht mit dem Teufel. Er kommt jede Nacht zu mir. Ich erwarte, daß er jeden

Moment in einer Feuerwolke hier erscheint, Euch die Kehle durchschneidet und mich aus Euren Klauen rettet. Wäre ich tatsächlich eine Hexe, könnte ich das wohl von ihm verlangen. Und jetzt laßt mich in Frieden. Hängt mich. Bringt es hinter Euch."

Erschöpft lehnte sie sich gegen die Wand und schloß die Augen. Sie erwartete, daß Matthews jetzt nach seinen Soldaten rief und sie hinausführen ließ. Nichts dergleichen geschah. Statt dessen kniete er sich wieder neben sie, und dann berührte er ihr Haar. Brianna erschrak und öffnete entsetzt wieder die Augen.

„Ich kann dich retten, Mädchen." Er sprach sehr leise, aber mit großer Leidenschaft.

„Mich retten?" Was für eine List steckte dahinter?

„Umarme mich. Umarme mich fest, und ich treibe den Teufel mit meiner Stärke aus deinem schwachen Körper."

Fassungslos starrte Brianna ihn an. Wenn sie doch nur klar denken könnte! Sie schlang abwehrend die Arme um sich, doch schon fühlte sie Matthews' knochige Finger an ihren Brüsten. Sie unterdrückte das wütende Bedürfnis, ihm ins Gesicht zu schlagen. Mit aller Kraft kämpfte sie gegen die aufsteigende Übelkeit an. Fast hätte sie wieder hysterisch gelacht. Matthews, der große Wächter von Tugend und Moral, der erklärte Feind des Teufels, wollte sie retten, wenn sie „Unzucht" mit ihm trieb statt mit dem Teufel!

Als sie seine Hände über sich gleiten fühlte, war es ihr, als berührte eine so widerliche Kreatur sie, daß sie sich von dem Ekel niemals mehr würde befreien können. Dann fühlte sie überhaupt nichts mehr, denn eine große Benommenheit umfing sie. Sie haßte diesen Mann, er widerte sie an ... doch genug, daß sie sterben wollte?

Plötzlich wurde die Tür aufgerissen.

„Matthews!"

Ein Offizier, geschmückt mit den Bändern und Juwelen des Adels, stand im Türrahmen.

Matthews erstarrte, ließ Brianna fallen, als wäre sie ein glühendes Eisen, und stand auf. Im nächsten Moment sank er wieder auf die Knie. „Allmächtiger Vater! Segne diesen deinen Diener!" Er kroch zu dem Offizier an der Tür und küßte dessen Mantelsaum. „Darton – Gott sei Dank! Diese eingestandene Hexe hätte mich beinahe der Glorie Gottes unwürdig gemacht. Darton, Ihr habt mich gerettet."

„Eingestandene Hexe? Sie hat gestanden?"

„Jawohl."

Der Offizier betrachtete Brianna, aber sie sah ihn nicht mehr. Infolge der vielen Schläge und Torturen verschwamm alles vor ihren Augen. Sie wollte sprechen, ihr „Geständnis" zurücknehmen und schwören, daß alle Beschuldigungen absurd waren. Ihre Lippen regten sich jedoch nicht. Sie bewegte sich auf der Grenze der Bewußtlosigkeit und konnte nur darum beten, daß der Tod sie von aller Pein erlöste.

„Findet Kleidung für sie", hörte sie jemand sagen, „und bringt sie vor das Gericht."

★

Vor dem Gericht war Brianna nicht in der Lage, aufrecht zu stehen. Sie hätte sich verteidigen und sich für unschuldig erklären sollen, doch sie konnte nicht sprechen. Wie durch eine Nebelwand hindurch hörte sie die Matronen von ihrer „Hexenwarze" reden, und dann erzählte Matthews, wie sie zusammen mit der hingerichteten Hexe Pegeen MacCardle und dem Satan eine Mary Corcoran ermordet hatte.

Dann war es vorbei. Brianna wurde für schuldig befunden und zum Tod durch den Strang verurteilt. Sie wurde in eine Zelle gesperrt, und dort hoben sich zu ihrer Qual leider die grauen Nebel von ihrem Verstand. Sie war also dazu verdammt, bei vollem Bewußtsein zu sterben.

In dem kleinen Raum sank sie auf die Knie und faltete die Hände. Sie bat Gott um Vergebung für die Sünden, die sie begangen hatte. Trotzdem konnte sie ihr Schicksal nicht widerspruchslos hinnehmen. Wie konnte Gott einen Mann wie Matthews am Leben lassen?

Sie betete für ihre Angehörigen und für Michael. Sie bat

Gott, es nicht zuzulassen, daß Matthews Lord Treveryan gefangennahm. Daß Michael sterben sollte, weil er sie gerettet hatte, wäre eine zu große Ungerechtigkeit.

Die Zeit verging zu schnell. Männer kamen herein und schleppten Brianna einen langen Gang entlang, der zu einer Straße am Stadtplatz führte, wo sich schon viele Einwohner versammelt hatten.

„Ich bin keine Hexe!“ schrie sie. „Dieser Mann ist die Kreatur des Teufels! Er ist kein Mann Gottes! Gott der Herr verurteilt nicht, ohne den Beschuldigten anzuhören. Gott foltert Unschuldige nicht ...“

Jemand drehte ihr den Arm so brutal um, daß sie vor Schmerz aufschrie. Unruhe breitete sich unter den Zuschauern aus. Brianna wurde die Stufen zum Galgen hinaufgezerrt.

Ihr Henker band ihr die Hände auf dem Rücken zusammen. „Ihr guten Leute, laßt nicht zu, daß mir das angetan wird!“ schrie sie. „Ihr werdet die nächsten sein! Ihr ...“

„Im Namen Seiner Königlichen Majestät, James II. von England, Schottland und Irland! Du bist wegen der gottlosen Verbrechen der Hexerei und des Mordes zum Tode verurteilt!“ Matthews' Stimme übertönte Briannas Schreien.

Die Schlinge wurde ihr über den Kopf gezogen. Brianna fühlte den rauhen Strick an ihrem Hals reiben. Sie sollte sterben, und jetzt konnte sie nur noch an das Schöne denken, das ihr für so kurze Zeit zusammen mit Lord Michael Treveryan widerfahren war. Das Leben war so wunderbar, doch sie erkannte das erst so kurz vor ihrem Tod!

„Leiste Abbitte, Hexe! Gesteh deine Sünden vor dem Volk, und stirb in der Gnade Gottes!“

„Ich bin nicht schuldig. Ihr seid schuldig, Matthews, schuldig des Mordes an ungezählten Unschuldigen. Kaltblütiger Mord ...“

„Henker, walte deines Amtes!“ befahl Matthews.

„Nein!“ schrie sie. Noch nicht jetzt, nachdem sie eben erst erfahren hatte, was Liebe war! Michael ... Sie nahm die Geräusche um sich herum deutlich wahr. Sie hörte das Knarren des Holzes, als die Verriegelung der Falltür geöffnet wurde, und sie hörte ein eigenartiges Zischen in der Luft. Seltsam, doch sie kannte dieses Geräusch.

„Stirb, Hexe! Deine Seele mag zum Teufel gehen." Matthews' Stimme erhob sich über alle anderen in der versammelten Menge und erweckte Angst und Schrecken in den Seelen der Menschen.

Was bedeutete schon irgendein Zischen? Matthews hatte es nicht gehört; seine Stimme war lauter gewesen.

„Die Falltür!" schrie er.

Brianna glaubte, etwas durch die Luft fliegen zu sehen. Die Klappe unter ihren Füßen sprang auf, und unter ihr öffnete sich der Abgrund des Todes. Brianna fiel. Sie fühlte das rauhe Seil um ihren Hals und erwartete das letzte Entsetzen, den gnadenlosen Ruck der Schlinge.

Doch die Schlinge zog sich nur sekundenlang zusammen und dann nicht weiter. Brianna würgte nicht, ihr Atem setzte nicht aus. Das Seil riß. Brianna fiel weiter, bis sie benommen und fassungslos auf dem sandigen Boden lag.

Eine Stimme erhob sich über dem Lärm der Menge, laut, kräftig und zornig – Michaels Stimme.

„Ich beschuldige Euch, Matthews, der Verbrechen gegen Gott und die Menschheit! Ich schwöre Euch, Sir, daß dies Euer eigener Todestag sein wird!"

Michael! Tränen der Dankbarkeit und der Ungläubigkeit rannen Brianna über die Wangen. Als alles verloren war, als sie keine Hoffnung mehr gehabt hatte, da war Michael wieder für sie dagewesen. Das Zischen, das sie gehört hatte, war das eines von einem wahren Könner abgeschossenen Pfeiles gewesen. Und der Pfeil hatte das Seil durchtrennt.

Lord Michael Treveryan, ihr mutiger Traumheld, war gekommen, um die mörderischen Schatten des Unrechts in die Schranken zu verweisen, die Krone herauszufordern und sich dem Tod in den Weg zu stellen.

★

Der Sand, der ihr beim Aufprall in den Mund gedrungen war und jetzt zwischen ihren Zähnen knirschte, überzeugte

Brianna davon, daß sie das alles nicht nur träumte, sondern daß sie tatsächlich von den Pforten des Todes zurückgerissen worden war. Lange konnte sie allerdings nicht darüber sinnieren, denn um sie herum brach jetzt die Hölle los.

Brianna kauerte sich unter dem Schafott zusammen, während oben Pfeile zischten und Pistolen krachten. Der Mann, der ihr Henker hatte sein sollen, fiel getroffen vor ihr in den Staub. Überall brüllten und schrien die Menschen. Wie hatte es Michael nur geschafft, einen so schlagkräftigen Überfall auf den Hexenfinder und die Soldaten James' II. ins Werk zu setzen?

Nach einer Weile kroch sie unter dem Galgen hervor und riß sich die Schlinge vom Hals. Als einer der Streiter des Königs auf sie zukam, erstarrte sie, doch ein Schuß fiel, der Soldat wurde wie eine Marionette an ihren Fäden herumgerissen und sank dann keine Handbreit vor ihr zu Boden. Sekundenlang sah Brianna ihn entsetzt an. Dann stand sie auf.

Sie hob den Blick und stellte fest, daß Matthews noch am Leben war. Er stand neben dem Galgen und brüllte wütende Befehle, obwohl die meisten seiner Männer bereits tot am Boden lagen, während die übrigen sich durch die Menschenmenge zu drängen versuchten, um sich auf die Angreifer zu stürzen.

Nur Michael war zu sehen. Hoch zu Roß preschte er durch die Menge, die ihm Platz machte und ihm zujubelte.

Matthews zog seine Pistole, doch die kalte Gnadenlosigkeit, mit der Michael sich näherte, versetzte ihn in Panik, und er schoß in den Boden. Danach zitterte er zu sehr, um seine Waffe nachladen zu können. Er warf sie fort und zog seinen Degen.

„Kapitän! Das Mädchen!“

Brianna sah, woher die Warnung kam: Robin, einer von Michaels jungen Matrosen, hatte sie vom Dach der Schmiede gerufen. Im nächsten Moment erkannte sie auch, was sie zu bedeuten hatte. Ein Teil von Matthews' Leuten stürmte zum Galgen heran, und einer der stämmigen Uniformierten hatte sie schon beinahe erreicht.

Sofort war Michael zur Stelle. Er hatte Matthews töten wollen, doch jetzt befand sich Brianna in höchster Gefahr, denn die Männer des Königs umzingelten sie.

Michaels Rotschimmel bäumte sich vor dem Schafott auf und tänzelte dann nervös. „Brianna!" rief Michael, ohne Matthews aus den Augen zu lassen. „Brianna, zu mir!"

Ein Uniformierter stürzte mit blankgezogenem Säbel auf sie zu. Sie rannte zu Michael. Er streckte ihr einen Arm entgegen. „Los, spring!"

Sie packte seine Hand, sprang mit aller Kraft und warf sich vor ihm über das Pferd. Michaels Entermesser blitzte auf. Der Soldat schrie und fiel zu Boden.

„Zum Schiff, Männer! Zum Schiff!" brüllte Michael. Er hielt Brianna sicher vor dem Sattel fest. Der Rotschimmel stieg hoch und schlug aus, bevor er wie der Wind davongaloppierte.

Die Menschenmenge, jetzt vollkommen außer Rand und Band, brach in Begeisterungsrufe aus. Michael und seine Seeleute trieben ihre Pferde über die kopfsteingepflasterte Straße. Die Soldaten blieben ihnen hart auf den Fersen, und Matthews brüllte weiter seine wilden Befehle.

Obst- und Gemüsestände wurden krachend überrannt, einige Pferde mußten über einen Heuwagen springen, galoppierten jedoch tapfer weiter, und endlich war der Kai und der Anleger der „Seefalke" erreicht, wo die Pferde zu einem unmittelbaren Halt gebracht wurden.

Michael warf Brianna von seinem Rotschimmel hinunter in Robins Arme. „Bring sie unter Deck!" befahl er, glitt dann selbst aus dem Sattel und trieb sein Tier mit einem kräftigen Schlag auf das Hinterteil davon.

Robin schlang den Arm um Brianna und zog sie mit sich auf die Laufplanke. Im Drehen drehte sie sich noch einmal um. Michael trieb seine Männer zur Eile an.

„Leinen los, Leute! Segel setzen!"

Die Männer des Königs kamen immer näher, Matthews an ihrer Spitze.

„Robin!" kreischte Brianna, als sie einen Pfeil heranfliegen sah. Sie zog den jungen Mann mit sich zu Boden . . . zu spät. Robin schrie auf. Der Pfeil hatte ihn in den Oberschenkel getroffen.

„Laßt mich liegen!“ verlangte Robin.

„Nein!“ Brianna war entsetzt. Sie nahm ihre ganzen Kräfte zusammen, hakte ihre Arme unter seine Achseln und zerrte ihn mit sich weiter. Nur furchtbar langsam kam sie voran.

„Brianna! Sucht Deckung!“

Der Schweiß rann ihr über die Stirn, und sie keuchte, doch sie zog den jungen Mann unbeirrt weiter. „Wir werden es schaffen, Robin.“

Es sah allerdings nicht so aus. Die Leute des Königs hatten die „Seefalke“ beinahe schon erreicht. Plötzlich ging eine der Schiffskanonen los. Das hielt die Anstürmenden jedoch nur kurzfristig auf.

Die Erschütterung hatte Brianna auf die Laufplanke geworfen, und der Pulverdampf, der jetzt die Luft erfüllte, erstickte sie beinahe. Sie raffte sich hoch und packte wieder Robins Arme. Schon fochten Soldaten Mann gegen Mann mit den an Bord gebliebenen Seeleuten auf der Laufplanke. Sie kamen näher und näher. Brianna erstarrte vor Entsetzen. Dann schrie sie auf, denn ein bärtiger Soldat hatte sie und Robin erreicht und hob seinen in der Sonne blitzenden Säbel.

„Hinterher, Kerl!“ Das war Michaels Stimme. Durch einen flachen Schlag mit seinem Entermesser auf den Rükken des Soldaten zwang er diesen, sich zu ihm umzudrehen. „Soldaten sollten gegen Bewaffnete kämpfen und nicht gegen wehrlose Mädchen und verwundete Jungen!“

Der Uniformierte stieß einen Kampfschrei aus und sprang Michael an, der ihm elegant auswich und dann mit seinem Entermesser parierte. Der Mann schrie laut auf und stürzte von der Planke ins Wasser.

Michael schob sein blutiges Entermesser in die Waffenscheide zurück und hockte sich neben Brianna. „Geh an Bord“, befahl er kurz und hob sich dann Robin über die Schulter. Brianna gehorchte und ging voraus. Michael folgte mit dem schweren Seemann. Als sie das Deck erreicht hatten, rief er den Befehl zum Abwerfen der Planke.

Die Männer der „Seefalke" waren vollzählig an Bord, mit ihnen jedoch auch zwei Einheiten der Soldaten. Der Bug des Segelschiffes war ein einziges Schlachtfeld.

Michael trieb Brianna zur Eile an. Rasch trug er Robin in den Schutz der vorderen Kajütentreppe und legte ihn dort nieder. „Wie sieht es aus, mein Junge?"

Robin grinste trotz seiner Schmerzen. „Nicht übel, Kapitän. Gar nicht so übel."

Michael nickte und klopfte ihm auf die Schulter. Dann warf er Brianna einen Blick zu. „In die Kajüte!" befahl er grimmig, „und zwar sofort!" Weil er voraussetzte, daß sie seiner Anordnung Folge leisten würde, wandte er sich ab und stürzte sich in das Kampfgetümmel.

Brianna konnte nicht so einfach in die Kajüte flüchten, jedenfalls nicht solange Robin hier oben lag und die Männer, die so tapfer zu ihrer Rettung geeilt waren, sich in einem tödlichen Gefecht befanden. Falls Michael umkommt, dachte sie, werde ich das nie verwinden können.

Robins Stöhnen riß sie aus ihren Gedankengängen. Sie kniete sich neben ihn und riß Stoffstreifen von ihrem Kleid. „Robin", flüsterte sie ihm zu, „ich werde dir jetzt den Pfeil herausziehen."

„Nein!" Er stöhnte wieder. „Das Blut . . ."

„Das kann ich stillen", versicherte sie und versuchte, möglichst ermutigend zu lächeln. „Vertrau mir, Robin. Ich schwöre, daß ich dich nicht sterben lasse."

Sie biß die Zähne zusammen und sah sich den Pfeil genau an. Glücklicherweise war der Schaft nicht ganz in das Fleisch eingedrungen, und größere Adern waren nicht verletzt worden. Sie legte die linke Hand auf Robins Schenkel und die rechte um den Pfeilschaft und zog mit aller Kraft. Der Pfeil gab nicht nach, Brianna ebenfalls nicht.

Schließlich löste sich der Pfeil doch, und zwar so unvermittelt, daß Brianna hintenüberfiel. Robin schrie. Rasch richtete sie sich wieder auf den Knien auf, wickelte die

Stoffstreifen um die Wunde und zog die Bandage so fest wie möglich, um den Blutstrom zu stillen.

Robin wandte Brianna das schmerzverzerrte Gesicht zu. „Ich bin derjenige, der Euch ‚Hure' genannt hat", gestand er leise und voller Scham.

Das Blut schoß ihr in die Wangen, doch dann lächelte sie dem Jungen zu. „Das ist im Moment unwichtig", sagte sie sanft. „Außerdem darfst du jetzt nicht reden."

Er faßte ihre Finger mit heißen, trockenen Händen. „Doch, es ist wichtig, denn ich habe Euch Unrecht getan. Ihr seid keine Hure, sondern ein Engel."

Brianna schüttelte den Kopf. Hexe, Hure, Engel . . . Leider war sie in Wirklichkeit nur eine Frau, und zwar im Augenblick eine äußerst verängstigte.

7. KAPITEL

Brianna schaute zum Bug hinüber. Sie entdeckte Michael, der sich im Zweikampf mit einem Soldaten befand, als sich eine schwarzgekleidete Gestalt hinter seinem ungedeckten Rücken anschlich.

„Michael!"

Ihr Entsetzensschrei übertönte den Schlachtenlärm. Michael duckte sich, wich im letzten Moment zur Seite, und Matthews' Klinge durchbohrte seinen eigenen Mann.

Sekundenlang starrte Matthews den sterbenden Soldaten an, dann erspähte er Brianna in der Deckung der Kajüttreppe. Brianna sah ihn ihrerseits wie gebannt an. Sie erkannte den irren Haß in seinen Augen und wußte, daß der Mann sein eigenes Leben opfern würde, nur um ihr ihres zu nehmen.

Inzwischen hatte sich Michael auf den Querbaum des Großmastes geschwungen und rief den Hexenfinder beim Namen. „Wenn Ihr mir gegenübertreten wollt, Hexenfinder, dann tut dies jetzt sofort!"

Matthews drehte sich zu seinem Gegner um, der wie eine sprungbereite Wildkatze über ihm hockte. „Du Sohn des Satans!" schrie Matthews, und dann sagte er nichts mehr, denn Michael Treveryan sprang aus der Takelage und landete mit erhobenem Entermesser direkt vor ihm.

Gebannt verfolgte Brianna den Zweikampf der Klingen. Jeder der Männer parierte geschickt die Angriffe des anderen. Dann sah sie das tödliche Lächeln auf Michaels Lippen und seinen harten, rachelüsternen Blick und wußte, daß er während der ganzen Zeit nur mit Matthews gespielt hatte.

Das Entermesser fuhr hoch in die Luft ... und sauste dann nieder.

Matthews, der Hexenfinder, stand einen Augenblick vollkommen still. Einen Moment lang starrte er erst Michael ungläubig an, dann den großen Blutfleck, der sich auf seinem weißen Hemd unter dem offenen schwarzen Mantel ausbreitete, und danach wieder Michael.

Und dann stürzte er aufs Deck.

Brianna stieß einen Schrei aus. Sie ließ Robin auf der Treppe liegen und stolperte an Deck. Matthews war tot. Im einen Moment war ihr, als überschwemmten sie heiße Wellen, im nächsten schienen sich eiskalte Wasserströme über ihren Rücken zu ergießen.

Gott im Himmel, durfte man denn überhaupt solche Freude angesichts des Todes eines Mitmenschen empfinden? Matthews konnte sie nun niemals wieder verfolgen. Niemals wieder konnte er mit dem Finger auf Unschuldige deuten und ihnen Pein und Tod bringen. Er war selbst tot, und ob Gott ihr das verzieh oder nicht, Brianna war darüber so glücklich, daß sie sich vor Freude nicht fassen konnte.

Und Michael ... Michael lebte!

Die Schlacht war noch nicht geschlagen. Noch zischten die Klingen durch die Luft, schon befand sich Michael wieder in einem tödlichen Duell, und dicht neben Brianna focht George mit einem sehr jungen, offensichtlich furchtsamen Soldaten. Beiden stand die Todesangst ins Gesicht geschrieben.

Brianna hätte schreien mögen, immer und immer wieder, denn sie war ja der Grund für dieses blutige Gemetzel.

„Ergebt Euch, Darton!“ rief Michael.

Der Mann des Königs, der Brianna irgendwie bekannt vorkam, hielt tatsächlich inne. Die Kampfhandlungen wurden eingestellt. Stahl schlug nicht mehr gegen Stahl. Man hörte nur noch die Wellen friedlich gegen den Schiffsrumpf plätschern. Alle Männer standen still und warteten atemlos, während Michael und Darton einander anstarrten.

Nach unendlich langen Momenten senkte Darton seinen

Traurigkeit spürte. „Brianna, Ihr geht es nicht allzu gut. Ich habe Brühe mitgebracht, und wenn Sie die nicht trinkt, verlieren wir Sie."

„Ach, Paddy", flüsterte sie, „vielleicht hätte ich sterben sollen ... oder vielleicht sollte ich jetzt sterben." Sie schloß die Augen, als ob sie sie nie wieder öffnen wollte.

Paddy holte tief Luft. „Wäre es Ihr denn recht, wenn die Männer ihr Leben vergeblich gelassen haben sollten?"

„Nein, nein, aber ..."

„Die Burschen, die wir verloren haben, waren Kämpfer. Sie konnten selbst entscheiden, ob sie sich an der Schlacht beteiligen wollten oder nicht. Sie hatten Anspruch darauf, sich gegen ein so fürchterliches Unrecht zu erheben. Diese Männer starben in Ehren."

„Paddy?" Brianna stockte.

„Ja?"

„Michael ist doch nicht verwundet, oder doch?"

„Keine Sorge, dem Kapitän geht es gut. Er ist eine Katze mit neun Leben, und er landet immer auf den Füßen." Paddy machte eine kleine Pause. „Jetzt hat er viel zu bedenken. Wir kreuzen vor der Küste, denn einige Reparaturen müssen ausgeführt werden, bevor wir zu den Niederlanden segeln. Eile ist geboten, denn Wilhelm von Oranien erwartet ihn seit langem. Dennoch muß der Kapitän den nächsten Hafen mit großem Bedacht wählen, wenn wir uns nicht zum zweitenmal einer Schlacht gegenübersehen wollen."

„Das verstehe ich nicht", sagte Brianna. „Matthews ist doch tot. Wo liegt jetzt die Gefahr? Gott im Himmel, bringe ich euch allen für alle Zeiten Tod und Elend?"

Paddy seufzte. „Nein, Brianna, Sie ist nicht der Grund für die bevorstehenden Schwierigkeiten. Indem Michael Matthews getötet hat, ist er nach den jetzt noch geltenden Gesetzen selbst zum Verbrecher geworden. Wenn kluge Männer jedoch die volle Wahrheit erfahren, werden sie erkennen, daß Matthews kein Vertreter des Rechts und kein Kämpfer gegen wirkliche Hexerei war."

Paddy schüttelte den Kopf. „Ich persönlich glaube, daß der Mann sehr krank war und daß der Tod ihn erlöst hat.

Viele werden Lord Treveryan jetzt zujubeln, doch es ist auch bekannt, daß er sich unbeirrbar für König James' Abdankung einsetzt. Den Papisten ist er nicht willkommen. Deshalb müssen wir einen Hafen in einer Gegend finden, deren Bewohner feste Protestanten sind und ihre Hoffnungen auch auf Holland setzen.“

Brianna atmete tief, und Paddy dachte schon, er hätte ihr Gewissen ein wenig beruhigt. „Und wie geht es Robin, Paddy?“ fragte sie dann ängstlich.

Der alte Seemann scharrte mit den Füßen. „Robin ... ja ... nun, er ...“

„Paddy! Sprich klar und deutlich, und belüge mich nicht. Heilt Robins Wunde oder nicht?“

„Er kämpft gegen das Fieber“, antwortete Paddy. „Ob er es besiegen kann, wissen wir nicht. Aber Sie darf nicht zu entmutigt sein, denn daß der Junge überhaupt noch lebt, hat er Ihr zu verdanken, weil Sie ihm den Pfeil so rasch herausgezogen hat.“

„Grundgütiger Gott!“ stöhnte Brianna. Sie wollte aufstehen, doch dann dachte sie daran, daß die Bettücher das einzige waren, was sie verhüllte. Mit einmal wurde ihr bewußt, daß sie nicht schmutzig von Salzwasser, Sand und Blut war, sondern daß von ihrem Körper ein Geruch ausging, der an Seife und so etwas wie Medizin erinnerte. Fragend schaute sie Paddy an.

„Mistress, Sie hat selbst auch scheußliche Verletzungen davongetragen. Blutende Löcher an Rücken und Brust. Ich will Sie nicht verlegen machen, doch uns blieb nichts übrig, als diese Wunden zu versorgen.“

Brianna lächelte so schwach, daß es Paddy beinahe das Herz zerriß. „Ich danke dir so sehr, Paddy. Und fürchte nicht, daß mich das mit Scham erfüllt oder gar beleidigt. Ich glaube nicht, daß mich jetzt überhaupt noch etwas mit Scham erfüllen kann ... nach Matthews.“

Sie blickte Paddy an. „Daß Freunde sich um mich gekümmert haben, macht mich sehr glücklich. Doch eine Frage noch: Wie lange habe ich hier bewußtlos gelegen?“

„Einen Tag, nicht länger.“

Sie nickte ernst. „Paddy, ich möchte gern zu Robin gehen."

Er schüttelte den Kopf. „Wenn Sie morgen in der Frühe stark genug ist, bringe ich Sie zu Robin." Er bemühte sich, unbekümmert zu lächeln. „Und wenn Sie stark sein will, muß Sie jetzt die Suppe essen."

Brianna nickte, und Paddy ging. Sie aß, versank danach jedoch wieder in eine Benommenheit, die sie vor den Gedanken an alles Schreckliche bewahrte.

★

Als der Morgen kam, erwachte Brianna und wollte sofort aufstehen. Sobald sie allerdings das Bett verlassen hatte, drehte sich der Raum um sie, und verblüfft über ihre eigene Schwäche sank sie auf die Matratze zurück.

Sie versuchte es gleich noch einmal, diesmal aber sehr langsam und vorsichtig, und es gelang. Sie kleidete sich an und setzte sich dann auf die Bettkante.

Sie fragte sich, warum sich Michael noch nicht hatte sehen lassen. Wahrscheinlich war er zu der Überzeugung gelangt, daß sie nicht den zehnten Teil allen Ungemachs und Elends wert war, das sie über ihn gebracht hatte. Möglicherweise war das ganz gut so. Zwar liebte sie ihn – jetzt mehr denn je – doch sie konnte niemals die Mätresse dieses Mannes sein oder gar seine Hure.

Paddy kam herein und schalt sie sofort, weil sie schon aufgestanden und angekleidet war.

„Du hast doch versprochen, du würdest mich zu Robin bringen."

„Ja, aber der Doktor sagt, alles was man für Robin tun könnte, ist schon getan worden. Der Bursche muß jetzt die Kraft seiner Jugend gegen das Fieber einsetzen. Und Sie, Brianna, hat selbst noch nicht alle Kraft beisammen."

„Ich will ihn sehen", beharrte sie. „Mit deiner Hilfe oder ohne sie."

Paddy murmelte etwas vor sich hin. Dem Kapitän wäre das gewiß nicht recht. Im Augenblick hatte er sich allerdings mit Lord Darton irgendwo eingeschlossen, und dieser unterrichtete ihn über die Vorgänge und die Volksstimmung in London.

„Gut, Mistress. Wir gehen zu Robin, und danach kommt Sie ganz lammfromm mit mir hierher zurück und legt sich wieder in die Koje."

„Einverstanden, Paddy." Dann kam Brianna ein Gedanke, und sie zögerte. „Paddy, die Männer werden mich jetzt sicherlich hassen."

Der alte Seemann blickte sie erstaunt an, schüttelte dann den Kopf und nahm ihren Arm. „Nein, Brianna. Niemand verachtet Sie. Die Kerle bekrähen ihren Sieg wie eine Schar preisgekrönter Hähne. Nichts macht denen soviel Freude, wie diesen schwarzen Mörder und seinesgleichen auszurotten."

Das glaubte Brianna nicht ganz. Trotzdem sagte sie nichts mehr dazu und ließ sich von Paddy durchs Schiff führen. Er brachte sie in einen Teil der „Seefalke", in dem sie noch nie gewesen war. Hier befanden sich die winzigen Offizierskajüten. Ein finster dreinblickender älterer Mann trat aus der Kabinentür, die Paddy ansteuerte. Es war Geoff, der Kanonier. Als er Brianna sah, hellte sich sein Gesicht auf.

„Ah, liebe Mistress MacCardle! Wie schön, daß Sie wieder auf den Beinen ist." Er ergriff ihre Hand und küßte sie erfreut und respektvoll. „Wir haben um Sie gebangt."

„Danke, Geoff. Vielen Dank dir und der ganzen Mannschaft."

„Es war uns ein Vergnügen, gegen diesen Matthews und seinesgleichen zu kämpfen. Als wir sahen, wie man die Henkersschlinge um Ihren hübschen Hals legte, da sind wir selbst zu Teufeln geworden."

„Gott segne euch alle", sagte Brianna dankbar. „Warst du eben bei Robin? Wie geht es ihm?"

Geoff blickte an Brianna vorbei Paddy an. „Ich wollte eben den Kapitän und diesen Doktor von Lord Darton holen. Ich glaube nämlich, daß Robins Fieber steigt. Paddy, würdest du bei ihm bleiben und . . ."

„Wir werden beide bei ihm bleiben", erklärte Brianna.

„Nein, das ist kein Anblick für eine Lady."

Brianna ging an Geoff vorbei und legte die Hand an die Tür. „Dann ist es ja gut, daß ich Mistress MacCardle und keine Lady bin, denn ich beabsichtige auf jeden Fall, zu Robin hineinzugehen."

Ohne den Kommentar der beiden Männer abzuwarten, trat Brianna in die Kajüte. Der winzige Raum enthielt nur eine Koje und eine Kommode. Robin wand sich auf dem Bettuch und murmelte im Fieber. Sein Oberkörper war nackt, und seine Kniehose war aufgeschlitzt worden. Die Pfeilwunde war offensichtlich fachmännisch versorgt worden.

Es war nicht, wie Geoff wohl gefürchtet hatte, der Anblick der gut verbundenen Wunde, der Brianna ins Herz traf, sondern das schmerzverzerrte, vom Tod gezeichnete Gesicht des Jungen. Das Gift, das die Wunde unter dem sauberen Verband schwären ließ, ging in Robins Blut über.

Brianna kniete sich neben den jungen Matrosen, nahm das feuchte Tuch zur Hand, mit dem Geoff den Körper des Verwundeten gekühlt hatte, und wischte ihm das Gesicht ab. „Paddy, komm und hilf mir. Wir müssen auch seinen Rücken kühlen, sonst setzt sich das Fieber fest."

Paddy eilte an ihre Seite. Geoff beobachtete sie einen Moment und sagte dann, er würde jetzt zum Kapitän gehen.

„Der Bursche ist im Delirium, Brianna", stellte Paddy bekümmert fest. „Ist Sie auch sicher, daß wir das Richtige tun? Sollten wir ihn nicht besser zudecken?"

„Nicht solange er so heiß ist, Paddy. Er brennt innerlich, und sein Gehirn könnte Schaden nehmen, falls . . . wenn er am Leben bleibt und wir seine Körpertemperatur nicht schnell genug senken können. Und jetzt hebe ihn bitte an, damit ich seinen Rücken kühlen kann."

Unermüdlich bemühte sich Brianna mit Paddy um den Patienten. Unausgesetzt redete sie beruhigend auf ihn ein, obwohl er sie nicht hörte. So vertieft in ihre Aufgabe war sie, daß sie es nicht hörte, als Geoff mit Michael und dem müden Doktor zurückkehrte. Sie erschrak, als sich der weißhaarige Mann neben sie kniete und Robins Stirn fühlte.

„Das hat Sie sehr gut gemacht, Jungfer." Der Arzt lächelte Brianna an. „Möglicherweise besiegt der Bursche das Fieber doch noch."

„Ich werde beiseite rücken, damit Ihr ihn weiter versorgen könnt, Sir."

„Nein, Jungfer. Sie kann jetzt für den Jungen mehr tun als ich."

Plötzlich schlug Robin die Augen auf. Sein Blick war irr und fiebrig. „Es tut weh!" schrie der Junge. „O Gott, tut das weh! Wie Feuer! Wie ein glühendes Messer! Lieber Gott, laß mich sterben!" Ein Krampf schüttelte seinen Körper. Dann erstarrte er, erbebte noch einmal, und danach lag er still. Er atmete nicht mehr.

Der Doktor stand auf. „Jetzt kann leider niemand mehr etwas für ihn tun."

Brianna vermochte nicht zu glauben, daß Robin, der tapfere, freche junge Robin, gestorben sein sollte. Laut schluchzte sie seinen Namen, beugte sich über ihn und hielt seinen Körper fest, als könnte sie ihm auf diese Weise das Leben zurückgeben.

Sie konnte es nicht. Geoff und Paddy zogen sie fort, während der Arzt das Bettuch über Robins verzerrtes Gesicht zog. Noch immer sah sie Michael nicht, denn sie barg das Gesicht an Paddys Brust, und der alte Mann tröstete sie so gut er konnte.

Michael beobachtete die Szene schweigend. Seine Trauer um Robin war tief, und in seinem Herzen widerstritten die Empfindungen für die Frau, die er liebte. Paddy blickte ihn hilfesuchend an, doch er fühlte sich vollkommen machtlos. Brianna wäre beinahe dafür gestorben, um ihm zu entkommen. Jetzt wollte er sie lieber seinem alten Maat überlassen, der ihre Zuneigung verdient hatte.

Paddy nickte seinem Kapitän zu und führte die weinende Brianna aus der Kajüte.

Michael trat an die Koje und verharrte einen Moment an Robins Seite. „Du warst ein vorzüglicher Seemann und ein vortrefflicher Mensch, mein junger Freund."

„Er ruht in Gott", fügte der Arzt leise hinzu.

wohl einen Teufel geben. Doch ich weiß auch, wie es ist, wenn man unschuldig ist und verfolgt wird."

„Hexenverfolgungen waren früher noch wesentlich schrecklicher", erzählte George ihr. „Man sagt, 1598 sei König James I. von einem Hexenmeister bedroht worden. Um den Hexer zu einem Geständnis zu veranlassen, wurde er gefoltert. Die Fingernägel wurden ihm ausgerissen, und er wurde gnadenlos geschlagen. Doch wir Engländer sind nicht die einzigen Barbaren. In einer deutschen Stadt wurden einmal neunhundert Hexen gleichzeitig hingerichtet."

Brianna erbleichte. Ihr drehte sich der Magen um.

„George!" fuhr Darton den jungen Adligen an. „Achtet auf Eure Worte!"

„Vergebung", bat George eilig. „Brianna, ich wollte nicht..."

„Schon gut, George. Wirklich", versicherte sie und trank dann ihren noch beinahe unberührten Bierkrug in einem Zug zur Hälfte leer.

Lord Darton wechselte rasch das Thema. „George, wißt Ihr es schon? Lord Treveryan und ich haben Upsinwich als Hafen ausgewählt."

„Upsinwich? Das ist eine Gemeinde der Puritaner, nicht wahr?"

„Ja. Dort wohnen Menschen, die die anglikanische Kirche nicht so besonders schätzen, auf jeden Fall aber überzeugte Gegner des Papstes sind."

Brianna verschluckte sich beinahe an ihrem Bier. „Puritaner?" fragte sie.

„Ja", antwortete Lord Darton. „Weshalb ist Sie darüber denn so erschrocken?"

„Erschrocken nicht. Ich ... meine Angehörigen sind puritanischen Glaubens." Die Powells wohnten zwar nicht in Upsinwich, aber nicht weit davon entfernt im Landesinneren. Brianna bemerkte, daß beide Männer sie merkwürdig anschauten. „Was ist?" fragte sie.

„Oh, nichts", antwortete Darton eilig.

George zögerte ein wenig. „Brianna, dieser Hopkins, der

mit fanatischem Eifer so viele Hexen und Hexer hingerichtet hat, war ein Puritaner."

Sie sah George an, und dann lachte sie, obwohl sie gedacht hatte, sie würde nie wieder lachen können. „George! Die Powells sind meine Verwandten. Es sind wunderbare, gütige Menschen, das könnt Ihr mir glauben."

„Verzeihung, Brianna. Es ist nur . . . ich finde einige Ansichten der Puritaner ein wenig eigenartig." Er trank seinen Bierkrug leer. „Ich muß mich jetzt zum Dienst zurückmelden. Darf ich Sie in Ihre Kajüte führen?"

Sie kam nicht dazu, darauf zu antworten. Darton seufzte und stand ebenfalls auf. „Ich muß mich auch wieder bei meinen Männern sehen lassen. George, Ihr kümmert Euch um Brianna?"

„Aye, aye, Sir", antwortete George respektvoll, und Brianna ließ sich von dem jungen Mann in ihre einsame Kajüte zurückbegleiten.

Wenigstens konnte sie jetzt über etwas anderes nachdenken als nur über ihre Trauer. Falls sie tatsächlich nach Upsinwich segelten, würde sie sich dort nach den Powells umhören können, und da es ganz offenkundig war, daß Michael Treveryan an ihr nichts mehr lag . . .

Mitten in der Kajüte blieb sie stehen. Irgendwie hatte sie immer davon geträumt, daß er sie in die Arme nehmen und sie halten würde, als wäre sie eine zarte Blume, eine zerbrechliche Kostbarkeit. Dann würde er ihr zuflüstern, daß er ihren Tod nicht ertragen hätte, daß ihm sein Leben ohne sie nichts mehr bedeutete, daß er alle Hindernisse mißachten und alle Hürden des Standes und des Glaubens bewältigen würde . . . und daß er sie zu seiner Gemahlin machen wollte.

„Närrin!" schalt sie sich, und dann lief sie durch die Kajüte und warf sich auf das Bett. Obwohl sie gedacht hatte, keine Tränen mehr zu besitzen, weinte sie wieder. Während der ganzen Zeit versuchte sie, sich klarzumachen, daß das Leben das wundervollste Geschenk war und daß Michael ihr nichts schuldete, denn er hatte ihr dieses Geschenk ja bereits zweimal gemacht.

Endlich trockneten ihre Tränen. Benommen ging sie durch die Kajüte und betrachtete blicklos den Garderobenraum. Daß Michael sie allein ließ, war zu ihrem Besten, denn so konnte sie die Kräfte sammeln, die sie benötigte, um ihre Dankbarkeit zu zeigen . . . und ihn dann trotzdem zu verlassen.

★

Als sie die Kajütentür knarren hörte, blieb Brianna beinahe das Herz stehen. Sie drehte sich nicht um, wußte aber, daß Michael eingetreten war. Seine Persönlichkeit schien den ganzen Raum zu füllen, und sein männlicher Duft nach sauberer Luft und Seewasser schwebte wie von einer Meeresbrise herangetragen durch die Kajüte.

Jetzt drehte sich Brianna doch um. Endlich war er zu ihr gekommen! Das erfüllte sie vollkommen unangebracht mit übergroßer Freude.

„Mylord!“ hauchte sie. Seinen Gesichtsausdruck vermochte sie nicht zu deuten.

Michael schloß die Kajütentür, lehnte sich dagegen und verschränkte die Arme vor der Brust. Er öffnete den Mund zum Reden, aber keine Worte kamen ihm über die Lippen. Er mußte sich erst räuspern, und als er endlich sprach, klang es rauh und schroff.

„Jungfer, wenn Sie mir noch einen solchen Streich spielt wie den in Port Quinby, dann binde ich Sie an den Mast!“

Verschüchtert senkte Brianna den Blick. „Ich kann Euch gar nicht sagen, wie leid es mir tut, daß ich Euch so viele Unannehmlichkeiten und soviel Kummer bereitet habe“, flüsterte sie. „Ich habe nicht nur Euer eigenes Leben in Gefahr gebracht, sondern auch das Eurer gesamten Mannschaft. Den Tod so vieler Menschen habe ich verursacht.“

„Das hat nicht Sie getan, sondern Matthews.“

„Michael, Ihr habt zweimal Euer Leben für meines aufs Spiel gesetzt.“

„Verdammt! Nicht mein Leben macht mir Sorgen. Sie ist es, Brianna, die mich halb wahnsinnig vor Sorgen macht! In

Port Quinby hätte es überhaupt nicht des fanatischen Hexenfinders bedurft, um Sie ins Unglück zu stürzen. Dieser Hafen ist ein gefährlicher Platz für ein Mädchen. Sie hätte sehr leicht den Weg zu den Sklavenmärkten des Ostens finden können!"

„Selbst wenn mein Leben ein Jahrhundert währte, könnte ich Euch niemals angemessen danken für alles, das Ihr für mich getan habt. Niemals hätte ich erfahren, was für ein kostbares Geschenk das Leben ist. Das kann ich niemals bezahlen."

„Brianna!"

Seine Stimme brachte sie zum Schweigen, und jetzt wagte Brianna, ihm in die Augen zu schauen. Sein Blick ängstigte sie.

„Brianna", wiederholte er leise. „Als ich erfuhr, daß Matthews Sie gefangen hatte, wurde ich beinahe wahnsinnig. Ich hätte dem Mann alle Glieder einzeln ausreißen mögen. Ich schwor mir, ihn in Stücke zu hacken, falls er Sie berühren, Ihr etwas antun würde. Närrin! Für Sie würde ich gegen jeden Mann kämpfen, ob Bauer oder König."

„Michael . . ."

„Sie soll mich ausreden lassen! Ich hätte für Sie getötet. Ich wäre für Sie gestorben. Aber Sie darf niemals wieder in die Arme des Feindes tanzen! Sie darf nicht noch einmal versuchen, mir auf diese törichte Weise zu trotzen!"

„Michael, bitte, Ihr versteht nicht . . ."

„Vielleicht will ich auch gar nicht verstehen." Er stieß sich von der Tür ab und kam auf Brianna zu. „Oder möglicherweise verstehe ich schon zu gut. Findet Sie vielleicht mehr Gefallen an dem jungen George? Oder ist Lord Dartons gesetztes Alter mehr nach Ihrem Geschmack?"

„George? Lord Darton?" Brianna faßte es nicht, und ihr Zorn erwachte.

„Ihr kommt mit wüsten Anschuldigungen zu mir? Nein, ich wünsche keinen von den beiden, weder als Liebhaber noch als Gemahl. Und von Euch habe ich auch nicht mehr verlangt als die Freiheit, meine Angehörigen suchen zu dürfen. Wie könnt Ihr es wagen, Michael! Als ich in Trauer erstarrt und hilflos war, als ich mich für den Tod des treuen Robin verantwortlich fühlte und mich dafür haßte, da waren George und Lord Darton für mich da und halfen mir – im Gegensatz zu Euch!"

„Aber Mistress! Sie hat doch klar und deutlich zum Ausdruck gebracht, daß Sie mich nicht wollte." Er wandte sich ab, setzte sich in seinen Sessel, legte die gestiefelten Beine auf die Schreibtischplatte und verschränkte die Hände hinter dem Kopf.

„Michael, Matthews ist tot. Jetzt muß ich dieses Schiff verlassen."

„Ist Sie wahnsinnig?" brauste er auf. „Sie gilt als Verbrecherin, wie ich als Verbrecher gelte. Ich kann nur darum beten, daß wir Holland lebend erreichen."

„Aber . . ."

„Brianna, unter Wilhelms Herrschaft kann ich dafür sorgen, daß Ihr Name von diesem Makel befreit wird, doch bis es soweit ist . . . Sagen Sie mir, Mistress MacCardle, was ich Ihrer Meinung nach tun soll. Sie muß einsehen, daß ich Sie nicht vom Schiff lassen kann."

„Ich . . ." Du Narr! rief sie ihm im stillen zu. Ich will, daß du mich heiratest. Ich will, daß du mich liebst und achtest, bis daß der Tod uns scheidet.

„Ich weiß schon, Jungfer, was Sie sagen will. Sie mag noch immer nicht meine Mätresse sein. Es genügt Ihr nicht, daß ein Mann sein Leben für Sie einsetzt." Das klang bitter.

Brianna wagte nicht, sich zu bewegen. Er gebrauchte noch immer das Wort Mätresse. Ja, er würde für sie kämpfen, wie er für sein Schiff, für seine Männer und für den Prinzen und die Prinzessin von Oranien kämpfen würde.

Brianna schaute Michael in die Augen. „Ihr seid der Herr dieses Schiffes. Ihr seid der Kapitän, Lord Treveryan. Ihr seid Seine Durchlaucht, der Herzog von Loghaire. Ihr habt die Befehlsgewalt, und ich residiere in Eurer Kajüte. Ihr seid stark, Ihr seid mächtig. Ihr habt befohlen, und ich war Euer."

„Brianna, ich habe nie . . ." Er sprang auf.

„Haltet ein, ich bitte Euch!“ Abwehrend hob sie die Hände. „Ihr habt weder Zwang noch Gewalt angewendet, doch vielleicht ist das, was Ihr tut, wesentlich schlimmer, denn Ihr verführt mich, obwohl Ihr wißt, daß ich nicht verführt werden will. Ihr sagt, daß ich Euch begehre. Ja, Michael, das ist wahr, und ich will mich auch mit meiner Hingabe für die Lebensrettung bedanken. Doch in Gottes Namen, Mylord, laßt Gnade walten! Versteht Ihr denn noch immer nicht?“

Er blickte sie so merkwürdig sanft, so . . . schmerzerfüllt an. Dann trat er einen weiteren Schritt auf sie zu. Wie gern hätte sie die Hand ausgestreckt und seinen Nacken gestreichelt! Statt dessen wich sie zurück.

„Versteht doch, Lord Treveryan, es geht mir nicht mehr um meine Ehre. Nicht mehr nach allem, was ich erlebt und was ich verursacht habe. Es geht mir darum, meine Seele zu retten. Ihr seid ein ritterlicher Mann, Michael, doch eines Tages wird eine neue Frau Euren Gefallen finden, und sie wird es sein, die Ihr dann begehrt. Dann werde ich verloren sein. Ich kann nicht Eure Mätresse sein, weil es eine Tatsache ist, daß ich Euch brauche, und Ihr könntet nichts sagen, das daran etwas ändert.“

„Tatsächlich nicht?“ Noch ein Schritt, und Michael nahm sie zärtlich in die Arme. Sie fühlte das Schlagen seines Herzens und das Streicheln seiner Hand, mit der er ihren Kopf an seine Brust drückte.

Er schob sie zum Bett und ließ sie sich darauf setzen. Dann sank er vor ihr in die Knie und küßte sanft und ehrerbietig zugleich ihre Hände. „Brianna, kann Sie mich nicht lieben? Kann Sie mich noch immer verleugnen, obwohl Sie weiß, daß ich Sie mit Herz und Seele liebe?“ Er suchte die Antwort in ihren Augen.

„Was meint Ihr damit?“ fragte Brianna verwirrt.

„Ich liebe dich, Brianna. Bei Gott und allem, was mir heilig ist, schwöre ich, daß ich dich liebe, und ich werde dich bis an mein Lebensende lieben.“

Tränen rollten über ihre Wangen. Michael strich sie sanft mit dem Daumen fort. Sie legte die Arme um seinen Nacken und konnte es kaum fassen, daß er ihr so nahe war. Er liebte sie! Liebe konnte alles besiegen.

„Nein, Michael, ich kann Euch nicht verleugnen. Ich liebe Euch.“ Beinahe andächtig wiederholte sie immer wieder seinen Namen, doch für die wahre Tiefe ihrer Gefühle gab es keine Worte.

„Geliebte, kleine Hexe“, flüsterte er.

Sie blickte ihm in die Augen, und er erkannte, daß er noch nie zuvor das Wunder solch unendlicher Liebe erlebt hatte.

„Ich schwöre dir, Brianna“, sagte er fest und voller Überzeugung, „daß ich dich in keinem Moment vergessen werde und daß ich immer für dich dasein werde.“

Diese Worte berauschten Brianna. Michael liebte sie wie sein Leben. Er wollte sie zu einem Teil seines Lebens machen. Er wollte sie in keinem Moment vergessen. Sie würden heiraten, ein schönes Heim haben, durch das das Lachen ihrer Kinder klang, und sie würden einander bis ans Lebensende lieben. Brianna konnte Michael nur noch vor Glück bebend anschauen.

Er streichelte ihre Hände und küßte jeden einzelnen Finger. Aus Liebe entstandenes Verlangen durchflutete sie. Sie entzog ihm ihre Hand und begann seine Hemdknöpfe zu lösen. Als sie seine nackte Haut berührte, fühlte sie, daß er den Atem anhielt. Im nächsten Moment zog er sie zu sich heran und küßte sie zärtlich und verlangend zugleich.

„Süße Hexe, dein Zauber ist stärker als mein Wille. Dieser Versuchung kann ich nicht widerstehen . . .“

Wieder preßte er seinen Mund auf ihren. Mit der Zunge drang er zwischen ihre Lippen, und Brianna erwiderte diese Zärtlichkeit voller Hingabe.

Lange küßten sie sich tief und heftig und hielten einander fest umarmt. Schließlich zog er sich zurück und legte sein Hemd ab. Brianna strich über das dichte dunkle Haar auf seiner Brust und verfolgte den Weg ihrer Finger mit dem Blick. Sie betrachtete all das Schöne: die Muskeln, die sich unter ihrer Berührung anspannten, die klare Linie seines Schlüsselbeins, die harten Schultersehnen und das krause Haar, das in einem schmalen Streifen auslief, der unter seinem Hosenbund verschwand.

Sie legte die Hände an das Zugband der Kniehose und bemerkte zu ihrem Entzücken, daß Michael erbebte und wieder den Atem anhielt. Ihr eigenes Verlangen wurde so mächtig, daß sie selbst erschauerte. Das Zugband gab unter ihren geschickten Fingern nach. Ihre weiblichen Künste erregten Michael in einem Maße, wie er es noch nicht gekannt hatte.

Brianna streifte mit den Fingernägeln um seine Hüften zu seinem Rücken. Jede ihrer Berührungen reizte seine Lust, und jeder ihrer heißen Küsse behexte ihn mehr. Sie ließ die Lippen über seinen Oberkörper gleiten und berührte dabei seine kleinen harten Brustwarzen mit den Zähnen. Ihre liebkosenden Hände ruhten nicht, doch sie trieb keineswegs ein wohlberechnetes Verführungsspiel. Nein, sie sehnte sich nur so sehr nach ihm und danach, ihn zu berühren.

Als Michael aufstand, schob sie ihm die Kniehose von den schmalen Hüften, kniete sich dann vor ihn und streifte sie ihm über die muskulösen Beine hinab. Das Gefühl, daß Michael ihr gehörte und daß sie ihn so lieben und so erregen durfte, überwältigte sie.

„Brianna ..." stöhnte er. „Du bist wirklich eine Hexe. Du liebst mich wie keine andere ..."

Sie streichelte seine herrlich starken Beine und drückte Küsse auf seine muskulösen Oberschenkel.

„Brianna!" Er kniete sich zu ihr hinunter, faßte sie bei den Schultern, und sie begegnete seinem flammenden Blick. Michael küßte sie heiß und dennoch voller Zärtlichkeit. Am Ende zerriß er das leichte Gewebe ihres Gewandes – und erstarrte.

„Was habt Ihr?" fragte Brianna erschrocken, als sie Michaels bestürzten Gesichtsausdruck sah.

Unendlich behutsam berührte er die Stelle, wo sich Matthews Stahlnadel in ihr Fleisch gebohrt hatte. „Könnte ich diesen Menschen nur tausendmal und immer wieder töten!" stieß er grimmig hervor.

Sie zog seinen Kopf an ihre Brust und schob die Finger in

sein dichtes Haar. „Es tut ja nicht mehr weh, Michael. Das ist jetzt Vergangenheit. Bitte verlaßt mich nicht. Eure Berührung ist der beste Balsam."

„Ich will dir keine Schmerzen zufügen ..."

„Dann liebt mich und laßt nichts zwischen uns kommen."

Er berührte sie unbeschreiblich zärtlich. Seine Lippen linderten jede kleine Verletzung mit einem kühlenden Hauch. Brianna konnte es kaum ertragen, so lange auf die Erfüllung ihrer Sehnsucht warten zu müssen. Sie flehte Michael an, seiner Leidenschaft freien Lauf zu lassen.

Sofort erfüllte er ihr diesen Wunsch. Er hob sie auf die Füße und befreite sie von ihren Kleidungsstücken. Danach legte er sie aufs Bett, und sie streckte die schlanken Arme sehnsüchtig nach ihm aus. Sie konnte ihr heißes Verlangen nicht mehr zähmen und spreizte die Beine, um ihn willkommen zu heißen, doch er kniete sich lächelnd neben sie und hauchte einen Kuß auf ihre Schulter.

„Noch nicht, meine geliebte Hexe, noch nicht. Der Zauber währt ewig ..."

Er ließ die Hand an der Innenseite ihrer Oberschenkel hinaufgleiten. Voller Ungeduld bog sie sich ihm entgegen und flüsterte erregt seinen Namen. Dennoch hielt sich Michael noch zurück, obwohl auch in ihm das Begehren brannte. Er genoß es zu sehen, wie Brianna sich vor ihm wand, er genoß die auffordernden Bewegungen ihrer Hüften und den Anblick ihrer vollen, festen Brüste.

„Michael ..."

Mit seinem Kuß unterbrach er ihre Rede, und dann hatten seine Finger ihr Ziel erreicht. Er ließ seine Lippen den Fingern folgen und steigerte auf diese Weise Briannas Begehren noch mehr.

Jetzt flüsterte sie seinen Namen nicht mehr; sie schrie ihn laut hinaus. Sie konnte nicht länger warten, sondern bog sich zu Michael hoch und preßte sich an ihn. Er drückte ihren Kopf an seine Schulter.

„Jetzt, Geliebte ..."

Ihre und seine Lippen trafen sich wieder voller Glut und Liebe. Als er endlich zu ihr kam, war die Vereinigung zuerst so sanft wie eine zärtliche Umarmung, doch bald brach der Sturm der Leidenschaft los. Zuerst so behutsame Bewegungen wurden zu einem heißen, mitreißenden Rhythmus und führten schließlich zu einem alles übertreffenden Triumph der Lust.

In inniger Umarmung lagen sie danach da, warteten darauf, daß sich das Schlagen ihrer Herzen wieder beruhigte und kosteten ihre Liebe und die beglückende Befriedigung ihres Verlangens noch lange aus.

Michael barg das Gesicht in Briannas seidigem Haar. „Herrliche Hexe", flüsterte er. „Wunderschöne, wundervolle Hexe. Du ziehst mich immer tiefer in dein bestrickendes Netz, aber ich kann nicht mehr leben, ohne deine Liebkosungen zu fühlen und ohne die Liebe in deinen Augen leuchten zu sehen."

Brianna lächelte. Konnte ihr Glück je größer sein? Es war so groß wie die Lust, die Michael in ihr zu wecken verstand. Diese Lust führte sie zu beinahe unerträglichen Freuden. Und dann ebbte die Leidenschaft ab und war verloren, wenn sie nicht aufs neue geweckt wurde ... Konnte das Glück denselben Weg nehmen? Wachsende Lust, ein Augenblick höchster Ekstase, Erfüllung und dann – alles vorbei?

Nein! Brianna schalt sich wegen ihrer dummen Gedanken. Nein, die Leidenschaft zwischen ihnen beiden würde nicht mit der einen Erfüllung enden. Wie die Leidenschaft, so würde auch ihr Glück wachsen, einen Höhepunkt erreichen und abebben. Doch es würde immer wieder neue erstehen.

Brianna schmiegte sich in Michaels Arme. „Ich liebe Euch so sehr, Michael", hauchte sie. „Ihr seid ein Teil von mir, Mylord. Ihr seid mein Herz."

Michael liebte sie. Ja, er liebte sie wirklich. Er würde sie heiraten, und sie sollte bis ans Ende ihrer Tage an seiner Seite sein.

8. KAPITEL

Für Brianna war das Erwachen früh am nächsten Morgen so wunderbar wie die gerade vergangene Nacht. Die ersten Sonnenstrahlen fielen durch einen sanften Nebel ins Fenster und tauchten die Kajüte in ein magisches rosa Licht.

Brianna schmiegte sich an Michael. Ihre Finger lagen auf seiner Brust. Sie wollte ihn nicht wecken. Sie war glücklich, einfach nur neben ihm liegen zu können und zu wissen, daß er sie liebte.

Doch Michael schlief nicht. Zärtlich streichelte er ihr Haar, bis sie zu ihm hochschaute. Sie lächelte ein wenig verlegen und verschämt.

„Ich liebe Euch", sagte sie kaum hörbar.

„Und ich liebe dich." Er umarmte sie zärtlich und rückte dann ein wenig von ihr fort, weil er den Anblick ihrer Schönheit genießen und sich an ihrem bezaubernden Lächeln erfreuen wollte.

Brianna legte die Wange wieder an seine Brust und seufzte. „Ach Michael, wenn Matthews uns nur nicht dazu gebracht hätte, Port Quinby anzulaufen. Wenn nur Robin und die anderen braven Männer nicht umgekommen wären ..."

„Still!" Er breitete ihre dichten, seidigen Haarsträhnen über die Stichverletzungen, die Matthews ihr zugefügt hatte. „Matthews gelüstete es nach meinem Blut ebensosehr wie nach deinem."

„Eures hätte er nicht gewollt, wenn ich nicht gewesen wäre", beharrte sie traurig. „Wäre ich Euch in Glasgow nicht in die Arme gelaufen, dann wärt Ihr jetzt ganz unbeteiligt auf dem Weg zu Eurem Prinzen, und Robin und die anderen Männer würden noch leben.“

„Du darfst dir nicht die Schuld an dem Vorgefallenen geben, Brianna. Wir sind eine Mannschaft, die im Kampf geübt ist, sei es gegen Piraten, gegen Wahnsinnige oder sogar gegen die Königstreuen, sollten diese Wilhelm nicht akzeptieren.“

Wieder schaute Brianna zu Michael hoch. Er blickte aus dem Fenster und beobachtete, wie aus dem sanften rosa Licht goldene und tiefrote Sonnenstrahlen wurden. Sein Gesicht wirkte hart und angespannt.

„Ihr haßt König James II. aus vollem Herzen, nicht wahr?“ fragte sie.

Er wandte den Blick vom Fenster zu ihr zurück und lächelte wieder ein wenig. „Ich weiß es nicht mehr.“ Er wurde wieder ernst. „James hat einen Mann hinrichten lassen, der in seinen Augen Verrat begangen hat. Was ich daran nicht ertragen kann, ist die Tatsache, daß Jemmy James’ eigen Fleisch und Blut war und daß er trotz seines Gnadengesuchs umgebracht wurde.“

Michael spürte, daß Brianna seine Empfindungen ganz genau verstehen wollte. Sanft streichelte er ihre Wange. „Ich kann dir nicht beschreiben, wie es war, mit Jemmy Scott zusammen aufzuwachsen, und was er mir bedeutet hat. Er wußte, daß König Charles I. sein Vater war, und ihm war ebenfalls bekannt, daß das englische Volk keinen katholischen Thronfolger haben wollte. Jemmy war jung und tapfer, und unter der richtigen Führung hätte er sich zu einem guten König entwickelt. Das einzige, das ihm dabei im Weg stand, war seine illegale Geburt.“

Michaels Blick war in weite Ferne gerichtet. „Als ich von Jemmys Hinrichtung erfuhr, verachtete ich James. Ich hätte ihn mit bloßen Händen erwürgen mögen. Doch jetzt . . . Ich glaube, ich habe nur noch Mitleid mit ihm. Und ich schließe mich Wilhelm und Maria an, weil ich glaube, sie sind zum Besten unseres Landes.“

Brianna richtete sich ein wenig auf und küßte ihn auf den Mund. „Ihr seid wahrhaftig ein Ritter in schimmernder

Wehr", erklärte sie.

Michael mußte laut lachen. Er rollte sich herum und zog sie dabei unter seinen Körper. „Ich soll ein Ritter sein? O nein, meine Liebe, ich bin nur ein salzwassergetränkter Mann mit einem angeborenen Adelstitel, nichts weiter. Allerdings höre ich es ganz gern, wenn du mich so nennst, denn das ist eine wesentlich freundlichere Bezeichnung als alle die, welche du bei unserem ersten Treffen für mich gefunden hast."

Brianna fiel in sein Lachen ein. Sie war glücklich, daß der Tag so schön begann. Doch dann lachte sie nicht mehr, denn in Michaels Blick sah sie die Flammen des Begehrens wieder auflodern. Schon neigte er den Kopf zu ihr hinunter und küßte sie ohne Hast, und bald umarmten sie einander mit der ganzen Leidenschaft ihrer Liebe.

Danach seufzte Michael zufrieden und glücklich. Träge schwenkte er die Beine über die Bettkante und rekelte sich ausgiebig, bevor er aufstand.

Wieder einmal bewunderte Brianna das Spiel der Muskeln auf seinem Rücken und faßte es kaum, daß ein so herrlicher Mann sie tatsächlich lieben sollte. Doch daß er es tat, das bezweifelte sie nicht mehr.

Michael griff nach seiner Kleidung. Er wünschte, die „Seefalke" hätte keine Reparatur nötig, und er könnte einen Tag Urlaub ausrufen. „Es fällt mir schwer, dich zu verlassen", sagte er.

„Wirklich?"

Er ließ sein Hemd fallen und kniete sich neben Brianna. „Ja, wirklich." Er wickelte sich eine Strähne ihres Haars um den Finger. „So schwer fällt es mir, daß ich es kaum fertigbringe. Wie gern würde ich wieder unter diese Tücher schlüpfen und mich deiner berauschenden Umarmung hingeben, alles vergessen, nichts beklagen . . . Ich möchte vergessen, daß wir jetzt Gesetzlose sind, auf die es eine ganze Armee von Henkern abgesehen hat."

Beunruhigt schaute sie ihn an und schob ihn dann fort. „Geht! Geht an Eure Arbeit, Lüstling, der Ihr seid!"

Widerstrebend erhob er sich. „Die Lage ist nicht ganz so übel“, gab er zu. „Wir werden für die Reparaturen einen Hafen anlaufen. Ich denke, dort wird man uns herzlich willkommen heißen. Ich steuere oft Upsinwich an. Dort erwarten uns keine Schwierigkeiten“, versicherte er.

Brianna streckte sich wieder aus, schloß die Augen und rekelte sich lächelnd.

„He, nichts da!“ Michael versetzte ihr einen Klaps auf den Po, der sich verführerisch unter der Decke wölbte. „Falls du deinen Fuß mit mir zusammen an Land setzen willst, mußt du dich jetzt ankleiden.“

„Ihr wollt mich an Land mitnehmen? Ist das auch nicht gefährlich? Um nichts in der Welt will ich noch einmal ein Blutvergießen verursachen, Michael.“

„Du hast das Blutvergießen nicht verursacht, und nein, der Landgang bedeutet keine Gefahr. Die Stadt würde uns früh genug warnen, falls uns Kampfhandlungen bevorstünden. Außerdem habe ich hier draußen so lange vor Anker gelegen, daß unsere Feinde annehmen werden, wir hätten das Haus von Oranien schon so gut wie erreicht.“

Noch bevor Michael ausgesprochen hatte, war Brianna schon aus dem Bett gesprungen. Die Vorfreude rötete ihre Wangen und ließ ihre Augen leuchten.

„Trage etwas Zurückhaltendes, meine Liebe, sonst bringst du die festgefügtesten moralischen Grundsätze dieser frommen Leute ins Wanken.“

Hoheitsvoll warf Brianna den Kopf in den Nacken. „Laßt Euch sagen, Lord Treveryan, daß ich mit dem puritanischen Glauben durchaus vertraut bin. In seinem Sinn bin ich nämlich viele Jahre meines Lebens erzogen worden.“ Sie sah Michaels Mundwinkel verdächtig zucken. „Weshalb lächelt Ihr so spöttisch, Mylord?“

„Ich lächele durchaus nicht spöttisch. Ich kann mir dich nur sehr schwer als puritanische Jungfer vorstellen, das ist alles.“

„Ph!“ Sie drehte ihm den Rücken und streifte sich ihr Gewand über den Kopf. Beim Zuhaken kam ihr dann eine Idee. Sie trat auf Michael zu und umarmte ihn aufgeregt. „O

Michael, ich überlege mir gerade ... Ich weiß, wir betreten eine puritanische Gemeinde, aber wir werden dort doch sicherlich einen anglikanischen Geistlichen finden, und dann können wir uns noch heute trauen lassen!"

Das Lächeln verschwand aus Michaels Gesicht. „Ich habe dir bereits gesagt, daß ich dich nicht heiraten kann." Seine Stimme klang sehr hart und sehr gequält.

Hätte er sie geschlagen, hätte die Wirkung nicht grausamer sein können. Brianna ließ sofort die Arme sinken, wich zurück und starrte ihn fassungslos an. Ihr war, als hätten sich schwarze Wolken vor die Sonne geschoben. Als sie sprach, erkannte sie ihre eigene Stimme nicht wieder.

„Ich verstehe nicht. In der vergangenen Nacht habt Ihr geschworen, daß Ihr mich liebt und daß Ihr mich bis ans Ende Eures Lebens lieben werdet. Gilt Euer Wort denn so wenig? Ist es denn völlig ehrlos?"

Für einen Moment schloß Michael die Augen. Dann trat er zu Brianna heran und streckte die Hand nach ihr aus.

„Nein!" wehrte sie heftig ab. Falls er sie berührt hätte, wäre sie in Tränen ausgebrochen. „Erklärt Euch mir!"

„Ich habe nichts gesagt, das nicht wahr wäre. Ich liebe dich. Ich liebe dich aus tiefstem Herzen, und ich werde dich bis zu meinem letzten Atemzug lieben. Doch ich habe dir niemals die Ehe versprochen, Brianna. Schon vor langer Zeit habe ich dir gesagt, daß ich dich nicht heiraten kann."

„Warum nicht?" schrie sie. Sie kämpfte gegen ihre Tränen. „Sir, das kann ich nicht verstehen! Ja, Ihr habt Euer Leben für mich riskiert, und trotzdem bin ich zwar gut genug dafür, Euch im Bett zu erfreuen, aber nicht dafür, Euren Namen vor Gott zu tragen?"

„Brianna!" Er nahm sie in die Arme. Sie wollte sich ihm entwinden, doch es gelang ihr nicht. „Brianna, ich bin verheiratet."

★

Brianna stand regungslos da, starrte Michael an und weigerte sich, die Bedeutung seiner Worte zu akzeptieren.

„Ich bin verheiratet", wiederholte er leise und versuchte sie wieder in die Arme zu nehmen.

Sie wollte nicht von ihm umarmt und berührt werden. Sie wich zurück und schüttelte nur immer wieder den Kopf. „Wie konntet Ihr nur, Michael? Ihr habt eine Gemahlin, und dennoch habt Ihr beschlossen, mich zu behalten? Ihr durftet doch nicht ..."

„Du verstehst nicht!"

„Ich hätte nie etwas anderes sein können als eine Mätresse." Sie konnte ihre Tränen kaum noch zurückhalten. „Nie hätte ich eine andere Möglichkeit. Ach, alle meine Träume! Und ich habe geglaubt, daß Ihr mich wirklich liebtet. Daß es eine Zukunft geben würde ..."

„Ich habe dich nicht belogen." Michael mußte sich beherrschen, um Brianna nicht grob zu packen und sie zum Zuhören zu zwingen. „Wenn du mich nur ausreden ließest ..."

„Und was ist mit Eurer Gemahlin, dieser armen, bedauernswerten Lady? Sie sitzt daheim und ist immer allein. Sie macht sich Sorgen um Euch, wartet auf Euch, und Ihr? Ihr habt in jedem Hafen eine Hure."

„Brianna!" rief er, und seine Stimme klang warnend, drohend.

Das kümmerte Brianna jetzt nicht. Oh, weshalb war ihr das nicht schon längst aufgefallen? Warum hatte sie es nicht schon früher erkannt? Aber nein, sie war ihren Phantasien und Illusionen zum Opfer gefallen. Jetzt wußte sie nicht, ob sie schreien und wüten oder in Tränenströmen aufgelöst zu Boden stürzen sollte.

„Wie konntet Ihr nur?" wiederholte sie. „Wie habt Ihr mir das nur antun können? Ihr wußtet doch, daß ich mich in Euch verliebt hatte. Ihr wußtet, daß ich Euch liebte! Und es hat Euch nicht gekümmert. Ihr wußtet genau, daß uns niemals etwas wirklich verbinden konnte, und dennoch habt Ihr mich in dem Glauben gelassen ..." Sie war völlig fassungslos.

„Brianna!" So sehr wollte er festhalten, was ihm jetzt aus den Händen glitt, daß er kaum zu denken vermochte. Er packte sie bei den Schultern, ließ sie trotz ihrer wütenden Gegenwehr nicht los und schüttelte sie schließlich so heftig durch, daß ihr Kopf in den Nacken flog.

Ihr Blick war vorwurfsvoll, bitter und hoffnungslos. „Laßt mich gehen, Michael."

„Ich kann dich nicht gehen lassen, Brianna, weder jetzt noch jemals." Wieder schüttelte er sie heftig. „In Gottes Namen, willst du mich endlich anhören?"

„Wozu?" fragte sie zornig.

„Weil die Dinge nicht so liegen, wie du denkst."

„Was meint Ihr denn, was ich denke?"

Trotz ihres Sträubens zog er sie in die Arme und drückte sie auf das Bett nieder. Es mußte ihm gelingen, daß sie ihn verstand!

„Nicht, Michael!" kreischte sie.

„Brianna, es gibt eine Zukunft. Ich liebe dich. Ich ..."

„Und Eure Ehegattin?" Sie hörte auf, sich zu wehren und blickte Michael nur noch anklagend an.

„Wenn du mich ließest, könnte ich es dir erklären."

„Mir bleibt ja anscheinend keine andere Wahl", meinte sie bitter.

Er lockerte seinen Griff. Den Grund für ihren Zorn konnte er nicht ausräumen. Er konnte nur versuchen, ihn ihr begreiflich zu machen. „Ihr Name ist Alwyna", begann er. Allein diesen Namen auszusprechen, bereitete ihm Pein. „Alwyna interessiert es nicht ..."

„Es interessiert sie nicht!"

„Es kann sie nicht interessieren", sagte Michael. „Brianna, wir heirateten vor fünfzehn Jahren. Unsere Ländereien grenzen aneinander. Die Ehe wurde vereinbart, als wir beide noch Kinder waren, und wir wurden vor meinem zwanzigsten Geburtstag getraut. Ich war durchaus nicht gegen diese Ehe, denn ich kannte Alwyna ja schon mein ganzes Leben lang. Sie war ein reizendes Mädchen und sehr zart."

Ich sage nicht die richtigen Worte, dachte Michael verzweifelt. Wie steif Brianna in seinen Armen lag! „Brianna, du mußt verstehen ..."

„Was soll ich verstehen, Lord Treveryan?" fragte sie kalt.

„Daß Ihr verheiratet seid? Daß Ihr mich weiterhin bei Euch zu haben wünscht, und zwar als Mätresse? Daß ihr eine gute Ehegattin mißachtet und vernachlässigt? Das habe ich sehr wohl verstanden."

„Nein!"

„Nein? Dann sagt mir, wo ich mich irre."

„Meine Frau ist irre."

Brianna schwieg bestürzt. Aus Michaels Stimme hatte sie einen Schmerz herausgehört, der ihrem gleichkam. „Irre?" fragte sie leise.

„Ja, sie ist sehr geisteskrank", antwortete er bitter. „Alwyna war immer schwach und anfällig. Nachdem wir verheiratet waren, zitterte sie bei meinem Anblick. Ich war sehr sanft zu ihr. Ich umwarb sie, wie ein Mann nur seine Ehefrau umwerben konnte. Es kam eine Zeit, in der ich glaubte, auf eine glückliche Zukunft hoffen zu dürfen. Dann bekamen wir ein Kind, einen Sohn. Er überlebte keine drei Monate. Als er starb, starb alles Glück für Alwyna mit ihm. Langsam zog sie sich aus dieser Welt zurück, und jetzt ..."

„Jetzt?"

„Jetzt erkennt sie mich kaum noch. Sie lebt in meinem Haus, doch sie kennt nur noch den Wald und den See, wo sie Frieden findet. Sie wird von einer alten Amme versorgt, und sie besitzt viele Käfige voller exotischer Vögel. Sie liebt es, sie singen zu hören und ihnen zuzuschauen. Wenn ich daheim bin, erlaube ich ihr die Illusion, daß wir wieder Kinder sind. Sie glaubt, unsere Väter besuchen uns. Wir spielen zusammen ... als Kinder."

Michael ließ Brianna los und stand auf. Eine Weile ging er in der Kajüte auf und ab. Dann lehnte er sich an die Tür. „Seit mehr als zehn Jahren habe ich Alwyna nicht mehr angerührt, Brianna."

„Michael, ich ..."

„Du mußt es verstehen." Ihm war anzusehen, daß er um Haltung rang. „Alwyna ist meine Ehefrau. Ich habe sie nie so geliebt, wie ich dich lieben gelernt habe, und dennoch gehört ihr ein Teil meines Herzens. Ich muß für sie sorgen,

Brianna, und das tue ich auch. Ich bitte dich, mich nicht zu verachten, doch ich weiß, daß ich dich ebenso brauche, wie ich dich liebe."

Noch nie hatte Brianna eine so ernste Rede gehört und noch nie einen Mann gesehen, der so vom Schmerz zerrissen war. Sie war nicht mehr zornig auf ihn. Sie wollte die Arme nach ihm ausstrecken, doch das konnte sie nicht.

„Michael", flüsterte sie endlich, „es tut mir so leid, denn ich glaube, daß Ihr sie wirklich liebt. Und ich glaube Euch auch, daß Ihr mich liebt. Ich weiß nicht, was ich sagen oder tun soll. Ach, Michael! Ich kann einfach nicht Eure Mätresse sein. Von Hafen zu Hafen mitgenommen, der Welt vorgeführt zu werden, ohne Heim, ohne Zukunft, ohne wirkliches Leben ..."

„So muß es nicht sein." Er kam heran, fiel vor Brianna auf die Knie und nahm ihre Hände in seine. „Brianna, glaubst du mir nicht, daß ich für dich sorgen würde, daß ich die Welt zum Schweigen bringen würde, falls ..."

„Kein Mensch kann die Welt zum Schweigen bringen, Michael, nicht einmal Ihr. Es sind auch nicht die zu erwartenden Kränkungen, die mich bedrücken würden. Ich glaube nur nicht, daß ich jemals Alwyna vergessen könnte oder ..." Sie unterbrach sich und blickte ihm in die Augen, als könnte sie dort seine Gedanken lesen.

„Michael, habt Ihr vergessen, was Ihr einmal über das Schicksal eines Bastards gesagt habt? Über Jemmy Scott, dem die Krone wegen seiner illegalen Geburt verweigert wurde und der dafür gestorben ist? Michael, das ängstigt mich."

„Brianna, ich habe einmal geschworen, daß ich keinem Kind ein solches Schicksal bereiten würde. Doch ich liebe dich. Ich sehne mich nach unserem gemeinsamen Kind. Brianna, ich hinterlasse keinen legalen Erben. Unser Kind ..."

„Würde ein Bastard sein", fiel sie ihm ins Wort. „Das könnt Ihr nicht ändern."

„Ich schwöre dir, daß es niemals leiden muß und ..."

„Michael“, fiel sie ihm wieder in die Rede, „es ist nicht recht. Ich bin eine Ehebrecherin, und vielleicht liegt auch deshalb ein Fluch auf uns. Ach, seht doch nur, was alles schon geschehen ist!“

„Ich glaube nicht an Flüche“, erklärte er. „Du kannst so etwas doch auch nicht glauben. Brianna, ich liebe dich. Für dich würde ich mein Leben opfern. Immer wieder.“

„Ich glaube, daß Ihr mich liebt.“

„Doch das ist dir nicht genug?“

„Versteht Ihr nicht, daß . . .“

Bevor sie ihren begonnenen Satz beenden konnte, klopfte es an die Tür. „Wir laufen in den Hafen ein, Kapitän!“ rief Paddy draußen.

Michael senkte den Kopf. „Ich muß an Deck gehen.“ Dann schaute er sie wieder eindringlich an. „Brianna . . .“

„Nicht, Michael. Was wäre jetzt noch zu sagen? Ihr müßt jetzt den Befehl über Euer Schiff übernehmen.“

„Du darfst mich nicht verlassen!“

Stolz hob Brianna den Kopf. „Ich bin nicht Euer Eigentum, Mylord.“

Ärgerlich ließ er ihre Hände los und erhob sich. „Nein, du bist kein Eigentum. Strebst du nach Eigentum? Du besitzt meine Liebe und mein Leben, solltest du es fordern. Alles, was ich dir verweigern muß, ist mein Name, und deswegen verachtest du mich. Bist du tatsächlich nicht besser als die Hure, für die ich dich in Glasgow hielt? Ist es die gesellschaftliche Stellung, die du begehrst, der Titel und das Land? Was das betrifft, so sorge dich nicht. Ich bezahle immer gut für mir erwiesene Dienste. Oder hast du das vergessen?“

Wütend und aufs äußerste gekränkt sprang Brianna auf und schlug Michael hart ins Gesicht. Er packte ihr Handgelenk, drehte ihr den Arm auf den Rücken und brachte sie dicht an seinen Körper heran.

„Michael! Daß Ihr so etwas zu mir sagen könnt, straft alle Eure Liebesschwüre Lügen.“

Er senkte den Blick. Sein Griff lockerte sich und wurde beinahe zu einer Umarmung. „Vergib mir“, bat er leise.

Brianna fühlte, daß er bebte. Wie ihr Herz schmerzte! Trotz aller ihrer zerstobenen Träume konnte sie nicht aufhören, diesen Mann zu lieben. „Ihr müßt hinaufgehen", drängte sie ihn traurig und schob ihn von sich fort.

Er nickte. Zuerst konnte er nicht sprechen, denn sein Hals war wie zugeschnürt. „Kommst du mit an Land?"

„Ich weiß es noch nicht."

„Brianna, du darfst auf keinen Fall eine Flucht planen. Matthews ist zwar tot, doch für dich besteht noch immer Gefahr. Es wird immer jemand anderen geben, der Matthews' Platz einnehmen kann."

„Ich plane nichts."

„Wir haben diese Diskussion noch nicht beendet. Bei Gott, ich versichere dir, daß es für dich gefährlich ist, davonzulaufen, Brianna! Denke an die Toten."

Sie erbleichte, und schon bedauerte Michael seine Worte. Sie senkte den Kopf. „Geht! Ihr wißt, daß ich keine weiteren Menschenleben riskieren werde."

Er betrachtete sie noch einen Moment, doch da sie ihn nicht anschaute, drehte er sich schließlich um und verließ rasch die Kajüte.

★

Eine Stunde später stand fest, daß die Dinge in Upsinwich besser als erwartet verliefen. Schiff und Mannschaft wurden begeistert begrüßt, so daß Michael keinerlei Bedenken hatte, als er eine Einladung in das Haus des Bürgermeisters, Lord Patterson, erhielt.

Der Mann war ein überzeugtes Mitglied der anglikanischen Kirche, und Upsinwich war nicht nur eine Hochburg der Puritaner, sondern auch einer der wenigen Orte, an denen alle Religionen und Sekten in Frieden und Toleranz nebeneinander lebten. Lord Patterson selbst war, wenn man dem Geschwätz der Dockarbeiter glauben konnte, ein bei allen beliebter Mann.

Sobald die „Seefalke" festgemacht hatte, lud der Bürgermeister Michael zum Lunch in eine Taverne beim Anleger ein. Sobald sie dort ihre Plätze eingenommen hatten, senkte er die Stimme und sagte, er sei ganz sicher, daß seine Leute die Ankunft des Prinzen von Oranien jeden Tag erwarteten und daß sie ihn willkommen heißen würden.

Michael war nicht in der Lage, Lord Patterson aufmerksam zuzuhören, denn Brianna war an Bord zurückgeblieben, und er konnte nur an sie denken. Er hatte ihretwegen die allergrößte Angst.

Nie hatte er ihr verschweigen wollen, daß er verheiratet war. Von Anfang an hatte er ihr gesagt, daß er sie nicht heiraten konnte, und er hatte deshalb auch nicht geahnt, daß sie davon träumte, seine Frau zu werden.

Das Traurigste war vielleicht sogar, daß sie sein Verhalten Alwyna gegenüber verstand. Brianna hatte keine Annullierung der Ehe und keine Scheidung verlangt. Niemals würde sie – wie es Joanna, seine Londoner Mätresse, getan hatte – vorschlagen, daß er Alwyna aus diesem Leben beförderte. Nein, an dergleichen würde Brianna nie denken, denn sie hatte das Wunder des Lebens kennengelernt.

Er seufzte. Sie hatte seine Situation akzeptiert, und sie hatte versprochen, nicht zu fliehen.

„Mylord Treveryan!"

Michael schrak zusammen und wandte nun seine Aufmerksamkeit dem jovialen, rotwangigen Mann zu, der vor ihm saß. Patterson war klein und untersetzt, und seine blauen Augen blitzten fröhlich. Trotzdem ließ er ahnen, daß er zu einem ernst zu nehmenden Gegner werden konnte, falls dazu Anlaß bestehen sollte.

„Vergebung, Sir", entschuldigte sich Michael.

„Oh, keine Ursache", versicherte der Bürgermeister und hob seinen Bierkrug. „Ich weiß, daß Euch große Sorgen bedrücken. Ich sagte gerade, daß meine Leute versprochen haben, der ‚Seefalke' die bestmögliche Aufmerksamkeit zu widmen. Ich garantiere Euch, daß niemand auch nur in die Nähe dieser Stadt kommt, ohne daß Ihr es erfahrt."

„Ich danke Euch, Sir. Doch was geschieht, falls man Euch vor Prinz Wilhelms Eintreffen beschuldigt, Geächtete hier zu beherbergen?"

dafür immer dankbar sein. Ich mußte eben nur daran denken, daß es so traurig ist, daß es das Wunder unserer Liebe eigentlich nicht geben darf."

„Ach, Liebste! Mir ist unsere Liebe heilig. Brianna, glaube mir, ich würde alles geben, um dich glücklich zu machen – mein Schiff, mein Land, alles, was ich besitze. Daß ich dir mein Leben opfern würde, weißt du schon. Nur eines kann ich nicht, Brianna. Ich kann Alwyna in keiner Weise irgendeinen Schaden . . ."

„Still, Michael, still." Brianna unterdrückte ihre Tränen. „Ich könnte Euch nicht so lieben, wenn Ihr Eurer Frau weh tätet, die krank ist und niemandem Böses will. Michael, belaßt es dabei, ich bitte Euch. Umarmt mich fest, und sprecht nicht mehr davon."

Michael gehorchte. Er umarmte Brianna, denn sie war das Kostbarste, was es für ihn auf Erden gab.

★

Der nächste Morgen war herrlich, und als sie Arm in Arm die „Seefalke" verließen, war Michael davon überzeugt, daß Brianna noch nie schöner ausgeschaut hatte. Selbstverständlich wollte er sehr diskret sein, denn er wollte ihr auf keinen Fall Unannehmlichkeiten bereiten, doch sie hatte so gern mit an Land kommen wollen, und es hatte ihm größte Freude bereitet, sie auszuführen.

Er war sich auch sicher, daß hier keine Gefahren drohten. Den Bewohnern dieser Gemeinde vertraute er, weil auch sie Anhänger Wilhelms von Oranien waren. Er beabsichtigte, Brianna dem Bürgermeister als eine wenig begüterte Dame vorzustellen, die sich auf dem Weg zu Prinzessin Maria befand, um deren Gesellschafterin zu werden. Und entsprach das denn nicht auch der Wahrheit?

Er lächelte sie an. Sie warf ihm einen Blick zu und erwiderte dann rasch sein Lächeln. Michael fragte sich, weshalb sie so nervös zu sein schien. Es war doch ihre eigene Idee gewesen, mit an Land zu kommen. Er versicherte ihr, daß sie hier keine Angst zu haben brauchte. Daraufhin schenkte sie ihm noch ein Lächeln und befragte ihn dann über die Stadt.

Sie trug ein sehr dezentes, überaus schlichtes hochgeschlossenes Kleid aus dunkelgrüner Wolle, das einer puritanischen Umgebung angemessen war, und ging mit winzigen, damenhaften Schritten. Das Haar hatte sie sich im Nacken zu einem fest geschlungenen Knoten zusammengesteckt. Michael lächelte heimlich, denn er hatte Mühe, in dieser züchtigen Jungfrau die wollüstige Verführerin der Nacht wiederzuerkennen.

In der Taverne war der Bürgermeister sehr schnell von Briannas Liebreiz angetan, ebenso ein mit am Tisch sitzender junger Mann, der einen schwarzen Überrock, eine schwarze Kniehose und einen hohen schwarzen Hut trug. Er wurde ihnen als Lucas Farley vorgestellt und stellte sich bald als einer der Anführer der Puritaner heraus.

„Unsere Gemeinde macht sich recht gut", meinte der Bürgermeister stolz. „Wir legen hier den Grundstein für das England, wie es die verblichene Königin Elizabeth und sogar Seine Majestät Charles angestrebt hatten. Wir verfolgen niemanden wegen seines Glaubens." Er stieß seinen Gefährten an. „Lucas hier freut sich darauf, nach Massachusetts zu segeln und sich in einer der puritanischen Gemeinden der Bay Colonies an der Küste niederzulassen."

Patterson lehnte sich über den Tisch, und seine Augen funkelten fröhlich. „Die Leute dort sind allerdings nicht so tolerant wie wir, nicht wahr, Lucas? Sie schicken diejenigen aus den Städten fort, die nicht zu den ‚Auserwählten Gottes' gerechnet werden."

Lucas Farley errötete ein wenig und faßte seinen Bierkrug nervös fester. Dann blickte er Michael an. „Euch ist sicherlich bekannt, Lord Treveryan, daß die Zustände in den Kolonien nicht noch lange so bleiben können. Die Charter über unsere Vorrechte wurde rückgängig gemacht, und unsere Vertreter bemühen sich vor den Gerichten, die Wiedereinsetzung zu erwirken."

„Die Probleme sind mir bekannt, Sir", erwiderte Michael. „Ich fürchte jedoch, daß noch viel Zeit vergeht, bevor eine neue Charter in Kraft gesetzt wird. James II. ist jetzt mit anderen Angelegenheiten beschäftigt."

„Sehr richtig." Lucas Farley zuckte die Schultern. „Ich erwarte auch keine Veränderungen in dieser Frage, bevor Wilhelm und Maria nach England kommen."

„Ihr seid von ihrem Erfolg überzeugt?"

„Genauso wie davon, daß unsere Charter, wenn sie uns denn gewährt wird, nicht mehr dieselbe sein wird."

Er blickte Brianna an. „Verzeiht mir, Mistress MacCardle, unsere Unterhaltung scheint Euch zu verwirren. Bis vor kurzem waren die Gesetze so, daß nur unsere Glaubensbrüder öffentliche Ämter innehaben durften. Vielleicht haben wir uns anderen gegenüber intolerant verhalten. Doch vergeßt nicht, daß die Koloniebewohner Massachusetts die Gefahren des Ozeans, der Krankheiten und des Todes auf sich genommen haben, als sie hier verfolgt wurden."

Brianna lächelte. Das war ihr Stichwort! „Mr. Farley, Ihr braucht mir nicht viel zu erklären. Ich habe meine Kindheit in einem puritanischen Haushalt verbracht. Meine Angehörigen leben nicht einmal weit von hier. Vielleicht kennt Ihr sogar zufällig die Powells?"

„Die Powells?" fragte Lucas recht scharf zurück, doch Brianna kam nicht mehr zu einer Antwort, denn unerwartet erschien Paddy am Tisch, drehte seine alte Kappe zwischen den Händen und bat um Vergebung für die Belästigung.

„Tut mir wirklich leid, Käpt'n, daß ich Euch stören muß, aber der Schiffszimmerer wünscht Euch zu sprechen, bevor er eine bestimmte Reparatur anfängt."

Michael war erstaunt, doch nicht ärgerlich. Er blickte in die Runde. „Ich bitte um Entschuldigung, Gentlemen, Brianna."

„Euch müssen wir wohl entschuldigen, Sir!" Der Bürgermeister lachte. „Ich bitte Euch jedoch, beraubt uns nicht der Gesellschaft dieser reizenden Dame."

„Wir werden sie mit unserer Ehre beschützen", fügte Lucas ernst hinzu.

„Ich kehre schnell zurück", versprach Michael.

9. KAPITEL

Brianna schaute Michael nach, bis er die Taverne verlassen hatte. Sie hatte plötzlich das Gefühl, als wäre mit ihm alles Schöne aus ihrem Leben gegangen. Tränen traten ihr in die Augen. Sie konnte ihn nicht verlassen. Sie war eine Närrin gewesen, als sie geglaubt hatte, dazu fähig zu sein. Doch während ihr Herz noch blutete, sprach Lucas Farley die Worte aus, die sie von Michael trennen sollten.

„Mistress MacCardle, Ihr fragtet nach den Powells. Ich kenne sie sehr gut. Einige Mitglieder der Familie beabsichtigen, in die Kolonien auszuwandern."

„Pardon, Sir?" Brianna faßte sich mit Mühe und drehte sich zu ihm um.

„Ja. In wenigen Wochen segeln sie ab. Wenn alles gutgeht, werde ich mich ihnen anschließen. Ein merkwürdiger Zufall, daß ich Euch gerade jetzt kennenlerne." Er lächelte und beugte sich zu ihr. „Meine Liebe, wenn Ihr Euch jetzt erhebt und Euch in diese Ecke dort begebt, werdet Ihr auf das angenehmste überrascht sein."

Brianna war das ein wenig unbehaglich. „Ich . . ."

„Bitte", sagte Lucas lächelnd und wandte sich dann an den Bürgermeister. „Sir, würdet Ihr . . ."

„Euch auch entschuldigen? Aber gewiß, mein Junge. Wenn die Dame Verwandte hier hat, muß sie sie sehen."

„Hier?" Briannas Stimme überschlug sich.

Lucas lachte. Er war schon aufgestanden und reichte Brianna die Hand. „Kommt bitte."

Ohne Lucas' Hilfestellung hätte Brianna sich nicht erheben können, so nervös war sie geworden. In der bezeichneten Ecke saß eine Gruppe dunkelgekleideter Männer, die die Köpfe zusammensteckten und diskutierten. Sie schwiegen, als Brianna hinzugeführt wurde, und dann blieb sie selbst stocksteif stehen, als der hagerste der Männer den Kopf hob und sie direkt anschaute.

Oh, wie blaß er war, und wie dünn und zerbrechlich er aussah! Doch seine dunklen Augen, sein gütiges Gesicht und das dunkle lange Haar waren ihr so vertraut. Mit wieviel Liebe erinnerte sie sich an ihn!

„Robert!“ rief sie aus. „Robert Powell!“

Rasch stand er auf, kam auf sie zu und drückte sie voller Freude an sich. „Brianna! Wo . . . Was . . .?“

Sie lächelte traurig, und weil sie die anderen am Tisch nicht kannte, sagte sie sehr schlicht: „Pegeen ist tot, Robert.“

Er betrachtete ihr Gesicht und berührte es behutsam, als wollte er sich davon überzeugen, daß er kein Trugbild vor sich hatte. „Es tut mir so leid für dich, Brianna. Pegeen war eine gute Frau, und ganz gewiß befindet sie sich jetzt bei unserem Schöpfer.“

„Dessen bin ich auch gewiß.“

„Und du bist so gewachsen!“ Robert schüttelte den Kopf, faßte sie bei den Händen, trat ein wenig zurück und betrachtete sie vom Scheitel bis zur Sohle.

„Ja, das will ich doch auch hoffen! Ich war schließlich noch ein Kind, als wir uns zuletzt gesehen haben.“

Robert war so herzlich, so liebenswürdig zu ihr, daß sie das Gefühl hatte, heimgekommen zu sein. Mehr hätte sie nicht erhoffen können, und danach hatte sie sich gesehnt, seit sie Schottland verlassen hatte.

Doch das war vor ihrer Liebe zu Michael gewesen. Die große Freude darüber, Robert wiederzusehen, war von Schmerz getrübt. Dabei hätte es überhaupt nicht besser kommen können. Sie hatte sich nicht einmal darum bemühen müssen, die Powells ausfindig zu machen. Ohne auch nur einen Finger zu rühren, hatte sie Robert gefunden!

Jetzt wünschte sie, dem wäre nicht so. Sie wollte bei Michael bleiben. Wenn sie nur nicht noch zu weinen begann!

„Wie geht es deiner Mutter?“ fragte sie rasch. „Und deinem Vater! Und ...“

„Allen geht es gut, Brianna. Wir sind alle älter geworden, wie es von Gott gewollt ist, doch es geht uns gut. Du willst doch nicht wieder abreisen, ohne Mutter und Vater besucht zu haben, oder doch?“

„Robert, ich ... seit Pegeens Tod habe ich mich so danach gesehnt, dich und deine Familie zu erreichen.“

Habe ich jetzt etwas Falsches gesagt? Habe ich meinen Schmerz verraten? fragte sie sich gleich darauf, denn ihr Vetter nahm sie sanft in die Arme und streichelte beruhigend über ihr Haar.

„Du bist jetzt bei uns, liebe Kusine, und solange wir atmen, wird dir niemand etwas antun.“

Nicht doch! Sei nicht so unendlich gütig, wollte sie ihm zurufen. Sie wollte fest auf ihren Füßen stehen, doch er machte es ihr so leicht, sich an seine Schulter zu lehnen. Was würde er denken, wenn er die ganze Geschichte erführe? Wenn er wüßte, daß sie als Hexe verurteilt worden war, daß sie sich die Schiffspassage durch Dirnendienste verdient hatte? Daß sie einen verheirateten Mann liebte und daß sie nun mehr Schutz vor sich selbst als vor diesem Mann brauchte?

★

Jemand räusperte sich. Brianna und Robert drehten sich erschrocken um. Sie sahen Lucas und Bürgermeister Patterson neben sich stehen.

„Meine liebe junge Dame“, sagte Patterson erstaunt, „was geht hier vor?“

Brianna zwang sich zu einem Lachen. „Ach, Sir! Darf ich Euch Robert Powell vorstellen? Er ist Lucas’ Freund und mein lieber Vetter.“

Der Bürgermeister hob die Augenbrauen. „Vetter?“

„Nun verwirre den guten Mann doch nicht noch mehr, Brianna.“ Robert verbeugte sich leicht. „Unsere Mütter waren Kusinen, Sir. Brianna hat einen Teil ihrer Kindheit in unserem Haushalt verbracht."

„Und . . ." Brianna zögerte. Sie wußte, daß sie jetzt reden mußte, und zwar überzeugend, doch sie konnte es nicht. Es wäre so einfach, auf Michaels Rückkehr zu warten, dann mit ihm fortzusegeln und alles zu vergessen, was sie über Recht und Unrecht wußte. Aber das konnte sie nicht.

„Ach, lieber Sir!" sagte sie zu Patterson. „Ihr müßt Lord Treveryan von mir ausrichten, daß ich meine Angehörigen gefunden habe und daß ich Robert zu den Meinen folgen werde."

„Brianna . . ." begann Robert.

Brianna wußte nicht, was er sagen wollte, also trat sie ihm vorsichtshalber heimlich auf den Fuß, woraufhin er schwieg. „Würdet Ihr das für mich tun, Sir?" bat sie den Bürgermeister noch einmal.

„Nun, ich . . . ich . . ." druckste Patterson verlegen herum.

„Lord Treveryan wird sich freuen, daß die Dinge für mich so glücklich ausgegangen sind", log sie.

Lucas, der ihr jedes Wort glaubte, mischte sich in das Gespräch ein. „Gelobt sei der Herr!" sagte er und lächelte, als hätte sich ein Wunder ereignet. „Sie hat die Ihren gesucht und sie in unserer Mitte gefunden."

„Amen", sagte Robert.

Plötzlich wollte Brianna nichts weiter als die Taverne verlassen, bevor Michael wieder hereinkäme. Sähe sie ihn noch einmal, würde sie ihn nicht verlassen können. „Robert, vergib mir, ich fühle mich ein wenig unwohl . . ."

„Ach, du armes Kind! Komm, setz dich auf die Bank. Ich lasse Wasser und Riechsalz kommen."

„Nein, nein." Abwehrend hob sie die Hand. „Wenn ich nur ein wenig an die frische Luft . . ."

„Gewiß, gewiß." Robert verbeugte sich vor allen Anwesenden, faßte Brianna am Ellbogen und führte sie eilig aus der Taverne hinaus.

„Möchtest du dich hier draußen irgendwo hinsetzen?" fragte er besorgt.

Sie lächelte schwach. „Nein, danke, Robert. Bitte, bring mich heim. Ich will deine Geschäfte nicht stören, doch hier kann ich nicht bleiben."

Robert stellte keine Fragen. Rasch führte er Brianna über die Straße zu einem kleinen Mietstall, in dem sich sein Pferd befand. Er entschuldigte sich, daß sie zusammen mit ihm aufsitzen mußte, denn er hatte kein weiteres Tier. Sie versicherte ihm, daß ihr das nichts ausmachte, und als sie hinter ihm aufgesessen war, drückte sie das Gesicht an seinen Rücken und zwang sich dazu, nicht zu weinen, nicht vom Pferd zu springen und nicht zu Michael zurückzulaufen.

Während des Ritts berichtete Robert über seine Familie. Viele Kinder waren während der langen Jahre zur Welt gekommen, und auch jetzt gab es zur Freude seiner Mutter noch Babys im Haus. Dann erzählte er etwas über die Kolonien, doch das erfaßte Brianna nicht mehr.

Mit jedem müden Hufschlag des Arbeitspferdes wurde ihr klarer, daß das Meer immer weiter hinter ihr zurückblieb. Bald nahm sie keinen Salzgeruch mehr wahr und hörte nicht mehr das Rauschen der Wellen. Immer weiter entfernte sie sich von Michael, obwohl er doch alles war, das sie auf der Welt liebte.

„O Brianna, trotz aller Probleme ist es eine ganz neue Welt, eine wunderbare neue Welt! Und sie ist weit fort. Man kann sich dort alles Land nehmen, das man haben will, und alle Nachbarn sind desselben Glaubens. Denke doch nur! Es ist ein Platz für die Auserwählten Gottes!"

Zwar hörte Brianna Roberts Stimme, aber nicht, was er sagte. Es war ihr auch gleichgültig. Es bedeutete ihr nichts. Und mit einmal, mitten in einem herrlichen grünen Wald, brach sie in Tränen aus.

Sofort hielt Robert das Pferd an und glitt aus dem Sattel. Dann fühlte Brianna seine Arme, seinen dünnen Körper und das Rasseln in seiner Brust. Daß sie sich um ihn sorgte, war für sie in diesem Moment vielleicht heilsam. Sie richtete sich gerade auf und wischte sich die Tränen vom Gesicht.

„Brianna, was ist denn?"

„Oh, du bist nicht gesund?"

„Mir geht es gut, wirklich", widersprach er unwirsch. Er

legte seinen Arm um ihre Schultern, ging mit ihr zu einem knorrigen Eichbaum und nötigte sie, sich auf den weichen grünen Boden zu setzen. Dann verschwand er und kam gleich darauf mit Wasser zurück.

Brianna trank einen Schluck, lehnte sich an den Baumstamm und schaute zum Himmel hinauf. Die grünen Blätter spielten mit den Sonnenstrahlen, verbargen sie im einen Moment und gaben das goldene Licht im nächsten wieder frei.

Nach einer Weile blickte Brianna ihren Vetter an. Roberts aus der Kindheit so vertrautes liebes Gesicht war jetzt vom Alter und von Sorgen gezeichnet. Und sie selbst fand sich geradezu närrisch, denn sie versuchte zu lächeln, und gleichzeitig rollten ihr die Tränen über die Wangen.

„Du bist so gut zu mir“, flüsterte sie.

„Und du mußt mir erzählen, was dich bedrückt“, bat er leise. Er lächelte ein wenig. „Du willst doch nicht, daß meine Mutter dich so bekümmert sieht, nicht wahr?“

„Nein, nein.“ Brianna senkte den Kopf. Sie riß einen Grashalm ab und zerpflückte ihn zwischen den Fingern. Gelächter stieg in ihr hoch, obwohl es nun wahrhaftig nichts zum Lachen gab. Sie hob den Kopf wieder, blickte Robert an und platzte damit heraus: „Ich bin eine Hexe, Robert. Wußtest du das?“

„Brianna! So etwas sagt man nicht einmal im Scherz.“

„Aber ich bin eine Hexe.“

„Falls du Magie betrieben hast, gleichgültig ob weiße oder schwarze, dann mußt du sofort damit aufhören. Man wird dich sonst hängen, und – was weit schlimmer ist – deine Seele wird zur Hölle fahren.“

Brianna schüttelte den Kopf. „Nein, Robert, ich habe niemals Magie oder Hexerei in irgendeiner Form betrieben. Doch deswegen ist Pegeen tot. Man hat sie verbrannt! Ach Robert, da war ein schrecklicher, böser Mann, der sie angeklagt hat, doch Pegeen war unschuldig, das schwöre ich. Dieser Mann hat mich auch vor Gericht gebracht. Beinahe wäre auch ich hingerichtet worden. Ich . . .“

Robert unterbrach sie mit einer Handbewegung. „Langsam, Brianna. Erzähle mir alles ganz langsam."

Das tat sie. Das meiste über Michael ließ sie dabei allerdings fort mit Ausnahme der Tatsache, daß er sie zweimal aus den Klauen des sogenannten Gesetzes befreit hatte. „Dennoch bin ich unschuldig, das schwöre ich."

„Ich glaube dir." Seufzend lehnte er sich neben ihr gegen den Baumstamm. „Dann scheint sich alles zum Besten zu wenden", sagte er nach längerem Schweigen nachdenklich. „In wenigen Wochen werden wir England verlassen. Niemand wird erfahren, was vorher war, und in den Kolonien beginnen wir von vorn."

„In den Kolonien?"

„Ja." Er legte seinen Arm wieder um ihre Schultern. „Wenn du, wie du sagst, entflohen bist, dann giltst du vor dem Gesetz noch immer als schuldig. Nur der König könnte dich begnadigen, und das tut er mit Sicherheit nicht. An deiner Stelle würde ich die Geschichte nicht unnötig verbreiten, Brianna, denn Menschen, die dich nicht kennen, könnten dich für schuldig halten."

Er überlegte einen Moment. „Warum hast du so geweint?"

„Das . . . das habe ich dir doch erzählt."

„Nein, das hast du nicht. Du hast mir eine tragische Geschichte erzählt, aber nicht, weshalb du so darauf bedacht warst, die Taverne schnell zu verlassen. Auch nicht, weshalb du in Tränen ausbrachst, als wir das Meer hinter uns ließen, und auch nicht, weshalb du dich von deinem Lebensretter nicht ordentlich verabschiedet hast."

Brianna fand keine Worte. Sie schüttelte nur den Kopf und sagte leise: „Ich konnte nicht."

„Du liebst ihn", stellte Robert ernst fest.

Brianna wollte nicht mit ihm streiten, und belügen wollte sie ihn erst recht nicht, denn unter Puritanern galt die Lüge als größte Sünde. „Er ist verheiratet", sagte sie tonlos, und als Robert sie ein wenig fester an sich drückte, wußte sie, daß er sie verstanden hatte.

Ein sommergrünes Blatt segelte von der Eiche herab und fiel neben Brianna ins Gras. Sie fühlte den leichten Wind, und ein goldener Sonnenstrahl drängte sich glitzernd durch das Blätterdach. Der Himmel, die Erde, der Wind und alle die anderen schönen Dinge gehörten jetzt ihr . . . weil es Michael gab. Und ihn mußte sie verlassen.

„Wird er dich holen kommen?“ fragte Robert.

„Ich weiß es nicht.“

„Er wird es bestimmt tun.“

„Ach, ich bete darum, daß er es nicht tut, denn ich liebe ihn mit ganzem Herzen, und heute bin ich vor ihm geflohen, weil ich fürchte, daß mir die Kraft fehlt, standhaft gegen ihn zu bleiben.“

„Gott wird dir diese Kraft geben, Brianna“, sagte Robert in festem Glauben. Er stand auf und reichte ihr die Hand hinunter. „Komm, Kusine. Ich werde dich jetzt heimbringen. Unsere Liebe wird allezeit mit dir sein und dich gegen die Versuchungen stärken.“

Brianna ergriff die ausgestreckte Hand und erhob sich. Sie hatte zwar den Eindruck, als wüßte sie über Versuchungen wesentlich mehr als Robert, dennoch mußte sie ihm und der Liebe ihrer Angehörigen vertrauen und bei den Powells Kraft zu finden versuchen.

Lange ritten sie schweigend voran. „Es ist unwahrscheinlich, daß Lord Treveryan dich heute abend noch findet“, überlegte Robert dann laut. „Doch er wird kommen. Davon bin ich überzeugt. Wenn es soweit ist, mußt du ihm gegenübertreten und ihm klarmachen, daß er deine unsterbliche Seele gefährdet.“

Brianna schloß die Augen. Würde sie jemals diesen schrecklichen Schmerz vergessen können, zu leben, zu atmen und so einsam zu sein?

Ja, sie würde in ein neues Land gehen. Sie würde nicht länger als Ausgestoßene, als Verbrecherin gelten, denn niemand dort hatte etwas von ihren „Verbrechen“ gehört.

★

Das Heim der Powells war ein kleines, einstöckiges Haus, das mit großer Liebe gepflegt wurde. Begonien wuchsen üppig vor der Tür, saubere weiße Gardinen hingen an den Fenstern. Als Robert die Haustür öffnete, wehten ihm und Brianna die köstlichsten Küchendüfte entgegen. Einfache Webteppiche bedeckten den Boden, und schöne Kerzen brannten auf einem blankpolierten Speisetisch.

„Robert", eine rundliche Frau kam herein. Ihre sanfte Stimme klang erstaunt.

Brianna staunte ebenfalls, denn Margaret Powell, die Kusine ihrer Mutter, schien sich in den vielen Jahren überhaupt nicht verändert zu haben. Brianna selbst hatte sich dagegen offenkundig erheblich verändert, denn Margaret blieb stehen, strich sich eine Strähne ihres noch immer schwarzen Haars aus der Stirn und blickte die Besucherin neugierig und ein wenig unsicher an, so als käme ihr die junge Dame am Arm ihres Sohnes bekannt vor.

Plötzlich jedoch stieß Margaret einen kleinen Aufschrei aus und kam mit einem strahlenden Lächeln herzugelaufen. „Brianna! O Brianna! Ganz erwachsen! Ach Kind, Kind! Komm herein, komm doch herein."

Liebevoll wurde Brianna in die Arme geschlossen. Erklärungen hatten bis später Zeit. Im Augenblick gab es für sie nichts als Wiedersehensfreude und das Gefühl, heimgekehrt zu sein. Roberts Vater Ethan kam auch herbei. Der große, schlanke und wettergegerbte Mann nahm sie ebenfalls in die Arme, und sie wußte, daß sie bei dieser Familie alle Unterstützung finden würde, die sie benötigte.

Bis zum Einbruch der Nacht schilderte Brianna den Powells in groben Umrissen, was alles geschehen war. Niemand machte ihr Vorwürfe. Allerdings fand sie nicht heraus, was diese Menschen wirklich dachten. Ethan sagte sehr ernst, daß die Familie ihr beistehen würde und daß Gott das ganz gewiß ebenfalls täte.

Zu ihrem Erstaunen schlief Brianna in dieser Nacht gut. Der Schlaf war indessen nur ein Aufschub des Kummers, denn der nächste Morgen brachte ihr alles, was sie befürchtet hatte.

Margaret weckte sie. „Brianna, er ist hier", sagte sie ruhig, aber warnend.

„Michael?“ fragte Brianna erschrocken.

„Ja, Lord Treveryan.“

Brianna schloß die Augen wieder. War er in dieses Haus gestürmt? Hatte er ihre Herausgabe verlangt? Falls er den Hochmut seines Standes an den Tag gelegt hatte, würde sie ihn möglicherweise leichter verachten können. Dann mochte es ihr vielleicht gelingen, sich ihrer Liebe zu ihm zu schämen.

„Hat er . . . hat er . . .“

„Er hat sich so höflich verhalten, wie es sich nur denken läßt, meine Liebe. Ich dachte, ich könnte ihn verabscheuen wegen der Ehrlosigkeit, die er über dich gebracht hat, doch das kann ich nicht, denn obwohl er so fest wie ein Fels in der Brandung dasteht, wohnt in seinen Augen solch ein Schmerz, daß man ihn nicht verdammen darf. Verhalte dich sanft zu ihm, Brianna, aber bleibe fest. Du darfst nicht mit ihm gehen.“

Brianna nickte nur. Ihr war hundeelend zumute. Rasch stand sie auf und kleidete sich an. Mit zitternden Fingern steckte sie sich das flammendrote Haar zu einem festen Knoten im Nacken zusammen. Ihre Hände waren feucht und ihr Hals trocken.

Als sie schließlich in den Salon kam, stand Michael beim Feuer. Eine Hand hatte er auf den Kamin gelegt und den Kopf gesenkt. Nun drehte er sich zu Brianna um, und sie sah, daß seine Gesichtszüge versteinert wirkten, daß jedoch seine grünen Augen, wenn auch rotgerändert, so klar blickten wie immer. Er machte den Eindruck, als hätte er in dieser Nacht keine Minute geschlafen.

Am liebsten wäre Brianna zu ihm gelaufen, hätte ihn umarmt und ihm die Sorgenfalten von der Stirn gestrichen, doch da traten Ethan und Robert neben sie und gingen mit ihr in den Salon hinein.

„Ich möchte, daß Sie mit mir kommt“, sagte Michael schroff und hart zu ihr, und seine Stimme traf sie mitten ins Herz.

Brianna öffnete den Mund, doch kein Wort kam ihr über die Lippen. Sie schämte sich ihrer eigenen Feigheit. Endlich konnte sie sprechen.

„Diese Menschen sind meine Familie, nach der ich mich so gesehnt habe, Michael. Mein Platz ist hier bei ihnen. Ich bitte Euch, laßt mich hier, wo ich geliebt werde und... geachtet." Das letzte Wort betonte sie zwar nicht übertrieben, wenn auch unmißverständlich.

„Brianna..." Jetzt wurde Michael zornig, und darüber war Brianna nur froh.

Robert legte einen Arm um Briannas Schultern und trat einen Schritt vor. „Mylord Treveryan, ich will frei und offen reden. Ihr könnt Brianna nicht geben, was ich ihr geben kann. Denkt nach, Mylord. Wie würde ihr Leben aussehen? Kurze Aufenthalte in einem Hafen nach dem anderen? Und überdenkt Eure Loyalität dem Prinzen gegenüber, dem Ihr dient, Sir. Große Schwierigkeiten, ja sogar Krieg und tödliche Schlachten stehen bevor. Würdet Ihr Brianna in Gefahr bringen oder sie in Schmach zurücklassen?"

Robert legte den Arm noch fester um Briannas Schultern. „Mylord, wir sind ihre Angehörigen, und wir müssen ihr Leben und ihre Seele schützen. Wir sind Euch dankbar dafür, daß Ihr ihr Leben gerettet habt, aber wir sind ihre männlichen Beschützer, Herr, und wir müssen ihr Leben leiten. Sir, ich teile Euch mit, daß Brianna und ich verlobt sind. Ich werde sie heiraten, Mylord, und ihr den Stand geben, den Ihr ihr nicht bieten könnt."

„Das ist doch unmöglich!" rief Michael aus. „Brianna ist doch Seine Kusine!"

„Nein, Sir, unsere Mütter waren Kusinen. Ich darf Euch daran erinnern, daß der Prinz und die Prinzessin von Oranien Vetter und Kusine ersten Grades sind."

Brianna, für die Roberts Ankündigung ebenso überraschend gekommen war wie für Michael, fürchtete sekundenlang, daß dieser seinen Degen ziehen und Robert auf der Stelle töten würde, so hell loderte der Zorn in seinen Augen. Wie ein Unbesiegbarer, groß, stark und gebräunt, stand er da – für Brianna noch immer ein herrlicher Mann.

„Michael!" rief sie und trat vor ihn. „Ich flehe Euch an!

Wenn Euch etwas an mir liegt, falls Ihr mich je geliebt habt, dann laßt mich hier . . . in Frieden.“

Michael drehte sich zum Kamin um. Briannas Worte klangen ihm in den Ohren: Falls Ihr mich geliebt habt . . . Falls? Er würde hier nicht einfach fortgehen können. Er hätte den Mann in Stücke reißen können, der Brianna für sich beanspruchte! Dieser Robert Powell war sich dessen auch offensichtlich bewußt, daß er, Michael, ihn mit einer einzigen Handbewegung töten könnte. Dennoch blieb er unerschrocken stehen. Und Brianna? Ihre Stimme hatte so flehentlich geklungen!

Wie ich diese Frau liebe! dachte Michael. Durch die Hölle wollte er für sie gehen. Tausend Matthews wollte er gegenübertreten. Doch mit ihr selbst konnte er nicht streiten. Er konnte ihr fast alles auf der Welt geben, nur das Wichtigste nicht. Er konnte sie mit ganzem Herzen lieben, doch er konnte sie nicht zu seiner Frau machen.

Ebensowenig ertrug er jedoch den Gedanken, daß sie einen anderen heiraten würde. Dennoch konnte er Powell nicht verachten. Der Mann sah zwar so dürr und so schwach wie ein Birkenreis aus, doch an Mut fehlte es ihm offenbar nicht.

Michael drängte es, um die Frau zu kämpfen, die ihm gehörte; er konnte es indessen nicht tun. Brianna hatte ihn angefleht, sie zu verlassen, und weil er sie liebte, blieb ihm keine andere Wahl.

Einen letzten Versuch unternahm er noch, und seine Stimme klang hart und rauh dabei. „Hat Er vergessen? Brianna MacCardle ist in diesem Land eine Geächtete, zumindest so lange, bis Wilhelm von Oranien hier einmarschiert. Erst danach wird es mir möglich sein, ihren und meinen Namen vom Makel der Anklage zu befreien.“

„Mylord Treveryan“, sagte Robert mit Nachdruck, „dessen bin ich mir bewußt. Ich beabsichtige, Brianna weit fort von hier zu bringen, Die ‚Lady of Bristol‘ segelt in drei Tagen nach New England ab. Wir werden uns auf diesem Schiff befinden.“

Michael nickte. Ihm war es, als hätte man ihm das Herz

aus dem Leib gerissen. Er schaute Brianna an, als wollte er sich ihren Anblick für alle Zeiten einprägen. Das schöne Blau ihrer Augen, in denen jetzt Tränen standen, die Melodie ihres Lachens und ihre bezaubernden Lippen, die leicht geöffnet waren, wenn sie einen Kuß erwartete.

Er trat einen Schritt vor und besann sich seiner Ritterlichkeit. Er kniete vor Brianna nieder, nahm ihre Hand und neigte den Kopf über sie. Zart und schlank waren ihre Finger; er würde ihre Berührung nie vergessen. „Friede und Glück, meine Lady. Eine gute und erfolgreiche Reise euch beiden."

Er küßte Briannas Hand, stand auf und verbeugte sich kurz vor Robert und Ethan Powell. Dann verließ er das kleine Haus und ließ die Tür hinter sich ins Schloß fallen.

Mannhaft hielt er die Tränen zurück. Er sprang in den Sattel und trieb sein Pferd härter als nötig zur Eile an. Auf einer Waldlichtung hielt er an und stieg ab, denn er hatte erkannt, daß das Tier es nicht verdiente, daß er seine Stimmung an ihm ausließ.

Er sank ins Gras. Zum ersten Mal in seinem Leben begehrte er jemanden mehr als sonst irgend etwas auf der Welt: Brianna. Doch sie konnte er nicht haben, eben weil er sie so sehr liebte. Das schmerzte wie eine tiefe, tiefe Wunde. Er wußte nicht, was er tun, wohin er sich wenden sollte, und so hieb er mit den Fäusten auf einen Baum ein. Als seine Hände bluteten, stürzte er auf den Boden.

Der Morgen verging, die Sonne stand hoch am Himmel. Plötzlich schrie Michael laut. Er schrie seine Wut, seinen Kummer über den Verlust und seine Liebe heraus, bis er heiser war. Dann erhob er sich. Er klopfte dem so übel behandelten Pferd auf den Hals, führte es an einen Bach, ließ es saufen und kühlte sich selbst das Gesicht und die geschundenen Hände.

Danach saß er wieder auf und ritt in Richtung Hafen weiter. Er wollte zurück zum Meer. Die See war seine wahre Mätresse. Sie würde ihn heilen. Sie würde ihm den Verstand und die Freude am Leben wiedergeben.

Und er würde Holland erreichen. Er würde für Wilhelm

und Maria dasein, mit aller Kraft für sie kämpfen und sich in die heißesten Schlachten werfen. Anschließend wollte er nach Loghaire zurückkehren. Er konnte seine Gemahlin nicht lieben, doch er wollte sich bemühen, ein guter Freund für sie zu sein. Jetzt fühlte er noch größeres Mitleid mit ihr als zuvor, denn sie würde ja nie erfahren, welche Schönheit Gott schenken – und wieder fortnehmen konnte.

★

Robert Powell kniete neben dem Stuhl, den er fast fertiggestellt hatte. Geschickt handhabte er die Feile, und beinahe andächtig berührte er immer wieder prüfend das harte von ihm bearbeitete Holz.

Vor langer Zeit, als er noch ein sehr kleiner Junge gewesen war, hatte er gemerkt, daß er nicht die körperliche Stärke und Ausdauer der anderen besaß. Während sein Vater schwere Lasten schleppte und das Land bearbeitete, sein Bruder das Holz spaltete und seine Schwester den Tieren des Bauernhofes Geburtshilfe leistete, war er in die Küche geschickt worden. Sogar dort hatte man ihm nur die leichtesten Arbeiten übertragen. Er hatte Äpfel schälen, Geflügel rupfen und Geschirr abwaschen dürfen.

Die Jungen seines Alters verspotteten ihn gnadenlos, und weil sie behaupteten, er sei kein richtiger Mann, entschloß er sich, ihnen das Gegenteil zu beweisen. Er lief in den Hof hinaus und hackte einen ganzen Klafter Holz mit der schweren Axt seines Vaters. Kaum hatte er diese Arbeit zu Ende gebracht, als ihm plötzlich war, als schlüge ihm ein Schmiedehammer gegen die Brust. Er rang um Atem – vergebens – und schließlich wurde er bewußtlos.

Als er die Augen wieder öffnete, war er sehr, sehr krank. Man hatte seine Matratze vor das Feuer gelegt, über dem seine Mutter dampfenden Kräutersud in einem offenen Kessel gekocht hatte. Robert konnte kaum atmen, und an den Tränen in den Augen seiner Mutter erkannte er, daß er dem Tod sehr nahe gekommen sein mußte.

Seine Genesung dauerte lange, und in dieser Zeit hatte er

viel Gelegenheit, über sein Schicksal nachzudenken und sich bewußt zu machen, daß es selbst für einen Menschen mit begrenzten Möglichkeiten in der Welt viel zu erleben und zu tun gab. Er machte seinen Frieden mit sich selbst und hielt es fortan nicht mehr für nötig, sich und anderen etwas zu beweisen.

Im Laufe der nächsten Jahre studierte er mit größtem Eifer die Wissenschaften und schrieb sehr viel. Außerdem lernte er zu zimmern und zu schnitzen. Er fertigte Möbel und Spielzeug, Hausrat und Bilderrahmen, hübsches wie handfestes an, und seine Nützlichkeit für die anderen Menschen erstreckte sich auf viele Gebiete.

Als er jetzt mit größter Geduld seinen Stuhl bearbeitete, war ihm das Herz schwer. Brianna befand sich noch in dem Zimmer, in das sie weinend geflohen war, nachdem der adlige Kapitän gegangen war. Sie wollte jetzt allein sein, das wußte Robert. Seine Eltern gewährten ihr diese Frist, denn ihnen war klar, daß Brianna Schweres hinter sich hatte, und sie waren nicht ohne Mitleid. Allerdings gehörte Mitleid nicht zu den Gefühlen, welche die puritanische Religion pflegte.

In Margaret und Ethan Powells Augen gefährdete Lord Treveryan Briannas unsterbliche Seele, also mußte er aus ihrem Leben verbannt werden. So einfach war das. Harte Arbeit würde Brianna über ihren Kummer hinwegbringen. Vielleicht war ihr Herz gebrochen, doch es war ein sehr junges Herz, und es würde heilen. Außerdem lebte man nicht in einer Welt, die von Herzen regiert wurde.

Nach einiger Zeit, so dachten die Powells, würde Brianna dem richtigen Mann begegnen, mit ihm vor Gottes Altar treten, seine Kinder gebären und diese nach den Geboten des Herrn erziehen. Auf das Glück hatte man keinen Anspruch; das war ein Segen, der manchmal über einen kam und einem ebenso schnell wieder genommen wurde.

Morgen würde sie an die Arbeit geschickt werden, und diese würde so schwer sein, daß Brianna abends zu erschöpft ins Bett sinken würde, um dem nachzutrauern, was nicht sein durfte.

Robert fühlte Briannas Schmerz und hätte ihn gern gelindert. Er glaubte nicht, daß sie ihren Kapitän jemals vergessen konnte. Wahrscheinlich hielt sie sich inzwischen schon für die größte Närrin aller Zeiten, weil sie alles fortgeworfen hatte, was ihr in ihrem Leben etwas bedeutet hatte.

Robert lächelte. Wie ein Sommerwind war Brianna in sein Leben geweht. War sie als Kind schon hübsch gewesen, so war sie als Frau noch viel, viel schöner. Ihr Anblick allein war schon ein Geschenk, das das Leben lebenswert machte. Robert wollte sie in die Arme schließen und ihr seine ganze Zärtlichkeit schenken. Er entdeckte, daß er sie liebte. Trotzdem bedauerte er Lord Treveryan aufrichtig, denn dieser war ein Mann, der Briannas Liebe verdiente, nach Gottes Gesetzen indessen nicht besitzen durfte.

„Robert?“

Brianna stand im Türrahmen, eine schlanke Silhouette, eingerahmt von den lebhaften Farben der schwindenden Sonne. Jetzt trat sie in den Werkschuppen, und Robert konnte ihre Züge erkennen. Er sah keine Tränenspuren, doch ihr Gesicht war blaß, und ihre Augen wirkten wie die einer sehr alten Frau. Sie war vollkommen ruhig und machte einen müden und ausgebrannten Eindruck.

Robert versuchte zu lächeln. „Komm herein. Wie gefällt dir mein Stuhl?“

„Er ist schön, Robert.“ Sie kam heran und strich über das Holz. Dann schaute sie Robert an. „Ich wollte dir danken, Robert. Ohne dich hätte ich es nicht geschafft, jetzt noch hier zu sein.“

„Ich habe doch nichts getan.“ Er stand auf.

„Doch“, widersprach sie leise. „Du hast dich zwischen uns gestellt. Du hast ihm gesagt, wir wären verlobt. Und ich weiß, daß du niemals lügst, Robert.“

„Ich habe auch nicht gelogen, denn heute nachmittag werden wir unsere Verlobung bekanntgeben.“

Er ging an Brianna vorbei und blickte sie über seine Schulter hinweg an. „Uns bleibt nur wenig Zeit für die Reisevorbereitungen. Daß wir dich aus England schnellstmöglich hinausschaffen müssen, ist eine der größten Wahrheiten, die ich jemals ausgesprochen habe."

Er sah ihr an, wie elend sie sich fühlte. „Denke doch nur, Brianna", sagte er. „Ein neues Land, eine andere Welt auf der anderen Seite des Ozeans! Dort wächst und entsteht etwas, und wir werden ein Teil davon sein."

★

Zwei Tage später standen Brianna und Robert an der Reling und blickten nach England zurück. „Erst Glasgow, jetzt Upsinwich ... Ich habe das Gefühl, als würde ich ständig abreisen", sagte Brianna mehr zu sich selbst.

„Ein neuer Anfang", meinte Robert und drückte ihre Hand. „Schau nicht zurück."

Sie drehte sich zu ihm um. „Nein", versprach sie. „Ich werde niemals zurückschauen."

Allerdings schaute jeder vernünftige Mensch an Bord irgendwie zurück, denn tagelang umtosten heftige Stürme das Schiff, und die Überfahrt war das reine Elend. Eine eigene Kabine stand Brianna nicht zur Verfügung. Mit fünfzig anderen Frauen schlief sie unten im Laderaum. Nur ein paar aufgespannte Segeltücher trennten sie von den Schlafstätten der Männer. Es gab Ratten und Läuse und ständig den Gestank von Erbrochenem.

Brianna verfügte ja über einige Erfahrung auf Schiffsreisen, und deshalb ging es ihr auch in der ersten Woche verhältnismäßig gut, mochte das Schiff auch noch so sehr schwanken und auseinanderzubrechen drohen. Doch am neunten Tag auf See, als die Sonne sich an einem überraschend klaren blauen Himmel erhob, fand Robert Brianna allein an der Heckreling vor.

Aschfahl war sie, und ihr war fürchterlich übel. Sie versuchte, Robert fortzuwinken, doch er tränkte ein Tuch in einem Trinkwasserbehälter und kehrte zu ihr zurück, um ihr Gesicht abzuwaschen.

Immer wieder befielen sie die Krämpfe, und das erstaunte sie bei allen Qualen, denn sie hatte sich schließlich für einen erfahrenen „Seemann“ gehalten.

Robert sagte nichts dazu, doch ihr schreckliches Unwohlsein, das noch tagelang andauerte, machte ihn sehr nachdenklich.

Nach zwei Wochen wußte Brianna, daß es Zeit war, mit ihm zu reden. „Robert“, sagte sie ruhig, als die fürchterliche Übelkeit abgeebbt war, „ich erwarte ein Kind.“

„Ich werde dich heiraten.“

Zuerst starrte sie ihn stumm an, und Robert dachte, sie würde zu weinen beginnen, denn in ihren Augen standen Tränen.

„Nein!“

„Verstehst du nicht, Brianna? Jedermann hier an Bord weiß, daß du keinen Ehemann hast.“

„Ich habe schon zuviel ertragen, um mich darum zu kümmern, was die Leute denken oder sagen.“

„Denkst du dabei auch an das Kind?“ fragte er.

Brianna senkte den Blick. „Ich kann dich nicht heiraten.“ Sie lächelte traurig. „Ich liebe dich zu sehr als meinen Vetter, um dich heiraten zu können. Als meinen Ehemann könnte ich dich niemals so lieben.“ Das Lächeln verschwand von ihren Lippen. „Und ich trage das Kind eines anderen Mannes unter dem Herzen.“

Robert legte seinen Arm um ihre Schultern. „Das stört mich nicht.“

„Ich kann dir doch nicht so weh tun!“

„Du brauchst kein schlechtes Gewissen zu haben. Wenn wir heiraten, bin ich nicht der Ausgenutzte, sondern ich nutze eher deine Lage aus, nicht wahr? Wir dürfen uns nichts vormachen. Ich mache mir selbst nichts vor. Ich bin nicht der Mann, der Treveryan ist.“

„Wir sind zu einem neuen Land aufgebrochen, und ich habe einen Neubeginn beschlossen. An Lord Treveryan will ich nicht mehr denken.“

„Das mußt du aber, wenn auch nur für diesen Augenblick. Er ist ein guter Mensch. Er hat dich geliebt. Und du solltest sein Kind lieben, ohne Wenn und Aber. Ich bin weder stark noch gesund, und verglichen mit ihm, gebe ich einen armseligen Beschützer ab. Ich kann dir fast nichts bieten, doch ich will dich und dein Kind mit ganzem Herzen lieben. Kannst du nicht auch mich ein klein wenig ... gern haben?"

Er trat zurück. „Brianna, vergib mir. Gewiß, du bist jung, du wirst wieder lieben, du wirst einen anderen Mann finden ..." Er sprach nicht weiter, denn Brianna lachte plötzlich und schüttelte den Kopf.

„Ich will nicht wieder lieben. Niemals wieder! Robert, mir steht nicht der Sinn nach einer in Wollust verbrachten Jugend. Ich glaube, ich will nicht mit einem Mann zusammensein."

„Auch nicht mit einem, der nichts von dir verlangt?" Robert räusperte sich. „Brianna, ich bitte dich darum, daß wir wie gute Freunde miteinander leben. Ich ... ich ... Herrgott! Verstehst du noch immer nicht? Mein Herz ist schwach, und meine Lungen sind noch schwächer. Die Seeluft tut mir zwar gut, doch ich bin oft bettlägrig. Möglicherweise werde ich mit der Zeit kräftiger, und vielleicht wirst du mich nach einer Weile zu lieben lernen und mich sogar begehren. Aber jetzt ... Du bist schwanger. Können wir drei nicht ein neues Leben miteinander finden?"

Jetzt weinte Brianna wirklich. Sie legte einfach den Kopf an Roberts Brust und weinte.

Noch an diesem Abend, gerade als die Sonne ins Meer tauchte, wurden sie getraut. Kein Lüftchen wehte. Die See war so ruhig und still, als ob sie zufrieden wäre.

Und die alte Welt verblaßte hinter ihnen.

ZWISCHENSPIEL

November 1691

Die Wellen, die an die zerklüftete Küste brandeten, waren grau und drohend, als kündeten sie vom Tod. Es war ein einsamer Ort. Hier wuchs das Gras nicht samtig auf weichem Boden, sondern hart und zäh auf felsigen Bergen und ebenen Flächen. Büsche und Krautwerk waren hoch, hart und widerstandsfähig wie die Küstenbewohner dieses Teils von Wales.

Michael stand hoch oben auf dem Kliff und starrte auf die bewegte See hinaus. Dann schloß er die Augen und erschauderte. Er hatte es gelernt, nicht mehr an Brianna zu denken, sondern seinen Geist ausschließlich auf die vor ihm liegenden Kämpfe zu richten. Heute jedoch konnte er die Sehnsucht nach ihr nicht vertreiben.

Er wußte, daß es ihr gutging und daß sie glücklich war. Freunde von ihm, die in der Bay Colony von Massachusetts gewesen waren, hatten es ihm berichtet. Sie sei so ungewöhnlich schön, hatten sie erzählt, daß kein Mann sie vergessen könne, der sie einmal gesehen hatte.

„Ja, ich kenne sie", hatte der alte Kapitän Ben von der „Inverary" Michael versichert, als sie sich in Dublin getroffen hatten, und seine Augen hatten dabei einen verträumten Ausdruck angenommen. „Sie lebt im Dorf. In Salem Village, meine ich. Ich sah sie in der Taverne in der Nähe des Hafens. Die Leute waren gekommen, um Wollstoff zu kaufen, braunen, schmucklosen Wollstoff."

Der alte Mann zuckte die Schultern. „Ich hörte den Namen – Brianna – und ich vergaß ihn nicht mehr, denn trotz ihres sehr schlichten Kleides, das sie trug, war sie viel schöner als eine Lady im Festgewand. Und sie ging nicht, sie schwebte. Sie sprach mit sanfter Stimme und duftete nach Sommerblumen. Sie schien glücklich und trotzdem traurig zu sein."

Dann hatte der alte Seemann von Briannas Gatten erzählt. „Ein schmales Gerippe von einem Mann, aber ungemein lieb und sanft zu der Frau und dem Kind. Habe ich den kleinen Jungen schon erwähnt? Er ist ungefähr ein Jahr alt, stämmig, gesund und munter, und mit seinen kecken Teufelsaugen gewinnt er alle Herzen und bringt jedermann zum Lächeln."

Michael drehte der See den Rücken und schaute zu dem

grauen Ungetüm aus Stein und Mörtel hoch, das Loghaire Castle war, seine Burg, sein Heim. Zugig und kalt war es dort drinnen, und die Grundmauern waren errichtet worden, lange bevor Wilhelm der Eroberer vor über 600 Jahren ins Land kam.

So abweisend die Burg auch aussehen mochte, für Michael war sie das Daheim. Für ihn war sie schön. Als er unter dem Befehl des Prinzen von Oranien gegen die Iren gekämpft hatte, war es Loghaire Castle gewesen, wovon er geträumt hatte und wonach er sich gesehnt hatte.

Wilhelm war ohne Schwierigkeiten in England einmarschiert. Es war so, wie Prinzessin Maria es prophezeit hatte, eine „unblutige" Revolution. Ihr Vater war zur Flucht gezwungen worden, und das englische Volk hatte Wilhelm und Maria von Oranien die Krone angetragen.

Eine Anzahl schottischer Lords hatte rebelliert und war geschlagen worden. Noch schlimmer waren die Kämpfe in Irland gewesen. Die Iren hatten König James auch noch nach dessen Flucht standhaft verteidigt. Die Schlacht am Boyne hatte den Konflikt beendet, doch Michael hatte keinen Triumph empfunden, und die Erinnerung an die vielen Toten nagte noch immer an seinem Herzen. Zahlreiche edle irische Lords hatten das Exil vorgezogen, statt sich Wilhelm von Oranien zu beugen.

Michael wünschte, er müßte nicht fortwährend an die Schreie der Sterbenden und Verwundeten denken. Könnte er doch Irland vergessen! Er erschauderte und starrte wieder auf die See hinaus. Er liebte das Meer. Es schien ihn zu rufen. Doch er konnte nicht wieder hinausfahren. Noch nicht.

Alwyna hatte sich recht merkwürdig verhalten. Als er zurückgekehrt war, hatte er darauf geachtet, daß sie ihn nicht in seiner Kampfkleidung zu sehen bekam. Viele Stunden hatte er damit verbracht, zu baden und sich zu ihrem Gefallen anzukleiden. Doch als er versucht hatte, ihr sein Geschenk, feines irisches Leinen, zu überbringen, hatte sie bei seinem Anblick geschrien und gekreischt, so daß er eilig ihre Gemächer verlassen und sich während der nächsten Tage von ihr ferngehalten hatte.

Eines Morgens hatte sie dann nach ihm geschickt. Sie hatte in ihm wieder den Spielkameraden ihrer Kindheit gesehen.

Es war schon sehr, sehr eigenartig, mit der Frau, mit der man seit fünfzehn Jahren verheiratet war, Verstecken zu spielen und sie um die Rosenbüsche herum zu haschen. Ihre Ärzte hatten jedoch empfohlen, daß Michael ihren wunderlichen Einfällen nachgab, und er freute sich sehr, Alwyna lächeln zu sehen oder gar lachen zu hören.

Er straffte die Schultern. Brianna war ein Traum, der für ihn niemals wahr werden konnte. Alwyna, der armen guten Alwyna, war er verpflichtet. Er war alles, was sie hatte, und nur er vermochte es, sie vor der harten Wirklichkeit abzuschirmen. Seine Loyalität und seine Fürsorge schuldete er jetzt nur noch seiner Gemahlin. Irgendwann einmal würde er auch wieder segeln. Das weite Meer und die kalten Winde würden dann seine Seele reinigen.

★

Auch Brianna starrte aufs Meer hinaus. Sie stand im Hafen von Salem Town, wo die großen Segelschiffe mit Nachrichten und Waren aus dem Mutterland anlegten. Heute sollte die „Marianna" eintreffen und Kunde bringen von den Fortschritten der Botschafter, welche die Puritaner jetzt am Hof von Wilhelm und Maria hatten.

An diesen politischen Neuigkeiten war Brianna nicht übermäßig interessiert. Ihr selbst ging es bemerkenswert gut. Zwar hatte das Leben ihr keine wirklichen Höhepunkte zu bieten, keine freudigen Erwartungen oder Überraschungen, keine Nächte der . . .

Nächte der Liebe. Großer Gott! Würde sie Michael denn nie vergessen?

Sie hatte sich ihr Leben eingerichtet. Robert war zwar nicht alles das, was ein Ehemann sein konnte und sollte, doch er war ihr ein Freund, ein sehr, sehr lieber und teurer Weggefährte. Er war jetzt Owens Vater, und in dieser Rolle übertraf er sich selbst. Er hatte Brianna ein Heim und Achtbarkeit gegeben, und jeden Tag aufs neue zeigte er ihr seine Ergebenheit und seine Fürsorge. Wenn es auch keine Leidenschaft war, die sie verband, so doch eine andere Form der Liebe.

Es gab immer Arbeit zu tun, und wenn die Predigten in der Gemeinde Salem Town für Briannas Geschmack ein wenig zu streng ausfielen, so machte ihr das nichts aus, denn unter diesen gottesfürchtigen Menschen – „Gottes Auserwählte", wie sie sich nannten – hatte sie viele gute Freunde kennengelernt. Diese Leute konnten durchaus lachen und lieben. Manche waren Klatschmäuler, andere waren überaus liebenswürdig. Gottes Auserwählte oder nicht, es waren Leute mit den Schwächen aller Menschen.

Der Wind vom Hafen her frischte auf. Der Salzgeruch des Ozeans war heute besonders deutlich wahrzunehmen. Obwohl sich Brianna seit langem alle Fantasien untersagte, brachte die Meeresluft heute einen Schmerz mit sich, der den Weg in ihr Herz fand.

Sie schloß die Augen. Die Zeit hätte sie den Verlust vergessen lassen müssen. Michaels Gesicht hätte aus ihrem Gedächtnis verschwunden sein sollen, doch das war leider nicht so. Deutlich wie am Tag ihres Abschieds sah sie ihn vor sich, ja sie konnte ihn in der Erinnerung sogar fühlen. Sie konnte den Arm ausstrecken und mit den Fingern über seine Wange streichen ... dann fing er ihre Hand ein und führte sie zärtlich an seine Lippen ...

„Mama!"

Der Zauberbann war gebrochen. Brianna öffnete die Augen und drehte sich um. Auf stämmigen Beinchen kam Owen auf sie zugelaufen. Sein langes dunkles Haar war ordentlich im Nacken zusammengefaßt, aber ein paar Strähnen wehten im Wind. Er lachte, als er näher kam, und das Sonnenlicht spiegelte sich in seinen strahlenden grünen Augen. Knapp zweieinhalb Jahre war er alt, doch schon groß und kräftig, lebhaft und pfiffig.

„Kaninchen!" rief er und warf sich in Briannas Arme.

„Ein Kaninchen, Schatz? Wie hübsch." Sie umarmte ihn

fest, wogegen er sofort protestierte. Er stemmte seine kleinen Hände gegen Briannas Schultern und schaute ihr ins Gesicht. Seine wunderschönen grünen Augen zerrissen ihr fast das Herz. Gleich darauf entwand er sich ihren Armen. Sie stellte ihn auf den Boden und nahm ihn bei der Hand.

„Ich will Papa von meinem Kaninchen erzählen", sagte er.

„Ja, mein Schatz."

Owen zog sie über die Straße und zu der Taverne, in der Robert seine Bekannten vom Schiff erwartete. Brianna war durchaus bereit, ihrem Sohn zu folgen, doch irgend etwas hielt sie im Hafen fest. Plötzlich brannten Tränen in ihren Augen. Es gab solche Momente, in denen sie Michael so sehr vermißte, Momente, in denen sie ihre Träume nicht beiseite schieben konnte, Momente, in denen sie sich so sehr nach ihm sehnte, daß es schmerzte . . .

„Mama?" Owen zerrte an ihrer Hand und schaute seine Mutter so merkwürdig verständnisvoll an, wie es Kinder seines Alters gewöhnlich nicht eigen war. Der kleine Junge machte sich Sorgen. Er wußte nicht, was seine Mutter bedrückte. Er merkte nur, daß sie traurig war.

Sie nahm sich zusammen und blickte zu ihrem Sohn hinunter. Ihre Liebe für ihn überwältigte sie plötzlich. Noch einmal hob sie ihn in die Arme und drückte ihn an ihr Herz.

Das Leben war gut. Zwar konnte sie Michael nicht haben, aber sie hatte ihren gemeinsamen Sohn. Sie hatte Owen, und solange sie ihn hatte, hatte sie alles.

Und sie hatte Robert. Einen liebenswürdigeren und gütigeren Mann konnte es auf Erden nicht geben. Beide hatten ein gutes Leben miteinander. Sie war glücklich.

Solange sie nicht immer wieder aufs Meer hinausschaute.

Januar 1692

Ein kalter Wind blies vom Meer. Der Winter hatte in diesem Jahr sofort mit Kälte und Sturm begonnen, als wollte die Jahreszeit den Menschen drohen. Windgepeitscht stand Michael auf der Klippe, betrachtete die furchterregende Kraft der See und fühlte sich selbst so machtlos.

Alwyna war krank geworden. Sie lag in ihrem wunderschön geschmückten Zimmer und warf sich im Fieber hin und her. Trotz sämtlicher ärztlicher Bemühungen schwand sie mit jedem Tag mehr dahin. Sie war jetzt schrecklich dünn, blaue Adern zeichneten sich auf ihren zarten Händen ab, und ihre Hautfarbe war so aschfahl.

Aus ganzem Herzen wünschte Michael, er könnte ihr von seiner Stärke, seinem Mut und seiner Lebenskraft abgeben. Doch mit dem Fieber war das Delirium gekommen, und obwohl er ihre Hand hielt, wußte sie nur selten, daß er bei ihr war.

So sehr er ihr helfen wollte, er vermochte es nicht. Und es war schwer einzusehen, daß ein Mensch, so stark er auch war, nicht einmal die Kraft einer einzigen Windbö oder einer einzigen Welle besaß, die an das Ufer brandete.

„Lord Treveryan! Lord Treveryan! Ihr müßt kommen! Rasch!"

Michael drehte sich um und faßte die Zügel des Pferdes, von dem sein langgedienter Verwalter abstieg. „Was ist denn geschehen, Gerald?"

„Sie fragt nach Euch, Sir. Die Lady verlangt nach Euch."

„Sie hat meinen Namen genannt?"

„Ja, Herr."

Michael nickte und sprang in den Sattel. Er trieb das Tier über die steinigen Klippen, über die Brücke und durch den wintertoten Garten.

An Alwynas Tür blieb er stehen, denn ihre Zofen umstanden das Bett. Sie schaute ihm entgegen, und dann lächelte sie. Ihre Augen leuchteten. Sie hob die Hand zum Zeichen, daß die anderen fortgehen sollten. Noch immer lächelte sie Michael entgegen, wie sie ihn vor vielen, vielen Jahren angelächelt haben mochte. Ihr war anzusehen, daß sie sich über seine Anwesenheit freute, daß sie ihn erkannte, und zwar als ihren Ehegatten und nicht als einen Spielkameraden oder Bruder.

Er eilte zu ihrem Bett und ergriff ihre fieberheiße Hand.

„Michael . . ." Alwyna strich behutsam über das Haar an seinen Schläfen.

Arbeit zu erleichtern, sogar zu lachen.

Eleanor erzählte Brianna glücklich, daß sie und Philip Smith im April heiraten wollten, denn er hatte während des Winters für andere Leute Holz gehackt und herbeigeschafft, und das verdiente Geld hatte er für ein Haus in Salem Village gespart.

„Wie geht es Robert?“ erkundigte sie sich dann, worauf Brianna gestand, daß sie sich wegen seiner Gesundheit die größten Sorgen machte.

„Ja, das dachte ich mir. Deshalb bist du wohl auch gestern nach der Andacht so schnell fortgelaufen“, meinte Eleanor. „Du hast die ganze Aufregung verpaßt.“

„Die Aufregung?“ fragte Brianna.

Eleanor stellte ihre Teetasse ab und begann im Raum auf- und abzugehen. „Ein ziemliches Entsetzen macht sich hier breit, doch ich vermute, Robert und du habt davon noch gar nichts gemerkt, weil ihr ja so zurückgezogen lebt. Einige Mädchen sind ernsthaft krank, unter ihnen Reverend Parris' Tochter und seine Nichte. Anscheinend kann der Doktor nichts feststellen, aber Abigail und die junge Ann Putnam bekamen gestern nach der Andacht solche Anfälle, daß es wirklich schrecklich mit anzusehen war.“

„Anfälle?“

Eleanor hob die Hände; sie wußte nicht, wie sie es erklären sollte. „Ja, Anfälle . . . Krämpfe.“ Sie setzte sich wieder und schaute ratlos ins Feuer. „Mercy Lewis bekam so etwas auch. Doch bei Ann Putnam war es am schlimmsten. Ihre Glieder verrenkten sich ganz fürchterlich und ließen sich nicht lösen. Ihre Zunge klebte dermaßen am Gaumen fest, daß man fürchtete, das Mädchen würde daran ersticken.“

„Das arme Kind!“ rief Brianna. „Und der Doktor konnte nichts finden?“

„Nichts Körperliches. Dr. Griggs empfahl Reverend Parris, beim Gebet Zuflucht zu suchen. Der Doktor meinte, es sei der Teufel, der die Mädchen plage. Böse Hexerei sei hier zweifellos am Werk.“

„Hexerei!“ rief Brianna erschüttert.

Eleanor blickte sie sehr besorgt an. „Du mußt dir keine

Sorgen machen, Brianna. Hier gibt es keinen solchen Wahnsinn, wie du ihn in Britannien erlebt hast. Hier haben wir Gesetze und kluge, gelehrte Männer, die Gott leidenschaftlich lieben. Die Sache wird sich aufklären, ganz gewiß."

Brianna schwieg. Die Furcht kroch ihr kalt und böse über den Rücken.

„Ach, Brianna!" Eleanor neigte sich zu ihr hinüber. „Oh, es tut mir ja so leid! Ich hätte darüber nicht sprechen sollen, nur hättest du davon ohnehin früher oder später gehört. Doch vergiß nicht, wir befinden uns hier in der Massachusetts Bay Colony. Hier sind die Menschen sehr vorsichtig."

Jetzt kehrte Robert heim, doch Brianna konnte nicht einmal aufstehen, um ihn zu begrüßen. Nachdem er Mantel und Hut abgelegt hatte, blickte er Eleanor vorwurfsvoll an und fragte, was sie getan hätte.

Als Eleanor die Sache zu erklären versuchte, merkte Brianna Robert gleich an, daß er bereits von den Vorfällen gehört hatte. Er ging zum Feuer, um sich die kalten Hände zu wärmen.

„Das Ganze hat diese karibische Sklavin von Parris ausgelöst", erklärte er ärgerlich. „Diese Tituba! Den ganzen Winter über hat sie den Mädchen erzählt, daß ihre ehemalige Herrin auf den Inseln eine Hexe gewesen sei." Er seufzte. „John Proctor meint, daß eine gute Tracht Prügel die Mädchen von ihren Anfällen befreien würde, und möglicherweise hat er damit sogar recht."

„Robert", sagte Eleanor tadelnd, „ich habe die Mädchen selbst gesehen. Sie sind wirklich beklagenswert krank."

„Ja", knurrte Robert, „und dazu werden sie auch noch ermutigt, wie es scheint." Er blickte Eleanor an, und seine Augen wirkten in seinem blassen, schmalen Gesicht noch dunkler und größer. „Vier Kinder in Boston litten an der gleichen Krankheit, kurz bevor wir herkamen."

„Das stimmt", bestätigte Eleanor unglücklich.

„Was ist mit ihnen geschehen?" fragte Brianna.

„Sie wurden . . . geheilt. Das älteste der Mädchen wurde

Gericht gebracht werden, auch keine achtbaren Charaktere sind."

Brianna war aufgesprungen. „Und dafür sollen sie nun gehängt werden? Robert, so etwas Widersinniges darfst du gerade mir nicht sagen!"

„Brianna!"

Sie sah, wie seine Finger auf der Kamineinfassung zuckten, und sie erkannte, daß ihn die Ereignisse sehr ängstigten. Ratlos und unschlüssig wandte sie sich ab.

Robert trat hinter sie, faßte sie bei den Schultern und zog sie zu sich heran. „Brianna, noch verstehe ich nicht, was hier geschieht. Möglicherweise werden diese Frauen verhört und wieder freigelassen, und damit ist die Sache erledigt. Der erste Gerichtstermin ist am Dienstag, dem ersten März, also morgen. Du und ich werden auch da sein, weil die ganze Gemeinde anwesend sein wird und ich Bedenken hätte, wenn wir nicht hingehen würden."

Er drehte sie zu sich herum. „Brianna, du wirst nicht sprechen! Du wirst nicht aufstehen und sagen, die Frauen könnten nicht schuldig sein! Man würde dich der Lästerung beschuldigen, wenn du den Teufel verleugnetest." Er blickte sie eindringlich an. „Brianna, ich meine es so ernst wie noch nie in meinem Leben. Widersetze dich mir, und ich verprügele dich. Das ist die Methode, die Proctor zur Heilung der Mädchen empfohlen hat!"

Brianna wußte nicht, ob sie lachen oder weinen sollte. Robert hatte noch nicht einmal an Owens kleinen Po Hand angelegt. Selbst das Pferd und die Maultiere hatte er noch niemals gepeitscht. Andererseits hatte er auch noch nie so streng mit ihr gesprochen.

Sie schaute zu Boden. Ob sie tatsächlich würde schweigen können, wußte sie nicht. Doch Robert war ihr Ehemann; wenn sie auch die Stärkere von ihnen beiden war, und wenn ihr Verhältnis zueinander auch ein ungewöhnliches war, so wollte sie ihn doch nicht durch ihren offenen Ungehorsam entehren.

„Ich werde mich so verhalten, wie du es sagst, Robert", versprach sie, doch sie wußte jetzt schon, daß das eine Lüge war. Sie würde es nicht ertragen, mit anzusehen, wie anderen das geschah, was ihr auch schon angetan worden war.

Nicht nur das ganze Dorf war am nächsten Tag auf den Beinen, sondern in den Straßen und in Ingersolls Gaststube drängten sich Einwohner aus Ipswich, Topsfield, Beverly und Salem Town. Für Salem Village war es ein großes Ereignis.

Die Untersuchungen sollten in Diakon Ingersolls großer Stube stattfinden, doch da die Menschenmenge so umfangreich war, wurde das Gemeindehaus geöffnet. Die Puritaner führten Krieg gegen den Teufel, und die Schlacht sollte in aller Öffentlichkeit stattfinden.

Die Richter aus Salem Town hatte Brianna bisher noch nie gesehen. Nervös deutete Robert auf den Mann mit dem strengen Gesicht und den glühenden Augen und sagte, dies sei John Hathorne, und der Mann mit der eher gequälten Miene heiße Jonathan Corwin. Mit Corwin fühlte Brianna beinahe Mitleid, denn er schien sich bei seiner Pflicht elend zu fühlen.

Hathorne jedoch . . . Hathorne hatte etwas Fanatisches an sich. Seine Augen kamen Brianna erschreckend bekannt vor. Sie erinnerten sie an Matthews.

Owen stand neben ihr. Sie hob ihn auf den Arm und drückte ihn fest an sich. Plötzlich war sie böse auf Robert, weil er darauf bestanden hatte, daß sie herkämen und auch den Jungen mitbrächten. Jetzt mußte sie ihren Sohn unbedingt festhalten, seinen Herzschlag hören und seine kleinen Arme um ihren Nacken fühlen. Sie hatte Angst.

Die Kanzel war aus dem Gemeindesaal entfernt und durch einen Tisch ersetzt worden. Die befallenen Mädchen galten als Belastungszeugen und standen demzufolge ganz vorn. Sobald Sarah Good von zwei stämmigen Konstablern hereingeführt wurde, begannen die Mädchen zu kreischen und sich zu winden.

Brianna beobachtete sie entsetzt. Es stimmte, sie waren krank oder besessen oder was auch immer. Ann Putnam fiel zu Boden. Ihre Zunge trat grotesk hervor, und jedermann mußte erkennen, daß das Kind ein solches Verhalten niemals absichtlich in Szene setzen konnte.

Hathorne führte das Verhör, und er war ein unerbittlicher Untersuchungsrichter. Sarah Good indessen schien ungebrochen. Sie wies alle Beschuldigungen mit einer Bestimmtheit zurück, die Brianna erfreute. Die alte Vettel hatte sicherlich einiges an Sünden auf sich geladen, aber eine Hexe war sie Briannas Meinung nach gewiß nicht.

Allerdings sah es so aus, als wollten die beiden „Hexen" sich selbst ins Unglück bringen. Als sie gefragt wurde, wer die Kinder quälte, wenn nicht sie, deutete Sarah Good mit dem Finger auf ihre Mitgefangene. „Die Mistress Osbourne tut den Kindern das an!" schrie sie, und nun mußte Sarah Osbourne vor den Richter treten.

Sie sagte aus, daß sie nicht zur Kirche hatte gehen können, weil sie krank gewesen war. „Es ist wahrscheinlicher, daß ich behext wurde, als daß ich selbst eine Hexe bin!" rief sie, und dann sagte sie, ein schwarzer Mann habe sie in ihren Träumen heimgesucht, sie heftig an den Haaren gezogen und ihr in den Nacken gekniffen. Eine Beziehung zum Teufel bestritt sie.

Als nächstes wurde Tituba aufgerufen. Die Augen der alten dicken Karibin rollten, und zwar vor Angst, da war sich Brianna sicher. Im Raum schien der Wahnsinn auszubrechen. Die Mädchen kreischten und wanden sich in schrecklichen Krämpfen.

Tituba beschloß zu „gestehen".

Sie sprach von einem großen Mann, der ein Buch trug. Sie sagte, daß es viele Hexensabbate gegeben und daß der große Mann sie, Tituba, durch die Luft dorthin gebracht habe. Ihre Geschichte war so gut und wurde so geheimnisvoll, spannend und mit der Überzeugung eines verängstigten, bedrohten Geistes vorgetragen, daß alle im Saal gebannt lauschten.

Als die Sitzung für diesen Tag beendet war, ahnte Brianna, daß Salem Village nun Probleme hatte. Alle Welt wußte, daß zu einem Hexensabbat zwölf gehörten. Wo waren also die restlichen Hexen?

Draußen heulte ein kalter Märzwind um die Häuser. Gedämpfte Stimmen grüßten sie, und als Brianna nicht darauf antwortete, stieß Robert sie ungewohnt grob an.

„Wir werden in Ingersolls Gaststube mit den anderen zusammen etwas trinken", erklärte er.

Nun rebellierte Brianna. „Nein!" Mitten auf der Straße wand sie sich aus seinem Griff. Weil so viele andere Menschen in der Nähe waren, dämpfte sie ihre Stimme, doch in die Taverne gehen und sich weitere Beschuldigungen anhören, das konnte sie nicht.

„Brianna, du tust, was ich sage."

Sie widersetzte sich ihm, sie konnte nicht anders. Owen fest an sich gedrückt, drehte sie sich um und lief die Straße hinunter. Daß der Streit aufmerksam verfolgt worden war, hatte weder sie noch Robert gemerkt.

Dem Mann, der sie vom Fenster der Taverne aus beobachtet hatte, war nichts entgangen, weder die Angst noch die Empörung in Briannas Augen, ebensowenig der Zorn und der Befehlston in Roberts Stimme. Michael Treveryan erkannte, daß Briannas Ehemann sehr große Angst hatte und sich elend fühlte.

Er verließ die Gaststube durch den Hintereingang, bevor Robert Powell sie betrat.

★

Brianna war wieder mit dem Brotbacken beschäftigt, als Robert heimkehrte. An der Art, wie sie auf den Teig einhieb, konnte Robert erkennen, daß sie viel lieber auf die Richter eingehauen hätte, und vorzugsweise auf Hathorne.

„Nun?" fragte sie kühl. „Was hast du in der Gaststube erfahren?"

Robert nahm diese Frage nicht zur Kenntnis, sondern ging zu Owen, der am Boden saß und mit Zinndosen spielte. „Willst du mit Papa einen Spaziergang machen, Owen? Tauwetter setzt ein, und bald werden wir die Felder pflügen. Vielleicht hat deine Mama eine oder zwei Karotten, die wir den Maultieren spendieren können."

Fröhlich streckte Owen die Arme zu Robert hinauf. Brianna sah es, biß sich auf die Lippe und schaute rasch wieder auf ihren Brotteig. Owen wurde für Robert langsam zu schwer zum Tragen, und Robert sah überhaupt nicht gesund aus. Vielleicht bedrückten ihn die Dinge, die sich hier abspielten, noch mehr als sie.

Er kam zu ihr. „Du wirst sehen, Brianna, alles wird sich bald wieder beruhigen. Es sieht so aus, als hätten wir unsere Sündenböcke gefunden", sagte er bitter. „Nach Titubas Geschichte sollten die anderen beiden am besten ihre Schuld eingestehen. Dann könnten unsere guten Leute damit beginnen, ihre Seelen zu retten und sie danach ihr sterbliches Leben zu Ende leben lassen."

„Würde ein Geständnis sie denn retten?" wollte Brianna von ihm wissen.

„Ja, so heißt es gerüchteweise."

Brianna schlug wieder auf den Brotteig ein. Falls das Gerücht wahr war, gab es hier ja möglicherweise tatsächlich Gerechtigkeit. Sie kannte diese Menschen. Die wirklich Frommen würden eher sterben, als sich einer Lüge schuldig zu machen. Trotzdem mochte sie Roberts Worten nicht trauen, denn überall war es Brauch, eine eingestandene Hexe hinzurichten.

Er strich ihr übers Haar und küßte sie auf die Stirn. „Ich glaube, wir haben nichts zu befürchten." Er lächelte schwach. „Bei Ingersoll war es wirklich sehr interessant. John Proctor war da und ziemlich verärgert. Mary Warren, seine Magd, hatte auch solche Anfälle, aber sie vergingen, nachdem er das ‚alberne Weibsbild', wie er sagte, verprügelt hatte. Er ist ein Mann, der in der Gemeinde etwas gilt, und er hat von dem Unsinn genug. Und der alte George Jacobs nennt die Mädchen ‚Katzenfratzen'. Es wird bald vorüber sein, Brianna."

Er trat ein wenig zurück und drückte sich Owens kleinen Kopf an die Schulter. „Brianna, lauf mir nicht wieder fort. Ich kann mir nicht helfen, ich fürchte mich. Niemand außer Eleanor kennt deine Geschichte, und Eleanor würde dir niemals schaden wollen. Doch falls jemand anders etwas erfährt, ist es bis zu deiner Beschuldigung nicht mehr weit."

„Vergib mir, Robert." Brianna war ehrlich zerknirscht.

„Ich weiß ja, wie dir zumute ist", sagte er leise. „Und nun, junger Mann, gehen wir beide spazieren. Wo hat denn Mama deinen Mantel hingelegt?"

„Ich hole ihn!" rief Owen vergnügt, rutschte aus Roberts Armen und holte seinen Mantel von der Kaminbank. Robert half ihm beim Anziehen.

Er schaute Brianna noch einmal an. „Noch etwas anderes habe ich in der Gaststube gehört. Lord Treveryan war dort, kurz bevor ich kam."

„So?" Diese einzelne Silbe blieb Brianna beinahe im Hals stecken.

„Ja. Vor einer Woche ist er eingetroffen."

„Ich . . . habe davon gehört."

„Tatsächlich?" Das schien Robert zu erstaunen. „Weshalb, meinst du, ist er gekommen?"

Brianna zuckte die Schultern und schlug wieder heftig auf den Brotteig ein. „Er ist ein Seemann und Kapitän seines eigenen Schiffes. Solche Männer müssen wohl ständig unter Segel sein, nehme ich an."

Roberts Entgegnung ließ auf sich warten. „Wir reden später weiter darüber, wenn Owen schläft", meinte er. Brianna nickte, und Robert und Owen verließen das Haus.

Das Kaninchen, das Brianna an diesem Abend briet, war zäh und schlecht gewürzt. Das Brot brannte an. Als sie den Tisch deckte, ließ sie das Besteck zu Boden fallen.

Bei jedem dieser kleinen Unglücke fühlte sie Roberts Blick auf sich gerichtet. Zu gern hätte sie sich unbekümmert und selbstsicher gegeben und so getan, als bedeutete Michaels Nähe ihr überhaupt nichts.

Als Owen endlich im Bett war und schlief, ergab es sich, daß Robert eine ganz andere Einstellung zu der Situation hatte als erwartet.

„Einer von uns beiden muß Owen zu ihm bringen und ihn ihm zeigen", sagte er ernst und ruhig.

„Wie bitte?"
„Brianna, es ist sein Kind, und wenn er Owen sieht, wird er es auch deutlich erkennen, falls er es nicht schon längst vermutet."
„Wie kannst du so etwas sagen?" Brianna sprang von ihrem Stuhl auf. „Woher sollte er überhaupt wissen, daß wir hier wohnen und daß ein Kind existiert?"
„Er weiß es." Robert seufzte. „Seine Anwesenheit hier macht mich nicht glücklich, doch übersehen kann ich sie auch nicht. Treveryan ist kein Narr, das wissen wir beide."
„Nein, Robert! Ich will ihn nicht sehen. Owen ist unser Sohn. Es gibt keinen Grund . . ."
„Es gibt jeden Grund, Brianna. Dem Gesetz zufolge ist Owen mein Sohn. Doch Treveryan ist sein leiblicher Vater. Wir müssen diesem Mann vertrauen."
„Michael Treveryan vertrauen!"
Briannas Heftigkeit bestürzte Robert. Jedes seiner eigenen Worte fiel ihm schwer, doch er wußte, daß er recht hatte.
„Treveryan hat dein Leben nicht nur einmal, sondern zweimal gerettet, und dafür bin ich ihm auf ewig dankbar. Als er dich in England bei uns fand, hätte er dich mitnehmen können. Du hast ihm gesagt, daß du bei uns bleiben wolltest, und er hat deine Wünsche respektiert und sie über seine eigenen gestellt. Es gibt keinen Anlaß zu der Annahme, er könnte dir in irgendeiner Weise schaden wollen. Und für alles, was er für dich getan hat, verdient er es, seinen Sohn zu sehen."
Brianna schüttelte den Kopf. Ihr Mund war so trocken, daß sie nicht gleich reden konnte. „Robert", sagte sie endlich, „ihm kann nichts daran liegen. Sein Leben und meines haben unterschiedliche Wege eingeschlagen."
„Wenn du ihn nicht wiedersehen willst, dann werde ich zu ihm gehen."
„Nein! Ach, ich weiß nicht. Schau, Robert, unser Leben ist fest eingerichtet und gefügt. Wir sind hier gut vorangekommen. Ich . . ."
„Komm, laß uns ins Bett gehen, ja? Heute war ein langer, ereignisreicher Tag, und ich bin sehr müde."

Brianna senkte den Blick. Sie nickte.

Stunden später schlief sie noch immer nicht. Sie wollte Michael nicht sehen. Sie fürchtete sich vor ihm. Nicht daß er ihr etwas antun würde, doch er mochte alle ihre Vorsätze zunichte machen und die Zufriedenheit zerstören, die sie sich erarbeitet hatte.

Während sie wach dalag, nahm sie die Geräusche um sich her deutlich wahr. Der Wind fuhr um ihr Haus, er heulte und stöhnte, schwoll an und ab.

Sie stutzte. Robert schlief, doch er wälzte sich herum. Sie beugte den Kopf über seine Brust und zog sich dann rasch wieder zurück, als sie merkte, daß es nicht nur der Wind war, den sie gehört hatte, sondern auch den pfeifenden Atem: Robert keuchte beängstigend.

Sie machte sich die größten Sorgen. Sollte sie ihn wecken oder schlafen lassen? Zunächst nahm sie ihr eigenes Kissen, hob vorsichtig Roberts Kopf an und legte ihn darauf höher. Seine Stirn fühlte sich fiebrig an. Brianna stand auf, tauchte ein Tuch in den Wasserbehälter und legte es Robert auf die Stirn.

In dieser Nacht kehrte sie nicht mehr ins Bett zurück. An Schlaf war nicht zu denken.

Gleich bei Tagesanbruch kleidete sie sich an, verpackte Owen warm und nahm ihn dann mit, um den Doktor zu holen.

Dr. Griggs kam mit ihr zurück. Er wies sie aus dem Zimmer, während er Robert untersuchte. Als er danach in die Küche kam, machte er ein finsteres Gesicht. „Es ist ein Fieber. Nichts Ungewöhnliches für den Winter, den wir ertragen mußten."

„Und was können wir dagegen tun? Robert kann doch nicht weiter so keuchen."

Dr. Griggs seufzte, und Brianna erinnerte sich daran, daß er der Mann war, der „Hexerei" für die Krankheit der Mädchen verantwortlich gemacht hatte.

„Für einen stärkeren Mann wäre es nichts Ernstes", meinte er. „Bei Robert muß man dagegen sehr vorsichtig sein. Ich werde ihm eine Medizin verschreiben. Er muß im

Bett bleiben und darf niemals flach liegen. Er braucht vollständige Ruhe."

„Ja, dafür werde ich sorgen", versicherte Brianna.

Griggs schrieb sein Rezept aus und ging. Er wollte so schnell wie möglich ins Gemeindehaus zurückkehren, wo die Richter die Vorbereitungen zur weiteren Vernehmung Titubas trafen. Brianna machte sich an diesem Morgen darüber keine Gedanken; sie war zu sehr um Robert besorgt.

★

Die Tage schlichen langsam und quälend dahin. Da Robert nun bettlägrig war, mußte Brianna alle Aufgaben auf der kleinen Farm selbst übernehmen. Das Land mußte für die Frühjahrsbestellung vorbereitet werden. Daß Robert dabei nicht helfen konnte, machte ihn nervös, und das wiederum verschlimmerte sein Keuchen. Brianna spielte ihm das unbekümmerte Energiebündel vor, um ihn davon zu überzeugen, daß ihr die Arbeit überhaupt nichts ausmachte.

Am siebten März kam Eleanor zu Besuch und erzählte, daß die Untersuchungen anscheinend abgeschlossen seien. Die „Hexen" waren nach Boston ins Gefängnis gebracht worden, wo sie ihren Prozeß erwarteten, mit dem dann, wenn alles gutging, die Sache ausgestanden war.

Erleichtert atmete Brianna auf und stürzte sich wieder in die Arbeit. Sie schlief nicht gut, denn während der ganzen Nacht hörte sie Roberts keuchenden, pfeifenden Atem. Als sie doch eindöste, wachte sie bald darauf erschrocken wieder auf, denn sie hatte von Michael geträumt. Lieber nahm sie die Erschöpfung in Kauf, als zu schlafen und solche Träume ertragen zu müssen.

Die Aufregung wegen der „Hexerei" legte sich. Michael würde bald wieder Segel setzen, und alles würde wieder gut werden.

Gegen Ende März besserte sich Roberts Verfassung. Am Morgen des zwanzigsten März, einem Sonntag, lächelte er Brianna an und bestand energisch darauf, daß sie mit Owen zur Kirche ging.

„Mir ist nicht wohl dabei, dich allein daheim zu lassen", meinte sie froh über sein Lächeln. Robert hatte sehr abgenommen, und seine Wangen waren schrecklich eingefallen. Seine Augen schienen unnatürlich groß.

„Ich möchte aber, daß ihr geht. Du konntest so lange das Haus nicht verlassen, und ich finde es für uns beide richtig, wenn du an der Andacht teilnimmst."

Sie versprach, daß sie zur Nachmittagsandacht gehen würde. Dort erschien sie dann ein wenig verspätet und mußte sich durch den überfüllten Gemeindesaal drängen, um zu ihrem Platz auf der Bank zu gelangen. Deodat Lawson aus Boston stand gerade auf der Kanzlei.

Brianna fiel auf, daß die Anwesenden nervös waren, und sie fragte sich, was wohl am Morgen geschehen sein mochte. Lange zerbrach sie sich indessen nicht den Kopf darüber, denn sie war froh, daß sie hergekommen war, weil sie das Gebet noch nie nötiger gehabt hatte als jetzt. Sie mußte darum beten, daß sie nicht mehr von Michael träumte, daß sie sich nicht mehr vorstellte, in seinen Armen zu liegen . . .

Ein Schrei übertönte die Predigt des Pfarrers.

„Seht! Da sitzt Mistress Cory auf dem Dachbalken! Sie säugt einen gelben Vogel an ihrer Brust!"

Alle Anwesenden, auch Brianna, schauten Martha Cory an, die steif und gerade auf ihrer Kirchenbank saß und weder nach rechts noch nach links blickte. Sie war eine regelmäßige Kirchgängerin und eine aufrechte Stütze der Gemeinde. Daß Abigail Williams solche Worte hinausgeschrien hatte, bestürzte Brianna. Irgend jemand mußte doch jetzt widersprechen!

Da sprang die ältere Ann Putnam auf und schrie, sie könne ebenfalls den Geist von Martha Cory auf dem Dachbalken hocken sehen.

Niemand sagte ein Wort. Ann setzte sich wieder, und der Gottesdienst ging weiter. Als er zu Ende war, faßte Brianna Owen zitternd bei der Hand und eilte aus dem Gemeindesaal. Eleanor folgte ihr und fragte sie, ob sie zusammen nach Hause reiten wollten. Auf dem Heimweg berichtete sie, was Robert und Brianna inzwischen verpaßt hatten.

„Vor ungefähr einer Woche beschuldigten die Mädchen Martha Cory zum erstenmal. Niemand wollte es zuerst glauben, denn sie ist eine so standfeste und fromme Frau. Edward Putnam und Ezekial Cheever ritten zu ihr, um sie wegen der Beschuldigungen zu warnen, doch zuvor hatten sie Ann gefragt, wie Martha wohl gekleidet sein würde. Ann antwortete, Martha hätte vorausgesehen, daß man sie, Ann, das fragen würde, und ihr deshalb den spektralen Blick getrübt."

Eleanor schien wirklich verängstigt. „Weißt du, Brianna, was dann geschah? Als die beiden Mädchen eintrafen, saß Martha am Spinnrad und hieß sie willkommen, als hätte sie den Besuch erwartet. Sie fragte sie sogar, ob sie mit Ann über ihre Kleidung gesprochen hätten. Sie sagte, so etwas wie Hexen gäbe es nicht, und sie habe genug von den skandalösen Geschichten, die sich hier abspielten."

„Sehr gut!" rief Brianna hitzig und zog Owen auf dem Sattel dichter zu sich heran.

„Aber Brianna! Begreifst du denn nicht? Wenn man Hexen verleugnet, verleugnet man auch den Teufel, und das hieße, auch Gott zu verleugnen. Das ist Atheismus!"

„Ich glaube nicht an Hexen."

„Das darfst du nie, nie laut sagen! Brianna, seit Titubas Geständnis sind die Richter und die Geistlichen davon überzeugt, daß sie bis jetzt nur die Oberfläche einer gräßlichen Verschwörung angekratzt haben. Sie glauben, daß es in Boston einen ‚schwarzen Mann' mit einer ganzen Schar von Dienern gibt. Man wird sehr intensiv nachforschen, weil man das Verbrechen aufdecken will."

„Was bisher geschehen ist, das ist das Verbrechen", stellte Brianna unbeirrt fest.

„Bitte, Brianna, sei still! Wenn Martha vor die Untersuchungsrichter kommt, muß sie ihre Unschuld beweisen."

Dieser Meinung war Brianna zwar nicht, doch sie stritt nicht weiter. Ihre Hauptsorge war jetzt Robert . . . und der Umstand, daß Michael vielleicht noch in der Nähe war.

Die beiden Frauen erreichten das Haus, und Eleanor kam noch für einen Augenblick mit hinein. Robert gegenüber erwähnten sie Martha Cory nicht, und er schien sich über den Besuch zu freuen. Brianna war glücklich, so glücklich, wie sie zu dieser Zeit eben sein konnte.

In den ersten Apriltagen sah sich Brianna den Anfängen neuer Schrecken gegenüber.

Eleanor besuchte sie zusammen mit einer anderen Freundin, Sarah Ingersoll, der älteren unverheirateten Tochter des Gasthausbesitzers. Robert lag noch im Bett. Eleanor hielt sich einen Finger an die Lippen und drängte Brianna, die Schlafzimmertür zu schließen.

„Brianna, Sarah ist mitgekommen, um dich zu warnen. Sie hört im Schankraum alles, was dort gesprochen wird, weißt du."

Sarah biß sich auf die Lippe und nickte unglücklich. „Brianna, Rebecca Nurse wurde verhaftet und vor die Untersuchungsrichter gebracht."

Rebecca Nurse war eine Großmutter, die Matriarchin eines großartigen christlichen Familienclans. Sie bearbeitete das Land und liebte Gott mit aller Aufrichtigkeit. Wenn Rebecca Hexerei betrieb, dann konnte man Gott selbst dessen beschuldigen. Natürlich behielt Brianna diesen Gedankengang vorsichtshalber für sich.

„Das kann doch niemand ernst meinen", sagte sie nur.

Ihre beiden Besucherinnen nickten traurig. „Es kommt noch schlimmer", berichtete Eleanor. „Die Eheleute John und Elizabeth Proctor wurden festgenommen. John brüllte wie ein Stier, aber geholfen hat es ihm nicht."

„Und Rebeccas Schwester, Sarah Cloyse, wurde ebenfalls verhaftet."

„Alle wurden nach Boston ins Gefängnis gebracht."

„O Gott!" stöhnte Brianna. Sie sank auf die Sitzbank.

„Es gibt Gerede, Brianna", fuhr Eleanor fort.

„Gerede?" Brianna blickte die beiden scharf an.

„Gegen dich wurden zwar keine Beschuldigungen erhoben, doch dein Name fiel schon öfter. Man erzählt sich, daß du nicht an Hexen glaubst und das Ganze für Unfug hältst."

„Das ist durchaus richtig", bestätigte Brianna bitter.

„Ihr müßt hier fortgehen“, empfahl Sarah dringend. „Jedenfalls fürs erste.“

Brianna hob die Hände. „Das ist unmöglich. Ein Ritt würde Robert umbringen.“

Die beiden Frauen setzten sich voller Mitgefühl neben sie. Brianna versprach ihnen wenigstens, daheim zu bleiben und mit niemandem zu reden.

Ende April kamen Sarah und Eleanor wieder. Mary Warren, John Proctors Magd, hatte ihre Aussage gegen John zurücknehmen wollen, doch niemand hatte ihr geglaubt. Sie hatte so lange geredet und sich dabei dermaßen in die Sache hineingesteigert, daß sie schließlich einen Anfall bekam, der so schrecklich war, wie es noch niemand erlebt hatte.

Die Liste der Festgenommenen wurde immer länger. Der alte Giles Cory, ein fast Achtzigjähriger, war auch dabei.

„Brianna, ihr müßt etwas tun! Man sagt, eines der Mädchen habe Roberts Namen geäußert.“

„Roberts?“ fragte Brianna erschüttert.

„Könnt ihr denn wirklich nichts unternehmen? Vielleicht eine Seereise machen? Möglicherweise würde die Luft Robert sogar guttun.“

„Dieser Kapitän Treveryan ist noch immer hier. Vielleicht könnt ihr auf sein Schiff gehen.“

Briannas Herz schlug heftig und schmerzhaft. Michael war noch hier! Michael . . . er würde verstehen.

Doch sie durfte ihn nicht treffen. Sie konnte es nicht.

Andererseits schalt sie sich eine Närrin. Die anständigsten und besten Einwohner dieser Gemeinde wurden aufgrund der dürftigsten Aussagen festgenommen. Falls man Robert abholte, was konnte sie dann tun?

„Ich danke euch beiden für euer Kommen“, sagte sie zu Eleanor und Sarah.

„Was werdet ihr . . .“

„Ich werde Salem verlassen“, antwortete Brianna. „Ich werde diesen . . . Kapitän Treveryan aufsuchen und ihn um eine Passage bitten.“

11. KAPITEL

Michael aufzusuchen war nicht so einfach, wie sich Brianna das vorgestellt hatte. Es dauerte eine ganze Woche, bis sie herausgefunden hatte, daß Lord Treveryan in der Nachbarstadt Lynn Gast im Hause von Lord Turnberry war, einem sehr wohlhabenden Mann.

Brianna befürchtete, daß man sie überhaupt nicht vorlassen würde, falls es ihr nicht gelang, zuvor eine Mitteilung an Lord Michael Treveryan zu senden und ihn zu fragen, ob sie ihn treffen dürfte.

Sarah Ingersoll kam ihr zur Hilfe. Als der Botenjunge Post ins Gasthaus brachte, sorgte sie dafür, daß er Briannas Brief ins Haus von Lord Turnberry beförderte.

Brianna verbrachte eine elende Nacht damit, sich immer wieder zu fragen, ob ihrer Bitte stattgegeben wurde. Mehr als zwei Jahre lag es nun schon zurück, daß sie Michael zuletzt gesehen hatte. Könnte er sie möglicherweise inzwischen vergessen haben?

Am Vormittag erschien Eleanor. Sie warf Brianna einen warnenden Blick zu, rief Robert dann einen fröhlichen Gruß zu und steckte ihr rasch und unauffällig einen Umschlag zu.

Dann eilte sie zu Robert ins Schlafzimmer und erkundigte sich, ob er sich gesund genug für ihren Besuch fühle. Robert erwiderte erfreut, daß ihm die Gesellschaft so lieber Freunde immer Vergnügen bereitete.

Im Nebenraum öffnete Brianna unterdessen mit zitternden Fingern den Briefumschlag. Sie fürchtete sich fast davor, die schöne, geschwungene Schrift zu lesen. Was, wenn

Michael sie, Brianna, zurückwies? Nein, daran durfte sie gar nicht erst denken. Sie zwang sich zum Lesen.

Mistress Powell,
Falls Sie etwas mit mir zu besprechen hat, stehe ich Ihr heute nachmittag im Hause von Lord Cedric Turnberry zur Verfügung.

Eine Unterschrift fehlte. Das Papier kam Brianna so kalt vor wie die Worte, die darauf standen. Vielleicht hatte Michael wirklich vergessen, daß er Brianna einmal gekannt hatte.

Sie sank auf die Bank beim Feuer und überdachte noch einmal die Lage.

Increase Mather, der Vertreter der Puritaner am englischen Hof, war aus London zurückgekehrt. Er hatte eine neue Charter sowie William Phips als Gouverneur mitgebracht. Phips hatte inzwischen bereits eine richterliche Untersuchungskommission eingesetzt, die sich mit der lachhaft großen Anzahl von „Verbrechern" befaßte, welche der Hexerei beschuldigt wurden und nun die Gefängnisse in Salem Village, Salem Town und sogar in Boston füllten.

Brianna griff sich an den Hals. Es war unmöglich, das Kratzen des Henkersstricks zu vergessen. Ja, sie mußte zu Michael gehen. Sie wollte ihn anflehen, und da er ein anständiger Mensch war, würde er sie und ihre Familie irgendwohin bringen. Oder nicht? Warum sollte er es denn tun? Sie konnte die Passage nicht bezahlen. Oder doch?

Sie verdammte sich wegen ihrer eigenen Gedanken, so erschrak sie selbst darüber. Wollte sie etwa tatsächlich, daß Michael gewisse Forderungen an sie stellte? Wünschte sie sich das, damit sie diese „Zahlung" leisten und sich dann sagen konnte, sie hätte es ausschließlich getan, um ihre Familie am Leben zu erhalten?

Brianna blickte zur Schlafzimmertür hinüber. Sie konnte Eleanors und Roberts leise Stimmen und gelegentlich Owens Lachen hören. Sie preßte die Lippen zusammen, stand auf und ging zu den dreien.

Ich werde Robert nicht betrügen, schwor sie sich. Dann lächelte sie und hob Owen, der auf sie zugekrabbelt kam, auf den Arm. „Owen, bleib schön bei Papa. Eleanor, würde es dich stören, wenn ich ein wenig hinausginge? Robert? Ich . . .“

„Du mußt dich meinetwegen nicht so sorgen“, unterbrach Robert sie. „Ich komme recht gut zurecht, auch wenn Eleanor nicht hier wäre.“

„Robert, wenn ich dir nicht lästig bin, würde ich tatsächlich noch gern eine Weile bleiben“, sagte Eleanor rasch.

„Eleanor, du bist immer gern gesehen“, versicherte Robert ernst.

Eleanor und Brianna tauschten einen raschen Blick aus. Nervös steckte sich Brianna eine herausgerutschte Strähne in ihren Nackenknoten zurück, lächelte den beiden ein wenig unsicher zu, küßte Robert auf die Stirn und verließ das Zimmer.

Einen Moment blieb sie vor dem Kamin stehen. Vielleicht sollte sie sich noch einmal kämmen und in ihren Sonntagsstaat schlüpfen. Sofort verwarf sie den Gedanken wieder, nahm ihren Umhang und eilte hinaus, um das Pferd zu satteln.

★

Lord Cedric Turnberry war ein paar Jahre jünger als Michael, ein schlanker Mann mit trockenem Witz und einer zynischen Lebensauffassung, der immer wußte, woher der Wind wehte und sich danach zu richten verstand. Allerdings war er auch seinen Mitmenschen gegenüber von einer Großzügigkeit, die Michael bewundernswert fand. Cedric war in die Kolonien gegangen, hatte ein Vermögen in der Handelsschiffahrt gemacht und erlangte immer größeres Ansehen, seit Wilhelm und Maria den Thron bestiegen hatten.

Er liebte Eleganz, und im Moment saß er in Samt und Seide gekleidet in seinem Salon, nippte Portwein und schaute dem im Zimmer auf- und abgehenden Michael zu.

Dieser blieb gerade beim Fenster stehen, blickte eine Weile finster hinaus und wanderte dann zum Kamin zurück.

„Ich will mich ja nicht in Eure Angelegenheiten mischen, Treveryan, doch ich gebe meine Neugierde zu. Wie kommt es, daß die Mitteilung eines einfachen puritanischen Eheweibs Euch, den Teufel der Meere, so erschüttert hat, daß Ihr nun wie ein eingesperrter Tiger in meiner bescheidenen Hütte auf- und abgeht?"

Michael verzog das Gesicht und schenkte sich ebenfalls ein Glas Portwein ein. „Die Frau ist eine alte Bekannte, Cedric."

„Ist sie der Grund dafür, daß Ihr hergekommen seid und hier Eure Zeit vertändelt, während sich Eure Mannschaft in Boston einen feinen Tag macht?" fragte Cedric scharfsichtig.

Michael betrachtete sein Weinglas. „Ja", antwortete er.

„Aber sie ist jetzt verheiratet."

„So ist es", bestätigte Michael trübsinnig.

Cedric hob eine Augenbraue. „Trotzdem kommt sie heute nachmittag hierher. Weshalb?"

Michael ging ans Fenster zurück und schaute wieder hinaus. Der Wind wehte, der Himmel war grau. Der Winter schien hier nie zu einem richtigen Frühling zu werden. „Ich weiß es nicht genau." Er drehte sich zu seinem Gastgeber um. „Doch abgesehen davon mache ich mir ganz allgemein Sorgen. Was hier vorgeht, gefällt mir ganz und gar nicht."

„Ihr meint diese Hexengeschichten?" Cedric winkte verächtlich ab. „Irgendeine lächerliche Massenhysterie, wenn Ihr mich fragt. Nichts weiter. All diese armen Seelen in den Gefängnissen! Die Menschen rennen herum, beten und fasten . . . alles Unsinn. Es ist das reinste Possenspiel."

„Aber eines, das außer Kontrolle zu geraten scheint", meinte Michael. „Turnberry, am Tage einer der ersten Untersuchungen war ich in Ingersolls Taverne. Die Opfer litten tatsächlich. Noch nie habe ich solche Krämpfe gesehen. Ich wäre nur allzu bereit, alles ein böses Theater zu nennen, doch an irgend etwas kranken diese Mädchen wirklich."

Turnberry zuckte die Schultern. „Die Macht der Suggestion, mein Freund! Ihr müßt die Geschichte unserer kleinen Gemeinden begreifen. Als Ihr mit unserem geliebten Wilhelm in England einmarschiertet, waren diese Leute hier damit beschäftigt, ihren gehaßten Gouverneur Andros hinauszuwerfen. Unblutig, versteht sich. Ihre Charter hatte sie trotzdem noch nicht."

Was mit der Charter gemeint war, wußte Michael natürlich; Cedric erklärte es trotzdem. „Vor langer Zeit besaßen die Puritaner die Garantie, sich selbst regieren zu dürfen. Doch das änderte sich mit dem Verlust der Charter. Mitglieder der anglikanischen Kirche kamen ins Land und machten sich auf puritanischem Territorium breit. Dann waren da natürlich auch noch die Quäker. Höchst unerfreuliche Kämpfe brachen zwischen den einzelnen Glaubensrichtungen aus. Ich versichere Euch, viel mehr Menschen wurden wegen ihrer Zugehörigkeit zu den Quäkern als wegen des Betreibens von Hexerei aufgehängt."

„Nun weiter mit meiner Therorie", fuhr er fort. „Vor ungefähr drei Jahren, als Salem Town und Salem Village noch ein einziges Kirchenspiel waren, gab es Meinungsverschiedenheiten über einen neuen Geistlichen für das Village. Unser jetziger Reverend Parris war der Umstrittene, und die Putnams hatten auf seiner Einsetzung bestanden. Fällt Euch jetzt nicht auf, daß der Hexenunsinn im Haus von Reverend Parris begonnen hat und daß Ann Putuam sich zu einer höchst geachteten Hexenseherin entwickelt hat?"

„Wollt Ihr damit sagen, sie sei nur ein bösartiges Kind?"

„Durchaus nicht. Doch sie hört die feindselig geäußerten Namen ihrer Nachbarn, und da ängstigt sie sich und fürchtet um den Stand ihrer Familie in der Nachbarschaft. Dann nehmen wir noch diese karibische Sklavin hinzu. Die erzählt den Kindern Geschichten über ihre ehemalige Herrin, die eine Hexe war, und schon bekommt ein Kind nur allzu leicht ständig Anfälle, die von seinem eigenen Geist und keineswegs von Hexen hervorgerufen werden."

„Eine gute Theorie, Cedric, nur sind diese guten Leute anscheinend davon überzeugt, daß sie einen Vertreter des Teufels in ihren Reihen haben. Und ich warne Euch! Alle, die das leugnen, laufen Gefahr, selbst beschuldigt zu werden.“

„Kein Mensch würde es wagen, mich zu beschuldigen“, erklärte Cedric wegwerfend. „Ich bin ein Diener Ihrer Königlichen Majestäten, Wilhelm und Maria.“

Michael lächelte. „Ich darf Euch daran erinnern, daß unsere verehrten Majestäten weder die Existenz des Teufels noch das Vorhandensein von Hexerei bezweifeln. Zwar sind sie tolerant und bestehen auf gesicherten Beweisen, doch sie würden nichts dagegen unternehmen, wenn ein ordentliches Gericht für die Untersuchungen und den nachfolgenden Prozeß eingesetzt wird.“

„Ihr glaubt doch selbst nicht an Hexen, Treveryan!“

„Nein, doch ich glaube, daß es Menschen gibt, die schwarze Künste betreiben. Es liegen handfeste Beweise dafür vor, daß Personen Gifttränke gemischt haben. Gift tötet. Wenn also die Ausübung der ‚Hexerei‘ Mord umfaßt, dann wird sie zum Verbrechen. Allerdings sind solche Fälle selten, und deshalb glaube ich Euch auch, wenn Ihr sagt, was jetzt hier in Salem geschieht, sei eine Mischung aus Bösartigkeit und Hysterie.“

Cedric nickte. „Unser Problem hier besteht darin, daß viele Narren solche lächerlichen ‚Beweise‘ gegen andere liefern, nur um den eigenen Hals zu retten, und daß dadurch alles so realistisch wirkt.“

Er seufzte. „Als erste wird Bridget Bishop vorgeführt. Die Frau ist für ihre Bösartigkeit ohnehin verschrien. Sie soll ihre Nachbarn mit Flüchen belegen und derartiges. Schon einmal stand sie wegen Hexerei vor Gericht. Als wichtigstes Beweismittel wird jetzt gegen sie verwendet, daß man mit Nadeln durchbohrte Puppen in ihrem Haus gefunden hat. Ich glaube, dafür wird sie hängen.“

Michael trank seinen Portwein aus. Er erschauderte. Was könnte ich ausrichten? fragte er sich. Die Menschen hier sind doch alle verrückt geworden!

Vor dem Haus war Hufgetrappel zu hören. Cedric trat zu Michael ans Fenster. „Ah, Eure puritanische Verführerin kommt! Ich werde mich rar machen.“

„Das müßt Ihr nicht. Dies ist schließlich Euer Haus."
„Oh, ich würde die Dame eines Tages durchaus einmal kennenlernen wollen, doch nicht heute. Ich glaube, ich gehe einmal nach Salem in den Hafen und höre mir an, was man sich so von den Hexen erzählt. Ich werde den ganzen Tag fortbleiben, und meine Bediensteten haben es gelernt, allerhöchste Diskretion zu üben."
Michael wollte noch länger protestieren, doch da war Cedric schon fort.

★

Brianna fürchtete sich vor dem Wiedersehen und sehnte es doch gleichzeitig herbei. Ich bin jetzt eine verheiratete Frau, mahnte sie sich. Ich bin Roberts Gemahlin. Ja, ihm verdankte sie alles. Er war die Güte in Person, er liebte sie, sorgte für sie, und sie liebte ihn, nicht auf dieselbe Weise, wie sie Michael geliebt hatte, wenn auch ebenso tief und aufrichtig.
Sie klopfte an die Tür.
Ein schwarzer Butler in Livree erschien und verbeugte sich tief. „Miss Powell?"
Sie nickte.
„Tretet ein, Ma'am. Kapitän Treveryan erwartet Euch im Salon."
Mit einer korrekten Verneigung machte der junge Butler kehrt und ging voran. Es war kein weiter Weg bis zu der doppelflügeligen Tür des Salons, doch Briannas Herz überstand ihn beinahe nicht.
Michael konnte nicht mehr derselbe sein wie früher. Sie würde ihn wiedersehen, und ihr würde nichts geschehen. Was einmal zwischen ihnen gewesen war – die Anziehungskraft, die Leidenschaft, die Liebe – alles das würde vorüber sein. Möglicherweise war es überhaupt nur immer eine Illusion, eine Fantasie gewesen.
Der Butler öffnete die Tür zum Salon und trat in den Raum. Erstarrt blieb Brianna im Türrahmen stehen.
Michael stand mit dem Rücken zur Tür beim Fenster. Er

trug eine enganliegende rehbraune Kniehose und ein weißes, nur wenig gerüschtes Hemd. Sein Haar war noch immer so dunkel wie die Nacht. Er hatte es im Nacken zusammengefaßt, genauso wie damals, als sie ihn zum erstenmal gesehen hatte.

Er war so groß, so breit und stand so gerade aufgerichtet, wie sie ihn im Gedächtnis hatte. Als er sich umdrehen wollte, hätte sie beinahe aufgeschrien.

Nichts hatte sich geändert, gar nichts.

„Die Mistress Brianna Powell, Mylord Treveryan."

Plötzlich wurde Brianna in den Salon geschoben, der Butler entfernte sich, und die Tür wurde hinter ihr geschlossen.

Michael drehte sich um. Sein Gesicht hatte sich doch verändert. Zwar war er so gebräunt wie immer, und seine Augen hatten noch dieselbe intensive grüne Farbe, doch neue Linien hatten sich um sie herum eingegraben, und seine Wangen waren hagerer als früher. Möglicherweise war es auch nur sein Gesichtsausdruck, der sich so verändert hatte. Michael wirkte müde und zermürbt.

Im Moment hielt er die Hände auf dem Rücken und ließ den Blick langsam über Brianna gleiten. Weder seinen Augen noch seiner Miene vermochte sie irgendwelche Regungen anzusehen. Es war, als besichtigte er eine Fremde.

„Brianna", sagte er schließlich. Dann wandte er sich ab und trat wieder ans Fenster. Was er dort draußen beobachtete, wußte sie nicht, aber die Vorgänge besaßen seine Aufmerksamkeit – im Gegensatz zu Brianna. Ihr Mund war trocken, und sie zitterte.

Unvermittelt drehte sich Michael zu ihr zurück. „Darf ich Ihr etwas zum Trinken anbieten?" fragte er höflich.

Sie schüttelte den Kopf, weil ihre Stimme versagte.

„Wir werden ein Glas Portwein zusammen trinken", befand er ungeachtet dessen. Er ging in den hinteren Teil des komfortabel eingerichteten Salons zu einer Anrichte, auf der eine Kristallkaraffe und dazu passende Gläserr standen. Er schenkte den rubinroten Wein ein, trat mit den Gläsern zu Brianna und überreichte ihr eines davon.

Mit zitternden Händen nahm sie es entgegen und fühlte

während der ganzen Zeit den prüfenden Blick auf sich gerichtet. Schließlich wandte sich Michael halb ab und deutete auf das kleine Sofa.

„Will Sie nicht Platz nehmen, Mistress Powell? Ich erwarte mit Ungeduld, den Grund dieses Besuchs zu erfahren."

Brianna war sich nicht sicher, ob ihr die wenigen Schritte zum Sofa gelingen würden. Sie versuchte es. Mit gesenktem Blick ging sie eilig an Michael vorbei und erreichte das Sitzmöbel keinen einzigen Augenblick zu früh, denn beinahe wäre sie zu Boden gesunken. Sobald sie saß, trank sie einen Schluck aus ihrem Glas. Der Portwein linderte die unerträgliche Trockenheit in ihrem Hals.

Michael setzte sich nicht, sondern blieb dem Sofa gegenüber hinter dem mit grünem Samt bezogenen Sessel stehen. Er hob sein Glas, und eine Andeutung seines wohlbekannten arroganten Lächelns umspielte seine Lippen.

„Auf Ihr Wohl, Mistress Powell. Und auf ... vergangene Verbindungen."

Sie konnte ihr Glas nicht noch einmal heben. Michael zuckte die Schultern, legte den Kopf in den Nacken und trank seinen Portwein in einem Zug aus.

„Weshalb ist Sie gekommen, Brianna?" fragte er unfreundlich.

Sein harter, schroffer Ton raubte ihr den Atem. Sie fühlte sich, als wäre sie geschlagen worden. Mit dem Mut der Verzweiflung sprach sie ihre Bitte aus.

„Ich brauche Eure Hilfe."

„Wobei?"

„Ich ... ich will Salem verlassen. Salem Village und Salem Town. Ich ..." Sie sprach nicht weiter, denn Michael lachte bitter auf.

„Warum ist Sie denn überhaupt noch hier, Madam? Gerade Ihr sollte doch bestens bekannt sein, daß eine Hexenjagd nicht eher beendet ist, als bis zahllose unschuldige Menschen umgekommen sind."

„Wir konnten nicht fortgehen." Brianna hielt sich an ihrem Portweinglas fest. „Robert kann in seinem Zustand nicht über Land reisen. Das würden weder seine Lungen noch sein Herz aushalten.“

Michael sah sie unverwandt und unbewegt an. Schließlich lächelte er ein wenig. „Ich verstehe. Sie ist gekommen, um mich um einen Gefallen zu bitten, nämlich um die Passage für Sie und Ihren Gatten. Und das ist alles.“

„Ja“, flüsterte Brianna.

Unvermittelt schleuderte Michael sein Glas quer durch das Zimmer in den Kamin, wo es zerschellt in der Asche liegenblieb. Seine Finger verkrampften sich um die Sessellehne.

„Das ist alles?“ fragte er rauh.

Bevor Brianna mehr tun konnte, als einen erschreckten Schrei auszustoßen, stand Michael vor ihr, faßte ihr Kinn und sah ihr fest in die Augen. Aus seinem Blick sprach Zorn, wenn nicht sogar Haß.

„Mein Sohn, Brianna! Dieses Kind ist mein Sohn, mein eigen Fleisch und Blut! Und Sie hält es nicht einmal für nötig, ihn mir zu zeigen oder mir auch nur etwas von ihm zu sagen!“

Brianna befreite ihr Kinn aus Michaels Griff, sprang auf, ließ ihr Weinglas fallen und lief zur Tür. Michael fing sie ein. Grob packte er sie bei den Schultern, drehte sie zu sich herum und drückte sie an sich. Doch dies war keine Berührung unter Liebenden, und es war auch nicht die Sehnsucht, die Brianna in seinen Augen sah, sondern nur die harte und kalte Forderung einer Erklärung.

Empört warf sie den Kopf in den Nacken. „Owen ist nicht Euer Sohn, Michael!“

„Lügnerin!“ Er schüttelte sie heftig.

„Er ist nicht Euer Sohn!“ wiederholte sie ohne Rücksicht auf Michaels Zorn. „Robert ist sein Vater. Robert hat mich geheiratet und Owen einen Namen und ein Heim gegeben – und seine Liebe noch dazu. Wie könnt Ihr es wagen ...“

„Weibsstück!“ Er stieß sie von sich fort, weil er befürchtete, er könnte sie sonst womöglich noch prügeln. „Nicht ich habe Sie verlassen, Brianna! Sie hat mich fortgeschickt, ohne mir einen Grund dafür zu nennen.“

Bewegungslos stand Brianna da. Alles Blut war aus ihrem

Gesicht gewichen. Sie und Michael waren tatsächlich erbitterte Feinde geworden. Und trotzdem konnte sie nur an alles das denken, woran sie sich so gut erinnerte: An seinen ganz persönlichen, so männlichen Duft, an sein Gesicht, das sie fühlen konnte, ohne es zu berühren, an das leidenschaftliche Feuer in seinen grünen Augen. Sie wußte noch genau, wie es sich anfühlte, wenn er sie in die Arme nahm und sie sich ganz fest an ihn schmiegte . . .

Wir sind jetzt Feinde, feindliche Fremde geworden, mahnte sie sich.

„Ich wußte nicht, daß Ihr gegangen wart“, sagte sie.

Michael ließ sich auf das Sofa sinken und legte die Füße auf den kleinen Tisch davor. Er blickte Brianna verächtlich an. „Und das soll ich Ihr glauben?“

„Mir ist gleichgültig, was Ihr glaubt“, rief sie und drehte sich zur Tür um.

Im nächsten Moment blockierte Michael ihren Weg. Breitbeinig, als befände er sich an Deck, stand er vor ihr, stemmte die Hände auf die Hüften und schaute Brianna an, als wolle er sie mit seinem Blick durchbohren.

„Nicht so schnell, Mistress Powell. Da Sie schon einmal hier ist, denke ich, wir sollten einige Dinge diskutieren.“

„Es gibt nichts zu diskutieren. Ich bin hergekommen, weil ich Hilfe suchte, und ich habe erfahren, daß hier keine zu finden ist.“ Sie wandte den Kopf zur Seite. Flehen oder gar weinen wollte sie auf gar keinen Fall. „Erinnert Ihr Euch nicht mehr?“ fragte sie höflich, doch mit spöttischem Unterton. „Es gab einmal einen Tag, an dem Ihr mir gesagt habt, ich könnte immer zu Euch kommen, sollte ich in Not geraten.“

„Ja“, erwiderte er ebenso spöttisch, „doch damals liebte ich Sie, töricht wie ich war.“

Brianna senkte den Blick. Ihr war, als zerbräche ihr Herz in viele kleine Stücke. Die Törin war sie selbst!

Sie hob den Kopf wieder. „Dürfte ich bitte vorbeitreten, Mylord Treveryan?“

„Ich will erst hören, was Sie vorhat.“

Brianna trat einen Schritt zurück. „Welches Spiel treibt

Ihr, Lord Treveryan? Ich sagte Euch ..."

„Sie sagte mir, daß Sie Salem zu verlassen wünsche. Erwartet Sie von mir, daß ich jetzt alles stehen- und liegenlasse und Sie – Sie, Ihren Gatten und Ihren Sohn – fortbringe?"

Seine Tonlage war zu höflich. Brianna erinnerte sich gut; wenn er so sprach, war er gefährlich.

„Ja, das hatte ich erwartet. Doch Ihr habt mich abgewiesen. Also laßt mich vorbei."

Michael stellte sich mit dem Rücken an die Tür und verschränkte die Arme vor der Brust. „Oh, ich habe Sie nicht abgewiesen. Noch nicht." Er deutete auf das Sofa. „Wenn Sie bitte Platz nehmen will, Mistress Powell."

★

Brianna drehte sich um und setzte sich wieder auf das Sofa. Michael ging vor ihr in die Knie und sammelte die Scherben des Glases auf, das sie fallen gelassen hatte. Daß sein dunkler Kopf sich dabei so nahe bei ihren Beinen befand, war ihr unbehaglich.

„Wie geht es Lady Treveryan, Mylord?" fragte sie mit tadelndem Unterton.

„Sie ist tot", antwortete er ausdruckslos.

„Wie vorteilhaft für Euch", sagte sie leise.

Michael fuhr in die Höhe, holte aus und starrte Brianna so mörderisch an, daß sie aufschrie und sich in die Sofaecke drückte. Gleich darauf blickte er zu Boden, ließ den Arm sinken, ging zum Kamin und warf die Glasscherben hinein.

„Vergebt mir", sagte Brianna unglücklich. „Es ... es tut mir leid." Beide schwiegen lange.

„Nun, Madam", begann Michael schließlich, „ich kann nicht sagen, daß ich begreife, weshalb Sie zu mir gekommen ist. Es gibt doch noch andere Schiffe."

„Ich kann nicht für die Passage bezahlen."

„Nein?" fragte er grausam bedeutungsvoll. „Ich glaube, ich erinnere mich, daß Sie nicht abgeneigt ist, sich zu ... vermieten. Im Notfall, meine ich."

Brianna stand wieder auf. In ihrem Herzen herrschte Unwetter. Sie wünschte, sie könnte Michael jedes Glied einzeln ausreißen. Statt dessen konnte sie nur dastehen und ihn anstarren, wie er so lässig an dem Kamin lehnte.

„Oder ist Sie zu mir gekommen, weil Sie annahm, ich wäre ein leichtes Opfer?"

Dieser Spott war mehr, als sie ertragen konnte. Sie stürzte sich auf Michael, ließ die Fäuste gegen sein Kinn und seine Brust fliegen und stieß dabei die bösesten Flüche aus.

Er fing ihre Arme ein und hielt sie hinter ihrem Rücken fest. Zuerst versuchte sie, sich zu befreien. Dann sank sie gegen ihn und weinte. Sie weinte aus Wut über ihre Machtlosigkeit, aus Zorn auf Michael und wegen des Schmerzes, den ihr dieses Wiedersehen bereitete.

Michael hob die Hand und streichelte zart Briannas Wange. „Ich könnte es verlangen", sagte er. „Ich könnte sagen, ja, ich bringe Sie und Ihre Familie fort, aber Sie muß für die Passage zahlen. Und wenn Sie nicht zustimmte, wäre Sie eine Närrin, denn diese Stadt wird sehr bald zu einem Ort des Wahnsinns. Sie würde alles tun, um Ihren Mann und Ihr Kind zu retten. Das würde Sie vor sich selbst entschuldigen."

„Nein", flüsterte Brianna hilflos. Sie blickte in seine Augen, sie spürte die Faszination, sie fühlte seinen Körper so dicht an ihrem, und sie konnte nichts mehr tun.

Michael lächelte bitter und gequält. Noch immer streichelte er Briannas Wange, das Kinn und ihren Hals. Dann senkte er seinen Mund langsam auf ihren. Es war eine sanfte Berührung, dennoch setzte sie Brianna in Flammen.

Er umarmte sie, strich mit den Händen über ihre Brüste und ihre Hüften, zog dann die Nadeln aus ihrem Haarknóten und breitete die seidigen Wellen über ihre Schultern aus. Brianna unterdrückte einen Aufschrei. Sie wandte das Gesicht ab.

Ach, wie einfach hätte alles sein können, dachte Michael. Sie hatte ihn nicht vergessen! Sie hatte nicht vergessen, wie sie sich einmal geliebt hatten. Hätte er seine bittere Forderung tatsächlich gestellt, würde sich Brianna ihm möglicherweise gleich hier auf dem Boden in Lord Turnberrys elegantem Salon hingegeben haben.

Doch das konnte er nicht tun. Sie war verheiratet und im Gegensatz zu manchen Damen bei Hof eine pflichtbewußte Ehefrau. Falls sie ihn jetzt noch liebte, würde sie ihn für jeden Zwang verachten, gleichgültig wie groß ihr eigenes Begehren war. Sie würde sich zeit ihres Lebens schuldbeladen fühlen, und das zu Recht, wie Michael zugeben mußte, denn er konnte nicht leugnen, daß sie einen guten Mann geheiratet hatte, einen zwar körperlich schwachen, doch im Herzen starken Menschen.

Er hielt sie sanft umfangen und strich ihr das dichte flammendrote Haar zurück. „Fürchte dich nicht vor mir. Ich verlange nichts von dir. Das hätte ich nie getan. Ich mußte dich nur einmal wieder in den Armen halten und glauben, daß du mich noch liebst. Vergib mir."

Brianna konnte nicht mehr stehen. Sie glitt an seinem Körper hinab auf den Boden zu seinen Füßen und weinte leise. Michael kniete sich neben sie, zog ihr die von der Arbeit rauhen Hände vom Gesicht fort und nahm sie fest zwischen seine.

„Michael . . ." Sie schaute ihn nicht an und rang sich jedes einzelne Wort unter Qualen ab. „Ich liebe meinen Mann wirklich. Nicht so wie . . . wie ich die Liebe mit Euch zusammen erfahren habe. Doch Robert ist ein guter Mensch. Er hat dies hier nicht verdient. Michael, ich fürchte mich so!"

Wieder legte er die Arme um sie, diesmal nicht leidenschaftlich, sondern freundschaftlich. „Ich werde euch von hier fortbringen. Dich und Robert und Owen. Dein Mann soll nie erfahren, daß du bei mir warst, das verspreche ich. Ich komme in euer Haus und rede mit ihm."

Brianna konnte nicht zu weinen aufhören. Michael stand auf, holte sich ein neues Glas von der Anrichte und füllte es mit Portwein. Dann kniete er sich zu Brianna vor den Kamin und hielt ihr das Glas an die Lippen. Er versuchte zu lächeln, was ihm nicht ganz gelang.

„Ich muß Owen sehen. Ich glaube, ich werde ihn immer als meinen Sohn betrachten."

„Ihr dürft ihn Robert nicht fortnehmen! Michael, bitte!"

„Nein, Liebste", versicherte er. „Das werde ich auch nicht tun." Er erhob sich, zog Brianna ebenfalls hoch und wischte ihr die Tränen von den Wangen. „Ich werde euch nach New York bringen. Der Gouverneur ist ein Freund von mir, und obwohl diese Stadt gegenwärtig in englischen Händen ist, haben sich dort noch einige gute holländische Sitten gehalten. Von Hexen ist dort keine Rede."

Er hatte große Mühe, weiterzusprechen. „Gehe heim, Brianna. Ich werde nach meiner Mannschaft schicken, und danach komme ich und spreche mit Robert."

Brianna nickte und ging so steif zur Tür, als ob jeder Schritt eine Qual wäre. Dort drehte sie sich noch einmal um, aber er wagte nicht, sie anzuschauen, weil er fürchtete, er könnte ihren blauen Augen doch erliegen.

„Michael . . . Ich danke Euch", sagte sie leise.

Er hob die Hand, weil er nicht sicher war, ob er sprechen konnte.

Brianna schluchzte auf. „Ich liebe Euch", sagte sie, und im nächsten Augenblick war sie fort.

Auf dem Ritt nach Haus faßte sich Brianna wieder, und ihre Tränen trockneten. Sie straffte die Schultern und übte ein gelassenes, freundliches Lächeln ein.

Sie durfte Robert nicht sagen, wo sie gewesen war. Er durfte von ihrem inneren Tumult nichts erfahren. Morgen mußten sie beide sehr überrascht sein, und sie selbst mußte die verschmähte Ehegattin spielen, während Michael und Robert über die Zukunft und über ihre Flucht sprachen.

Als sie vor dem Haus angelangt war, stutzte sie. Es war ungewöhnlich dunkel, als ob drinnen keine Kerzen brannten und auch das Kaminfeuer erloschen wäre. Und die Haustür stand offen!

Brianna sprang von ihrer Stute und stürzte ins Haus. Sie rief erst Roberts, dann Eleanors und Owens Namen. Niemand antwortete ihr.

Ein Windzug warf die Haustür hinter ihr ins Schloß. Die Glut des sterbenden Kaminfeuers verbreitete ein schwaches, gespenstisches Licht. Brianna rannte ins Schlafzimmer.

„Robert? Owen! Eleanor! Wo seid ihr?“ Der Wind heulte ums Haus.

Dann entdeckte sie das Pergament. Schon bevor sie es zur Hand nahm, wußte sie, worum es sich handelte. Dennoch zündete sie eine Kerze an und zwang sich dazu, die Worte zu lesen.

An den Marschall von Essex County oder seinen Vertreter oder Konstabler:
Im Namen Ihrer Majestäten ergeht hiermit die Anordnung zur Ergreifung und anschließenden Verwahrung des verehelichten Robert Powell. Die Vorführung des Genannten vor die Unterzeichneten hat am einunddreißigsten Tag des Monats Mai im Haus des Lt. Nathaniel Ingersoll in Salem Village zu erfolgen. Der Genannte wird der Ausübung von Hexerei zum körperlichen Schaden der Mary Warren, der Abigail Williams und der Ann Putnam beschuldigt. Die strenge Befolgung der obigen Anweisung wird hiermit befohlen. Gegeben zu Salem am 27. Mai 1692
John Hathorne
Jonathan Corwin
Gerichtsbeisitzer

Brianna las den Haftbefehl mehrere Male durch. Dann ließ sie ihn fallen und begann zu schreien. Doch da war niemand, der sie hätte hören können, und der Wind trug ihre Schreie zu einem unbekannten Ort.

12. KAPITEL

Michael hatte kaum Zeit, über die Brianna gegebenen Versprechen nachzudenken, als die Tür aufgestoßen wurde. Unbewußt erwartete er, daß Brianna zurückgekehrt war, obwohl dazu ja kein Anlaß bestanden hätte.

Es war auch nicht Brianna, die in den Salon trat, sondern Cedric, der gekommen war, und dessen Erregung war ganz offensichtlich.

„Ist sie fort?“ fragte er sogleich.

Michael nickte und zog die Brauen zusammen.

Cedric kam auf ihn zu, faßte ihn beim Arm und führte ihn aus dem Salon. „Folgt ihr nach! Wenn sie daheim eintrifft, wird sie feststellen, daß ihr Ehegatte soeben festgenommen wurde.“

„Was?“ Erschrocken wich Michael zurück. „Was sagt Ihr?“

Ungeduldig schüttelte Cedric den Kopf. „So hört mich doch an! Im Hafen erfuhr ich, daß ein Haftbefehl gegen Robert Powell ergangen war und gerade ausgeführt werden sollte. Inzwischen dürfte Briannas Ehegatte festgenommen worden sein. Ihr könnt nichts für ihn tun, falls Ihr das vorhattet. Sollte Eure Freundin wegen ihres Mannes Schwierigkeiten machen, garantiere ich Euch, daß morgen ein Haftbefehl auch gegen sie vorliegt.“

„Das kann man doch nicht ...“

„Man kann!“ versicherte Cedric. „Es ist der helle Wahn, aber legal. Die Richter wurden vom Königlichen Gouverneur bestimmt. Nicht mehr James sitzt auf dem Thron, sondern es sind Wilhelm und Maria. Legales Vorgehen, legale Haftbefehle, legale Verhöre. Und öffentliche Prozesse."

„Ich muß zu ihr!" stieß Michael hervor.

„Unbedingt", stimmte Cedric zu. „Doch Ihr müßt sehr umsichtig und klug vorgehen. Es gibt durchaus Wege, Menschen aus dem Gefängnis herauszuholen – Wärter, die sich bestechen lassen und ähnliches. Laßt mich einen Plan ausarbeiten, Michael. Wenn Ihr Euch jetzt mit dem Gouverneur anlegt, richtet Ihr einen nicht wiedergutzumachenden Schaden an."

„Das ist mir gleichglültig."

„Es darf Euch aber nicht gleichgültig sein, Michael. Denkt an das Kind!"

Sofort schwieg Michael still. Daß Cedric Turnberry von Owen wußte und an ihn dachte, während er, Michael, ihn vergessen hatte, erschreckte und beschämte ihn.

„Gut", sagte er schließlich seufzend. „Ich werde vorsichtig sein. Doch wenn man Brianna festnehmen will, dann schwöre ich Verdammnis über Wilhelm und Maria genau wie über James!" Er ergriff Cedrics Hand. „Vielen Dank, mein Freund."

Cedric lächelte. „Mein Pferd wartet draußen. Geht."

Michael ging. Er ritt wie der Wind, der sich heftig und kalt aufgetan hatte. Vor dem Pfad, der zur Farm der Powells führte, zügelte er das Pferd. Eine Frau eilte durch die Dunkelheit, eine Frau mit einem wimmernden Kind, das sie fest an ihren Körper drückte. Es war nicht Brianna. Das Mondlicht fiel auf helles blondes Haar. Michael trieb sein Pferd wieder an. Die Frau sah ihn und wollte fliehen.

„Wartet!" rief Michael. Sein Herz hämmerte, denn das Kind, das die Frau auf dem Arm trug, war Owen. „Wartet! Ich schwöre vor Gott, ich bin ein Freund!"

Die Frau blieb stehen und hielt den kleinen Jungen noch fester. Owen schrie protestierend und schlug mit seinen kleinen Fäusten auf sie ein.

„Papa! Papa! Ich will meinen Papa wiederhaben! Und wo ist Mama, Leonor? Laß mich los!"

„Still, Owen!" befahl die Frau, während sie Michael

ängstlich beobachtete, der jetzt aus dem Sattel stieg und auf sie zukam. Sie wich zurück. „Wer seid Ihr?" Sie sah mit einem Blick, daß seine Kleidung ganz gewiß nicht aus dem schlichten Stoff eines puritanischen Hauses gefertigt worden war.

„Treveryan, Mädchen. Mein Name ist Michael Treveryan."

Die junge Frau machte große Augen. „Lord Treveryan, der Kapitän!"

„Ja, und wer ..."

„Ist sie zu Euch gekommen? Habt Ihr Brianna Powell gesehen? Ach, es ist zu spät!" jammerte die Frau und drückte das Kind wieder an sich. „Sie sind vorhin mit einem Haftbefehl gegen Robert gekommen. Ich habe ihnen erklärt, daß er krank ist, doch sie wollten ihn nicht einmal bis zum Verhör in seinem Haus lassen. Robert leistete keinen Widerstand. Im Gegenteil, er wollte fortgebracht werden, solange Brianna noch nicht wieder daheim war."

„Wohin hat man ihn gebracht? Nach Salem oder nach Boston?"

„Nach Salem. Nach Boston werden die Gefangenen erst nach dem Verhör gebracht. Oh ... O großer Gott!" Sie brach in Tränen aus, woraufhin der kleine Junge ebenfalls zu weinen anfing.

Michael trat zu ihr und hielt sie bei den Schultern fest. „Sie muß sich beruhigen, Mädchen", sagte er leise. „Wir werden etwas unternehmen. Doch zuerst: Wo ist Brianna jetzt?" Wenn die Lage nicht so dringend gewesen wäre, hätte er der Frau am liebsten den Jungen aus den Armen gerissen.

„Ich weiß nicht. Als man Robert abführte, bin ich mit Owen fortgelaufen. Man hat hier nämlich schon Fünfjährige verhaftet. Ich wollte ihn zu uns nach Haus bringen und irgend etwas zu tun versuchen. Ihr wißt auch nicht, wo Brianna ist?"

„Nein. Wäre es möglich, daß ihr beide aneinander vorbeigelaufen seid?"

„Ja! Ja, natürlich! Ich kam durch den Wald. Unser Anwe-

die Kaminbank und nahm den Krug entgegen, den sie ihm reichte.

„Ich bin Eleanor, Lord Treveryan“, sagte sie.

Er nickte und trank sein Bier in großen Schlucken. Danach fühlte er sich ein wenig besser.

Inzwischen hatte Eleanor das Feuer neu angelegt. Jetzt brannte es hell, und zwei Laternen standen auf dem Tisch. „Ihr kanntet Brianna schon, nicht wahr?“ fragte sie Michael.

„Ja.“

„Davon hat sie nie etwas gesagt.“ Eleanor blickte ihn besorgt an. „Allerdings hat sie mir erzählt, sie sei schon einmal zum Tode verurteilt und dann gerettet worden.“

Michael rutschte auf der Bank nervös hin und her. Er fühlte sich plötzlich so müde und viel zu alt für seine Jahre.

„Was werdet Ihr tun, Lord Treveryan?“

„Das weiß ich noch nicht. Warten, vermute ich. Bis jetzt finden noch keine Prozesse statt. Vielleicht werden all diese Bedauernswerten freigelassen.“

Eleanor schüttelte den Kopf. Sie kämpfte mit den Tränen. „Das glaube ich nicht. Meinen Verlobten haben sie auch abgeholt. Er war ein Konstabler. Er hatte seine Stellung aufgegeben, weil er, wie er sagte, solche Haftbefehle nicht länger ausführen wollte. Sobald er gekündigt hatte, wurde er angeklagt.“

Michael fiel nichts ein, womit er die junge Frau hätte trösten können.

„Wenn sie Robert verhaftet haben“, sagte sie, „dann können sie jeden von uns holen kommen.“

Michael trank seinen Krug leer und reichte ihn ihr. „Kann ich noch etwas bekommen? Und gibt es hier etwas zu essen?“

Eleanor füllte den Krug und gab ihn ihm zurück. „Ich werde nachschauen.“

Sie fand Brot, Käse und Trockenfleisch. Als sie alles vor Michael hinstellte, sprach sie schon wieder ein wenig gefaßter. „Ihr seid ein Freund des Königs. Ihr müßt doch etwas tun können. Dies alles hier ist zu weit gegangen. John Proctor meinte gleich am Anfang, daß die Mädchen aus uns allen Teufel machen konnten. Eins von ihnen hat sogar zugegeben, daß sie den Namen von Mistress Proctor zuerst nur aus Spaß ausgerufen haben."

Traurig schüttelte Eleanor den Kopf. „John hatte ja so recht! Sobald er seiner Frau beistand, wurde er selbst beschuldigt. Er kann sehr grob sein, und er ist gewiß nicht besonders umgänglich, doch wenn Hexen und Hexer existieren, dann sind es bestimmt keine Menschen wie er. Seine Magd, Mary Warren, gehört zu den befallenen Mädchen. Später hat sie ihre Aussage widerrufen, und schon wurde sie selbst zur Untersuchung vorgeführt. Immer und immer wieder wurde sie verhört, bis sie ‚gestand', daß John zu ihr gekommen sei und verlangt habe, sie solle sich in des Teufels Buch eintragen."

Eleanor blickte Michael an. „Trotzdem dürft Ihr uns Puritaner nicht verurteilen, denn wir streben ehrlich danach, Gottes Werke zu tun."

Michael lächelte unfroh. „Ich verurteile euch nicht. Dies alles ist keine Folge eures Glaubens, sondern eine Erscheinung unserer Zeit." Und wie kann man ihr entkommen? fragte er sich im stillen.

„Sarah Osbourne ist im Gefängnis gestorben. Sie war auch krank, als man sie abholte."

Michael kam an den Tisch. „Ich kann die Gefängnisse nicht leerräumen", sagte er ruhig.

Eleanor setzte sich ihm gegenüber. „Aber Ihr werdet doch versuchen, Robert zu befreien und . . ."

„Und Ihren Verlobten. Ja, das werde ich versuchen. Ich habe einen Freund mit guten Beziehungen. Er könnte möglicherweise helfen."

Nervös biß sich Eleanor auf die Unterlippe. „Diejenigen, die aus dem Gefängnis herauskommen, werden tief verschuldet sein. Nur wenige besitzen viel Geld, und wer die Gefängniskosten nicht bezahlen kann, wird nicht freigelassen."

„Eleanor, Zeiten wie diese fördern das Schlimmste, doch

auch das Beste in den Menschen zutage. Es wird Hilfe aus anderen Quellen geben."

Sie nickte langsam. „Wir können nur beten."

Michael stand auf. „Ich werde zum Gefängnis gehen und feststellen, was ich für Robert tun kann. Ihren jungen Mann werde ich auch besuchen. Wie heißt er?" wollte er von ihr wissen.

„Philip Smith", antwortete Eleanor eifrig. „Er hat Euch in Boston kennengelernt, als Ihr dort ankamt."

Michael nickte. „Und nun muß Sie mir ein paar Decken und Kleidung für Robert und Ihren Philip geben."

Das tat Eleanor sogleich. Michael legte die Sachen zusammen und trat vor das Haus. Sein eigenes Pferd war anscheinend nach Lynn und zu seinem Hafersack zurückgelaufen, doch Briannas dürre Mähre war da und suchte auf dem kargen Boden nach Gras. Michael fing sie ohne Schwierigkeiten ein, packte das Bündel auf, stieg in den Sattel und verabschiedete sich von Eleanor.

★

Anstandslos wurde Michael zu Robert Powell gelassen. Die beiden Gefängniswärter waren nüchterne und harte Burschen, doch die Überfüllung der Zellen schien sie zu bedrücken. Der ältere von ihnen führte Michael durch das zugige Haus und sprach unterwegs sehr sachlich über den Verlauf der Dinge.

„Wir hatten Mary Warren hier, ja. Solange sie in Frieden gelassen wurde, war sie ruhig und schwor, daß ihr Master Proctor kein Hexer sei. Dann kamen die Richter wieder, und schon wand sie sich aufs neue in den scheußlichsten Krämpfen, die kein Mensch mit ansehen konnte. Wirklich, es ist schon eine traurige Sache – der Teufel hier in Massachusetts!"

Michael hörte metallisches Rasseln. „Liegen die Gefangenen in Ketten?" fragte er bestürzt. Das Licht war nur schwach, doch man konnte sehen, daß die meisten der Unglücklichen, die auf den Pritschen lagen, alte Männer und Frauen waren. Noch erschütternder war die Tatsache, daß sich hier auch Kinder befanden, die nicht mehr als zehn Jahre zählten.

„Amtlicher Befehl, Lord Treveryan", antwortete der Wärter. „Es heißt, die Geister der Hexen können fliegen und ihre Opfer quälen, falls man sie nicht in Eisen bindet."

„Unsinn!" sagte Michael unwirsch.

Der Wärter warf ihm einen Blick zu, schwieg jedoch, denn Lord Treveryan war ein Herzog und ein persönlicher Freund der Majestäten Wilhelm und Mary.

„Das dort ist Euer Mann, Robert Powell." Der Wärter suchte den passenden Zellenschlüssel aus seinem Ring. „Sir, ich will jetzt keineswegs respektlos sein, doch gemäß den Vorschriften muß ich Euch fragen: Ihr habt keine Feile, Messer oder ähnliche Dinge bei Euch?"

„Nein, so etwas habe ich nicht", antwortete Michael matt. „Nur Decken, Kleidung und Bier. Sonst nichts."

Der Mann nickte, ließ Michael in die Zelle eintreten und verschloß hinter ihm die Tür.

Ketten rasselten, und die Gestalt auf der Pritsche erhob sich. Michael trat hinzu. Robert Powell sah wie der Tod persönlich aus. Sogar bei dem schwachen Licht sah man, daß seine Haut grau, seine Wangen hohl und seine dunklen Augen tief eingesunken waren.

„Treveryan?" flüsterte er.

„Ja, Powell, ich bin es." Michael hockte sich vor die Pritsche, breitete die mitgebrachten Dinge aus und reichte Robert das gewürzte Bier.

Robert nahm es entgegen, trank und blickte Michael ruhig an. „Geht fort von hier", sagte er nur.

Michael hob die Hände. „Brianna kommt ohne Ihn nicht mit, Powell."

„Zwingt sie dazu."

Michael stand auf und ging in der Zelle umher. „Das kann ich nicht tun. Ich habe mächtige Freunde, und wir werden uns gemeinsam gegen diesen schrecklichen Wahnsinn erheben."

Robert wollte auflachen, mußte indessen husten, Michael klopfte ihm auf den Rücken, und der Anfall legte sich. „Treveryan, ich glaube nicht, daß jemand diesem Wahnsinn ein Ende machen kann. Und mir wäre wohler, wenn ich Brianna und Owen in Sicherheit wüßte."

Michael stieß einen leisen Fluch aus und setzte sich auf die Pritsche. „Powell, verdammt will ich sein, wenn ich zulasse, daß Er sich opfert", erklärte er entschlossen. „Er ist bisher weder verhört noch dem Gericht vorgeführt worden. Es gibt keine Beweise gegen Ihn!"

„Eingebildete Beweise schon."

„Und was bewirken die?" fragte Michael.

„Anscheinend alles", antwortete Robert tonlos.

„Höre Er mich an! Wenn Er vor den Untersuchungsrichter gebracht wird, werden wir unser Bestes tun, Ihn zu entlasten."

„Und wenn man mich trotzdem für schuldig befindet?"

„Dann gesteht Er. Für die Geständigen sind keine Prozesse vorgesehen."

„Deswegen nicht, damit die Geständigen gegen andere aussagen können."

„Herrgott. Powell, Er muß an das Überleben denken!"

Robert seufzte und lächelte schwach. „Ich kann mich nicht der Hexerei für schuldig bekennen. Das wäre gegen alles, woran ich glaube. Vielleicht würde es das Gericht zufriedenstellen, doch es gibt einen weit höheren Richter. Wie soll ich mich vor Gott für meine Lüge rechtfertigen?"

„Wo ist Sein Verstand, Mann? Der Allmächtige sieht doch selbst, was hier geschieht."

Robert schüttelte den Kopf. „Ich stehe Untersuchung und Prozeß durch und kämpfe, solange ich kann. Wenn Ihr mir helfen wollt, Treveryan, dann bringt meine Frau und meinen ... Owen weit fort von diesem Wahnsinn hier."

Er zögerte einen Moment. „Ich vermute, Ihr habt schon mit Brianna gesprochen. Seit man mich hergebracht hat, schwebe ich in schrecklicher Angst davor, daß sie in ihrer Wut zu meiner Verteidigung herbeieilen könnte und dann selbst festgenommen wird. Wo ist sie?" Er stand auf und faßte Michael erstaunlich fest beim Arm.

Michael drückte Robert auf die Pritsche zurück. „Brianna geht es gut, und sie ist gut aufgehoben."

„Ich kenne sie doch! Sie kann versprechen zu bleiben, wo sie ist, und dann läuft sie trotzdem davon."

Michael mußte lächeln. Nicht nur Robert kannte Brianna gut! „Powell, im Moment kann sie nirgendwohin laufen. Ich habe sie bewußtlos geschlagen."

Eine Sekunde lang starrte Robert Michael verwirrt an, und dann lächelte er wirklich erheitert. Er schloß die Augen. „Ich danke Euch", sagte er.

Michael bemerkte, wie die Eisenfesseln Roberts Handgelenke wundscheuerten. „Fasse Er sich ein Herz, Powell. Es gibt einiges, das man tun kann. Ich werde sicherstellen, daß Er gut versorgt wird. Und wenn es soweit ist . . ."

Powell öffnete die Augen. „Ich will Eure Wohltaten nicht, Treveryan. Nehmt meine Frau und geht."

Michael stöhnte ungehalten. „Es sind keine Wohltaten, Powell. Und ich werde Seine Frau nicht nehmen. Wir werden kämpfen, und wenn alle legalen Mittel versagen, werden wir uns illegaler bedienen."

Jetzt schüttelte Powell ebenso ungehalten den Kopf. „Treveryan, für einen Idioten hatte ich Euch nicht gehalten. Brianna hat Euch immer geliebt. Veranlaßt sie, mit Euch zu gehen. Bindet sie, schlagt sie, sperrt sie ein – aber nehmt sie mit Euch fort!"

Michael lächelte. „Da irrt Er sich, Powell. Seine Frau liebt Ihn. Ich bin nur eine Nebenfigur. Und ich lasse nicht zu, daß man Ihn hängt, eben weil Brianna Ihn liebt."

Michael wollte nach dem Wärter rufen, doch Robert hielt ihn noch zurück.

„Versprecht mir eines."

„Was?"

„Ich werde kämpfen, denn ich bin kein Hexer. Indessen . . . wenn es übel ausgeht, werdet Ihr Brianna dann mit Euch nehmen, gleichgültig ob sie protestiert oder nicht?"

„Ja", sagte Michael feierlich. „Das verspreche ich." Er versuchte Robert möglichst ermutigend zuzulächeln. „Den

immer Macht über sie hatte und noch immer eine so große Bedrohung für sie darstellte. Gleichgültig, woran es lag, ihr Blut kochte jedenfalls schon wieder, und die Wut diktierte ihre Worte.

„Geht mir aus den Augen, Lord Treveryan! Ich bedaure, daß ich zu Euch gekommen bin. Ihr wollt seinen Tod! Ihr könntet weiß Gott jede beliebige Frau haben, doch nur die, welche sich Euch nicht hingibt, fasziniert Euch. Ihr wollt, daß Robert stirbt!"

Sie raffte sich aus dem Fliederbusch hoch und zerfetzte dabei wütend die schönen Blütenrispen. „Ihr denkt, Ihr könnt ihm seinen Sohn fortnehmen. Nun, das wird Euch nicht gelingen. O Gott, wie ich Euch verachte!" Ihre Stimme klang schrill und hysterisch. Brianna merkte nicht einmal, daß Michael trotz ihrer grausamen Worte sehr ruhig blieb, so als wüßte er etwas über sie, das sie nicht wußte.

„Tot, tot, tot!" schrie sie. „Tot wie Eure Gattin!"

Mit einem Schritt stand Michael vor ihr und schlug ihr mit der flachen Hand ins Gesicht. Hinter diesem Schlag saß keine Kraft, doch er brannte auf Briannas Wange, und das war vielleicht der Effekt, den sie brauchte. Sie schwieg benommen und schaute diesem großen, breitschultrigen Mann in die Augen, der gegen das Unrecht in der Welt gekämpft hatte. Mit einmal schämte sie sich unsagbar ihrer Worte.

Sie betastete ihre Wange. „Michael, vergebt mir", flüsterte sie. „Ich habe es nicht so gemeint. Ich wußte nur nicht, was ich tun sollte. Robert kann keine großen Belastungen aushalten. Er wird sterben. Michael, ich muß zu ihm! Ich muß ihm sagen, daß ich ihn nicht verlassen werde, und daß . . ." In ihrer Verzweiflung wußte sie nicht weiter.

Zögernd, als fürchtete er sich vor der Berührung, schloß Michael Brianna in die Arme. „Ganz ruhig, Liebste. Beruhige dich. Du irrst dich. Ich wünsche Robert nicht den Tod." Er schob sie sanft von sich fort und blickte ihr in die Augen. Er lächelte ein wenig. „Ich weiß genau wie du, daß man auf sehr verschiedene Weise lieben kann."

Brianna bebte. Wie stark seine Umarmung war!

Michael spürte auch die Spannung, die zwischen ihnen beiden entstand. Er ließ Brianna los und reichte ihr seine Hand hin. „Waffenstillstand, Brianna? Nur dann sind wir in der Lage, Robert zu helfen."

„Waffenstillstand", bestätigte sie leise.

Michael brachte Brianna ins Haus zurück. Eleanor, die beim Feuer gesessen hatte, sprang auf und musterte die beiden rasch, befand, daß sie sich gegenseitig keinen Schaden zugefügt hatten, und setzte sich wieder. Michael drückte Brianna neben sie auf die Kaminbank und wandte sich dann an die beiden Frauen. Nun sprach er wie der Kapitän eines Schiffes, der keine Mißachtung seiner Befehle duldete.

„Robert und Philip werden in den nächsten Tagen dem Untersuchungsrichter vorgeführt. Da sie beide mit Sicherheit nicht für unschuldig befunden werden, wird man sie bis zum Prozeß wieder einsperren. Brianna, wenn es soweit ist, können wir Robert in ein besseres Quartier bringen lassen. Mit genügend Geld kann man eine gewisse Freiheit kaufen. Robert wird zwar unter Bewachung stehen, doch Sie wird für ihn sorgen können. Eleanor, ich befürchte, Philip wird im Gefängnis bleiben müssen, denn er ist jung und gesund. Das kann ich kaum bestreiten."

Er sprach wieder beide Frauen zusammen an. „Ihr müßt euch dessen bewußt sein, daß wir ein Spiel mitspielen, dessen Regeln nicht von der Vernunft geschrieben wurden. Ich empfehle nicht, daß wir uns wie Feiglinge verhalten. Wenn es möglich und innerhalb des Gesetzes angebracht ist, werden wir alle reden. Doch Verwünschungen auszustoßen, zu schreien und zu streiten, das wird niemanden befreien. Habt ihr verstanden?"

Die beiden Frauen nickten ernst. Mißtrauisch blickte Michael Brianna an. „Hat Sie verstanden?" fragte er noch einmal.

„Jawohl!" antwortete sie gereizt.

Michael lächelte. Zwar ertrug er es nicht, wenn sie hysterisch wurde, doch sie geschlagen und hilflos zu sehen, behagte ihm erst recht nicht. „Ich bringe Sie morgen zu Ihrem Gatten", versprach er, „sobald wir Owen fortgeschickt haben."

„Owen?" Empört sprang Brianna auf. „Ihr dürft nicht ... Ihr habt gesagt, Ihr würdet nicht ..."

Michael legte ihr die Hände auf die Schultern und drückte sie wieder auf die Bank. „Nein", sagte er rauh. „Ich stehle das Kind nicht. Will Sie den Jungen etwa angesichts dieses Wahns hier bei sich haben?"

Sie schüttelte den Kopf und kämpfte mit den Tränen.

„In New York wird er in Sicherheit sein, Brianna."

Sie starrte auf ihre Hände hinunter.

„Und nun geht ins Bett, ihr beiden. Viel ist von dieser Nacht ja nicht mehr übrig."

Verblüfft schaute Brianna zu ihm hoch. „Zu Bett gehen?"

„Und schlafen, ja. Ab jetzt werden die Tage nicht sehr lang werden."

„Bleibt Ihr hier?" wollte Brianna wissen.

„Ja. Ich habe die Nächte schon an unangenehmeren Orten verbracht als auf dem Boden vor einem wärmenden Kaminfeuer. Und jetzt geht."

Eleanor ging gehorsam ins Schlafzimmer. Brianna folgte ihr, drehte sich dann jedoch noch einmal um.

Michael hatte den Ellbogen auf die Kamineinfassung gelegt und massierte sich die Schläfe, weil er das Gefühl hatte, sein Kopf würde gleich zerspringen. „Zu Bett!" befahl er Brianna energisch.

Sie zögerte, weil sie noch etwas sagen wollte. Doch es gab ja nichts mehr zu sagen. Sie ging ins Schlafzimmer und schloß die Tür hinter sich.

Eleanor hatte sich schon bis auf ihr Unterkleid ausgezogen und sich auf Roberts Bettseite gelegt. Brianna entkleidete sich ebenfalls, hob dann ihren Sohn in die Arme und nahm ihn mit zu sich ins Bett. Zärtlich drückte sie ihn an sich. Zwar wußte sie nicht, wie sie es ertragen sollte, ihn fortzugeben, doch dies war ganz gewiß das beste für ihn. Andererseits fürchtete sie sich. Immerhin sollte sie das Kind seinem leiblichen Vater übergeben, einem Mann, der sich nach einem Sohn sehnte.

Plötzlich drehte sich Eleanor zu ihr um. „Was immer er von dir verlangt – tue es!“ flüsterte sie eindringlich. „Robert und Philip haben ohne ihn keine Chance. Bitte! Ich würde mich selbst hundert Männern hingeben, wenn nur einer von ihnen etwas ausrichten könnte.“

„Eleanor, er verlangt nichts von mir“, sagte Brianna ernst und leise.

„Was glaubst du, wie lange er dann bleiben wird?“ fragte Eleanor. Ihre Stimme klang zornig, ängstlich und der Hysterie nahe. „Wenn du ihn gehen läßt, Brianna, bete ich darum, daß du in der Hölle schmorst. Jawohl, das tue ich!“

Brianna konnte ihrer Freundin nicht böse sein. Sie kannte die Furcht selbst zu gut. „Ich lasse ihn nicht gehen, Eleanor“, versprach sie.

★

Am Morgen brannte bereits ein warmes Feuer im Herd, und Brianna fand Michael in der Küche vor. Er trug kein Hemd und war gerade dabei, sich über einem Wassereimer zu rasieren. Er zuckte zusammen, weil er sich am Kinn ritzte, und machte ein finsteres Gesicht, als er sie kommen sah.

Sie betrachtete seinen nackten Oberkörper, senkte dann den Blick und ging an Michael vorbei. „Ich habe Tee und Honig im Haus“, teilte sie ihm mit. „Das Brot wird nicht mehr frisch sein, aber . . .“

Er hielt sie am Arm fest. „Das macht mir nichts aus.“

Eleanor kam aus dem Schlafzimmer. Michael ließ Brianna los. Niemand sprach, während er seine Rasur beendete und sein Hemd anzog. Die Frauen deckten den Tisch. Dann erschien Owen an der Tür. Er rieb sich die Augen und schaute Michael neugierig an.

Michael ging zu ihm. „Owen, ich bin ein Freund, ich heiße . . . Michael.“

Der kleine Junge betrachtete den Fremden unsicher und mißtrauisch. Man sah ihm an, daß er gleich an Michael vorbei zu seiner Mutter laufen und sich hinter ihren Rökken verstecken würde.

„Owen“, sagte Brianna rasch und scheinbar fröhlich. „Michael will deinem Papa beistehen. Geh mit ihm hinein, und laß dir von ihm beim Anziehen helfen.“

Eleanor berührte sie am Arm, und dann schauten die beiden Frauen dem Mann und dem Kind nach, die zusammen ins Schlafzimmer gingen.

Brianna konnte nichts essen. Sie hörte Owens Lachen und Michaels tiefe Stimme. Was er sagte, konnte sie nicht verstehen, doch gleich lachte Owen wieder laut und fröhlich.

Als die beiden schließlich zurückkehrten, krabbelte Owen auf den Schoß seiner Mutter. „Mag ihn!“ erklärte er und zeigte auf Michael.

Dieser setzte sich nicht. „Sie muß jetzt Owens Sachen zusammenpacken“, forderte er Brianna auf.

Sie nickte, setzte das Kind zum Essen an den Tisch und tat, wie Michael ihr geheißen hatte. Tapfer kämpfte sie gegen die Tränen an, während sie die winzigen Kleidungsstücke zusammenlegte, die sie mit soviel Liebe genäht hatte.

Bald waren sie aufbruchbereit. Da sie nur ein einziges Pferd besaß, zäumte Brianna die störrischen Maultiere auf. Zuerst ging es zum Gefängnis. Michael blieb mit Owen draußen.

Trotz all ihrer guten Vorsätze schrie Brianna auf, als sie ihren Mann sah. „O Robert!“ An seiner Seite sank sie nieder.

Er lächelte ihr zu. „Meine liebe Frau.“ Er berührte ihr Haar und blickte ihr in die Augen. „Brianna, schau mich nicht so an. Habe Vertrauen in Gott.“

„Das habe ich.“ Das war eine Lüge, denn seit Pegeens Tod fiel es ihr schwer, Gottvertrauen zu haben. „Ach, Robert . . .“

Er setzte sich auf und nahm ihr Gesicht zwischen seine Hände. „Ich möchte nicht, daß du hierbleibst, Brianna. Treveryan kann dich fortbringen. Als dein Ehemann befehle ich dir, mit ihm zu gehen.“

Lächelnd schüttelte sie den Kopf. „In allem anderen würde ich dir gehorchen, Robert. Doch bei deiner gerichtlichen Untersuchung kann ich zu deiner Verteidigung aussagen." Sie zögerte. „Aber ich schicke Owen heute nach New York."

Das schien Robert zu schmerzen, und sein Schmerz tat ihr weh, doch sie wußte, daß sie beide einer Meinung waren, wenn es um die Sicherheit des Kindes ging. „Danke ihm", sagte er leise, und sie wußte, daß er Michael meinte. „Laß mich dich im Arm halten", bat er.

So geschah es. Sie lehnten sich zusammen gegen die kalte Wand. Brianna fand zu ihrer Besorgnis, daß Robert sich sehr warm anfühlte, doch sie sah auch, daß er alles hatte, was man ihm hier geben konnte: Decken, Wasser, Bier. Die Reste seines Frühstücks lagen noch auf einem Tablett. Brot und Fisch rochen frisch.

Nach einer Weile schlief Robert ein. Brianna küßte ihn auf die Stirn und ging.

Auf der Straße sah sie weder Eleanor noch Michael oder Owen. Eleanor befand sich vermutlich noch bei Philip, doch wohin hatte Michael den Jungen gebracht?

Brianna eilte zum Gasthaus. In der Schankstube saß Michael allein an einem Tisch und hatte einen Bierkrug vor sich stehen. „Wo ist Owen?" fragte sie voller Angst.

„Ich habe ihn auf die Reise gebracht."

„Mit wem? Ihr habt verhindert, daß ich ihm auf Wiedersehen sage! Ihr wolltet nicht, daß ich ihn noch einmal sehe! Ihr habt . . ."

Michael zog sie bei der Hand auf den gegenüberliegenden Stuhl und warf ihr einen warnenden Blick zu, denn die anderen Gäste unterhielten sich über die festgenommenen Hexen und Hexer und über die anstehenden Verhöre.

„Was hätte es eingebracht?" fragte er leise. „Du hättest geweint, Owen wäre in Tränen von dir geschieden und hätte sich nicht wieder beruhigt. Deine Freundin Sarah Ingersoll hat ihn zu Cedric gebracht."

„Cedric?"

„Lord Turnberry", erläuterte Michael ungeduldig. „Cedric bringt Owen nach Boston. In Boston wird er Paddy finden, und die ‚Seefalke' wird sie nach New York bringen,

doch Gott allein wußte, warum er zu ihr stand.

„Weshalb segelt Ihr nicht einfach fort?“ fragte sie.

„Weil du eine Hexe bist“, antwortete er unbekümmert. „Doch das darf außer uns beiden niemand wissen. Weil du mich mit deinem Bann belegt hast. Berühren darf ich dich nicht, aber ich würde gern tausend Tode für dich sterben. Das kann weder Zeit noch Raum ändern.“

„Es ist aber mein Ehemann, um den wir kämpfen.“

Michael seufzte und zuckte die Schultern, als wunderte er sich selbst ein wenig. „Ich weiß nicht, ob ich das tue, weil du ihn liebst oder weil ich ihn selbst zu achten gelernt habe. Das spielt auch keine Rolle, nicht wahr?“ Seine Stimme klang mit einmal bitter.

Brianna schüttelte den Kopf und blickte zu Boden. „Alles ist jetzt so, wie Ihr es Euch gewünscht habt, Michael. Wilhelm und Maria sitzen auf dem Thron. Euer Heim erwartet Euch. Ihr seid frei und könnt Euch eine Frau nobler Geburt wählen, eine junge und schöne Frau, die willens und in der Lage ist, Euch einen Erben zu schenken. Trotzdem bleibt Ihr hier an der Seite einer puritanischen Ehefrau, die Euch vom ersten Tag an nichts als Ärger, Tod und Elend gebracht hat.“

„Ja, ich bin schon ein rechter Narr, was?“ Er versuchte zu lächeln. „Brianna, ich flehe dich nur um eines an: Verhalte dich ruhig. Du kannst im Moment für Robert nichts weiter tun, als selbst stark zu sein. Vertraue mir. Wenn es an der Zeit ist, werde ich in Aktion treten.“

Der weitere Verlauf des Nachmittags brachte keine Überraschungen. Zusammen mit den anderen Verhörten wurde Robert ins Gefängnis zurückgebracht, wo er den Prozeß abwarten sollte. Wegen seines Gesundheitszustandes und des zur Verfügung gestellten Geldes gelang es Michael jedoch, für ihn Privilegien zu erwirken, die sonst nur den Prominentesten vorbehalten waren.

Robert wurde in bewachten Räumen im Zentrum von Salem Village untergebracht, wo Brianna ihn pflegen konnte, solange seine Fesseln intakt blieben und er keinen Versuch unternahm, das Gebäude zu verlassen. Dort zogen sie am zweiten Juni ein, dem ersten Prozeßtag.

An diesem Tag wurde Bridget Bishop für schuldig befunden. Am zehnten Juni brachte der Sheriff sie zum Galgenhügel, und sie wurde gehängt.

Robert und Brianna verbrachten die Tage in gespannter Nervosität und Niedergeschlagenheit. Immer wieder flehte er sie an, sie möge fortgehen, bevor noch ihr Name auf die Liste der Beschuldigten geriet.

Michael teilte seine Zeit zwischen Roberts bewachter Unterkunft und dem Gefängnis auf, denn er hatte Eleanor versprochen, sich um Philip zu kümmern. Cedric Turnberry verkehrte weiterhin auf gesellschaftlicher Ebene mit den Untersuchungsbeamten und den Richtern und trug Michael Neuigkeiten weiter, sobald sie ihm zu Ohren kamen.

Roberts Prozeß sollte am neunundzwanzigsten Juni stattfinden, doch an diesem Tag war er zu krank zum Stehen. Die Richter hatten ein Einsehen und verschoben den Termin.

Brianna nahm an den Prozessen nicht teil. Allerdings hatte sie ihre Unterschrift auf eine Petition gesetzt, in der die alte Rebecca Nurse als eine gütige und mildtätige Nachbarin bezeichnet wurde, die unmöglich eine Hexe sein konnte.

Michael nahm an den Prozessen teil und war entsetzt über die vorgelegten Beweise. Rebecca war eine solch anerkannte Stütze der Gemeinde, daß sogar Hathorne bezweifelte, sie könnte eine Hexe sein. Nach der Beratung kehrten die Geschworenen auch mit dem Urteil „nicht schuldig" zurück.

Die Richter forderten sie jedoch auf, ihre Beratung noch einmal aufzunehmen, denn als eine andere Beschuldigte, Sarah Good, hereingeführt wurde, hatte Rebecca etwas gemurmelt, das sich wie „... eine von ihnen" angehört hatte. Michael war klar, daß sie damit gemeint hatte, Sarah sei eine Mitgefangene, doch das Gericht war sofort davon überzeugt, daß sie „Mit-Hexe" gemeint hatte. Da Rebecca sehr alt und schwerhörig war, hatte sie nicht geantwortet, als man sie nach der Bedeutung ihrer Äußerung gefragt hatte.

Michael brauchte sich jedoch nicht protestierend einzumischen, denn Rebecca hatte eine große Familie, die nicht tatenlos bleiben wollte.

Eine der Frauen, über die an diesem Tag verhandelt wurde, Susanna Martin, war bekannt wegen ihrer Bösartigkeit. Sie wurde verurteilt, weil sie den Ochsen eines Nachbarn behext hatte sowie in den Schlafräumen einiger Männer erschienen war und sie dazu gezwungen hatte, sich in das „Buch des Teufels“ einzutragen.

Insgesamt fünf Frauen wurden in diesen Tagen verurteilt. Michael brannte darauf, etwas zu unternehmen. Selbst wenn Susanna Martin ein widerliches altes Weib war, verdiente sie es nicht, wegen solcher Dinge aufgehängt zu werden. Zwei andere Matronen blieben fromm und ruhig, gleichgültig welcher lachhafter Dinge man sie beschuldigte. Wie Robert, so weigerten auch sie sich, sich der Lüge schuldig zu machen; sie glaubten an ein höreres Gericht als das auf Erden.

Michael schrieb an den König und die Königin, obwohl er wußte, daß eine Antwort erst eintreffen würde, wenn es für die Frauen schon zu spät war, denn sie sollten am neunzehnten Juli hingerichtet werden.

Als Michael Brianna von den Prozessen berichtete, flüsterte er ihr zu, daß der Versuch auszubrechen bald erfolgen müßte.

Brianna sah an diesem Tag beinahe so krank aus wie Robert. „Ich habe Angst“, sagte sie leise und schloß vorsichtshalber die Schlafzimmertür. „Ich glaube, Robert ist nicht transportfähig. Seit seinem Aufenthalt im Gefängnis kann er kaum noch atmen.“

Michael konnte den Schmerz nicht ertragen, der sich in ihren Augen spiegelte. „Brianna, ich reite nach Boston und bringe die ‚Seefalke‘ nach Salem. Wir können die Flucht nicht viel länger aufschieben.“

„Das müssen wir aber. Roberts Prozeß hat doch noch nicht stattgefunden.“ Sie ließ sich auf einen Stuhl sinken und lehnte den Kopf müde an die Wand. „Rebecca Nurse!

Wie konnte man sie nur verurteilen?"

„Ihre Familie will Berufung einlegen. Vielleicht läßt der Gouverneur diese zu. Ich will den Mann selbst aufsuchen, aber ..." Er zögerte. „Brianna, ich kann das nicht länger ertragen. Zu sehr einmischen kann ich mich auch nicht, oder was ich sage, wird eines Tages gegen mich verwendet. Wenn ich zurückkehre", schloß er ärgerlich, „wirst du reisebereit sein!" Er drehte sich um und ging, ohne Briannas Erwiderung abzuwarten.

★

Michael sah sich die Hinrichtungen auf dem Galgenhügel nicht an, doch Cedric tat es. „Rebecca ging wie ein Lamm zu Gottes Herde. Sie hatte ein Gebet auf den Lippen und zeigte eine geradezu beschämende Würde. Ganz anders Sarah Good. Die Menge war entsetzt, denn welcher Christenmensch stirbt mit einem Fluch auf den Lippen? Sarah schwor dem Reverend Noyes, er würde eines Tages an seinem eigenen Blut ersticken."

„Das hat die alte pfeiferauchende Vettel gut gemacht!" rief Michael aus.

Cedric lachte. „Diese Einstellung würde ich an Eurer Stelle nicht allzu bekannt machen, Treveryan. Sogar jene freundlichen Geistlichen aus Boston, die den ‚Spektral-Beweisen' nicht trauen, waren fest davon überzeugt, daß die alte Mistress Good eine Hexe war. Aber doch nicht Rebecca Nurse", fügte er leise hinzu.

Er blickte Michael an. „Ich glaube, Ihr macht einen Streiter aus mir, mein Freund. Könnt Ihr Euch vorstellen, daß ich, ein Lord des Königreichs, beabsichtige, den Abend mit den Angehörigen dieser Dame zu verbringen? In finsterer Nacht werden wir zum Galgenhügel gehen, ihre Leiche ausgraben und sie ordentlich bestatten."

„Darauf trinke ich, Cedric. Auf Euer Wohl!" Die beiden Männer hoben ihre Gläser mit irischem Whiskey. „Ich reite morgen nach Boston", berichtete Michael. „Ich werde meine Mannschaft einsammeln und außerdem versuchen, auf einige geistig gesunde Geistliche dahingehend einzuwirken, daß sie ihre Ansichten den Richtern mit mehr Nachdruck zur Kenntnis geben." Er blickte Cedric an. „Habt ein Auge auf Brianna, ich bitte Euch."

„Gewiß, das werde ich tun." Cedric lächelte amüsiert. „Die Dame muß wahrhaftig tugendhaft sein, wenn Ihr keine Bedenken habt, mich über sie wachen zu lassen."

Michael lachte. „Ach, Cedric, Ihr wißt so gut wie ich, daß ich die Klinge zu handhaben verstehe und daß Ihr es nie darauf ankommen laßt." Wieder ernst, fügte er hinzu: „Außerdem ist sie wirklich tugendhaft, nicht meinetwegen, aber für ihren Gatten."

Cedric hob die Augenbrauen. „Ihr seid nicht ihr . . ."

„Geliebter? Nein."

Cedric wurde mit einmal sehr nachdenklich und ernst. „Jawohl, Michael, ich werde sie bewachen und beschützen mit allem, was mir zur Verfügung steht."

Am nächsten Morgen reiste Michael nach Boston ab. Als er dort eintraf, fand er Paddy in einer Hafentaverne. Der alte Seemann war des Nichtstuns müde und recht ungehalten über die gegenwärtige Lage.

„Verdammt, Käpt'n, da können sich einem wirklich die Haare sträuben, wenn man sich anhört, was hier alles geredet wird. Die Leute sprechen Tag und Nacht nur noch von Hexen."

„Ja, und ich fürchte, das wird noch nicht alles sein. Sage den Männern, ihnen steht diesmal keine Gefahr bevor. Wir werden ein paar Hände gut schmieren und in der Nacht absegeln."

Paddy betrachtete ihn skeptisch. „Uns macht es nichts aus, wenn wir kämpfen müssen, Käpt'n. Waren wir nicht mit Euch in Irland, jeder einzelne von uns Rabauken?"

„Jawohl, das wart ihr. Aber ich bin es leid, Männer zu verlieren, Paddy. Und ich bin es leid, immer mehr Hinrichtungen zu erleben."

Paddy schüttelte den Kopf und beugte sich über seinen Krug. „Es ist schon eine seltsame Welt. Wirklich, das ist es."

Michael klopfte ihm auf die Schulter. „Ich muß einige Besuche machen. Ich werde euch in Salem wiedersehen. Wie geht es der ‚Seefalke'?"

„Die ist segelbereit, Käpt'n. Ach ja, Käpt'n, ich habe etwas für Euch." Er zog einen Umschlag hervor. „Von Lady Eastwood in New York."

Michael steckte den Brief ein. „Danke, Paddy."

Er suchte einige Mitglieder der Bostoner Gesellschaft auf, von denen er wußte, daß sie den Vorgängen kritisch gegenüberstanden, doch er erfuhr nichts, das ihm helfen konnte. Nach zwei Tagen kehrte er nach Salem zurück. Er war entschlossen, nunmehr die Flucht ins Werk zu setzen.

13. KAPITEL

Michael fand Brianna bei Robert vor. Sie war, wie er feststellte, inzwischen so dünn und so blaß wie ihr Mann.

Er setzte sich zu den beiden und berichtete von den Vorgängen in Boston. Robert hörte zu, nickte und gab vor zu glauben, daß die Lage besser werden konnte. Brianna bemühte sich, möglichst unbekümmert zu reden.

Irgendwann gähnte Robert verhalten und gestand, daß er müde war. Er bat Michael, Brianna noch ein wenig an die frische Luft zu führen. Damit war Michael einverstanden, denn er erinnerte sich an Lady Eastwoods Brief, der Owens Einleben betraf, und den er nicht unbedingt in Roberts Gegenwart besprechen wollte, wie sehr er den Mann auch inzwischen achten gelernt hatte.

Die Wachen erlaubten ihnen, hinauszugehen. Michael führte Brianna ein weites Stück des Wegs, weil er mit ihr allein sein wollte. Ihr schien das recht zu sein. Vielleicht tat es ihr sogar gut, einmal von der Seite ihres gefangenen Mannes fortzukommen, wenn auch nur für kurze Zeit.

Sie wanderten zu einem nahen Wäldchen, auf dem sanft das Mondlicht lag. Ein umgestürzter Baumstamm diente ihnen als Sitzbank. Michael überreichte Lady Eastwoods Brief und beobachtete, mit welcher Ungeduld sie ihn las.

„Owen geht es gut“, sagte sie glücklich.

„Paddy bringt die ‚Seefalke‘ von Boston herauf“, teilte Michael ihr mit. „Es ist Zeit zur Flucht.“

„Robert geht es nicht gut genug“, protestierte sie.

„Man wird ihn trotzdem bald vors Gericht bringen. In Boston weht der Wind aus vielen Richtungen. Einige meinen, zu viele Beschuldigte entkommen der Gerechtigkeit unter dem Vorwand der Krankheit. Einige beklagen, daß es keine Massenhinrichtungen der ‚eingestandenen' Hexen gibt. Brianna, es werden noch mehr Prozesse angesetzt, denen noch mehr Hinrichtungen folgen werden. Wir müssen fliehen."

Sie nickte. „Bald."

Michael seufzte. Er entschied, daß es am besten wäre, mit Robert selbst zu reden. Er konnte Brianna nicht so unglücklich sehen. Lächelnd streichelte er sehr sanft ihre Wange. „Alles wird gut", flüsterte er.

Zuerst zuckte sie bei seiner Berührung ein wenig zurück, dann seufzte sie und ließ es zu, daß er sie auf seinen Schoß zog.

„Schau, der Nebel zieht heran", sagte er leise. „So sanft und magisch ... Er verwischt die harten Konturen. Ach, Brianna, es gibt noch gute Magie in der Welt, schöne und edle Dinge ..."

Ja, schön wie die Nacht, die sie umfing. Magie ... Es war, als wären sie allein auf der Welt.

Sie schauten einander an. Brianna neigte den Kopf ein wenig, als ob sie etwas erwartete. Ihre Augen lockten Michael wie die ewige Tiefe des Ozeans. Er sehnte sich danach, Brianna wieder zu umfangen, sie ganz fest zu halten. Er konnte sich nicht mehr daran erinnern, weshalb sie ihn verlassen hatte. Er wußte nicht mehr, welchen Grund es hatte, daß sie nicht zusammensein konnten. Brianna gehörte ihm doch. Seit dem allerersten Mal war sie sein, obwohl er derjenige war, der unwiderruflich verführt worden war.

Die Luft war frisch und sauber. Der Mond verschenkte den Glanz der Schönheit. Unendlich sanft streichelte Michael Briannas Gesicht. Sie hielt seine Hand fest, drückte die Lippen hinein und schaute dann wieder zu ihm hoch.

Er berührte ihren Mund mit seinem, fühlte das Rauschen seines eigenen Bluts, das sich mit jedem Moment mehr erhitzte. Er zog sie fester an sein Herz und fühlte, wie heftig ihres schlug. Mondfieber würde er das später nennen, einen

Anflug von Wahnsinn, doch es war nur die Erkenntnis, daß er diese Frau liebte und brauchte.

Er bewegte seine Hände über ihren Körper, erst sanft und bebend, dann mit fiebriger Sehnsucht. Sie war weich und weiblich, sie war der Traum, den er so lange geträumt hatte. Er glitt mit ihr von dem Baumstamm hinunter und legte sie auf das Bett aus Gras und Kiefernnadeln.

Ihre Augen waren groß und dunkel, ihre Lippen leicht geöffnet, und sie atmete erregt. Michael beugte sich über sie und kostete noch einmal ihre Lippen. Langsam, beinahe andächtig führte er die Hand an ihrem Körper bis zum Rocksaum hinab, dann ließ er sie über ihre Wade und über ihren Strumpf bis zu ihrem Oberschenkel hinaufgleiten. Die nackte Haut entfachte das erotische Feuer noch mehr. Er wollte, daß sie nackt im Gras läge, zu ihm käme, sich endlich wieder mit ihm vereinigte. Er sehnte sich danach, sie zu berühren, in ihr zu versinken, im magischen Meer aus Sommergrün, sich drehenden Nebeln und süßem Wildblumenduft unterzugehen . . .

Doch das durfte er nicht. Es gab einen gewissen Robert Powell, dem er versichert hatte, er wollte ihm seine Gattin nicht stehlen. Das war wie ein Schwur gewesen, und in seinem Herzen verfluchte er den Mann, den er nicht mißachten konnte.

Brianna schloß die Augen und erschauerte. Michael zog sich zurück.

Brianna zitterte. Sie schlug die Augen auf, und es war, als erwachte sie aus einem Traum. „O mein Gott!“ stieß sie hervor. Sofort versuchte sie aufzustehen. „Verdammnis über Euch! Berührt mich nicht! Berührt mich ja nie wieder! Kommt mir nie wieder so nahe!“

„Halt!“ rief er schroff und erzürnt über ihren Fluch. Er ließ sie nicht aufstehen, sondern drückte ihre Hände auf den Boden und legte ein Knie über ihre Beine. „Also gibst du ausschließlich mir die Schuld, und du bist die Tugendhaftigkeit in Person, ja? Dennoch warst du bereit, hast dich nicht gewehrt. Wenn du heute nacht deinem Ehemann treu geblieben bist, dann ist das mein Verdienst."

„Wie ich Euch hasse!" Sie wand sich in seinem festen Griff.

„So? Du hast eine seltsame Art, das zu zeigen, meine Liebe."

„Michael, laß mich los!"

„Gewiß, gewiß, ich lasse dich los. Ich weiß nur nicht, warum, denn was ich begehre, könnte ich mir nehmen. Das wissen wir beide."

„Nein . . . doch! Ihr habt recht. Deshalb hasse ich Euch ja, versteht Ihr nicht? Bitte . . ."

Michael rührte sich nicht. Er schaute in die Nacht hinaus. „Ich frage mich, ob er uns nicht sogar seinen Segen gegeben hätte."

„Was habt Ihr gesagt?" Verwirrt starrte sie ihn an. Sie genoß sein Gewicht über sich und seinen festen Griff, aber gleichzeitig wußte sie, daß sie dem ein Ende machen mußte. „Robert!" rief sie aus, als ihr der Gang seiner Gedanken bewußt wurde.

Michael blickte auf sie hinunter. „Es stimmt doch, nicht wahr? Er vertraut uns beiden. Und das ist ja gerade das Üble daran. Wie soll man einen solchen Mann verletzen? Wäre er nur stark und gesund, wäre er ein Narr oder ein angeberischer Bastard! Wäre er alles andere, nur nicht er selbst, dann würde es mich nicht kümmern, daß er dein Ehemann ist. Ich würde dich ihm fortnehmen, ich würde kämpfen, mich mit ihm duellieren. Ich würde töten und sterben, ich würde etwas tun! Warum nur muß ich diesen Menschen mögen und achten? Ich habe mein Versprechen nicht dir, sondern ihm gegeben."

„Ich kann Euch nicht mehr wiedersehen. Dennoch muß ich Euch um Eure Hilfe bitten. Sobald es Robert auch nur ein wenig besser geht, muß er an Bord gebracht werden. Ich kann Euch nicht bezahlen . . ." Sie richtete sich auf.

„Du hast mich im voraus bezahlt, erinnerst du dich?" fragte er bitter.

Sekundenlang erstarrte Brianna. Dann straffte sie die Schultern. „Sehr gut. Wenn ich bezahlt habe, dann gibt es ja keine Schulden mehr einzutreiben."

Michael erhob sich und zerrte sie praktisch hinter sich her. „Ich bringe dich zurück."

„Ich kann allein gehen."

„Nein!"

Kurz vor dem Stadthaus versuchte Brianna wieder, sich aus seinem Griff zu befreien. „Michael, Ihr braucht nicht . . ."

Wütend auf sie und auf sich selbst fuhr er zu ihr herum. „O doch, ich brauche! Was, glaubst du, hast du vor dir? Holz oder Stein? Keines von beidem! Du gehst jetzt zu deinem Gemahl, und dagegen ist nichts einzuwenden. Doch ich liebe dich, und ich werde dich nie aufgeben. Wenn du mich rufst, werde ich dasein. Diesen Zustand jedoch . . . ich kann ihn nicht länger ertragen. Du bleibst auf deinem Sockel stehen wie eine unnahbare Göttin, die ich nur von weitem anbeten darf. Ich aber bestehe aus Fleisch und Blut, und Fleisch und Blut verlangt nach dem, was du nicht geben kannst."

Brianna wich zurück. Ihr wurde bewußt, daß sie von ihm nicht verlangen konnte, ein Leben in Ehelosigkeit zu führen. Allerdings hätte sie gern daran geglaubt, daß er es tat. Es war richtig, wenn er sich eine andere Frau suchte, richtig, ja, doch es schmerzte.

„Geht Ihr jetzt zu einer anderen?" fragte sie, ohne nachzudenken. „Ihr wißt doch, daß . . ."

„Ich weiß, daß dein Ehemann krank ist", fiel er ihr in die Rede. „Ich weiß, daß du jetzt zu ihm gehst und ihn pflegst und nichts weiter. Ich . . ." Er stockte. In seinen Augen blitzte etwas auf, eine plötzliche Erkenntnis.

Als er wieder sprach, klang seine Stimme ein wenig rauh, ein wenig unsicher. „Das stimmt doch, nicht wahr? So und nicht anders war es doch immer, oder nicht?"

„Was meint Ihr?" Brianna wich noch weiter zurück. „Ich weiß nicht, wovon Ihr sprecht."

„Du und Robert. Es war nie eine richtige Ehe. Ihr beide habt nie wie Mann und Frau zusammengelebt."

„Wir sind Mann und Frau!" rief sie aufgebracht. „Ihr wißt

nichts! Ich will, daß Ihr Euch von mir fernhaltet!“ Ihre Stimme klang verzweifelt. „Robert hat mich geheiratet. Ich bin seine Ehefrau. Und Ihr könnt gehen, wohin Ihr wollt.“ Einen Moment lang starrte sie ihn an, dann stieß sie ihn vor die Brust und lief an ihm vorbei.

Sie kehrte zu Robert zurück.

Michael schaute ihr noch nach, als sie längst verschwunden war. Dann drehte er sich um und ging die Straße hinunter zum Hafen. Während der ganzen Nacht blickte er aufs Meer hinaus.

★

Das Gericht trat zum drittenmal am fünften August zusammen. Michael besuchte die Verhandlungen nicht, denn Paddy hatte die „Seefalke“ nach Salem gebracht, und Michael besprach mit ihm, wo man einen Doktor finden konnte, der an Bord für Robert sorgen sollte.

Bei den Gerichtsverhandlungen hätte er ohnehin nichts tun können. Cedric hielt ihn auf dem laufenden, vermochte aber selbst auch nichts auszurichten. Lord Turnberry war gut bekannt mit Hauptrichter William Stoughton, einem beinharten Mann, puritanisch bis auf die Knochen und entschlossen, dem Ruf der Mehrheit zu folgen und die Teufelsschüler dem Henker zu überantworten, um auf diese Weise seinem eigenen politischen Stern zum Aufstieg zu verhelfen.

An diesem Tag kam Cedric recht niedergeschlagen vom Gericht zurück. „John Proctor wurde heute verurteilt. Seiner Frau blieb das wegen ihrer Schwangerschaft erspart. Ein ungeborenes Kind darf nicht verurteilt werden, auch nicht, wenn es das Kind eines ‚nachweislichen‘ Hexers und einer ebenso ‚nachweislichen‘ Hexe ist.“

Cedric verzog das Gesicht. „Ich habe nach der Verhandlung mit Proctor gesprochen. Er hat noch immer nicht aufgegeben und wollte mit mir reden, weil er dachte, ich als Lord hätte irgendwo einflußreiche Beziehungen. Es gelang mir auch, bei Stoughton meinen Protest zu äußern, doch der Mann scheint auf beiden Ohren taub zu sein."

Er schüttelte den Kopf. „Offenbar ist die ganze Stadt irre geworden. Man erzählt sich die verrücktesten Dinge von Hexensabbaten, nächtlichen Ritten durch die Luft auf Besenstielen, Teufelsritualen. Was ist nur über die Menschen gekommen? Sie stehen ihren Anklägern im Wahnsinn nicht nach."

Michael schwieg. Seine Gedanken waren bei Robert Powell, für den er zu seinem eigenen Unbehagen großes Verständnis hatte. Dieser Mann weigerte sich, in den Wahnsinn einzufallen, von dem Cedric eben gesprochen hatte.

Ruhelos ging Michael im Raum umher. „Ich bin segelbereit", teilte er Cedric schließlich mit. „Wann soll Proctors Hinrichtung stattfinden?"

„Am neunzehnten August."

„Geht für mich zu Robert Powell, Cedric. Redet nicht mit Brianna, sondern nur mit ihm. Sagt ihm, wie ernst die Dinge stehen und daß wir abreisen müssen, ehe es zu spät ist. Vielleicht ist die Nacht nach der Hinrichtung am besten geeignet. Vielen Menschen wird es nach diesem Augenblick sehr elend gehen, und sie werden schweigen, auch wenn wir auf der Straße gesehen werden sollten."

„Wenn mich die Gerüchte nicht täuschen, ist sogar unser Gouverneur bereit, in bestimmten Fällen bei ... ‚Abreisen' Hilfe zu leisten."

„Wenn es sich bei diesen bestimmten Fällen um seine Freunde handelt, Cedric. Powell gehört nicht zur Elite des Volkes. Er ist nur ein armer Farmer. Um ihn müssen wir uns schon selbst bemühen. Zwei Männer bewachen seine Räume. Brianna kann sich frei bewegen. Sie wird das Haus verlassen, und ich werde mich der Wachen annehmen und Powell dann auf das wartende Schiff schmuggeln."

„Ich werde Brianna helfen", bot Cedric an.

„Das werdet Ihr nicht tun, denn Ihr wollt doch noch länger hier bleiben, oder?"

„Aber hört! Ich bin schließlich ein Lord des Königsreichs!"

„Dennoch will ich Euch nicht in die Sache verwickeln."

Ungehalten winkte Cedric ab. „Niemand wird es wagen, mich zu beschuldigen."

Michael wollte weiter widersprechen, fand dann indessen, daß die Sache später auch noch diskutiert werden konnte. „Wir werden sehen."

„Ich meine allerdings, daß Ihr Powell selbst besuchen solltet, Treveryan", sagte Cedric bedächtig. „Er setzt großes Vertrauen in Euch."

„Ich habe nicht den Wunsch, seiner Gemahlin wiederzubegegnen, wenn es nicht unbedingt sein muß", erwiderte Michael finster.

„Ich werde sie morgen aus dem Haus holen. Dann könnt Ihr ungestört mit Powell reden."

Diesem Plan stimmte Michael zu, und demzufolge holte Cedric Brianna mit seiner prächtigen Kutsche zum Einkaufen in Hafennähe ab, nachdem er sie davon überzeugt hatte, daß sie einmal ein wenig hinauskommen müßte. Michael wartete, bis er die Kutsche abfahren sah, und ließ sich dann von den Wärtern die Besuchserlaubnis für Robert erteilen.

Robert schlief. Er war so bleich und hatte so eingefallene Wangen, daß Michael erschrak, als er in das Zimmer trat. Er dachte, er blicke auf eine Leiche. Doch dann schlug Powell die Lider auf, und seine Augen waren noch immer höchst lebendig.

„Treveryan." Er lächelte ein wenig. „Ist deshalb meine Frau ausgegangen?"

„Ja", antwortete Michael ohne Umschweife.

„Wenn ich nicht mehr bin, Treveryan, sorgt dafür, daß sie glücklich wird. Sie leidet mit mir und verzehrt sich nach Euch. Wenn ich dahingegangen bin, werde ich Gott dafür danken, daß sie Euch hat."

„Wovon redet Er?" fragte Michael scharf. „Ich bin hier, um mit ihm über Seine Lebensrettung zu reden. Bei Gott, Mann! Er ist nicht zum Märtyrer geboren!"

Noch immer lächelnd, schloß Robert für einen Moment die Augen. „Ob ich hingerichtet werde oder ob Gott mich ohne fremde Hilfe zu sich holt, wir wissen beide, daß ich

jung und schwungvoll. Noch ein Tag, dann würde er wieder auf See sein und das Steuer in seinen Händen halten. Er würde wieder leben!

Powell und Brianna würde er mit dem Kind in New York zurücklassen. Doch falls der Mann starb, wollte sich Michael seinen Sohn holen.

Und in der Zwischenzeit wollte er leben, ohne Krieg, ohne fortwährenden Schmerz und ohne den Wahnsinn, den er jetzt hier erlebte. Vielleicht würde er nach London gehen und seine Beziehungen zu Wilhelm und Maria ausbauen oder erneuern. Das war wichtig für den Fall, daß man ihn bei der Beihilfe zur Flucht eines Verurteilten anklagte. Das Leben bei Hof würde interessant sein und ihm genug Frauen bieten, bei denen er Brianna vergessen konnte.

Im Osten brauten sich Sturmwolken zusammen, doch noch war der Morgen sonnig und schön. Michael trank seinen heißen Tee allein und fragte sich, wohin sein Gastgeber gegangen war. Lord Turnberry war gewöhnlich kein Frühaufsteher.

Noch während dieses Gedankenganges hörte Michael die Hintertür des Hauses laut ins Schloß fallen, und wenig später kam Cedric ins Zimmer. Er wirkte erregt.

Beunruhigt sprang Michael auf. „Was gibt es?"

„Ich komme gerade von einem Verwandten Stoughtons. In Cornwins Haus in Salem findet heute morgen um zehn Uhr eine Untersuchung statt." Cedric seufzte tief auf. „Man hat Brianna festgenommen."

★

Die Art, wie man sie festgenommen hatte, war beängstigend. Dies hier war nicht Schottland, wo Brianna auf Flucht hätte hoffen können, und auch nicht England, wo sie als Verurteilte galt, bevor man sie gefangen hatte.

Hier ging alles sehr ruhig und höflich vonstatten. Die Konstabler erschienen vor der Tür, händigten ihr den Haftbefehl aus und bestanden darauf, daß sie sofort zwecks Verhörs mitkäme.

Brianna gab ihnen den Haftbefehl zurück. „Das ist absurd. Ich kann meinen Gatten nicht verlassen. Er ist schwerkrank."

Ihre mutige Haltung bewirkte nichts. Man informierte sie, daß man eine Frau zu Roberts Pflege schicken würde und daß man ihr, Brianna, eine Minute Zeit gewährte, sich von ihrem Mann zu verabschieden.

Brianna schloß kurz die Augen und ging dann sehr schweren Herzens ins Schlafzimmer. Ihre Sorge war viel größer als ihre Angst. Dennoch lächelte sie tapfer. „Es sieht ganz so aus, geliebter Gatte, als wäre ich jetzt an der Reihe, vor diese Narren zu treten."

„Nein!" schrie Robert leise auf.

Brianna setzte sich neben ihn aufs Bett und nahm sein so erschreckend blasses Gesicht zwischen die Hände. „Robert, habe Vertrauen zu mir. Ich fürchte mich nicht vor ihnen. Dem Teufel bin ich schon in Gestalt von Matthews begegnet. Diese Männer hier nehmen sich wenigstens die Zeit, Fragen zu stellen. Glaube mir, Robert, es wird alles gut."

Noch nie hatte sie mit ihrem Mann über Michael gesprochen. Jetzt mußte es sein. „Robert, gleichgültig was geschieht, und wenn sie mich tausendmal verurteilen, mir wird nichts geschehen. Treveryan wird uns fortschaffen. Außerdem stehe ich noch nicht vor dem Hohen Gericht, sondern erst vor den Untersuchungsbeamten."

Mit zitternden Fingern berührte Robert sanft Briannas Gesicht, als wollte er sich ihre Züge fest einprägen. Aufschluchzend schmiegte sie sich an seine Brust und umarmte ihn zärtlich.

„Mistress Powell!" Die Konstabler klopften laut an die Tür.

Robert schob die Finger in Briannas Haar. „Habe keine Angst, meine Liebste. Fürchte dich nicht."

Sie bemühte sich sehr, ihm zuzulächeln. „Ich fürchte mich nicht, Robert. Mir tut es nur so weh, daß man mich dir fortnimmt. Doch sicherlich nicht für lange. Es kann nicht lange dauern."

„Nein“, sagte er. „Es wird nicht lange dauern.“

Brianna eilte zur Tür. Noch einmal drehte sie sich um und lächelte ihrem Mann zu. „Ich liebe dich, Robert“, sagte sie und eilte hinaus, ehe der Mut sie noch verließ.

Die Konstabler wollten sie bei den Armen fassen, doch sie entzog sich dem Griff. „Ihr braucht mich nicht festzuhalten. Ich sehe hier keine Mädchen, die ich mit meinem Blick oder mit meiner Berührung quälen könnte. Und ich bin durchaus in der Lage, allein zu gehen.“

Als man sie zwecks Untersuchung in das Haus eines Richters brachte, verlor sie jedoch beinahe die Beherrschung. Einer der Geistlichen war entschieden dagegen, „Hexenwarzen“ als Beweise anzuerkennen, dennoch wurden die Gefangenen weiterhin nach solchen Malen abgesucht. Obwohl man Brianna die Kleidung nicht so brutal hinunterriß wie in England, wurde sie von mehreren Frauen in ein separates Zimmer geführt und aufgefordert, sich selbst zu entkleiden, wenn sie nicht wollte, daß sie entkleidet wurde.

Brianna erkannte, daß Protest nur zu Demütigungen führen würde. Also zog sie sich aus, stand still und unterdrückte ihre Wut, während sie auf die widerlichste Weise beäugt und betastet wurde. Hier wurden keine so grausamen Instrumente wie Stahlnadeln verwendet, und das war auch nicht nötig. Brianna hatte ja noch immer den kleinen Leberfleck an der Schulter, den die Frauen jetzt mit ernster Miene begutachteten.

„Wir schauen später noch einmal nach“, sagte eine der Matronen in durchaus wohlwollender Absicht. „Vielleicht ist der Fleck dann verschwunden.“

„Er wird nicht verschwunden sein“, erklärte Brianna hitzig. „Ich habe ihn schon seit frühester Kindheit, und wenn ich deswegen eine Hexe bin, muß ich schon immer eine gewesen sein!“

Diesen Ausbruch bedauerte Brianna bald. Aus dem Separatraum brachte man sie vor die Richter. Von den Konstablern wurde sie an den Armen festgehalten. Man befahl ihr, geradeaus zu blicken, und so konnte sie die Mädchen und die jungen Frauen nicht sehen, die schrien, als durchbohrte jemand sie mit Messern.

„Wer quält euch?“ fragte der Untersuchungsrichter die Mädchen.

„Mistress Powell! Oh, sie würgt mich! Sie faßt mich an, sie erwürgt mich! Hilf mir, lieber Gott! Ich kann nicht atmen.“

„Oh, ich sehe sie! Sie sitzt auf diesem Stützbalken dort! Sie säugt ein Teufelsgeschöpf! Wie ein Wolf sieht es aus!“

Viele Stimmen erhoben sich gleichzeitig. Das hohe schrille Kreischen war entsetzlich.

„Weshalb quält Sie diese Mädchen?“ fragte der Untersuchungsrichter Brianna.

„Ich quäle sie nicht.“

„Wer tut es dann?“

„Ihre eigene Krankheit.“

„Grausame Hexe! Lindere Sie sofort die Qualen dieser armen Mädchen!“

Brianna wurde vor die Mädchen gezerrt und gezwungen, sie zu berühren. Sofort beruhigten sie sich.

Jetzt wurden die Matronen vorgeführt. Eine von ihnen, die wohlwollende, erklärte, daß Brianna mit Ausnahme eines Mals auf der Schulter keinerlei körperliche Makel aufwies. Ehe diese Zeugenaussage beendet war, begann eines der Mädchen wieder zu schreien und kreischte, daß auch der Teufel sie makellos gefunden und sich ihrer für seine Sabbate bedient hätte.

„Oh, ihr alle werdet in der Hölle schmoren für eure Lügen!“ rief Brianna wütend.

Einer der Konstabler drehte ihr den Arm auf den Rücken. Für eine puritanische Ehefrau, die vor einem ordentlich bestellten Untersuchungsgericht stand, benahm sie sich nicht angemessen. Ein Farmer trat jetzt vor. Brianna war davon überzeugt, den Mann noch nie zuvor gesehen zu haben, doch er schien sie zu kennen.

„Sie war eine Hexe in der alten Heimat, Sirs. Mein Bruder hat gehört, daß sie in England untersucht und verurteilt wurde.“

„Mistress Powell, stimmt das?“

Eiskalt durchlief es Brianna. Sie konnte nicht sprechen. Sie konnte nicht lügen. Wenn man sie bei einer Lüge ertappte, glaubte man ihr fortan kein einziges Wort mehr.

„Ja, ich wurde verurteilt, aber von einem Marionettengericht und von einem Mann, der sich später als ein Wahnsinniger herausstellte."

Wieder begannen die Mädchen zu kreischen, wurden jedoch aufgefordert, Ruhe zu geben. Ein Mann trat vor. Er behauptete, Brianna hätte seine Kühe angeblickt, woraufhin sich die Tiere ins Wasser gestürzt und ertränkt hätten.

Brianna kannte den Mann. Es war ein Nachbar, der seine Rinder immer durch ihren Gemüsegarten getrieben hatte und von ihr aufgefordert worden war, dies zu unterlassen.

„Sie hat meine Kühe mit einem Fluch belegt, jawohl!"

„Was sagt Sie dazu, Mistress Powell?"

„Dazu kann ich nur sagen, wäre ich eine Hexe, würde ich mich jetzt aus diesem Raum hinaushexen!"

„So weit reicht nicht einmal die Macht des Teufels", belehrte man sie ernsthaft.

Nun trat eine ältere Frau vor und sprach mit verhaltenem Eifer. „Sie hat ihren Gatten verdorben, jawohl. Sie hat ihn gezwungen, sie zu ehelichen, als sie auf See waren. Ich kenne eine Frau, Mistress Radcliff, die auf demselben Schiff war. Von ihr weiß ich, daß das Kind dieser Frau hier zu früh geboren wurde und daß der Teufel ihr befohlen hat, unter Gottes Auserwählten einen menschlichen Vater zu finden."

„Mistress Radcliff hatte auch einen Traum", setzte die Frau ihre Aussage fort. „Darin hat sie gesehen, wie diese Frau nachts zu Robert Powell ging und ihn zwang, sich in das Buch des Teufels einzutragen. Wie hätte es sonst auch geschehen können, daß ein so guter Mann unter Anklage steht, wenn er nicht zuvor durch das Böse in Versuchung geführt worden wäre?"

Brianna war elend zumute. Vielleicht war sie tatsächlich der Grund für Roberts Schicksal.

„Mistress Powell!" wandte sich der Richter streng an sie. „Hat Sie das Teufelsbuch zu Ihrem Gatten getragen und ihn

dadurch zu einem Hexer gemacht?"
„Er ist kein Hexer!" gab Brianna empört zurück.

Plötzlich wurde es merkwürdig still im Raum. Man gestattete Brianna nicht, sich umzudrehen, und deshalb konnte sie nicht sehen, was geschehen war. Sie wußte trotzdem, wer jetzt mit festem Schritt vor die Untersuchungsrichter trat. Sie spürte seine Gegenwart beinahe körperlich.

„Aufgrund welcher Indizien wird dieser Frau hier der Prozeß gemacht?" verlangte Michael zu wissen.

„Ihr wird nicht der Prozeß gemacht; ihr Fall wird zunächst untersucht."

„Aufgrund welchen Verdachts?"

Der Richter seufzte geduldig. Schließlich hatte er Lord Michael Treveryan vor sich, berühmt für seine Wagnisse in König Wilhelms Namen. „Unter dem Verdacht der Hexerei, Mylord, sowie des Folterns und Quälens von Unschuldigen. Schon einmal ist sie verurteilt worden wegen . . ."

„Ihr klagt sie also für England an?" fragte Michael mit donnernder Stimme. „Dann wird es Euch interessieren, daß ich von unserem Souverän eigenhändig unterzeichnete Papiere besitze, welche den Namen dieser Frau von jedem Makel befreien."

Eigentlich hätte man Michael aus dem Saal weisen müssen, doch niemand dachte daran, ihm etwas zu befehlen. „Mylord", sagte einer der Richter, „wir klagen sie nicht für England an, sondern für Taten, die sie hier begangen hat."

„Dann wünsche ich, sie bis zum Prozeßbeginn in meine Obhut zu nehmen."

„Mylord, das kann ich leider nicht genehmigen. Sie wird im Gefängnis zu Salem verwahrt, bis der Termin des Prozesses feststeht."

„Oh!" kreischte eines der Mädchen. Es handelte sich um eine der jüngeren Anklägerinnen, um ein Mädchen von ungefähr zwölf Jahren. Es hielt sich die Seite und wand sich schrecklich. „Er schlägt zu! Ich fühle seinen Degen! Er ist böse! Er geht im Raum herum und schwingt seinen Degen!"

Stille herrschte in dem großen Saal. Bis jetzt war noch

gungsfreiheit sehr beschränkt war. Die beiden hatten ihre Bibeln dabei und verbrachten die Zeit damit, darin trostspendende Verse zu suchen.

Spät in der Nacht, als die Schwestern schon schliefen, hörte Brianna ein Flüstern. Ihr Herz schlug schneller, denn sie glaubte, es handele sich um Michael.

Sie irrte sich. Philip Smith befand sich in einer entfernten Zelle auf der anderen Seite des Ganges, und jetzt rief er leise ihren Namen. Mühsam erhob sich Brianna von der Pritsche und humpelte zum Gitter. Sie stöhnte leise, weil die Kettenschellen an ihren Gelenken scheuerten.

„Philip?“ In der Dunkelheit konnte sie nichts erkennen. „Ich wußte nicht, daß wir so nahe beieinander sind.“

Er lachte bitter. „Wir sind alle nahe beieinander. Ich wollte dir nur sagen, daß ich hier bin. Nur Mut! Wir werden es überleben.“

„Ich weiß, Philip“, flüsterte sie zurück. Sie war froh, daß es hier noch so viele geistig gesunde und unbeugsame Menschen gab. Für diejenigen, die schwach geworden waren und „gestanden“ hatten, empfand sie nur Mitleid.

Sie schleppte sich zu ihrer Pritsche zurück und schlief seltsamerweise sofort ein.

Am nächsten Morgen begann für alle Gefangenen in Salem ein schwarzer Tag. Fünf wurden an diesem Nachmittag zum Galgen geführt: John Proctor, George Burroughs, Martha Carrier, George Jacobsen und John Willard. Letzterer war wie Philip ein Konstabler gewesen, der seine Stellung aufgekündigt hatte, nachdem er zu viele seiner Bekannten hatte verhaften müssen.

Die Hinrichtungen lasteten schwer auf den noch lebenden Gefangenen, und noch zur Stunde des Abendessens herrschte bedrücktes Schweigen in den Zellen.

Brianna war der Panik nahe, denn sie befand sich nun schon einen ganzen Tag hier, und niemand hatte sie bisher besucht. Vielleicht wollte Michael sie wirklich vergessen. Er hätte auch jedes Recht dazu. Abgesehen von seinem Auftritt vor dem Untersuchungsgericht hatte sie ihn nicht mehr gesehen seit jener Nacht, als der Mondschein ihr Herz berührt und ihre Sinne verwirrt hatte und sie ...

Nein, sagte sie sich. Es war besser, als Hexe zu hängen, als einen Ehemann zu betrügen, der ihr die größte Loyalität bewiesen hatte. Dennoch konnte sie sich nicht ganz aus ihrem Selbstmitleid befreien, und in der Nacht rief sie zu Philip hinüber.

„Hast du etwas von Eleanor gehört?"

„Sie ist in Sicherheit ... dicht am Meer", antwortete er nach einem Moment. „Ich bin müde, Brianna. Ich möchte nicht reden."

Verwundert kehrte sie zu ihrer Pritsche zurück. Die beiden Schwestern schliefen, und ihr Schnarchen wirkte irgendwie einlullend. Brianna dachte über Philips Worte nach, und mit einmal schöpfte sie neue Hoffnung. Sicherlich hatte der junge Mann nicht reden mögen, weil er nicht wollte, daß die anderen etwas hörten. Bestimmt war etwas im Gange. Sie mußte geduldig sein.

14. KAPITEL

Zur zwölften Stunde brach der Halbmond hinter den Wolken hervor. Die Nacht war voller geisterhafter Schatten. Eine gute Nacht für das, was zu tun ist, dachte Michael. Schatten verbargen viele Sünden.

Er hatte sich nach Boston begeben, um einen Wagen zu mieten, mit dem Waren transportiert werden konnten. Die beiden besten und schnellsten Pferde, die er hatte auftreiben können, wurden davorgespannt. Zwar erwartete Michael keine Hetzfahrten durch die Straßen, doch er wollte auf alles vorbereitet sein.

Cedric hatte darauf bestanden, ihn zu begleiten. „Ich zeige mich nicht, aber ich kann für Euch die Augen offenhalten, wenn Ihr nicht schauen könnt", hatte er gesagt.

Am Ende war Michael einverstanden gewesen. Falls es hart auf hart kam, konnte Lord Cedric Turnberry seine Zelte in Lynn abbrechen und ebenfalls Zuflucht in New York suchen.

Michael hatte angeordnet, daß sich Paddy und George in den Ruderbooten der „Seefalke" aufhielten, jedoch nicht an Land kamen. Soldaten patrouillierten nicht, nur Konstabler, und die waren genauso bedrückt von den Hinrichtungen dieses Tages wie alle anderen Leute auch. Michael konnte den Gedanken an noch mehr mögliche Tode nicht ertragen. Er wollte nicht, daß jemand umkam, seien es seine eigenen Männer oder die Beamten, die sich davor fürchteten, ihre Arbeit vielleicht nicht befehlsgemäß zu verrichten.

Er und Cedric machten sich um Mitternacht auf den Weg.

„Zur Geisterstunde“, bemerkte Cedric spöttisch. Ausnahmsweise hatte er einmal auf seine übliche Eleganz verzichtet und sich, genau wie Michael, in einfaches Schwarz gekleidet, um wie ein Schatten in der Nacht zu sein. Er schlug mit den Zügeln, und die Pferde setzten sich langsam in Bewegung. Die Straßen waren still. Ein leichter Nieselregen hatte eingesetzt, ein passendes Omen für das Ende eines solchen Tages.

Die beiden Männer schwiegen. Michael hatte entschieden, erst Robert Powell zu befreien, obwohl diesem das Rütteln des Wagens übel bekommen würde. Doch Robert war allein, und sein Verschwinden würde erst am nächsten Morgen bekannt werden.

Cedric hielt den Wagen in einiger Entfernung von dem kleinen Stadthaus mit den beiden Räumen an, wo sich Robert unter Arrest befand. Michael stieg leise ab. Cedric würde herbeikommen, sobald er Michael mit Robert an der Haustür erscheinen sah.

Michael hatte seinen Degen umgeschnallt und zusätzlich eine Pistole in den Hosenbund gesteckt. Er hoffte, daß er keine der beiden Waffen würde einsetzen müssen. Außerdem trug er ein langes Hanfseil bei sich, das unter seinem Überrock verborgen war.

Sobald er auf dem Gehsteig daherkam, wurde er von einem jungen Konstabler angerufen. „Guten Abend“, grüßte Michael. Der Junge, nicht älter als zwanzig Jahre, blickte ihn neugierig an. „Die Tür dort steht offen“, sagte Michael zu ihm.

Der junge Mann drehte sich um. Michael schlug mit der Faust kräftig gegen seinen Nacken, und der Konstabler fiel lautlos zu Boden. Michael stieg über ihn hinweg, öffnete die Haustür und trat ein. Ein älterer Mann döste am Kamin. Michael griff sich einen Zinnleuchter und schlug ihn dem Mann über den Kopf. Dann eilte er hinaus und schleppte den bewußtlosen Konstabler herein. Rasch band und knebelte er die beiden Männer und legte sie vor das wärmende Kaminfeuer.

Danach eilte er ins Schlafzimmer, um Robert Powell zu

holen. Der Mann schlief anscheinend. Rasch zündete Michael die Kerze auf der Nachtkommode an und wollte ihn dann wecken. Doch Robert Powell schlief nicht. Er beobachtete Michael aus halbgeschlossenen Augen und lächelte kaum merklich.

„Ihr müßt . . . hier fort, Treveryan. Für mich . . . ist es . . . zu spät."

„Verdammt, Powell, es ist nicht zu spät!"

„Ich kann nicht . . . laufen."

„Das braucht Er auch nicht. Ich trage ihn." Mühelos hob Michael den leichten Körper vom Bett. „Kann Er sich festhalten?"

Robert versuchte, die Arme um Michaels Nacken zu legen. Er schaffte es nicht.

„Macht nichts", sagte Michael. „Der Wagen wird vor der Haustür stehen."

„Wartet", keuchte Robert.

Michael sah, daß er auf das Bett deutete. „Da ist nichts, das wir noch brauchen", meinte er, doch Robert versuchte so verzweifelt, etwas zu sagen, daß Michael ihn wieder auf das Bett zurücklegte.

Robert deutete auf die Schublade der Nachtkommode. „Das Papier . . . nehmt es", sagte er unter Mühen. „Bitte! Vormundschaft . . . für Owen."

Michael nickte. Er öffnete die Schublade, steckte sich das Papier ein und hob Robert wieder hoch. „So, und jetzt gehen wir."

Robert erwiderte nichts. Michael schaute ihm in die Augen, die ihn blicklos anstarrten. „Powell?"

Er erhielt keine Antwort, und er merkte auch, daß er Powells keuchenden Atem nicht mehr hörte. „Nein!" flüsterte er entsetzt und hielt den Mann fest. „Verdammt, Powell, Er darf jetzt nicht sterben! Er ist frei!"

Aber Robert Powell hatte seine eigene Freiheit gefunden.

Michael legte ihn wieder aufs Bett zurück. Hoffnungslos suchte er nach seinem Puls, nach dem Schlagen seines Herzens. „Robert Powell, verdammt noch mal!" sagte er immer wieder, doch diese Worte brachten das stillstehende

Herz auch nicht mehr zum Schlagen.

Michael richtete sich auf. Er drückte sich die Hände an die Schläfen, als könnte er so seine Trauer um den Mann dämpfen, der eigentlich sein Gegner hätte sein sollen. Schließlich neigte er sich über ihn, drückte ihm die Augen zu und zog ihm das Bettuch über das Gesicht. Er wünschte, er könnte den toten Mann mitnehmen, doch er wußte, daß eine Leiche die Flucht erheblich behindern würde.

„Gott gebe dir Frieden, mein Freund", sagte er leise. „Und dich bitte ich um Vergebung." Er seufzte tief. Dann dachte er daran, daß die Arbeit dieser Nacht erst begonnen hatte. Wie immer die Zukunft aussehen mochte, was immer er selbst begehrte, er hatte diesem Mann Versprechen gegeben, die er auch halten wollte.

Vor dem Haus wartete Cedric. Michael eilte zu dem Wagen. „Los!" befahl er kurz.

Die Pferde setzten sich in Gang. „Wo ist Powell?" fragte Cedric.

„Tot", antwortete Michael nur, und sie setzten ihren Weg fort. Beim Gefängnis von Salem hielt Cedric. Michael ging zum Eingang.

Cedric hatte herausgefunden, daß es hier vier Wärter gab. Zweien davon war Michael bereits begegnet. Sie würden gefesselt werden müssen.

„Ihr könnt hier nicht hereinkommen!" rief der ältere Wärter. „Ach, Ihr seid es, Lord Treveryan. Es ist ein wenig spät, nicht wahr?"

„Ja, Smithens, da hat Er recht." Zwei der anderen drei Wärter saßen zusammen in einer Ecke, tranken Bier und diskutierten lebhaft. Wo der vierte war, wußte Michael nicht, aber noch war das auch nicht wichtig.

„Smithens, ich entschuldige mich für die späte Störung, doch heute nachmittag habe ich Angehörige eines Seiner Gefangenen getroffen und versprochen, eine Nachricht zu übermitteln." Fragend hob er eine Augenbraue, steckte die Hand in die Tasche und ließ den Wärter das Klimpern von Münzen hören.

Smithens blickte über die Schulter zu seinen beiden Kollegen hinüber. Die unterhielten sich noch immer. „Ja, wenn Ihr das seid . . ." sagte er gedehnt. Er stand auf, nahm seinen Schlüsselring von einem Wandhaken und bedeutete Michael, ihm zu folgen. „Zu wem wollt Ihr denn zu so später Stunde, Mylord?"

„Zu Smith. Philip Smith."

„Kommt, Mylord."

Michael folgte dem Mann durch die erste Tür, die der Wärter zu seiner, Michaels, Freude nicht abschloß. Warum sollte er auch? Bei den meisten Gefangenen handelte es sich um Frauen, alte Männer und Leute, die zu benommen waren, um an irgendwelchen Widerstand zu denken. Außerdem schliefen die meisten Insassen.

Michael schaute sich unauffällig nach dem vierten Wachmann um, entdeckte ihn jedoch nicht.

Smithens blieb vor einer Zelle stehen. „Smith! Besuch für Ihn!"

Philip erhob sich von seiner Pritsche. Als er Michael erkannte, lächelte er. „Mylord Treveryan! Was für eine angenehme Überraschung."

Michael ergriff die Hand des Wärters, füllte sie mit Münzen und wies danach auf die Zellentür. „Darf ich . . .? Was ich meinem jungen Freund zu sagen habe, ist etwas außerordentlich Delikates."

Der Wachmann zuckte die Schultern und steckte den Schlüssel ins Schloß. Michael zog seine Pistole aus dem Hosenbund und ließ sie niedersausen. Bevor Smithens zu Boden stürzte, fing Michael ihn auf und schleppte ihn in die Zelle. Er nahm seine Münzen wieder an sich. „Und jetzt zu Brianna", sagte er zu Philip.

„Ich weiß, wo sie ist." Philip nahm die Schlüssel und schaute dann seine beiden Zellengenossen an, die inzwischen erwacht waren. Beides waren junge Burschen aus Andover. „Lord Treveryan, meine . . . meine Gefährten . . ."

„Sie können auch mitkommen, wenn sie bereit sind, sich schnell zu bewegen und auf einem Schiff zu arbeiten." Im Nu sprangen die beiden auf.

„Gott vergebe mir", murmelte Michael. „Leider kann ich nicht das ganze Gefängnis ausräumen." Er zog den Wachmann unter eine Pritsche. Philip und die anderen beiden sahen ihm zu. „Holt Brianna!" flüsterte er. Einem der beiden jungen Männer winkte er, ihm zu folgen.

Er kehrte in den Eingangsraum zurück und steckte den Kopf durch die Tür. „Entschuldigt, gute Leute, könnt ihr einmal mitkommen?" Er lächelte. „Konstabler Smithen hat Schwierigkeiten."

Die beiden Wachleute schauten einander an, zuckten die Schultern und standen auf. Sobald sie durch die Tür waren, nahmen sich Michael und Philips Gefährte ihrer an. Der eine ging nach einem wohlgezielten Kinnhieb zu Boden. Der andere fiel mit einem kleinen Seufzer, als wollte er schlafen gehen, nachdem der Junge mit seinen eisernen Handfesseln zugeschlagen hatte. Michael und Philips Gefährte hoben die beiden Wärter auf und trugen sie in die Zelle, wo Michael sie fesselte und knebelte.

★

Unterdessen hatte Philip Brianna befreit und kam mit ihr den Zellengang entlang. Sie zitterte zwar, verhielt sich aber vollkommen ruhig. Michael schaute sie nur kurz an. Philip kniete sich auf den Boden und begann, seine Fußeisen zu lösen.

„Hat Er den vierten Wachmann entdeckt?" fragte Michael ihn.

„Nein, Mylord. Dafür habe ich die Schlüssel zu den Eisen gefunden", antwortete Philip wohlgemut.

Brianna berührte Michaels Arm. Ihre Hände, obwohl in Eisen eingeschlossen, fühlten sich leicht auf seinem Ellbogen an. „Können wir Mathilde und Emily mitnehmen?"

„Wen?"

„Mathilde und Emily, zwei Schwestern, meine Zellengenossinnen."

Michael hätte beinahe laut aufgestöhnt. Zwei alte Frauen blickten ihn durch die Gitterstäbe hindurch an. Sie standen beide sehr aufrecht da und schienen nicht zu den Menschen zu gehören, die andere um etwas anflehten. Und „gestehen", sich zur Hexerei bekennen, das würden sie wohl auch nicht, dachte Michael.

„Gut, gut", knurrte er. „Wir nehmen Mathilde und Emily auch mit."

Inzwischen hatte Philip sich seiner Eisen entledigt. Sofort machte er sich daran, auch die Fesseln der anderen zu lösen.

„Beeilt euch!" befahl Michael. Er hielt die Pistole an seiner Seite, bewegte sich zur Tür zurück und blickte hinaus. Noch immer konnte er den vierten Wärter nicht entdecken, und das machte ihm langsam Sorgen. Er kehrte in den Zellengang zurück. „Beeilt euch", drängte er noch einmal. Einen der Zellengefährten hatte Philip bereits von den Fesseln befreit, an den Eisen des anderen arbeitete er gerade.

Wieder fühlte Michael eine leichte Berührung an seiner Schulter. Er drehte sich um und sah Briannas Augen auf sich gerichtet.

„Habt Ihr Robert?"

Michael schaute zu ihr hinunter und zögerte einen Moment zu lange.

„Wo ist Robert?" fragte sie kaum hörbar. Sie wich vor ihm zurück. Ihre Ketten rasselten auf dem Boden. „Ich gehe nicht ohne ihn, Michael. Niemals!"

„Still!" warnte Philip.

Alle Farbe wich aus ihrem Gesicht. Sie wußte nicht, was fehlgeschlagen war, doch sie kehrte in ihre Zelle zurück, entschlossen, dort zu bleiben, bis sie eine Antwort erhielt. Ihr Blick wirkte geradezu beängstigend auf Michael, der sich rasch abwandte und Philip die Schlüssel aus der Hand nahm.

„Das mache ich", erklärte er. „Philip, Er wird jetzt etwas suchen, womit er Brianna knebeln kann. Dann wird Er sie sich über die Schulter werfen. Gefesselt ist sie ja schon."

Er hörte, daß Brianna scharf einatmete, doch das war alles. Dann schloß er die Eisen des zweiten jungen Mannes auf, anschließend die der beiden Matronen, die keinerlei

Laut, auch nicht zum Protest gegen sein Vorgehen, von sich gaben.

Als er sich umdrehte, sah er, daß Philip seinen Befehl ausgeführt hatte. Brianna hing über seiner Schulter. Ein fest gewundener Leinenstreifen verschloß ihr den Mund.

„Laßt uns gehen", sagte Michael. Ihm war nicht wohl zumute, denn er hätte doch zu gern gewußt, wo der vierte Wärter war. Er ging den Zellengang voran und spähte in den äußeren Raum hinaus. Dann befahl er einem der jungen Männer mit einer Kopfbewegung, voranzugehen und den alten Frauen zu helfen.

Plötzlich hörte Michael einen erstickten Aufschrei und schaute zurück. Der zweite junge Mann war soeben von hinten angegriffen worden. Der vierte Wächter!

Das Handgemenge war in vollem Gange. Leise fluchend stürzte Michael hinzu, packte den Wachmann bei den Haaren, zog ihn von dem Jungen fort und schlug ihm die Faust hart ins Gesicht. Laut stöhnend fiel der Mann zu Boden. Michael bezweifelte nicht, daß nicht nur gleich sämtliche Gefangenen aufwachen würden, sondern daß die ganze Nachbarschaft binnen kurzem unter Waffen stehen würde.

„Los!" kommandierte er. Ohne einen weiteren Gedanken zu verschwenden, liefen alle in die Nacht hinaus. Sie erreichten den Wagen. Michael half den alten Frauen in den hinteren Laderaum hinauf und wollte dann vorn aufsteigen.

„Mylord Treveryan!" rief Philip.

„Ja?"

„Was soll mit Brianna geschehen?"

„Sie bleibt so, wie sie ist", wies Michael ihn an. „Wir haben noch den Weg zum Schiff vor uns." Er sprang neben Cedric auf, der ihm nur einen Blick zuwarf und dann mit den Zügeln schlug. Die Pferde zogen an.

„Langsamer?" fragte Cedric.

„Nein, schnell!"

„Wie Ihr befehlt, Treveryan", erwiderte Cedric. „Hü!" Die Pferde preschten die Straße entlang, die Speichenräder drehten sich wie wirbelnde Sterne. Der Nieselregen fiel noch immer.

Michael schloß die Augen. Gott helfe mir, betete er im stillen. Als er die Augen wieder öffnete, sah er schon den Kai. Blinkende Lichter näherten sich auf dem Wasser.

Geräuschvoll kam der Wagen zum Stehen. Michael sprang hinunter und eilte nach hinten zum Ladekasten. Emily – oder war es Mathilde? – sprang ihm in die Arme. „Gott segne Euch, guter junger Lord", sagte sie leise.

Michael lächelte. „Sieht Sie diese Boote? Zu ihnen!"

Sie nickte, drehte sich zu ihrer Schwester um, der Philip grade vom Wagen half, packte sie beim Arm und eilte mit ihr zum Anleger. Michael sah einen seiner Männer – vermutlich war es Paddy – im Boot aufstehen und ihnen zur Hilfe kommen.

Philip streckte die Arme in den Wagen, um Brianna herunterzuhelfen. „Lord Treveryan", sagte er scheu, „soll ich sie nehmen, oder wollt Ihr das tun?"

„Nehme Er sie, Philip", antwortete Michael schroff. „Auf dem Schiff kann Er sie losbinden. Sage Er ihr, daß ihr Gatte tot ist. Und halte Er sie mir heute nacht auf jeden Fall vom Hals, verstanden?"

Philip sah nicht so aus, als hätte er irgend etwas verstanden. Trotzdem nickte er. „Jawohl, Lord Treveryan."

Die anderen waren schon zu den Booten gelaufen, nur Cedric stand noch neben Michael. Dieser reichte ihm die Hand entgegen. „Ich danke Euch, Lord Turnberry. Verdammt will ich sein, wenn ich begreife, warum Ihr das alles tut, doch ich danke Euch."

„Oh, ich liebe das Abenteuer", erwiderte Cedric wegwerfend, und dann horchten sie beide auf. Schneller Hufschlag kündigte Verfolger an.

„In diesem hier ist noch Platz, Kapitän!" rief Paddy Michael entgegen.

„Wir kommen, Paddy!" Das Boot hatte schon abgelegt. Paddy war so klug gewesen, bereits anzurudern, als er die Hufschläge gehört hatte.

„Nun ja, was soll's", meinte Cedric. „Ich wollte ohnehin

wieder einmal nach New York." Und schon sprang er ins Wasser.
Michael mußte tatsächlich lächeln, und dann tauchte er neben seinem Freund in die Fluten.

★

Als die „Seefalke" das offene Meer erreichte, übernahm Michael das Steuer. Der Wind wehte böig, die See war rauh und das Segeln schwierig. Dennoch machte es ihm Freude, denn er liebte die See, und heute nacht paßte das Wetter ausgezeichnet zu seiner Stimmung.

Paddy hatte sich erkundigt, wie die Passagiere untergebracht werden sollten. Einige Offiziere waren bereit, ihre Kammern zur Verfügung zu stellen. George hatte seine den beiden Schwestern angeboten, denn die Reise nach New York war ja nur kurz, und er hatte ohnehin die meiste Zeit Dienst. Paddy hatte sein Quartier mit Freuden Lord Turnberry überlassen. Philip und die beiden Jungen schliefen bei der Mannschaft, und Eleanor war schon im Laufe des Tages in einer kleinen Kammer einquartiert worden.

So weit, so gut, doch Paddy zögerte noch. Michael blickte ihn fragend an.

„Wo wünscht Ihr, daß Brianna untergebracht wird, Kapitän?"

Michael schaute auf den dunklen Ozean hinaus. „Biete ihr meine Kajüte an. Zur alleinigen Benutzung selbstverständlich."

„Das habe ich bereits getan, Käpt'n."

„So?"

„Ja, weil ich Euren Entschluß voraussah. Jetzt sitzen alle in der Messe und essen wie die Verhungernden. Anscheinend ist Seemannsverpflegung besser als Gefängniskost."

Michael verzog das Gesicht. „Du hast Brianna also meine Kajüte exklusive deren Besitzer angeboten, und sie hat abgelehnt?"

„So ist es."

„Dann sage ihr, sie soll schlafen, wo sie will", befahl Michael zu Paddys Erstaunen scheinbar gleichgültig.

„Aber, Käpt'n . . ."

„Wo sie will, Paddy."

„Sie ist nicht so gut ansprechbar, Kapitän. Wegen der Nachricht über ihren Gatten und so . . ."

„Das ist ihr Problem. Überbringe ihr meine Entschuldigung, und dann sorge dafür, daß mich in einer Stunde jemand ablöst. Ich brauche ein wenig Schlaf."

„Aye, aye, Käpt'n." Kopfschüttelnd und vor sich hinbrummelnd entfernte sich Paddy.

Michael schenkte dem Segelkurs jetzt größte Aufmerksamkeit, denn in dieser Gegend traf man unversehens auf gefährliche Untiefen, wenn man nicht achtgab. Dennoch konnte er nicht verhindern, daß die Bilder der Vergangenheit an ihm vorbeizogen, und das waren alles Bilder des Todes und der Schrecken.

Er war froh, als George ihn am Ruder ablöste. Der junge Mann begrüßte ihn herzlich, aber respektvoll und teilte ihm mit, daß er einige Briefe und eine Flasche dunklen Rum auf dem Schreibtisch des Kapitäns deponiert hatte. Michael dankte ihm und begab sich zu seiner Kajüte.

George hatte die Laterne auf dem Schreibtisch angezündet, das Bettzeug in der Koje war frisch, und die angekündigte Flasche Rum stand bereit.

Michael war viel zu müde, um schlafen zu gehen. Er zog Stiefel und Überrock aus, setzte sich hinter seinen Schreibtisch und legte die Füße hoch. Dann schenkte er sich Rum ein, trank das Glas mit einem einzigen Schluck leer, schüttelte sich ein wenig und schenkte sich sofort nach. Diesmal trank er langsam.

Unwillkürlich fiel sein Blick auf die Koje. Nie war er in der Lage gewesen, in seiner Kajüte zu sitzen, ohne sich vorzustellen, Brianna wäre an Bord der „Seefalke". Nun, jetzt war sie es, und wie die Dinge zwischen ihnen standen, konnte er sich ausmalen, daß er langsam verrückt werden würde.

Er war jedoch fest entschlossen, sich nicht mehr in ihre Nähe zu begeben. Vielleicht urteilte er aber auch heute zu hart. Es war doch verständlich, daß sie jetzt sehr aus der Fassung war, obschon man Robert Powells Tod ja hatte voraussehen können. Michael stellte sich auf Verteidigung ein, denn er wußte, was kommen würde, und darauf wollte er vorbereitet sein.

Er nahm den ersten Briefumschlag und schlitzte ihn mit seinem perlmuttbesetzten Öffner auf. Die Mitteilung war von einem Händler aus Virginia und betraf eine Ladung Tabak. Ein zweiter Brief kündigte eine Zahlung an, und der dritte war die Bewerbung eines Seemanns.

Noch während Michael die Post las, wurde die Kajütentür plötzlich aufgestoßen. Daß kein Mannschaftsmitglied so eintreten würde, wußte er sofort. Er hob den Kopf und sah Brianna im Türrahmen stehen. Im nächsten Moment stürmte sie zu seinem Schreibtisch.

„Ich will wissen, was geschehen ist!" Ihre Stimme bebte. Ihre Hände waren zu Fäusten geballt.

Michael lehnte sich in seinem Sessel zurück und gab kühle Gelassenheit vor. Langsam legte er den Brieföffner aus der Hand und verschränkte die Arme vor der Brust.

„Es ist üblich, vor dem Eintreten an die Tür zu klopfen, Madam, besonders wenn es sich um die Tür des Kapitäns handelt und man sich als Gast auf einem Handelsschiff befindet."

Brianna nahm das in keiner Weise zur Kenntnis. Mit der Faust schlug sie auf den Tisch. Offensichtlich konnte sie sich kaum noch beherrschen. Ihre Augen glitzerten feucht, doch sie weinte nicht. Das Haar hing ihr offen um die Schultern, und sie atmete aufs höchste erregt.

Michael lächelte bitter. Brianna war ihm schon immer einzigartig schön erschienen, gleichgültig in welcher Verfassung sie sich gerade befand.

„Ich will wissen, was geschehen ist! Ich habe Euch gesagt, daß ich ohne Robert nicht fortgehen werde. Dennoch habt Ihr ihn zurückgelassen, und nun ... nun höre ich von irgend jemandem, daß er ... tot ist. Verdamnis über Euch, Treveryan! Wie habt Ihr ihn zurücklassen können?"

Sie war den Tränen so nahe, und Michael hätte sie gern in den Arm genommen und getröstet, doch das wäre in diesem Moment vollkommen sinnlos gewesen.

Er hob sein Glas, trank einen Schluck Rum und betrachtete sie über den Rand hinweg. „Es tut mir leid", sagte er tonlos. „Ich konnte keine Leiche mitnehmen, damit Sie sie in Augenschein nehmen kann."

Brianna wich zurück, als hätte Michael sie geschlagen. „Oh, verfluchter Bastard! Wie könnt Ihr so grausam sein!"

Michael stellte sein Glas ab, nahm seinen Brieföffner und schlitzte einen weiteren Umschlag auf. „Ich wollte Ihren Gatten als ersten holen, Madam. Da Sie meinen Worten nicht traut, mag Sie Lord Turnberry fragen. Robert ist gestorben. Ich bedaure es aufrichtig."

Brianna schwieg einen Moment. „Er ist zu einem recht günstigen Zeitpunkt gestorben, meint Ihr nicht?" fragte sie dann kalt.

Michael hob den Kopf von seiner Korrespondenz und blickte Brianna spöttisch an. „Madam, falls Sie denkt, ich hätte ihm übelgewollt, dann irrt Sie sich sehr. Und falls Sie glaubt, ich würde Ihretwegen einen Mord auf mein Gewissen laden, dann schmeichelt Sie sich und beleidigt mich. Und nun, da man Ihr diese Kajüte in allem Anstand zur alleinigen Benutzung angeboten hat und Sie dieses Angebot abgelehnt hat, würde ich es schätzen, wenn Sie mich jetzt verließe."

Es war Brianna anzusehen, mit welcher Mühe sie sich beherrschte. „Ich verachte Euch, Michael", zischte sie. „Und ich will Eure Kabine nicht – oder was Ihr sonst noch anzubieten habt. Ihr hättet Euch nicht zu bemühen brauchen mit Eurer ach so ritterlichen Befreiungsaktion. Eure Anstrengungen machen Euch nicht zu einem besseren Menschen. Ich . . ."

Michael blickte wieder auf den Brief hinunter. „Ihr Gatte hat mich gebeten, Sie zu befreien, Brianna. Ich habe mein Wort gehalten."

„Nun, dann ist ja alles in Ordnung, nicht wahr? Ich bin frei. Ich bedanke mich für die Passage."

„Nur für die Passage?“ fragte er höflich. „Es ist durchaus möglich, daß ich Ihr das Leben gerettet habe.“

„Ich wüßte nicht, was mein Leben wert ist.“ Brianna erschrak über ihre eigenen Worte, doch sie wollte nicht einlenken, jedenfalls nicht jetzt.

„Nun, dann danke ich Euch auch für die Lebensrettung, Lord Treveryan. Dank, Dank und nochmals Dank. Oh, wie ich es hasse, Euch ständig zu danken! Wenn sie mich in New York als Hexe verhaften, gebe ich ihnen meinen Segen dazu und bezahle sogar meinen Strick selbst! Doch bis es soweit ist, nehme ich meinen Sohn, befreie mich aus Eurer Gegenwart und bete zu Gott, daß ich Euch nie wieder begegne.“

Er blickte hoch und lächelte. „Meinen Sohn, Mistress Powell. Hat Sie das vergessen?“

„Nach dem Gesetz ...“

„Ach, Sie wird es doch schon selbst bemerkt haben, daß das Gesetz höchst befremdliche Wege nimmt.“

„Was soll das bedeuten?“

„Oh, nichts. Wenn Sie alle Ihre Beschuldigungen und Beleidigungen vorgetragen hat, würde ich es begrüßen, wenn Sie mich jetzt endlich allein ließe.“

Bereit, sich mit unbeherrschter Wut auf Michael zu stürzen, flog Brianna mit einem wilden Aufschrei buchstäblich um den Schreibtisch herum. Hatte Michael eben noch so scheinbar gelassen dagesessen, so sprang er jetzt schnell wie der Blitz auf und fing Briannas Faust ein, bevor der erste Schlag landen konnte. Sie schrie auf, als er ihr den Arm auf den Rücken drehte.

„Madam, ich bin nicht in der Stimmung, mich heute nacht mit Ihr zu befassen. Ich hatte deshalb angewiesen, Sie mir fernzuhalten, doch ich kann mir leicht vorstellen, daß Sie irgendeinen armen Narren hat überlisten können. Jetzt habe ich genug. Robert Powells Tod bedaure ich tief und aufrichtig, doch er war weder meine noch Ihre Schuld.“

Er faßte ihren Arm fester. „Jetzt mag Sie mich mit allen Flüchen und Schimpfwörtern belegen, die Ihr in den Sinn kommen, aber nicht in meiner Gegenwart. Sie hat meine

Ihr angebotene Kajüte abgelehnt und ist dennoch hergekommen, um mich anzugreifen. Gut, die Kajüte wird Ihr für diese Nacht zur Verfügung stehen, doch Sie wird sie nicht mehr verlassen, denn ich will nicht wieder angegriffen werden. Sie wird die Wege des Lebens akzeptieren lernen müssen, Madam, und bis Sie es geschafft hat, will ich nicht Ihr Prügelknabe sein."

Unvermittelt stieß er sie durch den Raum. Sie landete auf der Koje. Noch während sie sich aufzurichten versuchte, wurde die Tür ins Schloß geworfen und von außen verriegelt.

Brianna lief zur Tür und hämmerte mit den Fäusten dagegen, bis sie sich schließlich hilflos zu Boden sinken ließ. Jetzt begann sie endlich zu weinen, nicht laut, nicht hysterisch. Die Tränen rannen ihr über die Wangen, die Tränen für Robert Powell . . .

Sie haßte sich für alles, was sie diesem Mann eingebracht hatte. Sie hatte ihn geheiratet, ohne ihn zu lieben. Und während er sich für sie abgemüht hatte, hatte sie ihn in ihrem Herzen betrogen. Sie hatte an seiner Seite gelegen und an Michael gedacht. Als Robert ein Gefangener gewesen war, hatte sie Michael geküßt und ihren heiligen Eheschwur um ein Haar vergessen. Robert war einsam und als ein Beschuldigter gestorben, und vermutlich nur ihretwegen war er überhaupt ins Gefängnis gekommen.

Brianna dachte an seine dunklen Augen, an seinen stets so liebevollen und gütigen Blick. Sie dachte daran, wie Robert den kleinen Owen im Arm gehalten hatte, und sie dachte an seinen unerschütterlichen Wunsch, daß ihr niemals etwas Böses geschehen sollte.

Am Ende erhob sie sich und schleppte sich zur Koje. Sie ließ sich auf die Matratze fallen und schloß die Augen.

Würde sie je ihre Trauer zu tragen lernen? Sie wollte, sie wäre tot. Sofort schämte sie sich dieses Wunsches, denn sie mußte ja an Owen denken. Ihm wollte sie von Roberts Liebe, Aufrichtigkeit und Güte berichten. Sie wollte ruhig und zurückgezogen mit ihm leben und ihn nie im Herzen so verletzen, wie sie Robert verletzt hatte.

Trotzdem wunderte sie sich selbst über die kalte Wut, die sie Michael gegenüber hegte. Er hatte viel für sie riskiert, und auf ihre Bitte hin hatte er sogar die Schwestern aus dem Gefängnis mitgenommen. Das hätte er nicht zu tun brauchen; er hätte jederzeit fortgehen können.

Jetzt hatte er gesagt, er wolle nichts mehr von ihr wissen. Das war doch ganz in ihrem Sinne, oder nicht? Wollte sie nicht ein Leben führen, das sie von den schrecklichen Sünden ihrer Seele befreite und ihr Gottes Vergebung brachte?

Langsam verwirrten sich ihre Gedanken, und nach einiger Zeit fiel sie in einen festen Schlaf. Sie hörte nicht, daß sich die Tür öffnete und Michael an die Koje trat.

Er betrachtete Brianna in ihrem Schlaf. Fast vier Jahre war es her, daß er das zum erstenmal getan hatte. Damals hatte er auf ein junges Mädchen hinuntergeblickt, heute sah er eine im Lauf der Jahre gereifte, aber keineswegs alte Frau. Im Gegenteil, sie war noch so jung, daß sie meinte, Herzenskummer mußte bekämpft statt durchgemacht und langsam überwunden werden.

Michael hätte sie gern berührt, sie bequemer auf die Koje gelegt, doch er ließ es. Sie zu berühren, hätte gefährlich werden können. Er verließ die Kajüte, ohne die Tür wieder zu verschließen. Wenn Brianna wieder erwachte, würde das Schiff schon im Hafen liegen.

15. KAPITEL

Am nächsten Morgen kam Cedric zu Brianna. Er war höflich und hilfsbereit und führte sie an Land, damit sie einen ersten Blick auf New York werfen konnte.

Überall sah sie Menschen, viele, viele Menschen. Sie trugen die unterschiedlichsten Gewandungen und sprachen mit den unterschiedlichsten Akzenten. Frauen boten bunte Bänder und Gebäck feil, alte Fischer verhökerten ihren Fang, und überhaupt schien hier die Lebendigkeit überzusprudeln. Der Himmel war strahlend blau, und ebenso wie ihm, so schienen auch den Menschen keine unheilvollen grauen Wolken zu drohen. Die Leute hatten frohe, lachende Gesichter. Niemand eilte ängstlich an seinem Nachbarn vorbei oder sprach furchtsam nur im Flüsterton.

Cedric mußte Brianna aus ihren Gedankengängen und Betrachtungen reißen. „Will Sie nicht kommen und Ihren Sohn sehen?“ fragte er.

Das trieb sie natürlich zu neuem Eifer an. Sie war verblüfft, als der junge Lord sie zu einer prächtigen Kutsche führte, die mit seinem Familienwappen geschmückt war. Die Sitze im Inneren waren mit Samt und Seide bezogen. Bei diesem Anblick wurde Brianna bewußt, wie abgerissen und schmutzig sie selbst gekleidet war.

„Ist das der Wagen Eurer Tante?“ erkundigte sie sich unsicher.

„Jawohl.“

„Und weshalb ist er hier?“

Cedric lachte leise. „Lord Treveryan hat uns bereits heute morgen den Weg bereitet.“

„Oh ..." Die Erwähnung dieses Namens erinnerte Brianna daran, daß Robert noch keinen Tag tot war und wahrscheinlich irgendwo ein Armenbegräbnis erhalten würde. Mit den sterblichen Überresten eines der Hexerei Beschuldigten machte man nicht viel Federlesens.

Als der Wagen nach einer Weile die lange und breite Auffahrt zu einem der feinsten Häuser entlangrollte, die sie auf dieser Seite des Atlantiks je gesehen hatte, dachte Brianna nur noch an Owen. Sie konnte es kaum erwarten, das Kind wieder in die Arme zu schließen. Gleichzeitig schämte sie sich jedoch ihres schäbigen Äußeren angesichts solchen enormen Reichtums.

Ihr wurde bewußt, daß sie bis jetzt überhaupt stets von dem Wohlwollen und der Wohltätigkeit anderer abhängig gewesen war. Auf der Stelle beschloß sie, diesen Zustand der Abhängigkeit so bald wie möglich zu ändern. Sie wollte für sich und ihren Sohn ein ganz neues Leben beginnen.

Als Cedric sie die geschwungene Treppe zur Veranda hinaufführte, öffnete sich die große Eingangstür. Eine in Gelb und Weiß gekleidete Dame erschien. Das tiefausgeschnittene Gewand schmückten vom spitz zulaufenden Mieder bis zum Saum des gebauschten Rocks zu Schleifen geschlungene Bänder. Unterhalb des Rocksaums war der zarte Spitzenbesatz des weißseidenen Unterkleids zu sehen. Rosenduft umschwebte die schöne und elegante Frau mit den im Nacken zusammengefaßten dunkelblonden Locken und den hellgrauen Augen.

Sie lächelte, und Brianna wurde sich ihres eigenen heruntergekommenen Aussehens immer bewußter. Doch das Lächeln der Frau war nicht spöttisch, sondern freundlich, und ihre Stimme klang liebenswürdig und melodisch.

„Cedric, du hast dir aber viel Zeit gelassen!" tadelte sie scherzend und reichte dann Brianna die Hand. Es war eine weiche Hand, keine so schwielige wie Briannas, doch der Händedruck war fest.

„Brianna, ich habe das Zimmer für Sie vorbereiten lassen, und das Badewasser dampft auch schon." Alyssa zog Brianna ins Haus. „Ihr großer Verlust tut mir so leid. Wir

bleiben! Das kann ich doch nicht annehmen!" Beschämt blickte sie zu Boden. „Ich werde sehr bald eine Arbeit finden, trotzdem werde ich nie bezahlen können, was Ihr alles für mich getan habt."

„Darüber werden wir uns später den Kopf zerbrechen", meinte Alyssa. „Ich gehe jetzt. Falls Sie irgendwelche Hilfe braucht, dort neben dem Bett befindet sich ein Klingelzug. Sie braucht ihn nur zu betätigen, und schon wird Dulce erscheinen. Aus dem Garderobenschrank mag Sie sich aussuchen, was Ihr gefällt. Und gestatte Sie mir um Himmels willen, die Sachen zu verbrennen, die Sie jetzt trägt." Lächelnd verließ Alyssa das Zimmer.

Der Badewanne konnte Brianna nicht widerstehen. Im Handumdrehen entledigte sie sich ihrer schmutzigen Kleidung und ließ sich in das herrlich heiße Wasser gleiten.

Frisch gebadet schaute Brianna in den Garderobenschrank. Sämtliche Gewänder darin waren prächtig; sie wählte eines in dunklem Rostrot mit möglichst wenig Verzierung daran. So gekleidet stieg sie die Treppe hinunter.

Alyssa und Cedric saßen in breiten Sesseln einander gegenüber. Eine füllige schwarze Frau servierte ihnen Tee in zarten Porzellantassen. „Owen macht gerade ein Schläfchen, Brianna", sagte Alyssa, als sie ihren besorgten Blick sah.

„Vielen Dank." Brianna nickte.

Cedric war aufgestanden. „Ah, Brianna! Da ist ja die Schönheit wieder, die ich kennen und bewundern gelernt habe!" Seine Augen funkelten. „Dulce!" Die schwarze Frau drehte sich breit lächelnd um. „Dulce, das ist Brianna. Brianna, sollte Sie irgend etwas benötigen, braucht Sie nur Dulce oder Jeeves, deren Mann, zu rufen."

„Ja, Miz, nur Dulce rufen", bekräftigte die Frau.

Brianna versuchte zaghaft zu lächeln. „Vielen Dank, Dulce, aber ich werde dir so wenig Mühe wie möglich machen und mir im übrigen so schnell wie möglich eine Stellung suchen."

Eine Weile herrschte ein merkwürdiges Schweigen im

Raum. Alyssa stand auf und schenkte Brianna Tee ein. „Ich glaube, ich habe eine Lösung für Sie. Sie könnte hier arbeiten. Dulce ist recht hilflos im Umgang mit der Nähnadel. Ich werde Sie als Näherin einstellen."

„Nicht doch! Ich . . ." begann Brianna, wurde jedoch sofort von Cedric unterbrochen.

„Ihr Sohn ist glücklich und zufrieden hier, Brianna. Will Sie etwa sein Wohlergehen riskieren, weil Sie Ihrem irregeleiteten Stolz folgen zu müssen glaubt?"

Jemand klopfte laut an die Haustür. Dulce ging öffnen, und gleich darauf hörte Brianna Michaels tiefe Stimme. Er lachte über irgend etwas, das Dulce gesagt hatte, und anschließend kam er in den Salon. Er trug eine dunkelblaue Kniehose und ein rotes Seidenhemd. Seinen goldbetreßten Überrock hatte er über dem Arm hängen, denn die Sonne schien heute warm. Sein umgeschnallter Degen vervollständigte die recht prächtige Aufmachung.

Er blickte Brianna sehr kühl an, ging jedoch nicht zu ihr, sondern zu Lady Alyssa, schenkte ihr ein verwegenes Lächeln und küßte ihr galant die Hand. Dann begrüßte er Cedric, und ganz zum Schluß sagte er zu ihr: „Guten Tag, Brianna."

„Guten Tag", erwiderte sie den Gruß und senkte dann den Blick, denn Michael musterte sie, als wäre sie ein interessantes Ausstellungsstück.

„Wie geht es unserem guten Gouverneur?" erkundigte sich Cedric.

„Der klopft sich selbst auf die Schulter, weil er ein so scharfsinniger Realist ist, und schimpft auf die Beamten in Massachusetts, weil sie so schreckliche Dinge zulassen." Michael lachte. „Ich habe den Eindruck, daß ihn das alles nicht so interessieren würde, wenn man in Massachusetts nur arme alte Vetteln aufknüpfte. Doch er hat gute Bekannte unter den Beschuldigten, und so schwingt er sich zu einer Art Held auf."

Während er sprach, stand Brianna auf und wandte sich bescheiden an Alyssa. „Wenn Ihr mich entschuldigen wollt, ich würde heute sehr gern allein sein." Michaels Gegenwart gefährdete ihren Schutzwall, und das konnte sie nicht zulassen.

Sie kehrte in das ihr zugewiesene wunderschöne Zimmer zurück, warf sich auf das Bett und starrte an die Decke. Nichts denken, nichts fühlen! befahl sie sich.

Sie wußte nicht, wie lange sie schon so dagelegen hatte, als die Tür aufgerissen wurde. Erschrocken fuhr Brianna hoch. Michael stand da und wirkte so kalt und böse wie am vergangenen Abend.

„Ich dachte, es würde Sie interessieren, daß ich Roberts Beisetzung veranlaßt habe", sagte er hart. „Er wird in Boston auf dem Südkirchhof beerdigt."

„Noch etwas also, wofür ich Euch dankbar sein muß", meinte Brianna mit abgewandtem Blick. „Ich werde mein Bestes tun, um es Euch zu bezahlen."

„So, will Sie das? Brianna, ich verlange von Ihr nichts als das, was mein ist."

Erschrocken über den Unterton in seiner Stimme blickte sie ihn an. Michael verbeugte sich spöttisch vor ihr. „Sie braucht meine Anwesenheit hier nicht zu befürchten. Ich habe zu arbeiten und werde so bald nicht zurückkehren." Damit verließ er das Zimmer und schloß die Tür hinter sich.

Brianna legte sich wieder in die Kissen zurück. Sie fühlte nichts. Michael war gegangen. Sie konnte hierbleiben und dafür sorgen, daß Owen in guter Umgebung gut ernährt und umsorgt wurde, während sie sich darüber schlüssig werden mußte, was sie tun wollte.

Nach einer Weile hörte sie Owens Stimme. Der Junge rief nach seiner Mutter, als wollte er sich davon überzeugen, daß sie tatsächlich da war. Brianna stand auf und eilte zu ihm.

★

Cedric segelte mit Michael an Bord der „Seefalke". Die Reise ging nach Virginia, wo Tabak geladen und Post von New York abgeliefert werden sollte.

In einer Hafentaverne setzten sich die beiden Männer zum Bier zusammen, und nach einer Weile fühlten sie sich recht wohl und waren ziemlich rasch berauscht.

„Lord Cedric“, sagte Michael angetrunken zu seinem Freund, „wenn Ihr ich wärt, was würdet Ihr tun? Sanftmut wirkt auf die Dame nicht, und meine Geduld hält nicht ewig. Wo habe ich einen Fehler gemacht? Ich sollte sie doch trösten können, doch ich vermag es nicht. Ich sollte mich von ihr fernhalten können, doch das vermag ich auch nicht, weil ich ihr nicht traue. Das Kind ist meines, und ich beabsichtige, es ihr fortzunehmen.“

Cedric trank erst noch einen Schluck Bier und stellte dann den Krug geräuschvoll auf den Tisch. „Kommt, kommt! Ihr habt keinen Fehler gemacht, mein Freund, außer daß Ihr zu tief und zu gut geliebt habt. Ich denke, ich verstehe die betreffende Dame. Weil sie Leid verursacht hat, meint sie, nun müßte sie selbst leiden. Da sie eine irregeleitete Närrin ist, wird sie bestimmt nicht von sich aus zu Euch kommen.“

Michael holte tief Luft. „Sie liebt mich!“ erklärte er mit großem Nachdruck. „Das kann ich beschwören!“

„O gewiß.“ Cedric lachte. „Doch das würde sie nie eingestehen. Hier ist mein Rat, Lord Treveryan, Kapitän zur See, aber nicht Eures eigenen Herzens: Nehmt die Sache in Eure eigenen Hände. Legt der Dame das Dokument vor, das Euch ihr Gatte, Gott habe ihn selig, gegeben hat. Dann erkennt sie, daß sie keinerlei Rechte besitzt. Erteilt einen Befehl, und er wird befolgt werden. Und wenn Ihr fortgesegelt vom Gestade der Tragödie, wird sie zur Vernunft kommen.“

Eine Weile blickte Michael Cedric finster an. Dann stand er so schwungvoll auf, daß er beinahe den Tisch umgestoßen hätte. „Kommt, wir verlassen diesen Ort.“

„Die Taverne?“

„Nein, Virginia.“

„Heute abend noch? Ihr seid wohl kaum in der Lage, die ‚Seefalke‘ zu segeln.“

„Muß ich auch nicht sein. Paddy segelt sie.“

Als er später wieder nüchtern in New York war, hatte Michael Bedenken, zu Lady Alyssas Haus zu gehen.

Cedric lachte ihn aus. „Habt Ihr Angst? Fürchtet sich der

Held unzähliger Seeschlachten vor einer einzigen kleinen Frau?"

„Cedric, Ihr strapaziert mich gründlich."

„Wacht auf, Treveryan! Ihr seid ebenso schlimm wie sie."

„Hm", machte Michael. „Nun, dann laßt uns zum Haus Eurer Tante gehen."

Es war schon Nacht, als Michael und Cedric in Lady Alyssas Haus eintrafen. Dulce teilte ihnen mit, daß die Damen längst zu Bett lagen. Michael ging dennoch entschlossen zur Treppe.

„Lord Treveryan", sagte Dulce, „ich habe doch gesagt, sie schlafen schon."

„Ich habe es gehört, Dulce. Danke." Er kam an Briannas Tür, die jedoch abgeschlossen war. Er klopfte laut.

Aufgeschreckt, aber noch halb schlafend öffnete Brianna. Als sie Michael und besonders sein grimmiges Gesicht sah, erblaßte sie und wich in das Zimmer zurück. „Was tut Ihr hier?" fragte sie unfreundlich.

In ihren blauen Augen sah er nichts als Trotz, doch ihr Anblick berührte ihn. Sie trug ein schlichtes, hochgeschlossenes weißes Nachtgewand, und ihm wurde bewußt, wie mühelos sie sein Verlangen wecken konnte.

„Ich muß nach London und Wales zurückkehren", teilte er ihr mit. „Morgen reise ich ab, und zwar mit Owen."

Brianna stockte der Atem. „Das dürft Ihr nicht! Owen ist vor dem Gesetz mein Sohn. Ihr . . ."

Michael faßte sie bei den Schultern, schob sie unsanft zum Bett und nötigte sie, sich zu setzen.

„Lord Treveryan!" protestierte sie aufgebracht. „Das dürft Ihr nicht tun! Wir befinden uns hier nicht an irgendeinem menschenleeren Ort! Hier könnt Ihr mich nicht so herumstoßen und . . ."

Er lachte, stellte einen Fuß aufs Bett und legte den Unterarm übers Knie. Mit der anderen Hand zog er das Dokument aus der Tasche, das Robert ihm gegeben hatte.

„Sie mag es lesen, Mistress. Ich nehme das Kind mit mir. Sie kann hier zurückbleiben, wenn Sie das vorzieht. Ich werde nach London gehen und den Anspruch auf meinen Sohn von den Majestäten persönlich bestätigen lassen. Dann wird Sie das Kind nie wiedersehen. Ich bin es nämlich überdrüssig, von einem Ort zum anderen zu eilen und Sie aus einer Katastrophe nach der anderen zu retten. Oder ..." Er beendete den Satz nicht.

„Oder was?" fragte Brianna wütend.

„Oder ich nehme Sie mit mir. Doch wenn Sie mitkommt, wird Sie auch bei mir bleiben. Und Sie wird Ihre Schulden begleichen. In jeder Nacht, die ich bestimme, wird Sie Ihre Schulden begleichen."

„Ich bin eine Witwe!" schrie sie ihn an. „Wie könnt Ihr so abgebrüht und schurkisch sein?"

„Brianna, Sie mag sagen und denken, was Sie will. Ich jedoch werde dieses Spiel nicht länger mitspielen. Wenn Sie mich auch noch so laut verflucht, heimlich flüstert Sie, daß Sie mich begehrt. Wenn ich morgen in meine Kajüte komme, wird Sie dort gebadet und nach Rosen duftend auf mich warten und zumindest vorgeben, willig zu sein!"

Bevor Brianna auch nur ein Wort sagen konnte, hatte Michael schon kehrtgemacht und das Zimmer verlassen. Von außen lehnte er sich gegen die Tür und schmunzelte, als er hörte, daß von innen ein Kissen dagegenprallte.

Er mußte leise lachen. Cedric hatte recht gehabt. Doch um ganz sicher zu sein, eilte er in den Schlafraum seines Sohnes. Behutsam streckte er sich neben dem kleinen Jungen aus. Wieder einmal konnte er es kaum fassen, daß dies sein eigen Fleisch und Blut war und ihm so ähnlich sah.

Minuten später hörte er leise Schritte. Die Tür wurde vorsichtig geöffnet. Brianna schlüpfte ins Zimmer und schlich auf Zehenspitzen zum Bett.

„Nein, Brianna", sagte Michael leise, woraufhin sie zusammenfuhr. „Ich lasse meinen Sohn nicht mehr aus den Augen, bis wir auf hoher See sind."

„Bastard!" fauchte sie. Leise aufschluchzend lief sie aus dem Zimmer.

Michael strich seinem Sohn sacht übers Haar. „Ich weiß, daß sie mich liebt", flüsterte er dem schlafenden Kind zu.

„Sie weiß nur nicht mehr, wie man die Hand nach dem Glück ausstreckt."

★

In dieser Nacht schlief Brianna kaum, denn die Wut hielt sie wach. Bis zum Morgen hatte sie sich dann mit der Lage abgefunden. Michael war ihr nicht nur körperlich, sondern auch rechtlich überlegen. Niemals würde sie es zulassen, daß er mit Owen, aber ohne sie abreiste. Sie schwor sich, bei ihrem Abschied Würde zu wahren.

Das wurde allerdings schwierig, als sie später beim Anleger standen. Sie umarmte ihre Gastgeberin so herzlich sie nur konnte. „Alyssa, ich danke Euch so sehr für alles, was Ihr für Owen und für mich getan habt."

Alyssas Augen waren tränenfeucht. „Sie und Owen werden mir sehr fehlen. Ich hatte das Kind schon ein wenig als mein eigenes angesehen. Doch . . . nun, wir müssen uns fassen. Ich weiß, daß wir uns wiedersehen. Michael hat ein Auge auf ein entzückendes Anwesen flußaufwärts geworfen. Er denkt daran, es zu kaufen."

Brianna verzichtete darauf, Alyssa ihre Lage zu erläutern. Michael hatte sie auf das Schiff befohlen, und das war alles. Für die Zukunft hatte er keine Versprechungen gemacht, sondern nur Forderungen gestellt.

Cedric drückte sie überschwenglich an sich. „Viel, viel Glück!" wünschte er ihr. Dann küßte er sie auf die Wange und flüsterte: „Die Leute haben sich immer geirrt, denn Sie ist keine Hexe, sondern eine Zauberin. Eine Nymphe des Hochlands, die Männerherzen fängt. Meine Liebe begleitet euch, euch alle drei."

„Sie muß jetzt an Bord kommen, Brianna!" Paddy legte ihr eine Hand auf die Schulter.

Cedric und Alyssa schauten an ihr vorbei. Michael stand beim großen Steuerrad des Segelschiffes. Owen saß auf seinen Schultern und winkte.

„Lebt wohl!" Ein letztes Mal küßte Brianna Alyssa, umarmte Cedric und eilte dann die Laufplanke hoch. Paddy gab das Kommando, die Planke wurde eingezogen, und die dicken Hanfleinen wurden losgemacht.

Die „Seefalke“ ging auf die Reise.

Brianna schlängelte sich an den Matrosen vorbei zum Achterschiff und winkte so lange wie möglich zum Ufer hinüber. Alles hatte ihr hier gefallen, die Menschen und das friedliche Leben. Ich werde zurückkommen, schwor sie sich, mit oder ohne Michael!

Jemand legte ihr eine Hand auf die Schulter. Brianna drehte sich um und blickte in Georges vertrautes Gesicht.

„Herzlich willkommen an Bord, Mylady.“

„Ich bin doch keine Lady, George.“ Sie lächelte. „Doch ich danke Euch für die freundliche Begrüßung . . . nach allen Unannehmlichkeiten, die ich verursacht habe“, fügte sie leise hinzu.

„Verursacht, Brianna?“ George lachte. „Nein, der Wind verursacht die Brandung, und die Sonne verursacht die Hitze, aber wir? Wir bewegen uns nur so durch das Leben, manchmal sogar nach unserem eigenen Wunsch. Und nun werde ich Ihr die kleine Kabine zeigen, die für Ihren Sohn eingerichtet wurde. Sie liegt gleich neben der Kapitänskajüte, so daß der Kleine nie weit fort von Ihr ist.“

„Vielen Dank. Ich würde sie mir gern anschauen“, erwiderte Brianna.

George begleitete Brianna unter Deck. Sie sah, daß es sich um die kleine Kammer handelte, in der Eleanor in der Nacht ihrer Flucht aus Salem untergebracht gewesen war. Die Kabine war sauber, die Koje bequem. Auf einem winzigen Tisch befanden sich unter anderem eine Kompanie Spielzeugsoldaten, ein kleiner Ball und ein merkwürdiges Sortiment von Dosen, die ineinanderzupassen schienen.

„Wo gab es denn so etwas?“ wollte Brianna wissen.

„In einem kleinen Laden im Hafen. Der Kapitän hat mich gestern einkaufen geschickt“, antwortete George frohgemut.

„Ach ja?“ fragte sie freundlich und nahm ein Bilderbuch auf. Michael hatte während der ganzen Zeit gewußt, daß er ihr die Hände binden konnte! Tränen brannten in ihren

Hafenmarkt –, beruhigte sich das Kind langsam wieder.

„Einmal werde ich sie ganz allein segeln, Mama. Wirklich! Das hat Michael auch gesagt."

„Ich bin deine Mutter, Owen. Ich sage, was du tun wirst."

Er schaute sie bestürzt an. Tränen traten in seine großen grünen Augen. Sofort bedauerte Brianna ihre Äußerung.

„Es tut mir leid, Owen. Ja, eines Tages wirst du das Schiff segeln, aber bis dahin ist es noch viel Zeit."

Damit gab sich Owen zufrieden. Er begann mit seinen Soldaten zu spielen, doch nach einer Weile drehte er eine der Figuren in der Hand. „Die sind nicht so schön wie die, die Papa gemacht hat", meinte er und schaute Brianna an. „Papa wohnt jetzt bei den Engeln, und ich sehe ihn nie wieder." Wieder kamen ihm die Tränen.

Brianna hob ihn auf den Arm. „Wer hat dir das erzählt?"

„Tante Alyssa. Sie hat gesagt, ich muß nicht traurig sein, weil Gott ihn sehr lieb hat und jetzt für ihn sorgt."

Gott hat ihn sehr lieb . . . ja, das ist gewiß wahr, dachte sie. „Komm, Owen, ich bringe dich jetzt zu Bett und lege mich noch eine Weile zu dir." Sie zog ihm das niedliche Nachthemd an, das Alyssa ihm geschenkt hatte, legte sich neben ihn, und nach kurzer Zeit gähnte er ausgiebig.

„Papa gibt im Himmel auf uns acht. Er hat uns sehr lieb gehabt, Mama. Und Michael gibt hier auf uns acht."

Betroffen merkte Brianna, wie tief Michael sich schon in Owens kleinem Herz eingenistet hatte. Das ärgerte sie sehr, wenn sie sich auch fragte, ob Owen die Lage nicht viel realistischer sah als sie selbst.

Bald war der kleine Junge eingeschlafen. Brianna überlegte, ob sie nicht die ganze Nacht bei ihm verbringen und sich über Michaels Befehl hinwegsetzen sollte. Doch wenn er sie suchte und hier fand, würde er sie vermutlich aus dem Bett holen, denn sie hatte sich ja praktisch zu seinen Diensten verpflichtet. Viel Freude sollte er an ihr nicht haben! O ja, sie würde zur Stelle sein; wenn er allerdings dachte, sie würde ihm irgend etwas anderes bieten als ihren Zorn und ihren Haß, dann irrte er sich!

Sie verließ die kleine Kammer und betrat die Kapitänskajüte. Neben der Koje stand ein roh gefügter Zuber mit warmem Wasser. Auf der Matratze lag ein Zettel, der Brianna sofort wieder in helle Wut versetzte.

„Frisch, sauber, nach Rosen duftend und willig!“ stand da zu lesen. Anrede und Unterschrift fehlten.

Sie knüllte den Zettel zusammen, warf ihn auf den Boden und trat mit den Füßen darauf. Sie wünschte sich, sie besäße die Kraft, Michael in den Wasserzuber zu stoßen und ihn zu ertränken. Zu schade, daß sie das niemals schaffen konnte.

Die Minuten vergingen und mit ihnen auch Briannas Mut. War es möglich, daß Michael ihr tatsächlich ihren Sohn fortnahm, wenn sie ihn zu sehr reizte?

Mit Rum kannte sich Brianna nicht gut aus, doch sie fand, sie könnte jetzt eine gute Dosis davon gebrauchen. Sie entkorkte die Flasche und trank einen großen Schluck. Prompt hatte sie das Gefühl, daran ersticken zu müssen. Sie hustete, keuchte und meinte, von Kopf bis Fuß zu verbrennen. Allerdings gab ihr das auch den Schwung, den sie brauchte. Sie entkleidete sich und stieg in den Zuber. Schließlich entschied sie sich auch dafür, das nach Rosen duftende Seifenstück zu verwenden, das griffbereit lag.

Schritte auf dem Gang kündigten an, daß jemand kam. Brianna sprang aus dem Zuber und wickelte sich eilig in eines der Leinentücher von der Koje. Die Schritte näherten sich beunruhigend langsam. Briannas Nerven vibrierten ängstlich, wenn auch fasziniert. Sie lief zur Rumflasche, trank rasch noch einen Schluck, und just in diesem Moment öffnete sich die Tür. Michael stand davor.

Einen Moment lang betrachtete er Brianna mit kaltem Blick, dann trat er ein, schloß die Tür und verriegelte sie. Als er sich zu Brianna zurückwandte und sah, daß sie die Rumflasche an sich drückte, lächelte er spöttisch.

„Trinkt Sie sich Mut an, Brianna?“ Er schnallte den Degen ab, auf den er jetzt nur noch selten verzichtete, und legte ihn auf den Schreibtisch. Dann setzte er sich und zog sich die Stiefel aus. Ohne den Blick von Brianna zu wenden, begann er, sich in aller Ruhe zu entkleiden. Er zog sich das Hemd über den Kopf und warf es neben den Degen.

Nun griff er nach der Rumflasche in Briannas Händen. „Darf ich?“ fragte er höflich.

Brianna ließ die Flasche los und wich vor ihm zurück.

Er trank einen großen Schluck. „Komm her!“ befahl er.

„Komm her! Einfach so!“ empörte sie sich. „Ihr habt nichts zu sagen? Ihr entschuldigt Euch nicht? Ihr schämt Euch nicht? Ihr . . .“

„Nein, ich habe nichts zu sagen. Kein Wort. Komm her!“

Sie gehorchte nicht, doch das schien ihm nicht aufzufallen. Als sie weiter zurückwich, folgte er ihr einfach, bis sie nicht mehr weiter kam. Er faßte ihre Hände und drückte sie gegen die Wand, so daß sie das Leinentuch nicht mehr festhalten konnte. Es glitt auf den Boden.

Sekundenlang blickte sie Michael in die jadegrünen Augen, doch dann senkte er schon seinen Mund auf ihren. Das geschah nicht grob oder hitzig, sondern sanft und verführerisch und dauerte so lange, bis Brianna nachgab. Sein Kuß schmeckte nach Rum, hauptsächlich aber nach Michael.

Sie zitterte vor Verlangen. Ihre Brüste preßten sich an seinen harten Oberkörper, ein wunderbar aufreizendes Gefühl. Seine Hüften und seine starken Schenkel rieben sich an ihren. Mit der Zunge drang er in ihren Mund ein und versetzte Brianna in eine Erregung, gegen die sie machtlos war.

Er unterbrach den Kuß, hob sie auf die Arme und trug sie zum Bett. Sie konnte sich nicht bewegen, so benommen war sie. Seine Augen bannten sie, während er seine Kniehose abstreifte. Brianna wartete auf ihn, ob voller Angst oder voller Ungeduld, hätte sie nicht sagen können.

Im nächsten Moment legte er sich über ihren Körper und spreizte ihre Beine mit seinen muskulösen Schenkeln. Wieder faßte er ihre Hände und schaute ihr in die Augen. Mit der Zungenspitze strich er sich über die Lippen.

„Dafür werde ich Euch hassen“, erklärte sie, doch ihre bebende Stimme strafte sie Lügen. Michaels Kuß war diesmal so leidenschaftlich, daß sie aufstöhnte. Sie fühlte, wie seine Hände zu ihren Brüsten glitten und sie aufs erregendste liebkosten. Sein Körper bewegte sich an ihrem und erhöhte ihr heißes Begehren. Dennoch kam Michael noch nicht zu ihr.

Sie schloß die Augen und befahl sich, dies alles zu ertragen und es nicht etwa zu genießen. Der Anschlag auf ihre Sinne dauerte unterdessen an. Michael ließ seinen Mund über ihren Körper gleiten, und ihr war, als würden seine Küsse ihre Haut verbrennen. Seine Lippen waren an ihrem Fuß angelangt. Mit der Zunge zeichnete er erotische Muster um das Fesselgelenk. Brianna versuchte, die immer heißer in ihr brennende Leidenschaft zu unterdrücken. Es gelang ihr nicht.

Michael streichelte die Innenseite ihrer Schenkel und beobachtete dabei aufmerksam ihr Gesicht. Brianna wünschte, sie könnte sich ihm entwinden, damit er nicht merkte, daß sie nur noch mit Mühe atmen und ihren erregten Körper kaum noch bändigen konnte.

„Haßt du mich wirklich?“ fragte er, ohne seine Liebkosungen zu unterbrechen.

„Ja!“ stieß sie hervor. „Nein . . . nein!“ rief sie sofort, als sie das Verlangen in seinen Augen sah. „Nein, ich hasse Euch nicht.“

„Dann liebe mich“, befahl er. „Genauso, wie ich dich liebe.“

Brianna schlang die Arme um ihn und küßte ihn voller Sehnsucht nach seiner Zärtlichkeit und seiner Leidenschaft. Sie schob die Finger in sein dunkles Haar, ließ sie dann über seine Wangen gleiten und bog sich schließlich ein wenig von ihm fort, um ihm in die Augen schauen zu können.

„Ich liebe Euch“, flüsterte sie drängend. „Ich liebe und begehre Euch. Bitte, Michael, kommt . . .“

„Ich dachte schon, darum würdest du mich nie bitten“, sagte er rauh, und mit einer einzigen starken Bewegung drang er in sie ein.

Wie lange dauerte die Liebe? Das, wonach sich Brianna jetzt sehnte, kam viel zu schnell, doch sie hätte auch keine

Minute länger darauf warten können. Es schien, als hätte das Schiff den Ozean verlassen, als segelte es jetzt mitten durch den Sternenhimmel, und als erreichten die Liebenden die unendliche Tiefe des Alls.

Als Brianna später neben Michael lag, traten ihr plötzlich die Tränen in die Augen. Sofort setzte er sich auf und streichelte ihre Wange, doch seine Worte klangen recht hart.

„Bei Gott, ich wollte dir doch nicht wieder weh tun! Ich wollte, daß du lebst! Komm zur Vernunft, Brianna. Ich habe deinen Robert nicht umgebracht, und du hast das auch nicht getan. Er war schon ein Sterbender, bevor man ihn ins Gefängnis brachte. Du hast ihm nie etwas angetan. Er liebte dich, und er liebte eure gemeinsame Zeit."

„Ich weiß, was du empfindest", fuhr er etwas sanfter fort. „Ich habe auch geliebt, obwohl es nicht dasselbe war, und der Tod schmerzt sehr. Doch für uns geht das Leben weiter, und ich will nicht, daß du uns unserer Zukunft beraubst."

Brianna schüttelte den Kopf. „Ich weine ja nicht, weil ... ach, es tut mir so leid, Michael. Ich weiß nicht, warum ich es nie erkennen konnte. Ich verfluchte Euch, obwohl Ihr mein Leben zum drittenmal gerettet hattet. Ich weiß, daß Ihr alles mögliche für Robert getan habt, doch ich sah es nicht, weil ich es nicht sehen wollte. Mir war so furchtbar elend zumute ... Michael, ich habe Euch immer geliebt. Das war es ja, was so weh tat." Zart berührte sie seine Wange.

Er hielt ihre Hand fest und küßte ihre Finger. „Robert hast du nie weh getan, Brianna."

„Da bin ich nicht so sicher ..."

„Aber ich. Du hast ihm die Freude seines Lebens geschenkt. Brianna, er wollte, daß wir weiterleben. Er nahm mir das Versprechen ab, daß ich dich glücklich machen werde."

Die Tränen glitzerten in Briannas Augen. „Das hat er getan?"

„Ja. Robert war ein großartiger Mensch, Brianna, und obwohl ich meine Liebe zu dir nicht leugnen kann, hätte ich niemals etwas getan, um dich ihm fortzunehmen."

„O Michael!" Sie schmiegte sich in seine Arme. „Meint Ihr, wir können wirklich glücklich werden?"

„Ja, das meine ich. Glück finden nur diejenigen nicht, die es nicht suchen."

Brianna drückte sich noch fester an ihn, als wollte sie ihn nicht mehr loslassen. Dabei hätte sie ihn doch durch ihre eigene Torheit verlieren können. Doch er liebte sie! Welcher andere Mann hätte so viel für sie getan? Wer hätte ihr sogar dabei geholfen, ihren eigenen Dämon zu besiegen?

„Michael?"

„Ja, meine Liebste?" Er streichelte über ihr Haar.

„Muß ich immer diejenige sein, die bittet?"

„Die bittet?" fragte er unsicher, doch dann verstand er. Leise lachend glitt er über sie. „O nein. Ich glaube, darauf sollte ich nicht bestehen. Sei es also: Madam, was meint Sie? Sollen wir Gott bitten, diese Verbindung endlich mit seinem Segen zu versehen?"

„Michael!"

„Schon gut, Liebste. Ich kann es noch besser." Er glitt aus der Koje und ließ sich davor auf die Knie sinken. „Brianna, will Sie meine Gemahlin sein? Die Herrin meiner Burg, die Mutter meiner bereits existierenden und aller künftigen Kinder? Meine allzeitige Begleiterin auf sämtlichen Weltmeeren?"

„Wie soll ich das verstehen, Mylord?"

„Sie braucht nichts zu verstehen. Sie braucht nur mit einem Ja zu antworten. Sie braucht mir nur zu schwören, daß Sie mich bis ans Ende aller Tage lieben wird."

Brianna ergriff Michaels Hand, führte sie sich an die Lippen und drückte einen Kuß hinein. Dann streckte sie sich aus, schmiegte sich wieder an ihn und zeigte so ihre Bereitschaft, ihn in jeder Hinsicht willkommen zu heißen. „Ja, Mylord Treveryan", flüsterte sie. „Ja!"

★

Drei Tage danach begegnete die „Seefalke" auf hoher See einem Schiff Seiner Englischen Majestät. Michael ließ

Müttern, die ihre Söhne bedrängten, doch an diesem Tag brachte sie das Gespräch darauf, daß Robert doch endlich heiraten und ihr viele Enkelkinder schenken sollte. Ihr Sohn wollte die Unterhaltung höflich in eine andere Richtung lenken, doch das war nicht mehr nötig.

Brianna schaute zum Friedhof hinüber und lächelte, als wäre ihr ein heimlicher Scherz eingefallen. „Weißt du, Robert, ich möchte gern hier begraben werden. Nun schau mich nicht so an! Ich will noch lange nicht sterben, jedenfalls nicht, bevor du mir Enkelkinder beschert hast. Doch ich möchte hier liegen, direkt vor diesem alten Richter Hathorne. Was der mich damals alles gefragt hat!“ Sie schwieg einen Moment. „Ich denke, ich vergebe ihm. Und Corwin. Und sogar Matthews.“ Sie lächelte verschmitzt.

So muß sie als junges Mädchen ausgesehen haben, dachte Robert. Jung und so schön, daß neidische, mißgünstige Menschen sie bereitwillig „Hexe“ genannt haben.

„Ja, ich vergebe Hathorne“, fuhr Brianna fort, „doch ich werde es genießen, ihm die ewige Ruhe zu verderben.“ Sie lachte und zog Robert mit sich fort, denn inzwischen wartete Michael sicherlich schon am Kai, und Robert wußte, daß sie es nie ertrug, lange von ihrem Gatten getrennt zu sein.

Viele Jahre später, als Robert ihr den Abschiedskuß für die Ewigkeit gab, erinnerte er sich an ihre Worte, und er bettete sie zur letzten Ruhe an die Stelle, auf die sie an jenem Tag gedeutet hatte, direkt unter die noch zarten Zweige eines Baumschößlings. Mit den Jahren überwucherten die Wurzeln des Baums den Grabstein, und der Nebel New Englands zog durch die Jahrhunderte und hüllte die Erinnerung ein.